LA SONRISA DEL DEMONIO

LA SONRISA DEL DEMONIO

TESSA GRATTON

Traducción de María del Carmen Boy Ruiz

Argentina – Chile – Colombia – España
Estados Unidos – México – Perú – Uruguay

Título original: *Night Shine*
Editor original: Margaret K. McElderry Books
Traductora: María del Carmen Boy Ruiz

1.ª edición: junio 2022

© 2020 by Tessa Gratton
Translation rights arranged by Taryn Fagerness Agency and Sandra Bruna
Agencia Literaria, SL
All Rights Reserved
© de la traducción 2022 *by* María del Carmen Boy Ruiz
© 2022 by Ediciones Urano, S.A.U.
Plaza de los Reyes Magos, 8, piso 1.º C y D – 28007 Madrid
www.mundopuck.com

ISBN: 978-84-17854-54-6
E-ISBN: 978-84-19029-96-6
Depósito legal: B-7.389-2022

Fotocomposición: Ediciones Urano, S.A.U.

Impreso por: Rodesa, S.A. – Polígono Industrial San Miguel
Parcelas E7-E8 – 31132 Villatuerta (Navarra)

Impreso en España – *Printed in Spain*

Para les jóvenes de género fluido, no binaries y chiques transgénero que, como yo, preferimos ser ese interés amoroso oscuro y retorcido más de lo que queremos besarles.

LA HECHICERA QUE DEVORA DONCELLAS

E N LA BIFURCACIÓN DEL RÍO SELEGAN, A UNA MAÑANA DE camino de la Quinta Montaña, una joven se arrodilló sobre la orilla húmeda. Con cuidado, sujetaba el extremo de un hilo de pescar entre el pulgar y el índice.

Estaba sola, envuelta en un vestido con brotes primaverales y flores de azafrán bordados. En cualquier momento, se apresuraría a quitárselo para meterse en el agua de un salto y agarrar a una anguila arcoíris por la cola, pescada con uno de sus cebos tornasolados. El sedal atravesaba el estrecho cauce del Selegan, atado en la orilla opuesta a un arce bastante bien enraizado, cuyas hojas eran tan anchas como platos.

Durante un rato la joven pensó que la estaban observando, pero cuando echó un vistazo por encima del hombro a la hilera de alisos cubiertos de musgo y a las altas cicutas, no había nadie.

El río se ondulaba en su curso, atrapaba el destello de los rayos del sol y titilaba con un brillo incandescente como el de las escamas del espíritu que lo habitaba. Con la mano que tenía libre, acarició la superficie como si se tratase de un amigo, ya que el Selegan era el espíritu más amable de un río que era posible encontrar. Había hecho un trato para pescar en sus aguas y, a cambio, siempre dejaba una espiral de incienso con un suave aroma a hibisco prendido sobre la cama de helechos más cercana. El humo se acumulaba entre las hojas curvadas y permanecía allí para deleite del espíritu.

El agua la salpicó para llamar su atención y le lamió las mejillas. Ella se las secó.

—Hola —dijo una voz tranquila a su espalda.

La joven chilló y se le cayó el cebo. Gateó hasta el borde del agua, y hundió una mano bajo la superficie antes de que el miedo la apresara; entonces, dejó el cebo y se dio la vuelta para mirar a la extraña.

Bajo las sombras veteadas en la linde del bosque pluvial había una dama elegante con un vestido de seda drapeado. Tenía unas sartas de perlas oscuras entretejidas en el cabello negro y unos anillos finos de obsidiana en los dedos de los pies descalzos. Por la delicada belleza de sus facciones y sus ropajes refinados, además de por haber aparecido de manera repentina al estar tan lejos del camino, la joven pensó que debía ser algún tipo de espíritu.

—Hola —respondió. Debía ser educada, ya fuese espíritu o humana, fantasma o demonio.

La dama comenzó a avanzar con cuidado sobre el musgo, dejando a su paso el surco de unas pisadas estrechas. No era un fantasma, entonces. Llevaba la falda voluminosa recogida en un brazo, pero aun así arrastraba tras de sí el dobladillo dorado. Ninguno de los helechos trepadores contra los que se rozaba se marchitaban y morían: tampoco era un demonio. La dama eligió minuciosamente un lugar para arrodillarse y recolocar el vestido a su alrededor sobre la hierba torcida. Sin duda, las faldas de un espíritu se habrían acomodado solas.

Al acercarse, la joven se fijó en que la dama tenía los ojos marrones oscuros salpicados de gris y teja, como los campos de lava que bordeaban la Quinta Montaña. Parecía solo unos años mayor que ella. Tenía la piel empolvada de un blanco perfecto, como el de la luna, y sus labios eran rosados como las peonías.

—¿Puedo ayudarte en algo? —preguntó la joven, que alisó los pliegues del vestido para ocultar la suciedad de sus rodillas. Sabía que debía oler a pescado y a barro y el pelo se le había soltado del recogido, ya que las puntas negras le picaban en el cuello. En comparación con la dama, a ella se la veía mugrienta y poco sofisticada.

—Vi el brillo del agua y pensé en aliviar mi sed. —La dama inclinó la cabeza para que las sombras danzantes se deslizasen por su rostro como una caricia—. Luego te espié y vi un destello tornasolado en tu cebo. Pensé que las Reinas del Cielo me habían conducido hasta aquí.

Sin aliento, la joven parpadeó un par de veces para calmar el aleteo desconcertado de su corazón.

—El río compartirá un trago contigo si se lo pides. Quizá puedas darle una perla.

—¿Una perla? —La dama se rio con dulzura y unió las palmas de las manos. Parecía estar disfrutando. Tenía las uñas pintadas de un negro intenso.

Ambas se ofendieron al ser objeto de risas y, estremecida por aquella risa encantadora, la joven preguntó:

—¿No sería una perla un regalo maravilloso?

—He oído que el río Selegan no necesita nada tan valioso, sino que prefiere hacer tratos más íntimos. ¿Una anguila o dos a cambio de un incienso agradable? Como poco, es algo personal. No es como una perla, cualquiera puede tener una.

—Yo no tengo perlas —susurró la joven y desvió la mirada hacia sus manos, confundida por que aquella extraña conociese su trato con el espíritu del río. Tenía las uñas igualadas y limpias en su mayor parte, pero la piel de los nudillos era áspera y seca de tanto tiempo que pasaba sumergida en el agua.

Una mano bonita y pálida tocó la suya, agradable y gentil como el calor de una manta junto al fuego.

—¿Qué me darías a cambio de una de mis perlas?

La joven giró la mano para que la palma de la dama quedase sobre la suya. El calor se acumuló en esa zona. Se le erizó la piel bajo el vestido con un anhelo que la joven reconoció, pero que nunca había sentido ante el contacto de una mujer. Cuando levantó la mirada, la dama se había inclinado aún más cerca.

Aquellos labios rosados se separaron y revelaron un tajo de oscuridad. Tras esa bonita entrada, el misterio se entremezclaba con su aliento.

—Oh —dijo la joven—. Un beso. Una perla a cambio de un beso.

—Me parece un trato justo —murmuró la dama elegante. Alzó una mano para soltar una de las peinetas que le sujetaban el cabello tras la oreja izquierda. En el borde tenía dos perlas redondas y grises que parecían reflejar el mar—. ¿O dos besos a cambio de dos perlas?

La joven se rio y rozó una de las perlas con el dedo. También estaban calientes.

Luego, la dama aferró su barbilla y unió sus labios a los de ella en un beso tierno y dulce.

Acabó antes de que la joven se diera cuenta de que había empezado y, cuando abrió los ojos, se alegró mucho de que el trato requiriera dos besos.

Pero los ojos de la dama, tan cerca, habían cambiado: ya no eran intensos como la lava líquida. Uno se había vuelto completamente verde y el otro se había tornado de

un blanco mortecino. Las pupilas se alargaron y estrecharon, como las de una serpiente, de color rojo sangre.

Antes de que la joven pudiese gritar, la dama se cobró el
segundo beso.

UNO

Nada asesinó al príncipe.

DOS

KIRIN SONRISA SOMBRÍA TENÍA OCHO AÑOS CUANDO Nada lo conoció mientras jugaba en el amplio Jardín de Fuego, en el tercer círculo del palacio. Nada era más pequeña, más ligera, unos dos años menor que el príncipe. Se lo quedó mirando entre los finos tallos de la hierba de elefante y un naranjo moribundo, hogar de un demonio delgaducho que le sacaba la lengua para llamar su atención. Ella no le hizo caso, completamente concentrada en el príncipe. En el jardín había otros siete niños jugando, de diferentes edades y constitución, pero en su mayoría con el mismo tono de piel entre cobrizo suave y color crema, de cabello negro o marrón y rostros redondos. Nada los observaba porque Kirin era sumamente prudente, de una manera en la que pocos niños lo son. Se debía a que él era el heredero del Imperio Entre las Cinco Montañas e, incluso a aquella edad temprana, era consciente de cómo fingir que sabía quién era y cuál era su lugar. Nada no tenía casa, al fin y al cabo era Nada, y su propia prudencia era el resultado de tener mucho cuidado de no ofender y, en especial, de no rogar nunca a nadie. Había reconocido lo similares que eran y estaba tan contenta que no dejó de mirarlo hasta que Kirin Sonrisa Sombría rodeó el jardín en forma de estrella lleno de alegrías de la casa doradas y acercó su rostro al de Nada.

—Un corazón tiene muchos pétalos —dijo, y le devolvió la mirada hasta que se hicieron amigos.

Después de todo, habían visto el alma del otro.

Por eso, once años después, Nada sabía que tenía que matarlo.

TRES

Se había preparado minuciosamente. El más mínimo detalle podría dar al traste con la oportunidad de destruirlo y salir ilesa.

Tendría que hacerlo antes de que comenzase el ritual de investidura y ante la presencia de varios testigos, solo por si Kirin se desvanecía en el aire o se desmoronaba como un castillo de arena. Nada habría preferido con creces correr ese riesgo en privado, asesinarlo sin espectadores y que nadie lo supiese nunca.

Atravesó los dos pilares negros que daban paso al vestíbulo con un sencillo atuendo de color negro y verde menta. No se había empolvado el rostro y caminaba con determinación. En una de las mangas llevaba una daga larga y muy afilada con la empuñadura junto a la muñeca. La sacaría cuando estuviese junto a Kirin, la liberaría de su escondite y se la clavaría en el cuello antes de que nadie pudiera sospechar.

Las pisadas de Nada eran ligeras, amortiguadas por unas zapatillas raídas pero silenciosas. Se le aceleró el pulso, lo que confirió aún más color a sus mejillas, así que trató de caminar a un ritmo normal y mantuvo los ojos clavados en el suelo, como de costumbre. Estaba aterrada. Por mucho que supiese que tenía razón.

La Corte de los Siete Círculos era una estancia perfectamente simétrica en forma de abanico, desde los suelos barnizados en negro y rojo hasta el techo abovedado rojo y blanco, pasando por el número de columnas y las teselas negras en forma de espiral. La Emperatriz con la Luna en los Labios reinaba desde el corazón de la corte, cerca del ápice, cuyo trono reposaba sobre una tarima con seis puntas. De su tocado se elevaban cinco ajugas, una por cada una de las cinco montañas, y miles de hilos de seda y plata caían de ellas para formar un velo de lluvia reluciente.

Los cortesanos llenaban la sala como sartas de perlas y bandadas de pájaros cantores, ataviados con togas y vestidos elaborados de colores opuestos. La familia de la emperatriz solía vestir de blanco y negro, así que la mayoría de los súbditos elegían otros colores llamativos: rojo y púrpura, rosa y naranja, o los seis a la vez si era necesario. Los monjes se mezclaban vestidos con unos tonos pasteles espantosos; los brujos y las brujas se movían en parejas, llevaban la cabeza rapada adornada con los sigilos de sus familiares y sus capas parecían un borrón desordenado de la escala de grises. Nada vio a Lord Sobre las Aguas, comandante de la armada; a su hermano, Lord de la Angostura, y a un puñado de soldados del Ejército de los Últimos Recursos con su adusta armadura barnizada de un marrón sanguinolento. Solo los sirvientes, maquillados con pintura verde azulada como si fuesen pavos reales, se fijaron en Nada, ya que estaban entrenados para ello. Fijarse e ignorar a la criatura del príncipe. Puede que se cuestionasen por qué estaba allí, pero no harían preguntas. El lugar de Nada estaba junto a Kirin.

Todos los que hacían falta estaban presentes, salvo por el Primer Consorte. Cuando llegase el padre de Kirin, el ritual de investidura daría comienzo. Nada tenía que actuar ahora.

Espió al príncipe, a unos metros de su madre, mientras charlaba con una doncella de la comitiva personal de la emperatriz.

Kirin Sonrisa Sombría era alto y esbelto; su piel pálida todavía conservaba un ligero bronceado de la expedición de verano, pero la llevaba empolvada para que contrastase mejor con su cabello liso y azabache. Lo tenía lo bastante largo como para enrollarle un mechón dos veces alrededor del cuello. Llevaba una túnica elegante en blanco y negro que acentuaba el contraste de sus rasgos naturales. Le habían pintado los ojos y las pestañas de negro y le habían adornado el cabello con cristales blanquecinos. Como siempre, un destello de rojo sangre colgaba de su oreja, un rubí de fuego cálido y resplandeciente que iluminaba desde dentro sus ojos castaños dorados. Justo como debería ser.

Nada se deslizó entre dos caballeros y se situó junto al codo del príncipe.

—Kirin —dijo. El miedo la había dejado sin aliento.

Él la miró, complacido.

—¡Hola, Nada!

Era su rostro, su voz amable y burlona. Eran su figura y su tono, sus dedos largos y muñecas huesudas, la manera en que apoyaba el peso sobre una pierna y parecía que se arrellanaba en lugar de estar de pie. Aquel lunar en la sien junto al nacimiento del pelo estaba en su sitio, y la pequeña protuberancia en el tabique de la nariz.

Pero ¿cómo podría alguien confundir esa sonrisa sombría ladeada a la izquierda cuando Kirin siempre la curvaba hacia la derecha?

Había estado fuera durante los tres meses de verano, acababa de volver el día anterior y todo el mundo en el palacio parecía haber decidido que esos pequeños cambios se debían a que había madurado y a las aventuras que había vivido en el camino.

En su corazón —y en sus entrañas— Nada sabía que aquel no era su príncipe.

—Ven conmigo —le dijo Kirin—. Permíteme que ponga tu mano sobre mi brazo. Te he echado de menos.

Por primera vez desde que tenía seis años, Nada no quiso hacer lo que él le ordenaba.

Nada sacó la daga y lo apuñaló en la garganta.

Atravesó la carne con demasiada facilidad, hasta la empuñadura. Nada la soltó y trastabilló hacia atrás. Sus zapatillas patinaron por el suelo.

Kirin Sonrisa Sombría, Heredero de la Luna, cayó, con los ojos inertes.

Un silencio repentino cayó con él.

Nada se mordió el labio, observó el cadáver del príncipe y casi se echó a reír del horror: había asesinado al príncipe. ¿Cómo pregonarían algo así en los pueblos al día siguiente? Contuvo el aliento, deseando escapar, pero la corte se tensó a su alrededor. Las túnicas de seda susurraban con frenesí y escuchó el entrechocar de la armadura lacada al acercarse.

Entonces, la Segunda Consorte gritó y, como un estallido, toda la corte bramó presa del pánico.

Nada retrocedió lentamente. Si no hacía ruido y no atraía más atención, podía ser que la ignorasen un instante más, y luego otro. Estaban concentrados en el cuerpo del príncipe. Nada no habría podido hacerlo, ¿verdad? Rogaba para que comenzaran a decírselo unos a otros. No habían visto al responsable... El cuchillo había salido de la nada. ¡Buscad a los demonios!

Pero Lord Sobre las Aguas dijo su nombre con el peso de un ancla:

—Nada.

Ella se quedó paralizada.

Comenzaron a susurrar su nombre una y otra vez, y luego lo gritaron con estupefacción y sorpresa. Todos lo dijeron.

Damas y lores, los músicos que rodeaban las paredes de la corte, los sirvientes, los bailarines, los monjes e, incluso tras su velo de lluvia de seda, la Emperatriz con la Luna en los Labios lo dijo.

—¡Nada!

—¡Mirad! —dijo Firmamento, el guardaespaldas de Kirin, mientras se habría paso entre un par de brujas cuyos familiares cuervos graznaban a través del éter (Nada podía oírlos, aunque pocos podían hacerlo).

—Miradlo —insistió Firmamento.

El doctor de la emperatriz y el monje con la túnica pastel que se habían inclinado sobre el cuerpo retrocedieron al ver lo que el guardaespaldas quería mostrarle a la corte.

No había sangre en el cuello de Kirin y su piel se desprendía como las cenizas de una fogata. Era un impostor.

Nada se desplomó sobre las rodillas, con una oleada de completo alivio.

CUATRO

E L GUARDAESPALDAS DEL PRÍNCIPE SE LLAMABA EL DÍA que el Firmamento se Abrió. Fue él quien ayudó a Nada a ponerse de pie. La miró con esos ojos besados por el demonio y le dio un toquecito en la barbilla. Esa fue la única manera de mostrarle la culpa que sentía por no haber descubierto la verdad y que apreciaba que ella lo hubiera hecho. Nunca había sido de muchas palabras, en especial con Nada.

—¿Cómo lo has sabido? —preguntó el monje junto al impostor deshecho.

Todos se la quedaron mirando. Firmamento se apartó, pero permaneció a su lado con aire amenazador.

La Emperatriz con la Luna en los Labios se había levantado del trono y, aunque no había dicho ni una palabra, hizo un gesto con la mano exigiendo una respuesta. Su velo de plata tintineó con suavidad.

Nada sabía que no debía señalarle la obviedad de que esa cosa que llevaba la sonrisa de Kirin no era su amado heredero. Sabía que no debía parecer enfadada o disgustada, sino responder de la manera menos memorable que pudiera hallar. Así era como había sobrevivido todos esos años.

—Porque soy Nada, el monstruo no ha sabido esconderse tan bien de mí —dijo.

Funcionó. La emperatriz volvió a acomodarse en el trono con gracilidad y la mayoría de los cortesanos se alejaron de ella para conjeturar, preocuparse y exigir que se tomaran medidas; se sentían cómodos pensando lo menos posible en Nada.

Lord Sobre las Aguas reunió a una numerosa partida de guerreros para que recorriese el país en busca del heredero y la emperatriz tocó la perla roja que llevaba sobre el hombro derecho para aprobarlo. Mientras tanto, la Segunda Consorte se escabulló con un puñado de sus damas, mandaron a llamar al Primer Consorte y las brujas y monjes empezaron a moverse en círculo para estudiar los restos del impostor. Nada escuchaba sus diatribas: «No hay residuos de demonio», «Mi cuervo no ha graznado por las marcas de éter» y «Solo un hechicero con un espíritu poderoso —o un gran demonio— podría hacer un simulacro tan minucioso». Luego: «No se trata de un gran demonio... solo la Hechicera que Devora Doncellas tiene uno, y ¿por qué tocaría a nuestro príncipe? ¿Lo sabía el gran demonio del palacio? ¿Cómo lo descubrió Nada?».

Mientras seguían discutiendo Nada recorrió la estancia con la mirada, buscando un camino entre el laberinto colorido de personas. Si lograba deslizarse tras uno de los biombos, desde allí podría escalar hasta las salidas de humo del techo y desaparecer. Necesitaba estar sola antes de que se echase a temblar.

Pero la estaban mirando. Ojos pintados de magenta y otros de verde azulado, como los de los pavos reales; era el maquillaje chillón de los sirvientes de palacio, que normalmente evitaban a Nada y, si no, fingían toser cuando pasaba como una exhalación por su lado. Ellos la verían desvanecerse y harían correr el rumor de que Nada era una cobarde. Pero ella no lo permitiría. Cobarde o heroína. Tanto la una como la otra atraerían demasiada atención. Kirin, el verdadero, le había dicho una vez: «Si no quieres que te alejen de mí, no les recuerdes a los demás que estás conmigo».

Apoyó el hombro sobre el pecho de Firmamento y el guerrero se tensó, pero no la apartó. Era lo más cerca que le había permitido estar desde que Nada se había caído de una viga sobre él y Kirin, cuando estaban juntos, solos, el año anterior. (No habría importado que estuviesen a solas de no haber sido por lo que estaban haciendo. Firmamento había sugerido que la matasen para guardar el secreto; Kirin se rio y le aseguró que confiaba en la discreción de Nada incluso más que en la de Firmamento. Puede que aquella no fuera la mejor manera de decirlo, pero a Kirin no le gustaba que el sentido común le impidiese conseguir lo que quería).

Nada se percató demasiado tarde que buscar consuelo en la fuerza de Firmamento era una mala jugada. Estaba claro que, en ese momento, eran las dos personas que más peligro corrían. Ella, por haber apuñalado al príncipe, aunque fuera un impostor, y Firmamento, porque había acompañado a Kirin durante su viaje en verano y, por tanto, era la única persona que podría haber presenciado el cambio entre el verdadero heredero y el impostor. Si Nada había interpretado bien las miradas incesantes que le dedicaba Lord Sobre las Aguas a su hermano Lord de la Angostura, no tardarían en ir a por Firmamento para exigir respuestas. Y ella estaría en su camino, lo que le recordaría al mundo que existía.

Se separó despacio del guardaespaldas, ansiosa por deslizarse tras él, cuando alguien escondido entre la multitud preguntó desafiante si Firmamento también era un impostor.

Nada sacudió la cabeza, creía que Firmamento era Firmamento, aunque solo una de aquellas brujas intimidantes pareció percatarse del gesto. Cuando el Primer Consorte entró de sopetón seguido de su séquito, Firmamento dio un paso al frente y recogió el cuchillo que se le había caído a Nada.

Le dio la espalda a la emperatriz y recorrió la estancia con una severa mirada besada por el demonio.

Firmamento se llevó la hoja del cuchillo a la piel cobriza del dorso de la muñeca y se abrió un tajo bastante profundo como para que la sangre púrpura brillante se derramase de inmediato, dejando unas salpicaduras llamativas en el suelo rojo y negro pulido.

Una oleada de gritos conmocionados se extendió por la corte ante la ofensa de haber sangrado delante de la emperatriz, pero pronto se transformaron en suspiros de alivio.

—Llevadlos a nuestros aposentos —pidió el Primer Consorte con majestuosidad.

Nada prefirió malinterpretarlo, como tenía por costumbre, y fingió que ese «llevadlos» no la incluía. Mientras el guardia de palacio escoltaba a Firmamento y esquivaba las gotas de sangre, ella se deslizó tras una dama vestida de color rosa chillón y dos sirvientes maquillados para dirigirse al pasillo y trepar por una celosía hasta el techo. Entre el yeso y la inclinación pronunciada del tejado había unas pequeñas cavidades por todo el recinto del palacio. Unos ventiladores accionados mediante molinos de agua hacían circular el aire y absorbían el humo de las paredes barnizadas y de los cielorrasos decorativos del palacio a través de numerosos huecos y agujeros diminutos.

En cuanto estuvo encaramada sobre una viga transversal en la oscura cavidad del palacio, Nada cerró los ojos y sintió el pánico y el terror que no se había permitido sentir antes de clavarle la daga al impostor.

Con manos temblorosas, se desató el cabello voluminoso hasta que quedó extendido alrededor de sus hombros en capas desiguales. Solo Kirin le había tocado el pelo en cuatro años, desde que ella se lo había cortado. Agarró un puñado de mechones y lo presionó contra los párpados, la boca, mientras le temblaban hasta los huesos. Kirin se había ido, pero ¿a dónde? Estaba vivo. Tenía que estarlo —lo sentía en el corazón y en sus entrañas, igual que había sentido al impostor—, pero ¿qué se podía hacer? ¿Qué podía hacer ella? Su respiración se entrecortó en pequeños jadeos. Durante toda su vida solo se había preocupado por una cosa y la había perdido.

El humo, con unas notas de un aroma acre, se arremolinaba en torno a ella, impregnándole el pelo y la túnica. Para tranquilizarse, trató de pensar en cosas cotidianas, como que necesitaba un baño, pero esperaría hasta la madrugada para colarse en las termas de la Segunda Consorte y aprovechar el agua fría. Si ofrecía un cotilleo sobre el nuevo amante de una de las doncellas al mayordomo imperial del segundo círculo, puede que también consiguiese una hora en la sauna. El calor la relajaría y podría interrogar a los espíritus del fuego, pequeños y llamativos, acerca de qué había podido ocurrirle a Kirin. En cuanto se tranquilizase, también le preguntaría al gran demonio del palacio. Se suponía que debía proteger a los herederos del imperio, ¡pero no había sido capaz de detectar un simulacro entre sus propios muros!

Nada se recordó a sí misma que debía ser implacable. Se levantó, atravesó la viga manteniendo el equilibrio hasta la cavidad de la esquina y apoyó los pies en la pared. Bajó con suavidad y caminó de lado por el estrecho corredor, haciendo el ruido justo para que alguien que pasase por allí pensase: «Solo es un ratón tras la pared, nada de qué preocuparse».

Absolutamente nada.

A veces jugaba consigo misma a adivinar quiénes de los residentes de palacio sabían la verdad de lo que decían. «Recuerda que puede que para ellos no seas nada, pero lo eres todo para mí», le había susurrado Kirin al oído cuando ella tenía doce años y él catorce.

Esa tarde no era muy probable que el susurro de sus pasos fuese detectado, pues el pasillo que había al otro lado de la delgada pared bullía con la actividad de los sirvientes. En una ocasión escuchó el repiquetear delator de una armadura moviéndose en dirección contraria a ella; se sintió aliviada de no estar siguiendo el mismo camino.

Nada se deslizó fuera de la pared tras un estandarte con un cielo lluvioso pintado justo delante de la verja de entrada al Jardín de los Lirios.

Un graznido estalló detrás de ella y Nada chilló y retrocedió. Directa a los brazos de la bruja Aya.

—Hola, pequeña Nada —le dijo mientras Nada se retorcía para liberarse.

Hoja, la hermana bruja de Aya, le cerró el paso.

Hacía años que no le preocupaba que las brujas le preparasen una emboscada.

Tenían el doble de edad, la piel bronceada y la cabeza rapada con sigilos de éter pintados en el cráneo. Las túnicas grisáceas colgaban de sus hombros huesudos y cada una llevaba un báculo de árbol real cuyo extremo acababa en forma de horquilla, para que sus espíritus familiares se posaran en ellos. Los cuervos observaron a Nada, al igual que sus dueñas. Ambas aves tenían un ojo negro y el otro de un azul éter brillante. Un sacrificio por el lazo que habían formado al aceptar convertirse en familiares.

Nada los evitaba más aún que a las brujas.

Aya habló de nuevo:

—Te hemos rastreado a través del éter, pequeña Nada. No puedes esconderte de nosotras.

—No a menos que lo permitamos —añadió Hoja.

Aquello no era cierto: a veces el gran demonio de palacio ocultaba a Nada de sus ojos de éter. Sin embargo, Nada presionó los labios con fuerza.

—¿Cómo lo has sabido? —preguntó Hoja. Su cuervo volvió a graznar; era un sonido grave, extraño, como una invocación.

—No tengo por qué contároslo —dijo Nada.

Las brujas se acercaron más.

—El príncipe, como has demostrado con tanta fiereza, no está aquí para ordenarnos que nos alejemos de ti.

—Pero no os ha liberado de sus órdenes anteriores —respondió Nada, desesperada por permanecer tranquila. Tenía la voz muy tensa, ellas no necesitaban saber que estaba asustada.

—No —dijo Aya con amabilidad—. No podemos obligarte, pero ¿qué hay de malo en que nos digas lo que sabes? ¿En ayudarnos?

Nada clavó la vista entre ellas. El pelo de la nuca se le erizó y un escalofrío le recorrió la espalda. Las brujas la ponían nerviosa porque los sigilos y los familiares las conectaban al éter, las capas sinuosas de magia que rodeaban el mundo. Ellas podían oír las advertencias de los espíritus y la risa de los demonios (Nada también podía). Se había esforzado por ocultar que era sensible a él porque Kirin le había dicho que debía hacerlo si no quería que la obligasen a vivir como una bruja. Los monjes de palacio la habían dejado sola, demasiado ocupados con la filosofía, los dioses y los fantasmas emocionales, pero las brujas... ellas sospechaban que Nada era algo más de lo que parecía.

—No tengo nada que decir —afirmó. Alzó la barbilla y se imaginó la tranquila arrogancia de Kirin—. No es mi culpa que no veáis lo que para mí resulta obvio.

Aya entrecerró los ojos; Hoja se rio.

—Te vemos —dijo Hoja—, incluso cuando el resto de la corte se olvida de que no eres más que un error, una chica a la que el príncipe ha adoptado como mascota.

—Nadie te olvidará después de hoy —anunció Aya con suavidad, deleitándose en aquellas palabras.

Nada se abrió paso entre ellas de un empujón. Odiaba que tuvieran razón.

Los ojos de éter de los cuervos familiares permanecieron clavados en su espalda mientras se alejaba en silencio. Nada sentía el cosquilleo de sus frías miradas en la base del cráneo.

El Jardín de los Lirios brotaba del muro interior del quinto círculo del palacio. Era pequeño, como solían ser los jardines de palacio, y con forma de pez: se curvaba como una lágrima contra el muro; la cabeza redonda albergaba un estanque igualmente circular y la cola se estrechaba con sutileza en un camino enrejado con lirios anaranjados colgantes. Parterres concéntricos con varios tipos de lirios de color crema, blancos y del rosa palo más sutil rodeaban el estanque. Las gloriosas trepadoras con forma de estrella adornaban los muros, de un rojo desvaído. Aunque el jardín rara vez estaba desocupado a esas horas del día, el alboroto de palacio lo había despejado para ella. Nada se dirigió directa al estanque y se arrimó contra el estrecho borde entre dos macetas de vidrio rojo con racimos de lirios. Suspiró y cerró los ojos. Respiró profundamente el aire reconfortante tan cerca del suelo. Agua estancada, musgo, el perfume floral empalagoso, y el dulce y persistente olor a putrefacción.

Nada había nacido en ese jardín.

Bueno, no literalmente. Allí la habían encontrado cuando era un bebé la semana en que entraba la primavera, envuelta en una seda verde clara con una flor bordada que nadie sabía nombrar. Llevaba la silueta de esa misma flor marcada en la piel blanca como la arena de su pecho, como un hierro candente.

A veces la cicatriz le dolía y se echaba agua fría; otras, le palpitaba, y la única manera de aliviarlo era acercándola a una fuente de calor.

Era algo que no le había contado a nadie salvo a Kirin. Él decía que era una Reina del Cielo reencarnada que tenía un espíritu del fuego por corazón, aunque aquello era imposible. Los espíritus no tenían piel (solo eran fragmentos de éter). Los demonios eran espíritus muertos y solo podían poseer y robar energía de sus casas.

Aunque ninguna mujer afirmó haberla tenido, y tampoco encontraron a ninguna que pudiera ser su madre, Nada se había criado con los bebés de la corte hasta que fue lo bastante mayor como para colarse entre las paredes y las salidas de humo. Entonces conoció a Kirin, y ser su amiga, le bastó para atarla allí a pesar de la incertidumbre, a pesar de tener un nombre imposible y ningún otro lugar.

El gran demonio del palacio, aquella vez que Nada le había preguntado quién era ella, se encogió tanto que hizo una grieta en el yeso de las paredes de las termas de la emperatriz. «No me importa que estés aquí», le había dicho.

No podía decirse que fuera una respuesta, pero era lo mejor que le daría.

—¿Dónde estás, Kirin? —susurró.

Un chapoteo en el agua le respondió. Nada parpadeó, pero no se movió. Al chapoteo le siguió un movimiento, como si una pequeña cola ondulase en la superficie, y el espíritu de un dragoncillo nadó hacia el lado del estanque en el que estaba.

Los dragoncillos eran elegantes y a veces grotescos cuando no los podaba un jardinero experto. Desde las hojas con forma de corazón, el tallo brotaba haciendo una curva, como la figura sinuosa de un dragón, y sus rostros de flores blancas se extendían como si fuesen bigotes; un pétalo pesado caía como las fauces abiertas de un dragón y revelaba los estambres de color rosa encarnado. La cabeza del espíritu de este dragoncillo se asemejaba a la forma de su flor, con ojos tan rosados como los estambres, que se movían con solo un pensamiento; por supuesto, era el espíritu de una flor, no un dragón, pero cada vez que un jardinero mencionaba su nombre, el espíritu se aferrada al poder de la palabra «dragón» y crecía un poco más, se hacía un poco más brillante, hasta que cazaba a las otras especies de los espíritus de los lirios del jardín. Naturalmente no le importaba que Nada se escondiese allí, puesto que no era competencia.

—Hueles a lágrimas —dijo.

Nada ladeó la cabeza para acercar la curva redondeada de su mejilla y el espíritu le lamió las lágrimas con una lengua más suave que los pétalos.

Era uno de los pocos amigos de Nada. Tenía pocos porque una vez Kirin le había dicho que era seguro que hiciera amigos mientras nunca los quisiera más que a él. Así que ella no los hizo.

El Día que el Firmamento se Abrió no era su amigo, aunque se conocían mejor que la mayoría.

Sus amigos no humanos incluían a este espíritu del dragoncillo, el gran demonio del palacio, a quien le gustaba el cosquilleo de los dedos de las manos y los pies de Nada mientras escalaba y se escabullía por las salidas de humo, y tres haditas del alba que merodeaban por la ventana del vestidor de la Segunda Consorte. Nada les daba de comer cristalitos de miel del color de los ojos de Kirin, cada Día de Paz.

Aparte, Nada consideraba su amiga solo a Susurro, la modista más joven de palacio. Era una lista de amigos pequeña, pero muy querida.

Tan pequeña que podía ser que nunca se recuperase si perdía a Kirin para siempre.

Otra lágrima rodó por su mejilla mientras Nada se imaginaba una vida sin él. Se sintió vacía. Como si no supiera qué ser si Kirin no se lo decía. Durante el verano se las había apañado solo porque sabía que volvería. Sin aquella certeza, le preocupaba desvanecerse. Mal asunto, ella lo sabía, pero simplemente era lo que le decía el corazón.

—¿El otro lado? —preguntó el espíritu del dragoncillo, y Nada levantó la barbilla para que pudiese desplazarse sobre su clavícula hasta el hombro opuesto y le lamiese la mejilla izquierda. Se enroscó allí, como un fino toque de luz blanca y verde, acariciándola, bien oculto por el pelo suelto.

Nada era bonita, ni hermosa ni todo lo contrario; tenía la piel blanca como la arena, de un tono frío demasiado apagado para que contrastase de forma notable con algo; los ojos marrones con forma de medialuna y pestañas cortas, mejillas redondas, y unos labios que podrían haber sido considerados encantadores si no los hubiese tenido apretados en una fina línea la mayor parte del tiempo. Tenía el pelo grueso, castaño oscuro, que se ondulaba de cualquier manera (podría habérselo alisado con un poco de esfuerzo y habérselo teñido para que tuviese un contraste más llamativo, pero prefería seguir siendo discreta). Se lo cortaba ella misma y, como resultado, las puntas eran desiguales. No se había dejado flequillo, como había sido la moda entre las chicas el año anterior. Los consortes consideraban a Nada una hortera sin remedio, cuando la tenían en cuenta, pero Kirin siempre había defendido la esencia de su naturaleza desdibujada y le decía a su padre que un buen príncipe como él solo podría contrastar de verdad con un accesorio como Nada. El Primer Consorte había respondido que a veces Kirin era extremadamente grosero, incluso para ser un príncipe; Nada se había limitado a hacer una reverencia más profunda. Kirin la había salvado de tener que explicarle a su padre por qué se había destrozado el pelo: alguien le había dicho, cuando era muy pequeña, que su madre debía de haber rozado el flequillo oscuro que le enmarcaba la carita, y por eso Nada creía que las puntas del pelo eran todo lo que quedaba de ella. Se había negado a cortárselo y lo llevaba recogido en unas trenzas sencillas pegadas a la mandíbula para que, cuando se moviera, la rozasen como una suave caricia maternal. Cuando tenía trece años, en un arrebato por algún error que no recordaba, aunque seguramente Kirin sí, Nada lo trenzó todo en un solo cabo y lo cercenó. Se había quitado un peso de encima. Con los mechones hizo dos pulseras: una para ella y otra para Kirin Sonrisa Sombría. El impostor no la llevaba puesta.

Estiró más la mano fuera de la manga rasgada de su túnica para estudiar el viejo brazalete. El tejido se había aflojado con el tiempo y algunos cabellos se habían roto, de manera que sobresalían de forma desordenada.

—¿Crees que podrías convertirte en mi familiar y prestarme algo de poder para encontrarlo? —le susurró al espíritu del dragoncillo.

Pero este siseó y se acurrucó contra su cuello. Le pellizcó el lóbulo de la oreja para mantener el equilibrio cuando se volvió hacia el final del jardín. Había oído el sonido de unos pasos cautelosos y pausados.

—¿Nada?

Era Firmamento.

Nada se llevó las rodillas al pecho, las abrazó y esperó.

—Sé que es donde sueles refugiarte, pero tengo que hablar contigo, Nada.

—Entonces habla —respondió ella, todavía escondida.

Firmamento se sentó en el borde del estanque de los nenúfares, con las macetas de lirios entre ellos. Agarró la piedra con sus fuertes manos y flexionó los músculos de los brazos desnudos. Ese día había llevado un atuendo formal para el ritual de investidura y una armadura lacada negra, que era nueva. Pero ahora se había quitado la armadura y se había quedado solo con los delicados ropajes negros, bordeados con una seda azul intenso, del mismo color que su cabello, pues Firmamento era uno de los que habían sido besados por el demonio, nacido en una de esas familias que las Reinas del Cielo habían maldecido generaciones atrás. Todos los descendientes tenían un color añil, como los demonios, en el pelo, en los ojos, o en un tono subyacente en la piel, y todos recibían algún don especial: oído fino, visión nocturna o la incapacidad de mentir. El don de Firmamento era la fuerza física. Era bastante grande. En una ocasión Kirin lo había retado a lanzar a Nada sobre uno de los muros de palacio solo con el dedo meñique. Firmamento se había negado, ya que no tenía nada que demostrar.

—No lo encontrarán —gruñó el guardaespaldas. Más que oírlo, Nada lo sintió reverberar por el bordillo de piedra del estanque hasta la médula, donde se instaló con una presión—. Han mandado al Ejército de los Últimos Recursos únicamente en cuatro direcciones.

Sorprendida, Nada se inclinó hacia delante para echar un vistazo entre los racimos de lirios. El espíritu le tiró del pelo.

—Cuatro es un número equilibrado —dijo ella—. Y solo el hechicero de una montaña podría haber creado a un impostor tan convincente. Claro que los mandarán a las Cuatro Montañas Vivientes.

Firmamento cerró los ojos.

—Pero los hechiceros de las Cuatro Montañas no lo tienen, y los soldados no irán a buscarlo donde puedan hallarlo. A Kirin lo secuestró la Quinta Montaña y la Hechicera que Devora Doncellas. Tienes que venir conmigo para traerlo de vuelta.

CINCO

NADA SE LEVANTÓ DE UN SALTO. EL ESPÍRITU DEL DRA-
goncillo siseó del susto y se aferró a su pelo.

—¡Mientes! —gritó—. ¡La hechicera no se llevaría a Kirin! Solo secuestra a chicas.

Veintitrés muchachas en los últimos diecisiete años.

Firmamento la observó, tenía los ojos negros llenos de
aflicción.

—No debes hablarle de esto a nadie —dijo.

—¿Hablar de qué?

El corazón de Nada palpitaba con fuerza, pero apoyó las
manos cerradas en un puño sobre las caderas, tratando de
parecer más fuerte de lo que se sentía. La sospecha llegó en
un torrente de imágenes y recuerdos. Esos pequeños fragmentos de la vida de Kirin comenzaron a encajar y cobraron
sentido: miradas de reojo y palabras que se había tragado,
casi confesiones, y una melancolía muy sutil cuando contemplaba ciertos objetos.

—Kirin confiaba en ti por encima de todos los demás
—continuó con determinación el guardaespaldas besado
por el demonio.

—Incluido tú —arremetió Nada con temor.

Los ojos del muchacho se desviaron hacia su hombro y
al espíritu que colgaba de él.

—¿Se lo contará a alguien el espíritu de la flor? Si es así, lo estrangularé para convertirlo en demonio y lo plantaré en tierra mezclada con sal.

Nada se mordió el labio y alzó una mano para sujetar las zarpas temblorosas del espíritu del dragoncillo.

—¿Decir qué, Firmamento? ¿Decir qué?

El joven se arrodilló ante ella e inclinó el rostro en una súplica, como en penitencia.

—Cuando este verano viajé con Kirin Sonrisa Sombría por los caminos, yo iba con una esposa.

—Ay, no —susurró ella.

Firmamento le sostuvo la mirada.

—Kirin me dijo: «Firmamento, vendrás conmigo en este viaje de tres meses como si fueras con una hija aventurera, no con un hijo. Me pondré vestidos y me trenzaré el pelo con flores. Caminaré y hablaré como una mujer y tú serás mi esposo, no un querido amigo. Esta es mi única oportunidad de vivir contigo como deseo, Firmamento. No hagas que te lo suplique. No me lo niegues». ¿Qué otra cosa iba a hacer salvo aceptar, Nada? ¿Qué habrías hecho tú?

Sus mejillas cobrizas se ruborizaron, la sangre purpúrea bajo la piel.

—¿Qué habrías hecho tú, Nada? —le preguntó de nuevo en voz baja y áspera.

Nada jamás habría pensado que Firmamento albergara emociones tan profundas en ese cuerpo tan fuerte. Aunque tenía miedo, se acercó a él y le puso una mano en el hombro.

—Siempre haré lo que Kirin me pida, aunque no sea lo correcto.

—¿Harás lo que te pido yo y me acompañarás a la Quinta Montaña?

La Quinta Montaña, bastante al norte del imperio, estaba muerta: su corazón había erupcionado hacía más de cien años y su espíritu se había transformado en un gran demonio. En esos tiempos, el Emperador con la Luna en los Labios había hecho un trato con el demonio y le había rendido tributo a cambio de la paz. Pero desde que la Hechicera que Devora Doncellas había llegado, no hubo paz: secuestraba muchachas por todo el imperio y alejaba a los emisarios cuando estaban a sus puertas. Los hechiceros de las Cuatro Montañas Vivientes no atacarían a un gran demonio mientras la frontera resistiera, y el gran demonio del palacio se había negado a involucrarse.

—¿Por qué crees que puedo ser de ayuda, Firmamento? —preguntó Nada.

—Dicen que nada puede atravesar la Quinta Montaña.

Ella arrugó los labios en una mueca. Un juego de palabras no hacía posible un rescate.

—Supiste lo que era. Supiste que no era Kirin y… —añadió Firmamento. Bajó la cabeza con aire de culpabilidad—. Yo no fui lo bastante valiente como para admitir la verdad y actuar. Pero tú, sí.

El espíritu del dragoncillo resopló y se inclinó hacia abajo, con una garra aferrada a su pelo.

—Te llevas bien con el gran demonio del palacio y por eso es posible que también puedas ganarte el favor del gran demonio de la Quinta Montaña. Y si bien la hechicera no se interesará por mí, no lo suficiente como para abrirme sus puertas, tú eres una chica con un corazón al que puede devorar.

Nada se imaginó que una mujer elegante le abría el pecho en canal para lamer la masa sanguinolenta de su corazón. Contuvo la lengua.

—Haré lo que sea para salvar al Heredero de la Luna, Nada. ¿Y tú? —dijo Firmamento.

—Yo quiero ir —dijo el espíritu del dragoncillo y sus ojos encarnados brillaron con determinación.

—Tú debes quedarte en casa —le respondió Nada con aire ausente. Se sentía algo mareada y se preguntó si esa decisión había quedado tomada en el momento en el que había incrustado el cuchillo en el cuello del impostor.

—Reúnete conmigo en la verja del séptimo círculo dentro de dos horas —dijo Firmamento—. Llevaré comida y suministros. Solo necesitas unos zapatos fuertes y túnicas para vestirte a capas. ¿Tienes una de lana o de cuero? Cuanto más ascendamos, más frío y humedad habrá.

—Me las apañaré —respondió Nada.

El guardaespaldas besado por el demonio se puso firme y se marchó.

SEIS

NADA SE DESLIZÓ POR LOS PASILLOS ORNAMENTADOS DE la sala de costura de la Segunda Consorte para buscar a Susurro. Las puntadas de la joven eran tan pequeñas que se rumoreaba que ella no cosía las costuras, sino que murmuraba bonitas canciones para convencer a la seda y a los hilos de que se uniesen por voluntad propia. Su naturaleza tolerante y cariñosa la hacían perfecta para ganarse la amistad de Nada, que lo había conseguido a base de miradas y de algún roce ocasional al que nunca seguía una petición o una necesidad. Simplemente, Susurro le había hecho saber a Nada que estaba disponible para ella y que le interesaba. Para la mayoría, Nada era una extrañeza o poco más que una mascota exótica o un truco del que sospechar. Era un alivio que Susurro la acogiese en su espacio como un haz tranquilo de sol.

Puede que muchos se percatasen cuando Nada se desvanecía, pero solo Susurro la echaba de menos.

Al principio, Nada avanzó entre las paredes y a través de las salidas de humo, pero al final tenía que salir al pasillo abierto junto a la luminosa sala de los tapices. Sus pisadas eran silenciosas sobre el suelo de madera; su túnica, un runrún contra la puerta de malla pintada. La pared sur estaba compuesta de ventanas enrejadas en su casi totalidad, abiertas para que entrase el aire y el sol, aunque a veces las cerraban con pantallas finas de fibra o postigos de madera pesada. Susurro estaba sentada al final de una hilera de seis costureros y costureras, cada uno de los cuales trabajaba en una flor compleja diferente para el mismo bajo. Al parecer, aquella cola ancha sería para la mismísima emperatriz, de una seda tan negra que absorbía la luz; tenía rododendros de color blanco y rosa ardiente por todo el dobladillo y brotes estelares negros casi invisibles. Aquel despliegue era tan hermoso que Nada se detuvo a observarla mientras se preguntaba cómo se sentiría con esa tela gloriosa envolviendo sus hombros, deslizándose a su paso de tal forma que nadie podría ignorar o evitar.

Un costurero ahogó una exclamación. Se le había quedado la boca abierta y miraba fijamente a Nada. Tenía los labios pintados de un verde intenso que ascendía en espirales de nubes hasta sus ojos marrón oscuro.

—¡Nada!

Otra costurera gritó y se llevó un dedo a la boca para limpiarse la sangre.

—Tendremos que cambiarte el nombre, dado el revuelo que has causado hoy —dijo un tercero.

Nada exageró una mueca, como si llevase una máscara.

—Pequeña Heroína —sugirió el primero.

—Asesina de Príncipes —añadió otra.

—Valiente pero Extremadamente Extraña y Callada —dijeron luego.

Qué horrible era hacerse notar.

Susurro permaneció en silencio, pero dejó el bordado y rodeó a Nada con un brazo desnudo. La mayoría de los costureros llevaban túnicas sin mangas bien ceñidas al cuerpo para evitar enredarse con la tela. Condujo a Nada a una mesa baja en el rincón de descanso, sobre la cual había té frío y queso dulce lo bastante tierno como para comerlo con cuchara.

—¿Estás bien? —le preguntó Susurro. Se sentó de rodillas sobre un cojín plano del color cristalino del cielo al mediodía. Conjuntaba a la perfección con su túnica color teja.

Nada se arrodilló.

—Sí —dijo con suavidad—, pero me marcho del palacio y puede que no me veas en un tiempo.

Susurro le tendió una taza pequeña de té y Nada le dio un sorbo, aunque no le gustaba mucho aquella mezcla a menos que estuviese tan caliente que humease. Dejó que Susurro esparciera semillas de hinojo sobre una cucharada de queso y se lo ofreció. Luego preparó otra para ella.

—¿Por qué? —le preguntó y cruzó las manos sobre su falda.

Nada se contuvo para no mirar por encima del hombro y ver si el resto continuaba con su trabajo y no trataba de escuchar lo que decía.

—Voy a buscar a Kirin.

—¿Sola?

—Con El Día que el Firmamento se Abrió. —Se mantuvo inexpresiva. No quería revelar por accidente algo de lo que no estaba segura: no sabía cómo sentirse, salvo nerviosa, pero sabía que quería despedirse sin provocarle a su amiga una carga de preocupación.

—Estoy segura de que será buena compañía —dijo Susurro con suavidad.

Permanecieron en silencio mientras daban unos sorbos al té.

—¿Sabes dónde está? —le preguntó Susurro.

—Firmamento cree que sí. —No añadió nada más porque no quería insinuar la verdad. Esta arruinaría a Kirin.

No era que Firmamento amase al príncipe o que el príncipe le correspondiera; aquello era de esperar. Pero no se les permitía tocarse antes de la investidura de Kirin. Como Heredero de la Luna debía permanecer puro... No podía recibir nada en su interior antes de que la Luna lo llenase. Ni un dedo, ni una lengua, ni una cuchara que no estuviese bendecida. Estaba claro que Kirin y Firmamento habían roto esa castidad —Nada lo había visto con sus propios ojos—, y si algún monje sospechaba la verdad sobre su relación, toda la línea de sucesión quedaría destruida.

Peor. Al adoptar la identidad de una mujer, Kirin había traspasado una línea no consagrada: igual que existían la noche y el día, izquierda y derecha, arriba y abajo, existían el hombre y la mujer, y cualquier cosa entre medias era el reino de los espíritus, los demonios y las Reinas del Cielo. Aquello era lo que creaba el amanecer y el anochecer, las horas más sagradas, lo que hacía posible las mezclas de colores y que los hechiceros pudiesen cambiar de forma, pero no los humanos. Las personas decentes debían ser una cosa o la otra. Cualquier otra opción era demasiado aterradora.

Kirin lo había arriesgado todo al pasar el verano con Firmamento para vivir como deseaba. Y no le había contado a Nada sus intenciones.

Ella se habría opuesto con fiereza a que se pusiera en peligro. Kirin siempre le decía que evitase llamar la atención si quería estar a salvo, pero él no había seguido su propio consejo ni por asomo. Ahora la Hechicera que Devora Doncellas lo había capturado. Nada sentía que estaba vivo, pero ¿por cuánto tiempo? ¿Y cómo mantendrían el secreto? Todo el mundo querría saber por qué lo había secuestrado la hechicera.

Pero Susurro no le preguntó nada más. En parte, eran amigas por eso.

—No volveré sin nuestro príncipe. Puedes decir eso, si te preguntan —le dijo Nada.

—Lo haré. —Susurro tomó la taza de Nada y le agarró la mano—. Deberías adoptar otra apariencia para salir al mundo. Al menos algo de pintura, como si fueras la sirvienta de El Día que el Firmamento se Abrió.

Nada se acercó para darle un beso. Luego, se apresuró a levantarse y se marchó sin dedicarles una mirada a los demás costureros. Sentía una presión en el pecho mientras cruzaba el pasillo y salía del segundo círculo de palacio. Regresó al quinto círculo, escaló por una antigua salida de humo y luego descendió al baño abandonado que usaba como su hogar secreto. Los azulejos brillaban en tonos rojizos y blancos, púrpura rojizo y naranja, con formas complejas de estrellas. Las cañerías habían fallado hacía varios años y el gran demonio las había mantenido rotas para ella, aunque los mecanismos de calefacción funcionaban y la calentaban cuando dormía entre viejas almohadas y mantas deshilachadas de las que había hecho acopio. Había ensartado cordeles entre las delgadas columnas de las que colgar unas cortinas traslúcidas de distintos tonos, lo que bañaba la estancia de una luz difusa con los colores del arcoíris a distintas horas del día.

Dentro de una cesta de mimbre llena de cerámica, azulejos y juguetes rotos, Nada guardaba la tela de seda verde pálido con la flor de muchos pétalos bordada en la que la encontraron envuelta cuando era un bebé. La sacó para usarla como bufanda. Todavía con las zapatillas puestas, metió los pies en unas botas y se ató los cordones a los tobillos. Luego, se llevó las manos a las caderas, preguntándose qué ponerse. «Capas», había dicho Firmamento. No tenía nada impermeable.

Torció los labios en señal de descontento y se quitó la túnica y la ropa interior; luego, se puso una muda nueva y unos pantalones anchos que le llegaban justo por encima de las botas. Después, una camisa larga y una sobreveste púrpura y, encima, una chaqueta de lana roja raída. Alrededor se ató un fajín ancho de un verde llamativo. Se recogió el pelo en una coleta alta y se lo ató con retales de lazos de seda, hasta que se parecía más a una actriz que a Nada. Era muy probable que los colores vivos transformasen su rostro en una máscara apagada, pero Nada ni siquiera tenía maquillaje. Tendría que depender de lo que llevara Firmamento.

Antes de partir se apretó contra la pared, con las manos extendidas, hasta que sintió un hormigueo en las palmas, en contacto con el rojo desteñido; también apoyó la mejilla, de forma que cuando cerró los ojos y susurró: «Me voy, gran demonio», pudiera escucharla. Al haber sido espíritus, fragmentos vivos de éter, en otros tiempos, los demonios anhelaban la vida y la magia y tenían que poseer para sobrevivir, drenar el poder de la vida de las personas, los animales y los lugares hasta que ellos también morían. Entre los monjes surgía el debate sobre qué hacía grande a un demonio; era tan simple como que un gran espíritu moribundo se convirtiese en gran demonio con la rapidez suficiente como para mantener la conexión con el éter, o que un demonio se las ingeniase para encontrar un hogar permanente y, de alguna manera, enraizara de forma tan profunda que reconectase con el éter, para así convertirse en su propia fuente de poder.

El gran demonio del palacio era uno de los dos únicos conocidos en todo el mundo. El otro vivía en la Quinta Montaña. Algunos decían que *era* la Quinta Montaña.

A Nada nunca le habían importado demasiado los detalles de por qué o cómo existía el gran demonio del palacio. Le gustaba el retumbar reconfortante de su presencia cuando absorbía pequeñas hebras de vida y poder de todo, tan sutil que nadie salvo ella lo notaba. Además, el gran demonio también destilaba poder, como si la emperatriz y la corte al completo fuesen sus dueños.

—¿Me has oído? —volvió a susurrar—. Tengo que irme.

Un suspiro retumbó entre los cimientos. Fue tan suave que solo una persona en la misma postura que ella lo habría oído.

¿Por qué? ¿acaso no te he proporcionado calor, pequeña?

—Oh, mucho, gran demonio. Necesito encontrar a otro amigo. El príncipe ha desaparecido... Kirin Sonrisa Sombría.

Mi príncipe no ha vuelto para la investidura de verano; cuando vuelva será Mío para siempre.

Nada frunció el ceño. No entendía la conexión entre la investidura real y el gran demonio.

—Creíamos que Kirin había vuelto, gran demonio. ¿No escuchaste las celebraciones de estos dos días? Nos reunimos para la investidura, pero yo... Ese no era Kirin. Era un impostor.

La pared se estremeció bajo sus palmas con un gruñido tan grave que apenas pudo oírlo.

—Voy a encontrar a nuestro Kirin —dijo Nada—. Lo prometo.

Tráelo ante Mí.

La orden retumbó con fuerza y Nada cerró los ojos. Todo el mundo lo habría oído.

Frotó las manos contra el yeso.

—Shh, shh. Lo prometo, gran demonio —susurró.

Como siempre, ronroneó. Le gustaba su contacto. Nada siguió calmándolo y sintió el hormigueo de otras plegarias al tiempo que los monjes se arrodillaban en los santuarios repartidos por el palacio, también para hacer promesas, para calmarlo.

Tu partida transformará Mis paredes, gruñó finalmente el demonio.

—Me echarás de menos —respondió ella, complacida.

¿Quién Me hará cosquillas con sus piececillos por las tardes? ¿Quién Me aliviará el picor de la grieta en el tejado del cuarto círculo?

Nada besó el áspero rojo desvaído.

—Cuando vuelva, le pediré al príncipe que repare el picor como recompensa.

Su respuesta fue un suspiro de satisfacción.

Así, Nada se marchó del único hogar que había conocido. Se arrastró y se escabulló por las salidas de humo —vestida con esos colores llamativos—, todavía preocupada por que la detuviesen. Recorrió todo el camino hacia el séptimo círculo, la zona más baja, hasta emerger en un sendero que cruzaba un jardín de arena de rayas rojas y blancas con granito rosa y pedruscos de mármol blanco alterando el patrón. Las botas se le hundieron inesperadamente en la arena y Nada se detuvo, sorprendida. Qué extraño era dejar marcas allá donde pisaba.

Nada no había salido jamás de los siete círculos del palacio. Casi nunca pensaba en lo que habría más allá de las fronteras, como si fuese un espíritu o un demonio, y el palacio, la casa que habitaba. Los demonios nunca abandonaban su hogar.

Tenía que recordarse que era humana, y los humanos tenían su propia casa (si el humano tenía una muerte violenta no se convertía en demonio, sino en fantasma, perdido, sin hogar y enfadado, y solo un monje podía atarlo a un amuleto con un nombre y enviarlo a las Reinas del Cielo).

Nada era humana. Llevaba su casa con ella.

Temblando, aunque fuera a finales de verano e hiciera bastante calor, Nada se apresuró a cruzar lo que quedaba del jardín, directo a las sombras de la casa del guarda, donde Firmamento la esperaba.

Los jardineros elevaban la mirada a su paso y ella esquivó a los soldados que montaban guardia en la entrada, ignorando sus cotilleos y preguntas. Firmamento estaba de pie con un petate colgado sobre su ancha espalda y otro pendiendo de su fuerte mano. Llevaba la espada ceñida a la cintura. También se había atado el pelo y se había pintado una línea de color azul sobre los ojos. Iba vestido de negro y azul zafiro. No hacían contraste, más bien combinaban. «Me importa un bledo si estoy guapo», decía su aspecto.

—Nada —murmuró.

—No sé pintarme para salir al mundo —dijo ella.

Firmamento se pasó el pulgar por la amplia línea azul que le recorría la mejilla. Lo presionó contra la frente de Nada y le dibujó un arco. Era como si la estuviese reclamando, pues ella no había sido besada por un demonio.

—Esto servirá —dijo.

—Soy muy joven para ser una esposa —masculló ella.

Por una vez, el guardaespaldas sonrió.

—Será una buena excusa para viajar rápido y sin montar un espectáculo, ya que vamos a fugarnos.

—¿Convertirías a Kirin en tu Primer Consorte y a mí en la Segunda? —le espetó. Firmamento era la única persona que sacaba su lado sarcástico.

—Es mejor a que tú seas su Primera.

Con eso, Firmamento se puso en marcha. Se movía como si perteneciera, como si le hubieran ordenado partir. Nada se apresuró a alcanzarlo mientras pisaba a propósito los bordes de su sombra, proyectada por el ocaso del sol.

SIETE

En las profundidades del corazón de la Quinta Montaña, una hechicera caminaba por un largo pasillo en penumbras. Las zapatillas de seda se hacían pedazos contra el áspero suelo de piedra pómez, y ella arrastraba las uñas por las paredes, afilándolas hasta asemejarse a unas garras. Sobre su cabeza oscilaban pequeñas luces azules, como si algunos fragmentos del cielo vespertino se hubiesen liberado para aferrarse a la corona fabricada con los frágiles huesos de las alas de un murciélago.

Tarareaba para sí una melodía hueca con la intención de llenar el espacio que se extendía ante ella, el cual había estado vacío desde que la montaña había dejado de respirar. La hechicera era hermosa y monstruosa, pues era una mujer y un espíritu a la vez, y su piel estaba perfilaba por unos miembros delicados de un cobrizo pálido envueltos con capas de seda negra, blanca y rosa encarnado. El cabello le caía a capas en cascada como un bucle y lo llevaba sujeto con horquillas de cristal y peinetas de *cloisonné* de las que colgaban perlas encordadas y lágrimas de unicornio de amatistas. Sonreía con esos labios rojo rubí y sus mejillas se alzaban de forma atractiva, pero sus dientes eran tan afilados y serrados como los de un tiburón, y sus ojos, de color verde y blanco mortecino, ambos seccionados por unas pupilas largas y rojas como las de una serpiente. Puede que sus dedos fuesen demasiado largos, lo que hacía que las yemas en forma de garra pareciesen apropiadas; quizá sus zapatillas de seda escondieran las pezuñas hendidas de un unicornio o las garras de un águila cerradas en un puño para poder caminar mejor. Puede que sus pies fuesen los de una mujer, delicados y perfectos. Su paso era suave como el de una serpiente y su voz susurraba como el llanto encantador de un hada de luna mientras entonaba un suave canto.

Su sombra la seguía a regañadientes en forma de alas desplegadas. La oscuridad se acercaba a su estela como manos para acariciarla, emitiendo un sonido con ella, hasta que cada eco quedaba absorbido y cosido con magia a los dobladillos de las colas de sus túnicas.

La hechicera dobló una esquina del pasillo subterráneo hacia una cueva a poca altura. Estaba salpicada de diamantes resplandecientes, vetas de rubí y ojos de obsidiana de un negro pronunciado que antaño habían brillado con la presencia del demonio de la Quinta Montaña.

En un rincón apartado la hechicera había ordenado a las rocas calentarse y alargarse en forma de dientes, tanto del suelo como del techo, hasta que se unieron para formar unos finos barrotes. Se había convertido en la mueca afilada de una celda. En su interior, una lámpara de aceite arrojaba una luz tenue y había un cuenco de cerámica con bordes dorados demasiado bonito para el uso que le habían dado, un lecho con colchas de lana y una doncella con un vestido hecho jirones.

—Oh, Príncipe y Doncella a Su Vez —dijo la hechicera—, buenas tardes.

Kirin alzó el rostro; era muy hermoso, a pesar de las lágrimas manchadas de hollín y el carmín a medio quitar; a pesar de la maraña de pelo de un azabache imposible que le enmarcaba las mejillas cenicientas y que todavía se derramaba en mechones medio trenzados con hilos de plata y azul cielo; a pesar del collar de perlas blancas y verdes enroscado una y otra vez en torno a su largo cuello; a pesar del vestido verde azulado rasgado con flores bordadas en negro, dorado y rojo. A pesar de la sangre en sus dedos tras haber arañado los barrotes de la celda.

No respondió, solo la estudió con la mirada; sus ojos eran del color marrón desportillado de un ámbar antiguo.

La hechicera se arrodilló, con las faldas y la túnica arremolinadas a la perfección a su alrededor y las sombras aladas envueltas en la tenue luz de la lámpara. Hasta que solo las luces azul cielo de su corona apartaron la profunda oscuridad.

—¿Tienes hambre? ¿Comerás algo hoy?

El príncipe siguió sin decir nada.

—Hay agua —siguió ella, y un cántaro delgado apareció junto a los pies desnudos del joven—. Con sabor a menta y a pétalos de rosa, como a ti te gusta.

El príncipe alargó la mano y hundió un solo dedo sobre el borde, rozando una pequeña ondulación sobre la superficie del agua.

—¿Descubrirán mi secreto, príncipe? ¿Se darán cuenta del engaño que les envié? ¿Vendrán a por ti, doncella?

Entonces, Kirin desplegó una sonrisa… una sonrisa sombría y suave.

—Nada vendrá a por mí —dijo.

OCHO

P OR PRIMERA VEZ EN VARIOS DÍAS, NADA Y EL DÍA QUE
el Firmamento se Abrió viajaban con facilidad por la
Vía de los Árboles Reales. Era ancha y estaba a rebosar de
viajeros y mercaderes que se dirigían al norte, al bosque pluvial. Gracias a esa multitud, Nada y Firmamento pasaban
completamente inadvertidos. Al principio, el camino estaba
pavimentado con ladrillos y grandes adoquines; la linde, de-
limitada con unos pilares enormes de secuoya con la parte
de arriba dorada para que brillasen como el sol, y habían
tallado santuarios diminutos en la base de los troncos. Se
suponía que esos pilares debían invitar a los espíritus de los
Árboles Reales, que se alineaban junto al camino más hacia
el norte, a que se aventurasen hacia el sur de vez en cuando
para así proteger toda la Vía. Todos los viajeros se detenían
de manera ocasional en uno de los pequeños santuarios para
derramar algo de vino o dejar el último de los bollos del desayuno, una flor o una semillita.

Al oeste de la Vía, el terreno se internaba en la llanura
aluvial de en los pantanos que rodeaban el afluente real del
río Selegan. Ya habían recolectado muchos de los cultivos,
salvo por algunos manzanares e hileras ocasionales de un
verde intenso allá donde brotaban las alubias nuevas para

una segunda cosecha. Al este se extendían amplias franjas de pastos salpicados de ganado y cabras. Más o menos a cada hora de trayecto vislumbraban pequeños pueblos o comunidades agrícolas; en los desvíos o cruces de caminos los niños vendían agua fresca del pozo y menta poleo, queso duro y pan. Los espíritus de los santuarios se agolpaban unos encima de otros en estos lugares, como espíritus de los pueblos diminutos.

Nada se quedaba mirando fijamente todo como un cachorrillo desconfiado, ávida por investigar, sobrecogida pero, a la vez, cohibida por tener contacto directo con extraños. A veces se salían del camino para dejar pasar un carro tironeado por búfalos de cuernos planos o se dejaban llevar por la estela de una gran multitud de peregrinos con sombreros de ala ancha. Cuando pasaban los mensajeros reales a caballo o una compañía de soldados, ella y Firmamento se ocultaban como quien no quiere la cosa entre la multitud o fuera de la ruta. Nada seguía con los ojos abiertos como platos mientras marchaba junto a Firmamento. Si no fuera por la situación apremiante, puede que incluso hubiese disfrutado de la novedad y la aventura.

Al principio dormían en albergues en los cruces de los caminos, gratis para quienes iban a pie siempre y cuando todos los integrantes del grupo les dieran las gracias a los espíritus del fuego o de los cimientos. A estos albergues los mantenían y cuidaban los sirvientes de la Emperatriz con la Luna en los Labios a modo de obsequio para su pueblo.

Ni Nada ni Firmamento estaban especialmente habladores y, así, el tiempo transcurría en silencio salvo por alguna instrucción ocasional o una explicación en voz baja sobre las costumbres de aquellos cruces por parte de Firmamento. A Nada se le secaba la boca como la suela de un zapato, por lo que debía recordarse beber agua. Cada mañana, el sol ardía con fuerza en el cielo azul y, la mayoría de las tardes, unas nubes de lluvia llegaban flotando para bendecirlos con una niebla brillante y gotas diamantinas antes de partir, justo a tiempo para la puesta de sol con arcoíris. A Nada le vino bien tener la chaqueta de lana para echársela sobre la cabeza a modo de capucha. Daba gracias por las botas recias, que sobrevivían al barro a toda costa. Incluso cuando el camino estaba decente y con los conocimientos de Firmamento, le resultaba duro andar durante todo el día. Nada dormía profundamente, como una vela apagada, y se despertaba dolorida.

Si bien no eran reacios a entablar conversación durante el recorrido, la presencia constante de otras personas aumentaba la necesidad de silencio. No estaría bien hablar de Kirin o de la Hechicera que Devora Doncellas donde cualquiera pudiera oírlos. A veces, Firmamento tomaba a Nada de la mano sin avisar o le rodeaba los hombros con el brazo mientras caminaban y, si ella se quejaba, él dirigía la mirada hacia algún compañero de viaje que los observaba de reojo. Ella suspiraba y se recostaba contra él o le dedicaba una sonrisa bobalicona, como si estuviesen enamorados. Nada no percibía nunca tales muestras de atención antes que Firmamento. Se le daba mal interpretar a la gente.

Una tarde, en un santuario ubicado en un cruce, Nada se agachó para desmenuzar los últimos trozos de queso en el cuenco de las ofrendas y un espíritu salió de la estatua de una anciana feliz, que había en un rincón en sombras.

—Hola —le dijo.

Nada parpadeó, sorprendida de su actitud lanzada. Los espíritus parecían tímidos, pero era porque la mayoría de las personas no podían verlos ni oírlos. Los espíritus del palacio no solían querer hablar hasta que Nada los convenció de que era una amiga. Salvo por las haditas del alba, que siempre reclamaban a voces más luz y atención. Los demonios eran más habladores. Era lo mejor para convencerte de que les dieras tu vida, supuso.

—Hola —respondió Nada en un susurro.

El espíritu era como un jirón de niebla con el mismo aspecto de la estatua feliz, las mejillas color cereza y el cabello rizado formado por nubecillas diáfanas.

—¿Tienes algo dulce? —le preguntó.

—¿No te gusta el queso?

—Todo el mundo deja queso.

Aquella respuesta seca hizo sonreír a Nada, y se agachó aún más.

—¿Qué te parece un beso?

El espíritu la miró con suspicacia.

—Aleja esos dientes de mí.

Nada se besó el dedo y lo sostuvo frente al espíritu, que abrió la boca en un gesto de alegría y se llevó el dedo de la joven a la boca hasta la primera falange. Le hizo cosquillas al devorar el beso y Nada se contoneó.

—Nada —gruñó Firmamento. La agarró por el cuello de la túnica y la levantó—. No hables con espíritus. Te delatará como alguien distinta más rápido que si llevaras un collar de perlas de luna reales.

Ella frunció el ceño.

—Bendiciones para tu hogar —le dijo al espíritu al tiempo que este se despegaba de su dedo y volvía al regazo de la estatua.

Luego, se marchó echando humos y Firmamento tuvo que apretar el paso para alcanzarla.

—Dime qué otras cosas no debería hacer, El Día que el Firmamento se Abrió —le exigió acaloradamente—. Y no vuelvas a arrastrarme como a una cría.

Firmamento le dirigió una mirada imperturbable.

—Compórtate como una persona y no como un duende.

Sin embargo, lanzó una mirada por encima del hombro y Nada se dio cuenta de que él también podía ver al espíritu.

Al sexto día, el primero de los Árboles Reales vivos apareció. Eran enormes, tan anchos como una casa, sus troncos rojizos y ásperos apuntaban directo al Cielo y, cuando soplaba el viento, pequeñas agujas verdes se esparcían desde las alturas. Aquel era el comienzo del bosque pluvial, donde el río Selegan se estrechaba y se desviaba hacia el oeste del camino hasta desvanecerse en el bosque verde rodeado de niebla. Cada vez había menos pueblos en el bosque pluvial y, los que había, ya no se agolpaban junto al camino, sino que estaban emplazados algo más lejos. Los viajeros se separaban en las encrucijadas hasta el punto de que Firmamento y Nada estaban solos durante más horas de las que tenían compañía. Incluso al mediodía el sol apenas atravesaba las densas copas y la luz diurna se atenuaba en tonos verdosos. Volutas de luz, semillas y éter flotaban en el aire, el canto y los trinos de los pájaros se escuchaban por los extensos huecos donde dominaban los Árboles Reales y, en ocasiones, los helechos se estremecían con el paso de los animalillos.

—Es como caminar dentro de una esmeralda —comentó Nada.

Firmamento la estudió durante unos minutos antes de asentir con solemnidad.

Al octavo día de viaje, no encontraron ningún parador ni alojamiento al caer la noche y Firmamento tuvo que montar un campamento. Localizar un claro decente fue fácil, ya que la gente acampaba con frecuencia. Incluso había tocones y troncos colocados en círculo en torno a construcciones de piedra para prender hogueras y estacas permanentes con las que construir un refugio contra la humedad con una tela impermeable. Firmamento tenía una de esas telas bien enrollada al fondo de su petate y le mostró a Nada cómo asegurarla con cuerdas de cáñamo. Reunieron montones de agujas de los abetos más pequeños arrimados junto a los Árboles Reales e hicieron lechos con ellas. Con tranquilidad, Firmamento le enseñó a Nada a buscar cebollas y raíces comestibles para asar en el fuego y cómo y dónde cubrir las heces. Echó unas cuantas nueces que encontró en un cuenco somero de agua que había recogido del río y le dijo que por la mañana desayunarían salmón fresco.

Nada lo sorprendió al hacer una fogata ella misma con un puñado de agujas de pino y palos secos. Se arrodilló y persuadió a los engañosos espíritus del fuego para que salieran de la tierra a bailar.

Era la primera noche que pasaban solos.

El lento crepúsculo dio cabida a una larga noche y, más allá del anillo de fuego, el bosque pluvial estaba completamente a oscuras. La luna era demasiado fina como para atravesar las copas de los árboles. Aparte del crepitar de las llamas, Nada escuchaba el suave golpeteo del agua al caer, las gotas que caían de las ramas altas y el grave ulular de un búho.

Se sentó muy cerca de Firmamento, de manera que sus hombros se rozasen en un intento por compartir calor. Aunque era finales de verano y los días eran cálidos, la humedad les calaba la ropa y el pelo, les enfriaba la piel y les llegaba hasta los huesos. A una parte de Nada le gustaba aquello, pues se imaginaba que le crecía musgo en los huesos, que los dientes le brillaban como perlas y que su cabello se enmarañaba como las enredaderas. Eso hacía que se sintiera como si perteneciese al bosque pluvial. Como si allí pudiese estar en casa.

En la penumbra, los ojos marrones de Firmamento tenían un brillo añil, como los de un demonio. Era una luz muy reconfortante, y Nada pensó que el joven era tan peligroso como cualquier otra criatura que pudieran encontrar en el bosque. Incluso más que los osos pardos o el espíritu de un Árbol Real. Ahora, si uno de estos árboles hubiese muerto y se hubiese convertido en demonio, Firmamento seguramente no habría sido rival para él. Nada suponía que podía ser amiga de un demonio.

—¿Viniste por este mismo camino con Kirin? —le preguntó. Era la primera frase completa que había pronunciado en dos días.

—No.

Nada no esperaba que dijese nada más porque Firmamento se quedó mirando el núcleo azul intenso del fuego con la suficiente fuerza como para quemarse los ojos. Pero entonces, añadió:

—Vinimos en esta dirección, aunque no directamente. A Kirin le gustaba deambular por los cruces o aventurarse en los pueblos para hablar con la gente. Esperamos hasta estar al menos a tres días de palacio, pero entonces quiso pasar al anonimato; empezamos a comer en posadas y alquilábamos habitaciones a cambio de trabajar en las granjas.

—¿Kirin sabe ser granjero? —preguntó Nada con incredulidad.

—Era mi esposa y, como tal, me mandaba a cargar con fardos de trigo y a limpiar los establos mientras él aprendía a hacer pastelitos rellenos de cereza por diversión y a preparar un té perfecto en la cocina. O… —Se le formaron arruguitas de diversión en los ojos—. En un par de ocasiones lo encontré con el vestido remetido entre las piernas mientras perseguía a los niños por el jardín.

Era difícil de imaginar, pero a Nada le gustó.

—Creo que era feliz —continuó Firmamento en un susurro—. Tan feliz como podía llegar a serlo.

—¿No crees que pueda ser feliz?

—Piensa demasiado.

Nada resopló.

—¿Qué nombre le pusiste?

—Me dijo que lo llamase «amorcito» porque no quería oír de mi boca nada que no fuese su verdadero nombre —dijo Firmamento con un bufido.

—Qué... romántico.

—La primera vez que nos quedamos con una familia granjera, lo presenté como Demasiado Guapa para Su Bien.

—¿Se enfadó? —Nada sacudió la cabeza. Jamás podría desobedecer a Kirin de forma tan directa.

—Le gustó —musitó Firmamento.

—¿Te resultaba difícil referirte a él como... ella? ¿Como tu esposa?

—No. Eso es lo que era. —Algo en la postura de Firmamento cambió, como dando la conversación por terminada, y Nada se quedó callada.

Por la mañana, desayunaron el salmón fresco que habían pescado en el río. Rebañaron hasta las espinas; estaba tan blando y sus lomos se separaban con tanta facilidad que a Nada se le pasó el malhumor y se adelantó para buscar un buen lugar en el que pudiera hacerle un pequeño santuario al espíritu del río. Esparció las delicadas espinas en forma de alas sobre un pedrusco plano para dejar volar al pez y murmuró una plegaria al bosque y a la tierra.

De nuevo estuvieron solos todo el día y, aunque Nada había pensado en el asunto más importante que debían tratar, no se había atrevido a mencionarlo mientras el sol estaba alto y el bosque pluvial resplandecía y brillaba de un verde alegre. Silbaba a los pájaros y hacía cosquillas en las frondas rizadas de los helechos; palmeaba la corteza roja y suave de los Árboles Reales y acunaba las pesadas flores rosadas que colgaban de las enredaderas que crecían en los arces y en las delgadas cicutas.

Sabía que no debía alegrarse porque Kirin estaba en peligro, y ellos solo estaban de paso. Pero era difícil. Quizá se sintiera libre ahí fuera porque Kirin también lo había sido.

Por la tarde, después de convencer a dos espíritus del fuego para que golpeasen sus colas y produjesen chispas, y de que Firmamento hubiese asado unos tubérculos, le preguntó:

—¿Qué sabes de la Hechicera que Devora Doncellas?

—Seguramente lo mismo que tú.

—Dímelo de todas formas. Tú has viajado y tienes muchos amigos. Yo solo conozco susurros, insinuaciones y los secretos de los demonios.

—Puede que los demonios sepan mejor que nadie qué es la hechicera —resopló Firmamento.

Nada se llevó las rodillas al pecho y las abrazó.

—Los hechiceros se crean cuando una bruja o un monje, de alguna manera, se adentran tanto en el éter que son capaces de forjar una conexión con él que luego traen consigo cuando vuelven al mundo de los mortales. Es prácticamente imposible y cada hechicero lo logra de manera diferente. Existen entre dos mundos; son capaces de recurrir a los poderes de la vida y de la muerte que solo los espíritus, los demonios y las Reinas del Cielo son capaces de rozar. Para que no los consuma su propio poder, necesitan encontrar un hogar, como los demonios, y anclarse allí o vincularse con un gran espíritu. Cada una de las Cuatro Montañas Vivientes tiene un hechicero: Rompecielos, Viento en Calma, Baile de Estrellas y La Balanza. Todos son poderosos y tan benevolentes como aislados están, a menos que alguien les arrebate algo o que se nieguen a conceder algo que tanto esa persona como un miembro de su familia desean.

»Hace ciento cincuenta años, la Quinta Montaña entró en erupción y mató a su espíritu… O quizá fue al revés. El gran demonio recién nacido escupió fuego y sangró lava durante semanas, hasta que el Emperador de la Luna en Sus Labios envió a un emisario para negociar. Le ofreció un sacrificio al demonio por recomendación del gran demonio del palacio. Esto trajo la paz entre el emperador y sus descendientes y la Quinta Montaña. Entonces, hace ochenta años, una gran tormenta se desató en los alrededores de la Quinta Montaña; agitó las venas de lava que corrían por sus profundidades y se debatió tan fuerte y durante tanto tiempo que nuestro gran demonio, a kilómetros y kilómetros de distancia, se revolvió incómodo, y un solo muro de cada uno de los siete círculos de palacio se agrietó. Cuando la tormenta se disipó, la Quinta Montaña albergaba a una hechicera.

Firmamento hizo una pausa y Nada, que había cerrado los ojos, los abrió de golpe. Se había visto tan arrullada por la voz grave que casi había apoyado la cabeza sobre su hombro. Tragó saliva y atizó el fuego. Luego, ladeó la cabeza para apoyar una mejilla sobre las rodillas y observó a Firmamento.

Él miraba el fuego con el ceño fruncido. Las cejas oscuras casi se tocaban sobre sus ojos, estaba serio y tenía aquella bonita mandíbula apretada en un cuadrado perfecto. Sus hombros no se movían con la respiración, a diferencia de la espalda y el estómago, ya que lo habían entrenado para que controlara el ritmo de su cuerpo y respirara con el diafragma.

Entonces, de repente añadió:

—Un hechicero capaz de formar un vínculo, de adueñarse de un gran demonio, debe de tener un poder enorme o ser increíblemente peligroso. La emperatriz, la bisabuela de Kirin, envió emisarios, pero les prohibieron la entrada una y otra vez. Al parecer, al nuevo hechicero no le interesaba negociar. Todo el mundo empezó a hacer conjeturas y preguntas, y siguieron adelante a la espera de alguna palabra o movimiento para marcarnos el rumbo de la acción. Nada. No ocurrió nada.

Nada sonrió para sí misma. Todavía no había nacido por aquel entonces.

—Hace poco, justo antes de que Kirin naciera, los hechiceros de las Cuatro Montañas Vivientes informaron que una magia poderosa resonaba en la Quinta Montaña, y que las tormentas estaban asolando todo el noroeste del imperio; sin embargo, los ignoraron cuando pidieron explicaciones. Luego desapareció una joven de un pueblo situado a los pies de la Quinta Montaña. Y otra, que había estado pescando anguilas en el Selegan, varios meses después. Empezaron a desaparecer cada vez más chicas de esa zona y, pronto, por todo el imperio. Pero la Quinta Montaña no permitía que nadie accediera a su hechicero o a sus secretos. Entonces, hace once años, un unicornio entró en palacio y atravesó todos los círculos hasta llegar a la corte para hablar con la Emperatriz de la Luna en los Labios. Yo no estaba allí, ni tú; pero Kirin, sí. Él recuerda su voz melodiosa, el olor a mar, el cuerno perlado y retorcido que se curvaba como una luna creciente sobre su frente, y su largo hocico. Recuerda el sonido tan bonito que hacían sus delicadas pezuñas al andar, que su crin estaba entretejida con hilos de luz de estrellas y el movimiento desenfadado de su cola.

—¿Qué dijo el unicornio? —preguntó Nada. Sabía cuándo alentar una historia, al igual que cualquiera que hubiese crecido rodeado por ellas.

Firmamento asintió ligeramente ante su astuta pregunta.

—Dijo: «La Hechicera de la Quinta Montaña necesita a la doncella más hermosa del imperio. ¿Sabéis dónde podría encontrar a dicha joven?». Lord Sobre las Aguas respondió: «No le daremos de comer a nuestras hijas; es una atrocidad». «Ese no es mi problema, solo os transmito el mensaje. Ella no parará hasta dar con la joven que necesita», dijo el unicornio. Y en una rara demostración de opinión pública, la mismísima emperatriz se apartó el velo de plata para preguntarle al unicornio: «¿Por qué caza a jóvenes hermosas?». Y el unicornio respondió: «Tengo entendido que saben bien».

»El alboroto ante aquella respuesta provocó el caos suficiente como para que el unicornio pudiera esfumarse. La historia se difundió y las jóvenes aprendieron a temer a la Hechicera que Devora Doncellas.

Nada esperó a que Firmamento contase el final de la historia, la parte en que la emperatriz había enviado a los soldados a la montaña y les había pedido a las Montañas Vivientes que atacaran, pero no lo hizo. Al tiempo que el silencio se instalaba entre ellos, invadido lentamente por el chasquido de los espíritus del fuego y el suave rumor del viento al atravesar las copas del color de la medianoche, ella alzó la cabeza para echarle un vistazo.

El brillo azulado de sus ojos de demonio se hizo más evidente y Nada se percató de que Firmamento estaba apretando la mandíbula para contener las lágrimas. Eran lágrimas de rabia. Separó los labios, dejando al descubierto sus dientes desnudos al emitir un siseo.

—Tienes miedo de que se lo haya comido —gritó Nada a la vez que se ponía en pie de un salto.

Firmamento se cubrió la cara con las manos y la restregó con fuerza. Nada le dio un golpecito en el hombro; se quedó inmóvil como una piedra.

Él la agarró por la muñeca.

—No hay doncella más hermosa que Kirin Sonrisa Sombría.

Nada no se soltó. Ni lo intentó. Tan solo se quedó mirándolo. Tenía una expresión de optimismo forzado en el rostro. El tacto era cálido contra la piel de la chica, y le dio un tironcito con la firmeza justa como para que se sentase de nuevo a su lado.

—No está muerto.

—No —dijo Firmamento.

—Lo sabría, ¡igual que supe lo del impostor! ¡No se ha comido a Kirin porque no es una chica!

Firmamento presionó los labios en señal de desacuerdo.

—¡Firmamento! ¿Qué define a una chica, de todas formas?

—Ella se lo llevó, así que decidió que, independientemente de cuál sea la respuesta, Kirin cumple con los requisitos. Y yo... yo coincido con ella. Cuando quiere ser una chica, lo es.

Esta vez, fue Nada quien apretó la mandíbula. Por un instante hirvió de rabia, pero luego abrió la boca con cautela.

—No sé nada más sobre la hechicera. Esa era la historia que conocía. No recuerdo más detalles, aunque desearía haber preguntado al gran demonio del palacio.

—Podrías preguntar en los santuarios de las encrucijadas. Si tienes cuidado y nadie te ve. —Su voz retumbaba en el pecho amplio. Aún no había soltado la muñeca de Nada.

Ella giró la mano para que sus palmas quedasen unidas.

—No está muerto —volvió a decir. Como Firmamento permaneció en silencio, insistió—: Si se lo hubiera comido, ¿por qué mandar al impostor? Lo mantiene con vida por alguna razón.

Entonces Firmamento la miró a los ojos; tenía una expresión tan aterrorizada que hizo que lo poco que había comido se le revolviera en el estómago.

—Incluso si estuviese muerto, también necesitamos saberlo —respondió él después de un buen rato.

NUEVE

Justo después de abandonar la Vía de los Árboles
Reales en dirección a un camino señalado como el Peregrinaje del Cedro, empezó a llover tan fuerte que se vieron
obligados a detenerse y a resguardarse durante dos días en-
teros en el tronco hueco de un Árbol Real muerto.

La parte de arriba de la entrada estaba cubierta con
banderas de peregrinos hechas jirones clavadas en la corteza
y con cintas de plegarias enroscadas en cordeles arcoíris.
Las cadenas con campanas diminutas emitían una melodía bonita al repicar por el fuerte viento; la lluvia salpicaba las rocas grises y alborotaba los helechos, oscureciendo
la pátina de musgo a medida que formaba riachuelos por
los surcos profundos del árbol. El cielo estaba tan oscuro
que parecía que era de noche y, de vez en cuando, la lluvia chisporroteaba al caer en el fuego a través de los agujeros podridos, que hacían las veces de ventana, en lo alto
del tronco. El suelo estaba seco, pero Firmamento cubrió
la parte del fondo con la tela impermeable y se acurruca-
ron junto al fuego, apretados uno contra otro con capas de
más. El viento no llegaba a sacudir la madera vetusta,
pero sus huesos crujían como si el Árbol Real siguiera
vivo.

Un demonio los había conducido allí cuando se habían detenido a dejar una ofrenda en un cruce y Nada le preguntó por la Hechicera que Devora Doncellas.

—Pregúntale al demonio del árbol muerto —le había respondido, y había agitado las garras hacia el oeste. Había poseído a un mapache rayado, muy peludo y demacrado, con pequeñas patitas con las que trepar al santuario y deshacer el nudo de las cintas de plegarias o desmenuzar bolitas rojas de bizcocho que se pudrían en sus garras diminutas. Sus ojos añiles brillaban incluso a la luz del día.

—¿Cuándo muere un árbol? —preguntó Nada.

—Cuando lo golpea un rayo o se lo lleva una enfermedad —dijo Firmamento.

—En efecto, hermano —replicó el demonio mapache enseñando los dientes minúsculos.

Firmamento le dio la espalda y Nada le ofreció al demonio un trocito de queso (las últimas reservas que les quedaban) empapado en una gota de su sangre. A partir de ahí, habían subsistido con lo que encontraban o cazaban y con lo que intercambiaban con los espíritus del bosque pluvial.

—Buscad al demonio del árbol muerto, a menos de un día por ese camino; salid en cuanto oigáis el repiqueteo.

La lluvia había empezado a media tarde y ella y Firmamento apretaron el paso, aunque Nada no podía hacer mucho más por ir más rápido. Firmamento se ofreció a llevarla a cuestas. Ella le siseó, igual que había hecho el demonio mapache.

Incluso con la chaqueta a modo de capucha, Nada se mojó. Fruncía el ceño mientras caminaba fatigosamente, atenta al repiqueteo.

Pero el bosque entero se agitaba cuando el viento sacudía las copas y una brisa ligera y fría atravesaba los helechos y las hojas moribundas. O eso pensaba, hasta que lo oyó: un sonido grande y fuerte, como el ronquido de un oso, le inundó los oídos. Incluso Firmamento se detuvo. Se dio la vuelta para mirarla y salieron del sendero, siguiendo el sonido.

Lo producía el Árbol Real muerto cuando el viento soplaba entre sus antiguas ramas y se deslizaba entre los agujeros y la enorme cavidad del tronco.

Nada se arrodilló en la franja ancha de tierra yerma que rodeaba al árbol. ¿Habría sido el demonio un espíritu hasta que el rayo golpeó al árbol y los mató a los dos, o habría encontrado este hogar después de aquello? Puso la mano sobre la corteza agrietada para explorar las manchas de líquenes blancos y azules.

—Hola, árbol, hermoso y anciano. Nos gustaría dormir al abrigo de tu cavidad, con tu permiso, amigo mío.

—¿Amigo? —La voz del demonio retumbó con un eco en la oscura cavidad.

—Soy amiga del gran demonio del palacio real y también me gustaría ser la tuya.

Firmamento le tendió un cuchillo pequeño, mientras la lluvia le azotaba el pelo contra sus mejillas.

Nada cortó la piel de la yema del pulgar y tocó la corteza con la mano.

—He aquí una muestra de mi sinceridad, es un regalo para ti. Mientras nos quedemos aquí, te alimentaremos.

—Me gusta —respondió el demonio arrastrando las palabras. Las ramas se sacudieron por sobre sus cabezas, y les cayó más lluvia encima.

—Y de la mía —dijo Firmamento. También se hizo un corte en la mano y le ofreció al demonio la sangre oscura y púrpura.

—¡Ah! —respondió el demonio—. Podéis quedaros.

Firmamento entró con todos sus bienes y alborotó las banderas de los peregrinos.

—¿Demonio? ¿Conoces a la Hechicera que Devora Doncellas?

—No. —La voz de la criatura adquirió un tono petulante.

—¿Sabes algo de ella? —Nada se preguntó qué aspecto tendría el demonio. ¿Habría adoptado la forma del árbol que era su hogar o más bien algo como un gusano, un búho o un tejón?

—Rumores… —siseó. Nada sospechó que era para darle mayor efecto. Sonrió ligeramente.

—¿Qué clase de rumores?

—Va de cacería cuando abandona la montaña. Caza y caza, arrebata y arrebata.

—¿Qué caza?

—Si lo supiera, la encontraría y haría un trato con ella para ser suyo.

Nada acarició la corteza húmeda. La lluvia le caló la columna bajo las túnicas.

—¿Crees que sería mejor ser su demonio que tener este magnífico árbol ancestral?

—Qué halagador —se mofó el demonio, complacido. El aire pareció caldearse ligeramente.

La lluvia no amainó. Firmamento salió a buscar comida y volvió con nueces, para ponerlas en remojo y asarlas, y corazones de guayaba que sabían a manzanas a punto de echarse a perder. Estaba empapado, por lo que Nada se encargó de preparar la comida mientras él se desvestía y extendía la túnica acolchada y la camisa para que se secasen.

Nada le lanzó su fajín verde claro para que se secase el pelo; luego, se sentó cerca del fuego sobre la tela impermeable, sosteniendo en alto la ropa interior como si fuese un pollo listo para asar, con la esperanza de que se secase rápido.

Sus músculos cobrizos se recortaban contra las sombras azuladas y el fulgor del fuego, rojo y anaranjado; tenía el pelo adherido al cuello en gruesas ondas y, a medida que se secaban, las puntas se le erizaban en suaves mechones azules. Una fina capa de vello azul oscuro se esparcía por todo su pecho, le bajaban ligeramente por el vientre y sus antebrazos. Nada podía recorrer con la mirada los distintos músculos, desde los hombros anchos hasta la espalda, a lo largo de toda la columna vertebral hasta el trasero. Tenía algunas marcas y huellas de cicatrices moteadas en tonos purpúreos, como bonitas historias escritas en la piel. Nada se sentía vulnerable cuando estaba desnuda, pero Firmamento parecía más fuerte sin nada que ocultase su linaje demoníaco.

Se decía que las personas besadas por el demonio tenían sangre de demonio, lo cual era imposible porque los demonios no tenían sangre y ni siquiera podían reproducirse entre ellos. Los monjes predicaban que una Reina del Cielo humillada había hecho añicos la esencia de un demonio en fragmentos tan pequeños que podían infusionarse en la sangre de un ser vivo como té en el agua.

—Grosera —dijo Firmamento.

Era cierto: lo estaba mirando fijamente.

—Ya lo he visto antes —resopló Nada.

Firmamento arrugó la nariz de manera ostensible, pero ella sospechó que se hacía el gruñón para esconder la vergüenza. Se suponía que nadie debería haber presenciado aquel momento entre él y Kirin, y Nada lo había visto porque había ido a preguntarle algo a Kirin; entonces, se quedó atónita, completamente paralizada, hechizada por la manera en que Kirin parecía adorar a Firmamento con la boca y la lengua, como si fuese un dios. Hasta que Nada se distrajo, colocó la mano en el lugar equivocado y se cayó del techo. Se dio de bruces contra la alfombra de lana con la fuerza suficiente como para quedarse sin aliento; le dolió el cuerpo entero. Cuando parpadeó a través del dolor, Kirin, a quien había visto arrodillado delante de Firmamento, ahora estaba junto a ella riéndose.

Ahí fue cuando Firmamento decidió que era peligrosa, y ella decidió que Firmamento era egoísta. Si ella los había descubierto, cualquiera podría hacerlo. Y eso podría haber arruinado a Kirin.

Nada comprobó cómo iban los corazones de guayaba. Casi estaban lo bastante tiernos como para despedazarlos y comerlos. Se dejó caer al lado de Firmamento.

—Kirin me besó una vez —le dijo sin mirarlo.

Firmamento se quedó inmóvil.

—No me lo contó.

—Ambos sabíamos que no debía volver a ocurrir. Creo que quería saber si estaba equivocado.

—¿Sobre qué?

—¿Sobre ti? —Nada se encogió de hombros ligeramente—. Si le gustaba besarme tanto como le gustaba besarte a ti, puede que tú también fueses solo su amigo.

—No funciona así. —Kirin cerró las manos en un puño, todavía sujetando la ropa interior.

—Para él, sí. Me besó, después se rio un poco, pero parecía triste. «¿Te ha gustado, Nada?», me preguntó. Le dije que había estado bien y se rio más fuerte, pero ya no estaba triste.

Lentamente, Firmamento relajó las manos.

Nada no le contó que cuando Kirin se había calmado, le había preguntado si dejaría que volviera a hacerlo si se lo pidiera. Ella le respondió que por supuesto, pero él no se lo pidió. En vez de eso, le dijo:

—Te pedirá ser su Segundo Consorte.

El Primero, no. El Primer Consorte debía poder engendrar herederos para la Luna.

—Lo sé.

—Lo odiarás.

—Lo sé. —Firmamento suspiró—. Soy mejor guardaespaldas, pero si conservo mi puesto nunca podré ser su familia. Pero sí lo seré si me convierto en su Segundo Consorte, con mis propios sirvientes y guardaespaldas. Sería lo obvio.

—Pero no podrías abandonar nunca el palacio.

Firmamento asintió.

—¿Tú lo harías? ¿Te convertirías en una de sus consortes?

—Haría lo que Kirin me pidiera —respondió Nada sin un ápice de duda.

No había mucho más que decir. Firmamento se puso la ropa interior y la ayudó a quitarle la piel y a sacar la carne de los corazones de guayaba, utilizando la piel asada a modo de cuenco. Comieron aquel amasijo con los dedos y, cuando terminaron, envolvieron las nueces que habían dejado en remojo y las introdujeron entre las ascuas.

Fuera del tronco, el viento y la lluvia arreciaban; un rayo parpadeó. El sonido de unos arañazos proveniente de arriba les indicó que algunos animalillos del bosque también debían de haber usado la parte superior hueca como refugio. Ya estaban desesperados si estaban dispuestos a tentar al demonio y que les succionase hasta la médula. O quizás habían hecho un trato. Nada se rindió y se apoyó contra Firmamento. Estaba fresco, pero no frío, y los envolvió con la túnica acolchada, que estaba algo seca.

Nada cerró los ojos. Estaba relajada y más cómoda de lo que pensaba que estaría en el tronco hueco de un árbol muerto que, además, era el hogar de un demonio. Por alguna razón, no le tenía miedo al demonio. Confiaba en él. Estaba claro que había algo raro en ella. Cuando escuchaba, podía oír el suave crepitar de su poder. No como una respiración, sino más bien como pequeñas conexiones a través del éter que atraían la vida en los bordes de las raíces del tronco, en la energía cinética de la lluvia, en el rumor del viento.

Firmamento cambió de postura para estar más cómodo, con la cabeza de Nada sobre su hombro. Ella se preguntó si él sentiría el chisporroteo del demonio. Y también si debía preguntarle por su familia o alguna historia que le hubiese contado su abuela. Cualquier cosa para pasar el tiempo y que pudiesen compartir solo ellos. Kirin siempre los había separado, al estar siempre en medio, y ella no sabía de qué hablarle salvo de su príncipe.

Y quizá si hablaban de él, si lo mantenían vivo en la memoria y el corazón, él también viviría en su propia memoria y en su propio corazón.

Firmamento debía de haber estado pensando en lo mismo, porque dijo:

—Me daba miedo admitir que no era él. El verano puede cambiar a la gente (se supone que debe hacerlo al preparar al heredero para la investidura), y yo me sentía distinto, así que ¿por qué no él?

Nada permaneció en silencio. Había cierta diferencia entre cambiar y ser un impostor. Y Firmamento lo sabía.

—Creo que perdí unos días. Nada…, en ese momento no me di cuenta. Pero tuvo que ser eso. —Su voz adquirió el tono quedo de una confesión—. ¿Cómo pudo llevárselo y reemplazarlo por un impostor tan detallado y perfecto en tan solo un instante? No, nos retuvo durante días. Luego, hizo que lo olvidara.

—¿La conociste?

—Nos topamos con un dragón. —Nada jadeó, y Firmamento la miró de reojo y asintió para confirmarlo—. Sinuoso, de escamas como plata líquida y unos ojos más brillantes que el cielo al mediodía. Era como un lazo de luz, y Kirin discutió con él. ¿Te lo puedes…? Bueno, claro que lo creerías.

Nada volvió a cerrar los ojos y apretó el rostro contra su hombro.

—Entonces el dragón se desvaneció en medio de la pelea, pero la trajo a ella consigo. Solo era una mujer atractiva y encantadora vestida con seda y perlas. Hasta que sonrió.

Tenía los dientes de un tiburón y uno de sus ojos era como las hojas en verano; el otro, tan blanco como el marfil. Recuerdo que intenté protegerlo e interponerme entre ellos. Recuerdo el dolor y la voz de Kirin, y luego estábamos a solas en la orilla del Selegan. Pensé que la mujer era un espíritu. O una de las Reinas del Cielo, un fantasma o incluso una bruja sin familiar ni tatuajes de éter. Nunca pensé que podría tratarse de la Hechicera que Devora Doncellas hasta que mataste al impostor.

—¿Y tan solo os levantasteis y volvisteis a casa?

—Kirin, el impostor, dijo que estaba agotado y que ya era hora de regresar a palacio. El encuentro también había supuesto demasiadas emociones para mí, así que no cuestioné su decisión.

—¿Lo besaste?

—Nada... —Firmamento se apartó con tanta brusquedad que ella se cayó encima como un fardo. Él la apartó.

—¿Lo hiciste? —Nada frunció el ceño.

—Sí.

Hizo un gesto con la mano para que continuase.

—Fue diferente. Pero no... no sabía qué pensar.

Nada recogió las rodillas y las abrazó. Ella siempre sabía qué pensar. Pero no qué hacer.

—Tú lo supiste de inmediato —le recriminó con suavidad.

—Hace mucho tiempo Kirin vio mi espíritu, y yo el suyo. Cuando volvisteis, lo miré y mi cuerpo entero lo rechazó, fue instintivo.

—Yo necesito más instinto y tú menos.

Nada resopló.

—¿Cuántos días de camino quedan hasta el lugar donde lo perdiste?

Firmamento no respondió de primeras, probablemente irritado por la forma en que había expresado la pregunta.

—Tres semanas, si no tenemos más retrasos como este —dijo entonces—. Los caminos serpentean a través de los bosques pluviales por los mejores sitios para que los pueblos comercien entre ellos. Si pudiéramos atravesar terrenos descubiertos, iríamos más rápido. Aunque hay demasiados espíritus y demonios, por no mencionar lobos, águilas y osos. No soy tan bueno como para orientarme sin el sol o sin un mapa.

—Yo no había salido nunca de palacio —suspiró ella.

—Lo estás haciendo bien —le dijo Firmamento tras una pausa.

Nada se quedó dormida poco después y soñó con lluvia, con la sonrisa ladeada de Kirin y con dragones con un ojo verde y otro marfil.

DIEZ

AUNQUE ERA DIFÍCIL SABERLO CON EXACTITUD, CUANDO el sol por fin atravesó la lluvia era de día, y Firmamento supuso que habían pasado dos noches en el árbol hueco.

Aquella larga demora debería haberle pesado a Nada, pero la luz del sol resplandecía con calidez sobre las hojas mojadas y los radiantes helechos verdes. Centelleaba en el aire como si el mundo entero estuviese limpio y recién dispuesto para hacer travesuras.

Cuando salió, se detuvo para frotar un poco de sangre para el demonio como agradecimiento por haberlos dejado tranquilos. Luego, siguió el sonido de la corriente. Le dolían los ojos por la luz, pero elevó la mirada hacia los parches de cielo azul que se distinguían entre las copas de los árboles, cuyas ramas se mecían con suavidad. Todo tenía un olor penetrante a humedad y fertilidad. ¿Cómo es que nunca se había aventurado a salir al mundo? ¿De qué había tenido miedo? No, no era miedo; simplemente nunca se le había pasado por la cabeza marcharse. Kirin había estado en palacio, y ella también.

Nada agachó la cabeza y se arrodilló junto al arroyo. Las aguas cristalinas fluían y danzaban entre las piedras lisas de color gris como el pedernal y blancas como el mármol.

Titilaba como venas de plata reluciente, y Nada rozó la superficie ondulada.

—Hola —susurró y, distraídamente, se arrancó un pelo y lo soltó. El largo cabello negro cayó con gracia al agua, contorsionándose como una anguila o una cometa meciéndose en la suave corriente en el Día de Paz.

Río abajo, emergió una burbuja del tamaño de una cabeza humana y dos ojos enormes parpadearon en su dirección. Los ojos, en la parte superior de la cabeza, eran saltones como los de una rana, de un color verde grisáceo. Se alzó un poco más y boqueó, revelando que no tenía dientes. Sin embargo, la garganta y la lengua eran de un rojo intenso. El fino cabello de Nada se deslizó hasta su boca y le bajó por la garganta. El espíritu cerró la boca de golpe y le guiñó un ojo. Luego, volvió a sumergirse en el río.

—Bueno —dijo Nada—, espero que te guste el sabor de la nada, pequeño arroyo.

—¿Con quién hablas? —preguntó Firmamento, encorvándose sobre la orilla junto a ella.

Nada ahuecó la palma en el agua y lo salpicó.

Él soltó un grito y le dio un empujón.

—¡Acabo de secarme!

Con una sonrisa malvada, Nada saltó sobre él, le echó los brazos al cuello y se rio junto a su oído.

Firmamento gruñó y soltó los petates y el odre con el agua. Se levantó sin esfuerzo y alzó los brazos para agarrarla, todavía gruñendo como un oso. En vez de sacudírsela de encima y lanzarla a un lado, le hundió los dedos en las costillas para hacerle cosquillas.

Nada abrió la boca y los ojos y empezó a dar patadas descontroladas mientras chillaba.

Él no paró; se la echó al hombro con uno de sus enormes brazos mientras seguía haciéndole cosquillas en el costado y el estómago, hasta que ella empezó a jadear en busca de aire, ahogándose de la risa.

—¡Por favor…! —consiguió decir, y Firmamento se detuvo. Solo entonces, mientras la acunaba con mayor suavidad, Nada se dio cuenta de que él se había reído casi tanto como ella, apoyado sobre una rodilla.

Doblada sobre su hombro, le dio unas palmaditas en la espalda y él, a modo de respuesta, también le palmeó el trasero. Luego la incorporó y la sentó sobre su muslo. Era tan seguro como un banco e igual de duro. Nada parpadeó un par de veces para enfocar la vista y sintió el calor en sus mejillas.

—Le di de comer un pelo al espíritu del río. Creo que le ha gustado, así que podremos rellenar los odres —murmuró; era lo único que se sentía capaz de hacer.

Firmamento asintió. La alegría se había disipado en una sonrisa silenciosa. A aquella distancia, el azul demonio de sus ojos era bastante oscuro como para poder denominarlo «negro»; apenas se veían las motitas marrones de su lado humano.

—No sabía que supieras reírte —bromeó Nada.

—Los bebés siempre me hacen reír —le devolvió con sorna.

Con un resoplido, Nada se puso de pie, pero una sonrisa amagó con formarse en sus labios durante toda la mañana.

ONCE

AQUEL DÍA SE LES UNIERON TRES PEREGRINOS CON SOM-breros de ala ancha y largas mangas verdes; tenían rayas negras pintadas en el rostro pálido. Los tres llevaban anillos de espíritu en todos los dedos, incluso en los pulgares, cuyo propósito era recargarse con cada paso que daban durante el viaje.

Nada no habló y dejó que Firmamento siguiese con la farsa de la fuga. Los dos hombres jóvenes y la muchacha se rieron y se ofrecieron a compartir el fuego con ellos mientras fuesen en la misma dirección. Habían llegado a la senda del Peregrinaje del Cedro desde el Camino de Semillas, al suroeste, y viajarían al norte durante dos días con Nada y Firmamento hasta la Encrucijada del Cielo, donde la Vía Verde se bifurcaba y se adentraba aún más en el bosque pluvial. Tendrían que ascender a medida que se desviasen hacia el noroeste por las escarpadas colinas de la Tercera Montaña. Desde allí, seguirían por la zigzagueante Senda Arbolada que conducía al Santuario de Todos los Dioses.

Los peregrinos cantaban y les contaban historias. Era evidente que se alegraban de tener una audiencia con la que practicar sus cuentos favoritos. Caminaban delante de Firmamento y de Nada, como una guardia honorífica. Gali, uno de los hombres, bromeó sobre la timidez de Nada con tono amable, y Firmamento lo distrajo con un relato sobre el espíritu de un perro ladino que había hecho un trato y recibió unos dientes demasiado grandes en proporción a su cabeza.

—Puede que Heia cante para vosotros cuando se ponga el sol, si se lo pedís con amabilidad —añadió luego.

A Nada le llevó un momento percatarse de que Firmamento se refería a ella. Agachó la cabeza y asintió. Nada apenas podía considerarse un nombre, como para compartirlo. Especialmente si los rumores sobre el príncipe impostor se les habían adelantado en el camino a causa de las noticias que mandaban las brujas por el éter o por los centinelas del ejército.

Para aquel entonces, el bosque pluvial había cambiado: los árboles reales ya no se alzaban sobre todo lo demás y las copas eran más bajas y espesas, con un olor delicioso a cedro y a píceas, cuyas ramificaciones rojas se extendían como perfectos paraguas. Unas bolas de guayaba decoraban las ramas más bajas, y sus corazones pesados arrastraban las enredaderas para formar nidos de flores de preciosos pétalos rosados. Los abedules de agua marcaban los arroyos que se adentraban en el terreno rocoso y el musgo tenía franjas de distintas tonalidades de verde y azul. Los helechos, tan altos como Nada, se desplegaban junto al sendero; los pájaros, de intensos amarillos y verdes, volaban a toda velocidad entre los alisos cubiertos de musgo. La mujer peregrina, Sentada Bajo el Sol, señaló la senda de los ciervos y los pequeños surcos que sus pezuñas habían dejado sobre el musgo.

Mientras Nada permanecía en silencio, se había dedicado a escuchar y a observar, y había deducido que Sol y Gali eran hermanos, ya que tenían los mismos ojos almendrados y la piel de un suave cobrizo; el otro hombre, Jengibre, de piel blanca como la de Nada, cortejaba a uno de ellos. O lo intentaba. Pensó que quizás el peregrinaje al Santuario de Todos los Dioses fuera una especie de misión para determinar cuál de los dos hermanos lo aceptaría.

Esa noche acamparon en un claro de alisos cubierto de musgo, rodeados por peñascos grandes con vetas doradas. Compartieron la comida y Nada no tardó en hacer un fuego con las quebradizas ramas caídas de los alisos; la corteza gris ofrecía un contraste magnífico con la madera de un rojo vivo. Había fingido golpear el pedernal mientras hablaba en susurros con los espíritus, por el bien de los peregrinos… y por la tranquilidad de Firmamento. Tras haberse acomodado y cenado, Gali sacó una jarra de cerámica y la fue pasando. Su hermana y su amigo tomaron un sorbo, y luego exhalaron profundamente, como si quisieran darles a probar los vapores a los espíritus del bosque. Firmamento le dio las gracias a Jengibre cuando le tendió la jarra e hizo lo mismo. Se volvió hacia Nada.

—El licor es suave, pero arde un poco.

—Sueños de Trigo —dijo Gali—, destilado de los granos de trigo dorado que cultivamos en el sur.

Nada lo saludó con la jarra y sorbió con cuidado. El licor no sabía a nada y eso la hizo sonreír un poco. Pero su exhalación se convirtió más bien en tos y se le llenaron los ojos de lágrimas. Después de devolverle la jarra apresuradamente a Gali, Firmamento le frotó la espalda en círculos.

—¿Cantarás? —le preguntó Sentada Bajo el Sol.

Nerviosa, Nada miró a Firmamento y él asintió. Tragó saliva un par de veces hasta que volvió a sentir la garganta. Luego, cantó una serenata que la Segunda Consorte solía canturrear para sí. El ritmo y el dialecto eran antiguos, con paradas extrañas que le conferían una sensación melancólica. Y se adaptaba a la voz aguda y suave de Nada.

Cuando la canción se desvaneció, los peregrinos se rozaron las manos en señal de agradecimiento.

Nada durmió acurrucada junto a Firmamento aquella noche, con la espalda pegada a su costado y utilizando su brazo como almohada. Por la mañana, por primera vez desde hacía días, Firmamento extendió pintura azul sobre sus ojos y unos puntitos en forma de arco en la frente de Nada. Los peregrinos volvieron a pintarse las rayas negras y Nada, por mostrarse amable, hizo un mudo ofrecimiento para volver a trenzar el pelo de Jengibre, que se había soltado. Él aceptó agradecido, y ella entrelazó las espesas ondas de cabello marrón oscuro en un santiamén y luego le anudó el pelo en la coronilla. Arrancó una flor de un cúmulo de raíces y se la ató en la base del sombrero de ala ancha, de manera que el tallo se inclinase sobre la cabeza y los pétalos le acariciasen la frente y las sienes, como si de suaves besos se tratase, al caminar. Era encantador y esperaba que, independientemente de a cuál de los dos hermanos prefiriese, también le gustase.

Sus caminos se separaron dos horas antes de la puesta de sol, cuando llegaron a la Encrucijada del Cielo.

Esos cruces estaban señalados con cuatro santuarios con la forma de las Cuatro Montañas Vivientes, y Nada se sintió algo molesta ante el hecho de que ignorasen así a la Quinta Montaña, solo porque albergaba a un demonio en lugar de a un espíritu. Frunció el ceño mientras los demás presentaban sus respetos, arrodillados en medio de los sucios caminos del cruce. Cavó un hoyo hondo y escupió dentro.

—Yo no he olvidado a la Quinta Montaña —susurró. Después, volvió a tapar el hoyo rápidamente.

Sus cuatro acompañantes se la quedaron mirando, aunque era imposible que la hubiesen oído.

—Heia —dijo Firmamento levantándola del suelo.

—Buena suerte a los dos —dijo Sentada Bajo el Sol, con los ojos abiertos como platos, y alargó los brazos para agarrar las mangas de su hermano y su amigo.

Jengibre le lanzó un beso a Nada, sacudiendo la cabeza divertida; Gali le dedicó un asentimiento a Firmamento antes de partir hacia el este.

Firmamento no liberó a Nada durante un buen rato, hasta que ella se soltó de un tirón.

—¿Qué?

—Te lo dije. La gente normal no escupe en medio de las encrucijadas, especialmente cuando están rodeados por cuatro santuarios en perfecto estado.

—Ya se iban. No tendremos que preocuparnos más por ellos.

—Sigues siendo un fastidio —gruñó el joven.

Nada cruzó los brazos sobre el pecho, enfadada, y enfiló la senda del Peregrinaje del Cedro con fuertes pisadas. El día era cálido y el sol le pegaba con fuerza en la nuca. Ya quería detenerse para acampar y ser ella misma… ¡Nada! ¡No Heia, la chica que se había escapado para ser la consorte de un chico besado por el demonio en contra de los deseos de su familia!

Firmamento corrió tras ella y, cuando la alcanzó, le siguió el ritmo. No hablaron hasta que el sol se hundió bajo las copas de los árboles, y él escogió un árbol torcido para montar el campamento. El cielo estaba despejado, purpúreo, y las estrellas comenzaban a salir. Extendieron la tela impermeable en el suelo.

—Saldré a cazar de nuevo por la mañana —dijo Firmamento—. Necesitamos carne fresca.

—Tenemos que llegar *allí*.

—Si tienes unas alas de las que no me has hablado, Nada, llegaremos antes.

Ella le dedicó una mirada mordaz.

Él no sonreía, sino que tenía el ceño fruncido cuando le tendió un trozo de galleta dura que había intercambiado con los peregrinos. Mientras Nada masticaba en un rincón, disfrutando del suave dulzor, trató de relajarse. No funcionó, y suspiró. Luego, empezó a cantar de nuevo.

Esta vez escogió el canto esperanzado de una doncella, lleno de palabras que rimaban con «seda» y descripciones de sus pretendientes. Se le habían olvidado algunas palabras, pero Firmamento las murmuró por ella. Cantar le sentaba bien, incluso cuando se trataba de algo que jamás describiría su vida. Cuando terminó, Firmamento entonó una canción del ejército en voz baja. Con la yema de los dedos índices tamborileaba al ritmo de la melodía, y ella se preguntó si sería porque había aprendido la canción con un arma en las manos.

Las estrellas brillaban en el cielo en una franja estrecha justo sobre el camino, como una costura abierta entre las copas de los árboles del bosque pluvial.

En ese momento, Nada escuchó que las hojas se agitaban, un fuerte siseo que provenía de los helechos y que no podía ser atribuido al viento. Se puso de pie despacio, mirando fijamente la oscuridad del bosque. Las sombras jugaban entre las hojas rizadas de los helechos, que le llegaban a la altura de la cintura, y los troncos de los alisos, grises y pálidos como la luna, se asemejaban a espíritus delgados.

—Oh —se resignó Firmamento. Nada desvió la mirada hacia él y vio que se había vuelto hacia la llegada del camino por el norte. Ahí, se movía con pesadez una criatura enorme.

Pero Firmamento parecía no tener miedo, así que Nada sofocó el ataque de pánico a pesar del tamaño de la criatura. ¡Era más grande que un oso pardo! Más grande que el granero pequeño de una familia.

Nada se pasó las manos por las caderas, deseando tener una armadura en lugar de una camisa y pantalones. Firmamento no se levantó y estiró la mano para tironear del borde de la chaqueta de Nada.

—Siéntate. Sé amable. No es una amenaza.

—¿Qué es? —susurró Nada y, a regañadientes, dejó que tirase de ella hacia abajo hasta quedar acuclillada.

—Es el gran espíritu de un aliso.

—¡Un gran espíritu del bosque! —musitó Nada, contenta de conocer uno al fin. Los grandes espíritus eran más fuertes, ya que su poder estaba conectado al de los espíritus más pequeños, o bien se convertían en el espíritu principal de una comunidad más grande de espíritus. No solo contaban con su propia conexión al éter, sino con la de toda su manada.

El espíritu caminaba despacio, no tenía necesidad de ser ágil o rápido. Era protuberante, debido a la grasa y a los músculos; su piel era de color blanco grisáceo con parches de líquenes y musgo, de un blanco intenso, y en forma de espiral y lágrimas. Enormes candelillas rojas le colgaban del vientre y le bajaban por los anchos muslos, mientras que otras más pequeñas crecían como conos diminutos sobre sus hombros. Unas hojas verdes ovaladas le caían desde la cabeza hasta el cuello a modo de cabello, y sus ojos eran como dos tajos en una madera roja, al igual que su boca.

—Hola, El Día que el Firmamento se Abrió —dijo con una voz rechinante y airada—. Pensé que había reconocido tu canto.

—Espíritu de aliso —respondió Firmamento con firmeza—. Únete a nosotros, si te apetece.

—¡Pues sí! —El espíritu estiró el tajo que tenía por boca en lo que Nada supuso que era una amplia sonrisa. Luego, dobló las rodillas y se sentó en cuclillas al otro lado del fuego.

—Hola —dijo Nada en un susurro con los ojos abiertos como platos. Hizo un amago de sonrisa.

—¡Ah! ¡Firmamento, amigo mío! Tu esposa parece enferma esta noche… Ha perdido algo de vitalidad, ¿no es así?

Nada se quedó sin aliento.

Antes de que pudiera responder, Firmamento le puso una mano en el hombro.

—Ahora viajo con una mujer distinta, espíritu de aliso.

El espíritu se dio una palmada en la rodilla con la mano musgosa.

—¿Otra consorte? ¿Tan pronto? Yo tengo siete, pero nos hemos reunido a lo largo de cien años o más. Y dos tienen sus propios consortes.

—No soy la consorte de nadie —replicó Nada—. ¿Cuán poderoso eres, espíritu de aliso? ¿Puedes hacer que el bosque pluvial se incline a tu voluntad o susurrar el lenguaje del viento? ¿Puedes oír a las Reinas del Cielo hacer el amor en sus castillos de nubes?

Firmamento la miró con el ceño fruncido, pero ella lo ignoró. El espíritu no tenía nombre y a Nada se le ocurrían un montón de ideas.

Hinchó las mejillas cubiertas de liquen.

—¡Muy poderoso! ¡Puedo hacer que todas las candelillas de los alisos germinen a la vez y despertar a las mariposas antes de la temporada!

—Mmm. —Nada se encogió de hombros.

—¡Puedo hablar con el trueno! —afirmó.

—Ya veo. Si tan poderoso eres, debes de ser muy estúpido como para confundirme con un príncipe.

Por un instante, los envolvió el silencio.

Firmamento chasqueó los dientes con tanta fuerza que Nada lo oyó, y el espíritu de aliso se puso en pie de un salto.

—¿Qué? —exigió saber, lanzando la palabra a la noche como un rugido.

Nada se mantuvo firme, a pesar de que notaba el estómago revuelto.

—He dicho que debes ser muy estúpido para confundirme con el Heredero de la Luna.

—¿Con qué autoridad dices esas cosas, pequeña?

—Con la mía.

—Espíritu de aliso —intervino Firmamento, y se colocó entre Nada y él—. Mi amiga está…

—¿Puedes responder a un acertijo, pues? Si eres tan listo… —lo interrumpió Nada.

El espíritu dio un pisotón.

—Si resuelvo tu acertijo, me darás un pedazo de tu piel —dijo luego.

—Y si no, nos guiarás y nos mantendrás a salvo a El Día que el Firmamento se Abrió y a mí a través del bosque pluvial, hasta llegar al pie de la Quinta Montaña.

Firmamento la agarró por la muñeca. Ella no se soltó, pero mantuvo la mirada fija en el espíritu.

Dudó. Sus candelillas y sus hojas temblaban con la brisa nocturna.

—La Quinta Montaña.

—Sí —asintió Nada de forma alentadora—. Y te daré un nombre.

—¡Bah! ¡Estás loca! —gritó el espíritu de aliso levantando los brazos enormes. El gesto desprendió un olor a musgo mojado que flotó alrededor del fuego—. ¡Nada puede darle un nombre a un espíritu, salvo una esposa, un hechicero, un unicornio o una Reina del Cielo!

Nada dejó que su sonrisa brillase con la victoria. Firmamento aflojó la mano con la que la sujetaba y dejó escapar una suave exhalación de sorpresa.

—¿Aceptas el trato? —dijo ella.

—¿Cuál es el acertijo? —preguntó, resignado. Y tal vez con una curiosidad desesperada, pues sus ojos rojos parpadearon y se entrecerraron con ansia.

—Tu nombre es Lágrima de Musgo sobre el Aliso Rojo. Ahora es tuyo. He aquí mi acertijo: ¿por qué puedo dártelo?

El espíritu se quedó quieto y volvió a sentarse en cuclillas lentamente.

—Mi nombre es Lágrima de Musgo sobre el Aliso Rojo —murmuró, saboreándolo y probando cómo sonaba—. Sí, lo es. Tú...

—¿Por qué puedo dártelo? Dímelo o condúcenos a través del bosque hasta la Quinta Montaña.

Lágrima de Musgo sobre el Aliso Rojo mordisqueó un hilillo de musgo que caía sobre su labio como si fuera un bigote.

—Eres... No, no eres una Reina del Cielo. Conozco el olor de los unicornios. Y no eres su esposa, así que ¿te han prometido a mí?

—Sería una buena vida —respondió Nada—, pero no. Soy Nada y, según tus propias palabras, nada puede darle un nombre a un espíritu.

—¡«Nada» no es un nombre!

—Es lo que soy —dijo ella y volvió a encogerse de hombros—. ¿Tienes hambre, Lágrima de Musgo? Tenemos algunas galletas duras para compartir.

Cuando volvió a sentarse, le temblaban las manos.

Firmamento le dio al gran espíritu de aliso una galleta y se agachó junto a Nada.

—Eres un fastidio —le dijo—, pero conseguirás llevarme a esa montaña.

DOCE

A PARTIR DE ESE MOMENTO, NADA Y FIRMAMENTO VIAJA-
ron con rapidez y atravesaron el bosque de espíritu en
espíritu.

Su amigo, Lágrima de Musgo sobre el Aliso Rojo, los llevó
directamente en dirección norte por el bosque poblado. Los
helechos y los arbolillos se apartaban de su camino, no lo bastante como para formar un sendero, pero lo suficiente como
para que los dos pasaran sin problemas. En las zonas más salvajes del bosque pluvial, las botas de Nada dejaban huellas
en el musgo y ella tocaba todo lo que podía: líquenes que tre-
paban en espiral alrededor del tronco de los cedros, árboles
caídos y medio podridos cuya humedad se había convertido
en un asentamiento magnífico para el flamante musgo, escarabajos azules, ardillas con tupidas colas rojas y grises, enredaderas cuyas hojas tenían forma de corazón y piñas peludas
que se esparcían por las ramas como cortinas. Vio zorros
tomando el sol sobre unos afloramientos rocosos y cuervos
cuyas alas emitían destellos azules, verdes y plateados.

El espíritu del aliso los llevó con un trío de espíritus de
búhos moteados, que insistieron en viajar de noche. El brillo
de sus alas atraía la luz de la luna y Nada podía ver bien
gracias a ese resplandor. Por las noches, el bosque pluvial

brillaba con el parpadeo diamantino de las moscas, las esporas rosas flotantes y algunos musgos iridiscentes. Nada avanzaba muy lento porque se quedaba rezagada observando aquella belleza de ensueño. Los espíritus de los búhos volaban en silencio y, para cuando llegó el alba, Firmamento dijo que creía que a ellos también les habían salido alas en la espalda, ya que habían hecho la caminata de tres días en tan solo un arco de la luna.

Después, se encontraron con el espíritu de un águila llamado Ojo Rasgado, que caminaba como una mujer con un vestido de plumas castaño claro. Sus uñas se curvaban como garras y eran igual de afiladas. El espíritu del águila y Firmamento atraparon juntos media docena de peces. Nada comió uno; Firmamento, dos, y el espíritu, los tres que quedaban. Desgarró la carne y masticó las espinas; se tragó hasta las escamas. Luego, aumentó de tamaño para recoger a Nada y a Firmamento y alzó el vuelo. Salieron de entre las copas de los árboles, y la sorpresa y el miedo de Nada se transformaron en asombro ante el espectacular paisaje ondulante de hojas verdes y, ocasionalmente, de hojas perennes. Unas bandadas de pájaros se unieron a ellos, revoloteando alrededor como nubes vivas.

Viraron hacia el noroeste sobre el bosque pluvial. Nada, segura en brazos del espíritu, extendió una mano hacia Firmamento para rozarle la mejilla. Cuando sus miradas se encontraron, ella sonrió y él le devolvió el gesto.

En la lejanía, entre las nubes, se podía distinguir el contorno de las montañas.

Aunque estaban agotados para cuando aterrizaron, Firmamento y Nada no durmieron aquella noche, pues el espíritu del águila los había llevado a un remanso estancado habitado por el demonio del agua. Se deslizó fuera del lago en calma, goteando una capa de suciedad de la charca y hierba podrida, y sonrió.

Nada hizo una reverencia profunda y le dio un cabello. Le explicó que un gran espíritu de aliso muy poderoso les había concedido el paso a través del bosque pluvial hasta el pie de la Quinta Montaña.

—Os concederé el paso a través de mis árboles por el aliso rojo, pero si queréis permanecer con vida en el camino, debéis darme hueso y sangre —dijo el demonio.

Firmamento sacó una bolsita del petate y extrajo una espina de pescado diminuta y afilada. Se hizo un corte en la mano con ella y, mientras sangraba, sacó más espinas de salmón, y lanzó todo al remanso.

—La sangre púrpura es muy sabrosa —comentó el demonio, arrastrando la suciedad de la superficie del agua al salir de la charca. La suciedad se alzó con él como si fuese una capa. Entonces, añadió—: Por ese camino.

Tuvieron que marchar muy por detrás del demonio a causa del olor y, aun así, a Nada se le quedó impregnado el olor a peces muertos, raíces podridas y riachuelos de agua apestosa. Quería preguntarle al demonio por la Hechicera que Devora Doncellas, pero presentía que eso conllevaría un precio extra que no podía permitirse. Aun así, se sintió tentada. Muy tentada. Se le secó la garganta al imaginar el trato, cómo sería estar frente a frente con el demonio.

Fue un día duro y, una vez más, parecía que las horas se acortaban y que el bosque pluvial se contraía, de manera que, para cuando el demonio los dejó, les dijo:

—Solo dos días de camino hasta la gran brecha de lava, donde el Selegan fue arrasado cuando murió la Quinta Montaña.

Nada y Firmamento se derrumbaron y durmieron uno contra el otro. Esta manera de viajar les drenaba la energía, como si hubiesen ido corriendo todo el tiempo con rocas a la espalda.

Un rugido los despertó.

Nada se alejó del ruido, y Firmamento se levantó y blandió la espada.

Era el espíritu de un oso con dos cabezas. Tan grande como un oso pardo, de pelaje tan negro como la noche y salpicado de estrellas.

—Venid —dijo. Tenía ambas fauces abiertas, pero ninguna se había movido para articular la palabra.

—Gracias, espíritu —dijo Nada, y Firmamento envainó la espada.

El espíritu suspiró y los tocó. Ya no tenían hambre ni sueño. Anduvieron con rapidez durante todo el día, sin rezagarse en ningún momento.

Cuando se detuvieron a la puesta de sol, el espíritu de oso le dio una palmadita en la cabeza a Nada.

—Mis mejores deseos para ti y tu amo —le dijo.

—No soy… —empezó a decir Firmamento, perturbado.

Nada sonrió; sabía que el espíritu se refería a Kirin.

—Id —pronunció el espíritu, y señaló con las patas peludas un camino de ciervos estrecho en dirección al oeste—. Mañana por la tarde llegaréis al campo de lava y al Selegan. Ahí se encuentra la linde del bosque, el fin de nuestro territorio y el comienzo del de ella.

—La Hechicera que Devora Doncellas —comentó Nada.

—Así es —confirmó el espíritu.

Nada empezó a preguntarle algo más, pero el espíritu se disipó en la luz del crepúsculo convertido en estrellas y sombras.

—Deberíamos reposar y continuar el camino al amanecer —suspiró Firmamento.

Nada asintió. Sería mejor estar descansados cuando llegasen a la ribera.

Por la mañana, desayunaron, recogieron sus pertenencias y caminaron solos, sin estar bajo el poder de nadie. En el cielo se mecían unas nubes amistosas, y el viento besaba sus mejillas y sacudía las copas de los árboles de forma que los rayos del sol las atravesaban constantemente. Nada sentía que el aire era menos denso en los pulmones y se esforzó por respirar a pesar del frío. Al final agradecía cada capa de ropa que Firmamento le había hecho traer.

El bosque quedó atrás, cada vez había menos árboles y más separados, y los helechos dieron paso al musgo y a la hierba baja. Durante varios días, la senda había comenzado a empinarse, y de vez en cuando subían una pendiente irregular de raíces rocosas y árboles trepadores, pero luego el terreno se niveló de nuevo.

Cuando dejaron atrás el bosque pluvial, un campo verde iluminado se extendió ante ellos. La superficie se ondulaba y bullía como un líquido, salvo porque estaba rígida e inmóvil como las rocas. Era el antiguo campo de lava. Tras haber formado unas protuberancias con la tierra fundida, se había enfriado y ennegrecido poco a poco, y ahora estaba cubierto de musgo, líquenes y hierbas abundantes. Era el verde más verde que Nada había visto jamás, con florecillas blancas diminutas entre las grietas y un hilillo ocasional de agua pura y cristalina en los valles en miniatura. El campo subía en una ligera pendiente en dirección norte, hacia las laderas, y, de repente, había unas rocas desnudas y escarpadas; y allí se alzaba, negra y grisácea, consumiendo toda la parte norte del cielo, la Quinta Montaña.

Nada la miró fijamente.

Algunas manchas de un verde pálido sugerían que había árboles bajos o matorrales, pero las pendientes abruptas y los picos escarpados de las cimas carecían de vida. Se alzaba a mucha altura, tan sobrecogedora, sin ningún atisbo de entradas, portones o torretas para los humanos.

Solo era una montaña, yerma y desolada. También era el hogar de una vil hechicera y la prisión de Kirin. Nada sintió que el corazón le latía más rápido.

—Por aquí —musitó Firmamento, y continuó caminando por el musgo resbaladizo. Le tendió la mano y Nada la aceptó.

Se abrieron paso a través del hermoso campo de lava. El ascenso fue difícil porque el terreno era irregular, sin árboles ni refugio para resguardarlos del viento helado. Pero tenía un olor suave a tierra y a hierbas aromáticas; eran buenos aromas. A pesar del frío, a Nada le caía el sudor por la espalda, y para cuando Firmamento hizo un alto, Nada estaba sin aliento.

El joven se había detenido a observar el Selegan en toda su extensión.

El río atravesaba el campo de lava o, más bien, parecía que la lava había retrocedido ante el agua, como si fuese una ola de piedra y musgo. La corriente discurría y se ondulaba, reflejaba el cielo azul y el destello argénteo de las nubes. Parecía feliz y sano, y, en la orilla opuesta, solo había una franja de lava musgosa antes de que la linde del bosque se alzara con alisos, juníperos y otros árboles de menor tamaño, ¡y la superficie de la tierra estaba salpicada de flores! De color azul pastel y lila, rosa y blanco, y de vez en cuando algunas amapolas como gotas de sangre que contrastaban con el resto.

El viento le agitó el pelo a Nada y le tapó la vista con algunos mechones, como si quisiera apartarla de aquella belleza.

Había algo en aquel choque entre la desolación y los alegres colores, la franja de agua perfecta, la tierra verde ondulada y el viento libre y salvaje que la llenaba de alegría.

A Nada le encantaba aquel lugar.

Suspiró de felicidad, a pesar de la presencia amenazadora de la Quinta Montaña, y se permitió sonreír. Había llegado a amar el palacio y el Jardín de los Lirios, los espacios intermedios que no pertenecían a nadie salvo a ella y al gran demonio. Había llegado a amar muchos aspectos de aquel lugar, y al palacio en sí. Pero Nada no recordaba que se hubiese enamorado completamente de algo o de algún lugar. Así no, hasta ese momento. Era un sentimiento embriagador, alegre y arraigado al mismo tiempo, como si estuviese completamente inmersa en la tierra a la vez que volaba. Los detalles íntimos de las fibras del musgo, las venas de los tenues pétalos rosados y el suave chapoteo en la orilla del río eran tan importantes como el paisaje en su conjunto y el modo en que encajaban aquellas piezas enormes: el campo de lava, el río, la linde del bosque, el cielo y las nubes, todo irradiaba belleza una y otra y otra vez.

Nada contuvo el aliento cuando unas lágrimas repentinas le empañaron la vista. No estaba acostumbrada a las emociones tan fuertes.

—¿Nada?

—Estoy bien —dijo secándose los ojos—. Hemos llegado.

—Hemos llegado. —Firmamento le apretó la mano y la condujo hacia el río—. Estamos muy cerca de donde estuvimos Kirin y yo.

De pronto, le resultó muy difícil pensar en que Kirin había sido secuestrado en ese lugar, que el encierro, la tortura, lo que estuviese sufriendo, había empezado allí. Un oscuro atisbo de miedo le recordó a Nada que podría haber sido su final. Kirin Sonrisa Sombría podía estar muerto.

Pero el río relucía con olas de plata bañadas en oro, el cielo azul resplandecía y los campos de flores silvestres se mecían con el viento. Era demasiado hermoso como para mentar a la muerte.

Nada sacudió la cabeza para alejar aquellos pensamientos fantasiosos. Sabía que la muerte podía ser cualquier cosa, especialmente hermosa.

Y Kirin estaba vivo. Estaba segura, del mismo modo que ella estaba viva.

Arribaron a la orilla del río. Había erosionado el campo de lava hasta formar pedazos de roca negra, protuberantes y llenas de agujeros, y granos finos que no llegaban a ser arena, sino más bien guijarros duros que crujían y se convertían en polvo bajo sus botas. La orilla se sumergía en el agua y era visible a cierta distancia, ya que el agua estaba clara y fría. Nada vio el fino destello de unos peces, plateados y de un verde fulgurante, y unas pocas hierbas de color verde vivo, cuyas hojas delgadas con forma de zarcillo se mecían, aglutinadas en el lecho del río. El agua era tan acogedora, de aspecto tan limpio y dulce, y su olor rebosaba vida.

—Hola, río Selegan —dijo Firmamento. Desató la cinta con la que había sujetado los petates a su espalda y los dejó caer sobre la orilla negra.

Nada se arrodilló en el borde, con las rodillas justo en la línea del agua. Posó las palmas de las manos abiertas sobre la superficie.

—Hola, río Selegan —dijo también—. Hemos venido al pie de la Quinta Montaña para hacer un trato con la Hechicera que Devora Doncellas. ¿Nos dejarás marchar junto a ti? ¿Cruzar tu amplia superficie y beber de tus olas?

Esperaron un instante mientras los delgados peces pasaban con rapidez y el agua se arremolinaba en torno a los dedos de Nada. Estaba fría, pero era agradable.

Entonces, el agua se convirtió en un cuerpo ondulante, sinuoso y lleno de escamas. El dragón se alzó del río, tan largo como para enroscarse en lo alto de la torre de palacio. Sus escamas parecían de plata, como si la luz del sol incidiera sobre el agua; sus ojos eran enormes y azules, y su boca sin labios se abrió para mostrarle a Nada una lengua rosa y unos dientes afilados como hoces. Extendió las alas anchas de plumas plateadas en arcos gemelos, ocultando el cielo radiante. Tenía tres colas escurridizas, cuatro patas acabadas en garras que arañaban la arena y el aire, y unas crestas blancas y duras que descendían por todo el lomo como olas en el mar. Las plumas brotaban de sus ojos y por todo el cuello hasta el vientre platinado, formando el tipo de arcoíris que aparece con el sol o en una gota de aceite.

—Soy Selegan, y a ti te conozco —siseó.

Nada asumió que se acordaba de Firmamento, así que hizo una profunda reverencia y permaneció en silencio a la espera de que su compañero hablase.

Sin embargo, Firmamento gritó por la conmoción.

—¡Eres el dragón que me arrebató a Kirin! —dijo.

Los grandes ojos azules parpadearon con lentitud y el dragón erizó las escamas. A Nada le dio la impresión de que era su forma de encogerse de hombros.

—Pensé que eras su demonio o un familiar, ¡no un espíritu de río! ¿Cómo puedes haberte aliado con semejante criatura? —Firmamento desenvainó la espada.

El dragón se alzó sobre sus cuartos traseros y bajó el hocico como la reprimenda de un maestro.

—Ella me salvó —dijo. Aunque su tamaño le daba profundidad y sonoridad a su voz, Nada pensó que su forma de hablar era suave. Gentil, incluso—. Cuando el curso de mis aguas se detuvo, separadas por mi largo lecho por la lava fría. Solo era un reguero, un lago nuevo, feo y apestoso, y no habría tardado en convertirme en demonio. Pero ella me salvó.

Nada miró al lugar donde parecía que el campo de lava había sido empujado hacia atrás, como una ola sólida, congelada.

—¿Y por eso conduces a los príncipes hasta sus garras? —exigió saber Firmamento—. ¿También secuestras a doncellas para ella, corazones listos para que los devore?

—Firmamento —murmuró Nada, pero el guardaespaldas aferró su espada con ambas manos y la levantó de manera que la hoja ancha atrapase la luz del sol. Refulgía.

—Este humano desea luchar contra mí —dijo el dragón—. Nunca recuperarás a tu príncipe.

—¿Por qué? —preguntó Nada.

—¡Pienso recuperarlo! —gritó Firmamento al tiempo que cargaba contra el espíritu.

Sus pies chapotearon en el río, despidiendo chorros de agua que brillaron al sol, al igual que su espada, tanto como las escamas del dragón. Nada se tapó los ojos con la mano, incluso al gritar su nombre.

El dragón se lanzó hacia adelante para atraparlo, pero Firmamento viró y le abrió un tajo en la pata. La hoja chirrió al contacto con las escamas y luego las traspasó: la sangre de color azul plateado goteó en el río.

Firmamento no cejó en su empeño, sino que se dirigió hacia el vientre emplumado del dragón.

Este saltó en el aire, enroscándose sobre Firmamento. Columpió una cola y arrojó al joven río abajo; el guardaespaldas se tambaleó, pero afianzó los pies y no cedió. El torrente de agua lo empujaba a la altura de la cintura, enlenteciéndolo, mientras gritaba fuera de control al dragón, que había alzado el vuelo.

Nada observaba, horrorizada, pero no creía que pudiese detener a ninguno de los dos. Había sido decisión de Firmamento, su carga…, aunque, si moría, Kirin no la perdonaría jamás.

Firmamento siguió luchando y lanzando fintas contra el dragón, que se zambullía y lo esquivaba tanto como podía una criatura de su tamaño. Pronto comenzó a sangrar por distintos cortes, y el hombro de Firmamento también sangraba, tiñéndole la camisa de un púrpura intenso que desaparecía bajo la túnica acolchada exterior. Firmamento respiraba con dificultad; las escamas plateadas del dragón resplandecían doradas y salpicadas de azul. Había perdido varias; se habían caído al río, convirtiéndose en agua oscura.

La fuerza otorgada por la sangre de demonio hacía que Firmamento resistiera más que cualquier humano, y de pronto agarró la barba de plumas del dragón con una mano para alzarse con un grito de furia. Le clavó la espada en el cuello. Con todas sus fuerzas, la hundió hasta la empuñadura, y el dragón dejó escapar un rugido de sorpresa, sacudiendo la cabeza como un látigo.

Arrojó a Firmamento contra la orilla. El golpe fue duro; dejó escapar un gruñido y luego boqueó en busca de aire. Nada cayó sobre las rodillas a su lado, gritando su nombre. Cuando sonrió, vio que los dientes se le habían teñido de rojo.

La espada seguía alojada en el cuello del dragón, que se había aovillado en la orilla contraria para tratar de sacársela con cuidado. Luego, tiró la espada al río. Bufó, y escupió sangre azul argéntea entre los dientes. Unas volutas de aliento ardiente se enroscaron alrededor de sus colmillos y se elevaron en el aire como espíritus.

Firmamento tosió y gritó de dolor.

—Nada, me he… me he roto algo.

—Quieto. No te muevas, déjame negociar —le respondió, tratando de no sonar desesperada—. Me toca a mí.

—Si está… Si Kirin ha…

—Para —siseó ella, y le puso la mano sobre la boca.

Firmamento cerró los ojos y una lágrima le resbaló por la mejilla. Solo una, límpida como el agua, aunque una parte de Nada esperaba que fuera del mismo color escarlata que su sangre.

—Hazlo mejor que yo —le dijo.

Nada se puso de pie y miró al otro lado del río en busca del dragón.

Este le devolvió la mirada… No, a ella, no; a Firmamento.

De repente, el dragón se volvió más pequeño. Se sumergió en el agua por un instante con una sacudida de sus tres colas, y luego emergió y los rodeó.

—No intentes comértelo o matarlo —le ordenó Nada.

—Se está convirtiendo en agua —respondió el dragón.

Nada tragó saliva para deshacer el nudo de miedo que se le había instalado en la garganta. Respiró hondo.

—Selegan, no quiero que muera. ¿Qué puedo darte a cambio de su vida?

Pero el dragón se inclinó hacia Firmamento. Ahora su cabeza tenía el tamaño de una cabeza de caballo común, larga y ancha, y la crin de plumas y escamas brillaba como un arcoíris refractado en aceite.

Firmamento se volvió hacia él, con una mueca de dolor.

—No te maldeciré por haberme matado, pero si Kirin está muerto, te perseguiré durante toda la eternidad, dragón —dijo.

—No está muerto —respondió el dragón. Fijó la mirada azul cristalina en la mejilla de Firmamento—. ¿Puedo probar tu agua?

Cuando Firmamento frunció el ceño, Nada pensó en su pequeño espíritu de dragoncillo y en lo mucho que le gustaban sus lágrimas.

—Si te deja, ¿lo curarás? —preguntó la joven.

—Si lo permite, perdonaré que haya invadido mis aguas y las heridas que ha infligido en mi carne.

—Habrá muchas más lágrimas por venir, o eso creo —consiguió susurrar Firmamento.

El dragón sacó la lengua, rosa y delgada como la de una serpiente de jardín. Acarició el rostro de Firmamento al lamerle la sien y la mejilla, lo que hizo que el dragón se estremeciera. El sonido que vibró en su interior parecía el ronroneo de un gato muy grande.

Nada se arrodilló y alzó la mano para tocar las escamas plateadas y doradas que ondulaban en el largo cuello del dragón.

—Mi ama —dijo este, sin embargo, y el cielo se volvió negro.

Al darse la vuelta, Nada vio unos zarcillos de oscuridad pura extendiéndose como un viento frío, el brillo de unos ojos —uno verde, el otro blanco— y una sonrisa carmesí curvada sobre unos dientes afilados y puntiagudos. Vio los campos de lava convertirse en ríos candentes, cristales en forma de cuchillos, y escuchó solo un latido de un corazón, tan fuerte que le taladró el cráneo.

Y entonces se quedó dormida.

TRECE

En el corazón de la Quinta Montaña, la Hechicera que Devora Doncellas sonreía al mirar el cuerpo dormido de la joven más hermosa del imperio. Se había enroscado sobre el jergón de hierba entretejida, envuelta en lo que quedaba de su bonito vestido de seda, que más bien parecía un montón de harapos lujosos. Sus costillas se elevaban despacio, en calma por el sueño, y sus pestañas negras parecían como manchas de tinta sobre el rostro pálido. Hasta sus labios eran incoloros. Kirin Sonrisa Sombría se había consumido, ahora era de un blanco enfermizo; un reflejo lúgubre de la luna daba contra el negro azabache de su cabello y esos jirones de tela con los colores llamativos del arcoíris. La hechicera se preguntó si su madre y la corte aprobarían el contraste provocado por la debilidad de Kirin.

—Kirin —lo llamó.

La respiración se detuvo, las pestañas se agitaron y el joven abrió los ojos, mirándola directamente. No se movió.

—Dijiste la verdad —continuó la hechicera.

Aquello lo terminó de despertar. Se puso de rodillas, temblando.

—Nada.

La hechicera sonrió y se arrodilló frente a él, separados por los largos dientes de la cueva de obsidiana. El vestido se infló como una corola perfecta, dispuesto en ondas carmesíes y de un verde azulado, y rematado con un rosa exquisito y bordados plateados. Mientras lo miraba, su piel perdió el delicado color cobrizo hasta volverse del mismo tono que el del muchacho, salvo porque la de ella tenía un brillo saludable, de un tono perlado cálido en lugar del blanco acuoso de la luna. Sus horribles ojos —uno verde, el otro marfil, con pupilas estrechas— se transformaron en los de él: motas de un color miel intenso emergieron de sus iris, como tréboles brotando en primavera.

Así, la hechicera se convirtió en el espejo del príncipe: un estudio de contraste, hermosa, elegante y femenina.

Kirin resopló, molesto. Se frotó los ojos, aunque hacía semanas que se le había quitado el maquillaje.

Ella dibujó una sonrisa de medio lado, sombría, una buena imitación de la que había sido del príncipe.

—¿Crees que lo hará bien?

—¿Hacer bien qué? —preguntó Kirin con la voz ronca. Tenía sed, hambre, y estaba frustrado por estar encerrado.

La hechicera sacó una jarra de uno de los pliegues del vestido y la introdujo entre los barrotes de obsidiana para dejarla en el suelo frente a él.

—Es vino. Selegan vendrá con la comida pronto, la misma que le servirán a tu Nada.

Kirin bebió, aunque el vino estaba fuerte y le dolió al llegar al estómago vacío.

—¿Hacer bien el qué?

—No ha venido sola.

Silencio.

—Pero el guerrero se enzarzó en una pelea con el Selegan y puede que no sobreviva. —La hechicera se encogió de hombros.

El príncipe dejó la jarra de vino sobre la piedra con un ruido sordo. Permaneció callado.

—Ya veo. No te importa. Entonces, supongo que lo dejaré morir.

Kirin se levantó de un salto y ella alzó la barbilla para mirarlo con tranquilidad desde abajo. Kirin agarró los barrotes, acechándola, con la mandíbula apretada.

—¿Sí? —Ahora no sonreía, fingiendo falta de interés.

—Sálvalo.

Kirin pronunció las palabras con suavidad, a medio camino entre una orden y una súplica.

La hechicera se puso en pie. Ahora era tan alta como él; mirarlo a los ojos era como verse en un espejo.

—¿Qué me das a cambio de su vida?

Apretó los puños en torno a los barrotes de obsidiana.

—¿Qué me queda?

El silencio volvió a instalarse entre ellos mientras se miraban fijamente. El aire en calma de la cueva le susurraba a la hechicera al oído noticias provenientes de la cima de la montaña, traídas por las haditas del alba.

—Ya has hecho un buen trato por tu vida. ¿No harías lo mismo por la de tu amante? —dijo, puesto que necesitaba zanjar el asunto.

Kirin sintió una oleada de pánico que le supo como el vino ácido y amargo.

—Sálvalo.

—Tu corazón late tan lleno de vida… —murmuró la hechicera.

—Haré lo que sea.

Entonces, ella sonrió y sus dientes se transformaron en una hilera de afilados colmillos de tiburón.

CATORCE

NADA SE DESPERTÓ LENTAMENTE.

Se movió un poco, las sábanas de seda crujieron, y soltó una bocanada de aire tan fuerte como una ráfaga de viento. No había más sonidos. Cuando abrió los ojos, vio un techo de obsidiana reluciente. Tenía picos afilados, sus valles se curvaban como la luna y unas líneas negras ondulaban con la luz azulada.

Del techo pendía un candelabro hecho con cientos de pequeños huesos plateados ennegrecidos. Unas delgadas velas negras que ardían con llamas azules emitían aquella luz escalofriante.

Mientras la contemplaba, la luz se intensificó para iluminar la habitación entera. Estaba excavada en la sólida piedra de obsidiana y de sus muros colgaban docenas de espejos de todas las formas y tamaños. La puerta estaba barnizada y pintada de negro con flores rojas y rosadas. Un conjunto de baúles con flores parecidas la esperaba con la tapa abierta al otro lado de la estancia, con túnicas teñidas de vivos colores, vestidos bordados, zapatillas, velos, collares de perlas y cuentas de cristal derramándose de su interior. Había un sillón con plumas y escamas talladas, y un escritorio rojo y estrecho con botes de pintura y polvos. Al lado, una mesa redonda con patas de marfil sobre la que descansaba un cuenco con agua.

—¿Hola? —llamó Nada, sentada en medio de las sábanas y de almohadas con adornos. La cama se balanceaba como si flotase en el aire, y Nada se aferró al suave borde de madera. Era como un nido fabricado con una cáscara de nuez gigante.

Se bajó con cuidado y atravesó el frío suelo de piedra hacia el cuenco, preguntándose si debería arriesgarse a beber. Tocó la superficie, provocando pequeñas ondas que oscurecieron las flores pintadas en el fondo.

«Bueno, está bien», pensó, y se llevó el cuenco a los labios para dar un sorbo al agua: tenía un sabor intenso a minerales y era tan fresca como la lluvia. Bebió hasta quedarse sin aliento.

Algo más animada, Nada giró sobre sí misma. Tenía hambre y necesitaba aliviar la vejiga pero, lo más importante, tenía que encontrar a Firmamento. Se dirigió hacia la puerta. El pomo era una flor tallada, como una rosa de pétalos puntiagudos. Lo frotó con los dedos, le resultaba familiar, y entonces el pomo se giró y la puerta roja y rosada se abrió de golpe. Nada dio un salto hacia atrás con las manos cerradas en puños, pero la puerta reveló a una chica de su edad, con los ojos marrones muy abiertos y unas flores rosadas entretejidas en su pelo negro.

—Oh —musitó la chica. Tenía una sonrisa bonita—. Estás despierta.

Nada entrecerró los ojos y no respondió.

La chica llevaba una bandeja con una tetera humeante y dos tazas, pan negro y otro cuenco cubierto con un trapo. La cerámica de la tetera y de las tazas era fina y delicada, decorada con diminutas figuras de campesinos. Una vaquita naranja miraba a lo lejos, a las colinas onduladas. La vaca parpadeó y los ojos de Nada volaron hacia la joven.

—Soy Primavera —dijo la chica y entró en la habitación, aunque tuvo que apartar a Nada. Una vez dentro, la luz del candelabro cambió del azul acuoso invernal a una intensidad más soleada. Primavera dejó la bandeja sobre el escritorio rojo y vertió la bebida de un verde traslúcido en las tazas. Con ambas en las manos, se dio la vuelta y le ofreció una.

Nada le dedicó una mirada asesina.

—¿Dónde está el guerrero con el que llegué? ¿Dónde está Kirin Sonrisa Sombría? ¿Quién eres tú?

—¿En ese orden? —Primavera le dedicó otra bonita sonrisa—. El guerrero está durmiendo bajo un hechizo; el príncipe, debajo de nosotras, y, como te he dicho, soy Primavera.

—¿Debajo? ¿En la montaña? ¿Está vivo? ¿Firmamento sobrevivirá?

—Esas preguntas deberías hacérselas a la hechicera.

—¡Entonces llévame con ella!

—Le gustaría cenar contigo esta noche —dijo Primavera, y volvió a ofrecerle el té.

—¿Qué va a hacerme? —Nada aceptó la taza. Cubrió la vaquita naranja con el pulgar.

—¿Calentarte? —Primavera dio un sorbo y luego tomó la taza entre los dedos fríos de Nada y la cambió por la de ella.

Nada respondió con un largo suspiro de sufrimiento para disimular la ansiedad. Se bebió el té caliente de un solo trago. Sabía a hierba y a una oscuridad rica y relajante. Tenía algo familiar que no supo identificar. Como la flor en el pomo.

—¿Qué tipo de hechizo le ha lanzado a Firmamento?

—Lo mantiene dormido mientras se cura.

—¿Por qué lo está ayudando?

—El río se lo pidió.

Nada le devolvió la taza vacía y aprovechó para estudiar a la joven. Era algo más alta que ella y tenía la piel blanca; el cabello negro le caía suelto con suaves ondas y había flores blancas trenzadas en él. Parecían orquídeas en miniatura. Sus ojos rasgados eran del color de la miel y del sol, y parecía feliz y tranquila de sostenerle la mirada, como si no tuviera secretos que ocultar.

A Nada le sobrevino una extraña falta de aliento y separó los labios para tomar aire. Los ojos de Primavera descendieron hasta su boca, así que Nada también miró la suya. Sus labios eran rosados y parecían suaves, como los estambres de las orquídeas de su cabello.

Nada tragó saliva y dio un paso atrás.

—¿La Hechicera que Devora Doncellas hace siempre lo que le pide el río? —preguntó.

Primavera se encogió de hombros y se acercó a los baúles al otro lado de la habitación. Sus zapatillas eran de seda, de un rosa pálido, silenciosas contra el suelo de piedra.

—Te han aseado. ¿Te gustaría vestirte?

Sobresaltada, Nada se miró. No había pensado en cómo era que estaba tan limpia, solo le había dado la ligera impresión de que se sentía así. Su cabello se deslizó en torno a su rostro al moverlo; brillaba y se lo habían cortado. Una prenda de lino color crema, más suave que cualquier cosa que hubiera llevado nunca, la cubría hasta las rodillas. Tenía el dobladillo bordado con tantos detalles que el atuendo podría haber pertenecido a una reina.

—Tengo que hacer pis —dijo en un arrebato de ira.

¿De dónde había salido el enfado?

Nada apretó la mandíbula. No estaba acostumbrada a esos cambios de humor. Se suponía que no debía llamar la atención.

Primavera señaló una curva en el muro de obsidiana que había tras el nido. Una escudilla de piedra con tapa estaba dispuesta sobre un soporte bajo de azulejos.

—Hay paños en la cesta de al lado. Nos ocuparemos de todo por ti.

Con un resoplido, Nada se dirigió al orinal y lo usó. La otra chica abrió los ojos desmesuradamente, como si le sorprendiera la falta de molestia de Nada.

—¿Y para los dientes? Los noto pastosos.

Primavera volvió a señalar y Nada, enrojecida por una mezcla de enfado y triunfo que le resultaba desconocida, también se cepilló los dientes.

Cuando acabó, Primavera le echó un vistazo por encima del hombro; estrechaba una prenda preciosa de seda roja sobre ella, como si estuviera tomando sus medidas.

—¿Lista?

Nada respiró con rabia y asintió. Caminó hacia Primavera e intentó parecer más alta y fuerte de lo que era. La otra chica la observó con unos ojos color miel llenos de admiración. A Nada le gustaba aquella expresión, y a la vez, no: quería que la chica la admirase y le temiese. O hacer que se fuera.

—Quiero ver a Firmamento y a Kirin.

—Te llevaré con el guerrero —dijo Primavera. Acercó la tela roja al rostro de Nada; solo tenía ojos para la ropa—. Pero no con el príncipe.

—¿Por qué?

—Pregúntale a la hechicera durante la cena.

Nada frunció los labios.

—El rojo es demasiado fuerte para mí.

—¿Crees que necesitas tonos pasteles? —se rio Primavera.

—Me da igual —rectificó Nada—. Ponme algo y llévame con Firmamento.

La otra chica sonrió divertida y dejó caer la seda roja a los pies de Nada. Volvió a los baúles y sacó una túnica azul claro y una larga chaqueta lila oscuro con broches curvados en forma de cuernos. La túnica le quedaba ceñida en la cintura y luego caía algo más suelta hasta las pantorrillas. Primavera trabajó con rapidez y seguridad, rozando la cadera de Nada, y después le apartó la mano para atarle la túnica. Luego, ayudó a Nada a ponerse la chaqueta y se la abotonó con agilidad. Estaba tan cerca de ella que Nada se descubrió conteniendo el aliento.

Las pestañas de Primavera eran largas y de un tono castaño, más claras que el negro intenso de su cabello. Apenas se curvaban. Nada deseó tocarlas. Sentir su roce sobre la mejilla.

Frunció el ceño. ¿Qué le pasaba? Esa extraña fijación tan profunda por los detalles, por Primavera, las oleadas de enfado y aquella falta de aire.

—¿Qué eres? —dijo con voz queda.

Primavera alzó la mirada. Estaba muy cerca de ella. Nada alcanzaba a ver cada mota y cada remolino en sus ojos castaños como la miel. También le resultaban familiares. Se estremeció y luchó contra el impulso de retroceder. ¿Por qué allí todo le parecía conocido?

—¿Qué eres? —repitió.

—Una chica —respondió Primavera—. Como tú.

—¿Te arrancó el corazón? ¿Por qué estás aquí?

—Me gusta estar aquí —Primavera se llevó la mano al cuello superpuesto de su bonita túnica de seda. Tiró hacia abajo, dejando al descubierto la piel blanca y suave, la ligera curva de sus pechos y, entre ellos, una fina cicatriz casi imperceptible. Era dentada, de un rosado oscuro, y parecía reciente.

Nada se alejó.

Primavera sonrió con tristeza, pero no dijo nada.

Nada se cubrió el rostro con las manos, no quería pensar. No quería escuchar ni sentir. Ella era la nada. Era Nada. Nada podía escapar de la Quinta Montaña. Nada podía rescatar a Kirin. Todo saldría bien. Bajó las manos y clavó la mirada en la chica.

—Llévame con Firmamento.

—Las zapatillas están…

—No, llévame.

Primavera se dio la vuelta y le hizo un gesto para que la siguiera. Y eso hizo Nada, descalza sobre el suelo de obsidiana frío y suave.

La puerta con la flor roja y rosada dio paso a un laberinto de pasillos estrechos excavados en la montaña. Nada extendió la mano para arrastrar los dedos contra la pared. Habían dejado la obsidiana atrás y ahora atravesaban un suelo de granito que emitía un ligero destello. Cuando se dio cuenta de ello, se preguntó cómo era capaz de ver: no había candiles ni velas que arrojasen luz; no había túneles que conectasen con la superficie ni recovecos que recogiesen la luz natural. Era como si el propio aire irradiase luz. Nada se preguntó a cuánta profundidad estarían. Se sentía reconfortada, como si perteneciese a aquel lugar. En cuanto lo pensó, tuvo un poco de miedo.

Trató de llevar la cuenta de los giros y de la distancia que habían recorrido a través de las bifurcaciones, los desvíos de los pasillos y las puertas talladas en madera oscura, algunas pintadas con colores alegres como la suya, otras mimetizadas con la pared. A Nada se le daban bien los mapas internos, ya que se había pasado la vida en las cavidades y en las salidas de humo del palacio. Subieron por unas escaleras y, poco después, Primavera abrió una puerta con olas talladas y pintada de azul. Una luz clara cayó sobre ellas, como si estuvieran en medio de una tarde alegre.

Nada se apresuró a entrar: la cámara tenía un techo abovedado que brillaba con el reflejo de cientos de cristales puntiagudos, como si fuese lluvia congelada. En el centro se alzaba una losa de cristal a modo de altar y, encima, estaba Firmamento.

Ella le agarró la mano. Estaba doblada junto a la otra sobre su pecho. Un paño largo y azul lo cubría de cintura para abajo, derramándose por ambos lados del altar. Tenía un cojín fino bajo la cabeza. Nada esperó, observándolo, hasta que vio que su estómago se elevaba despacio.

Aliviada, cerró los ojos, y se inclinó para apoyar la mejilla sobre sus manos.

—Firmamento —musitó.

Volvió a ponerse recta y se colocó junto a la cabeza; le acarició el hombro y la mandíbula hasta acunarle el rostro.

—Firmamento —repitió con voz suave y persuasiva. Él no se inmutó. Por el tono de su piel cobriza parecía sano; los trazos azul violáceos de su cabello y los mechones azul eléctrico estaban como siempre. Ya no había restos de sangre seca sobre la piel, pero sí tenía magulladuras oscuras como la tinta en el antebrazo izquierdo y en el costado derecho, que asomaban por el borde de la manta—. ¿Está bien?

Se dio la vuelta, pero estaba sola. Primavera se había marchado.

Nada resopló para sí.

—¿Hola? —dijo en voz alta.

Su voz resonó con un eco débil. Miró hacia los cristales titilantes del techo. No le había dado tiempo a hacerle más preguntas a Primavera. ¿Qué se suponía que debía hacer ahora?

Nada se inclinó sobre Firmamento y le dio un beso en la mejilla.

—Ponte bien. Voy a encontrarlo —le dijo.

Con eso, Nada salió de la estancia acristalada.

Habían venido por la izquierda, así que giró a la derecha.

—¿Hola? —volvió a llamar. Su voz se derramó delante de ella, como atraída por las paredes de piedra oscura.

Nada caminó durante un rato. Tocó las paredes, sintiendo cómo cambiaba el tipo de roca, en ocasiones ondulada como la obsidiana o áspera como el granito y, en otras, acuñada con grandes cristales, con algunas escaleras octogonales de basalto aquí y allá. A veces, unos fragmentos de cuarzo rosa se extendían por el techo con un suave brillo y, en otros lugares, el granito estaba salpicado por vetas de oro. Cuando se topaba con alguna puerta, la abría. Ninguna estaba cerrada. Algunas daban paso a estancias vacías y polvorientas. A veces encontraba un nido sin usar, como en el que se había despertado, tan solo un escritorio o estanterías cubiertas de una reluciente pátina de polvo de cristal. Descubrió la biblioteca, y también halló una habitación donde solo había velas y espejos y una sala larga y ovalada con un bosque pluvial tallado en las paredes y nubes en el techo. Se topó con un cuarto lleno de cadáveres en descomposición de haditas del alba.

No encontró a Kirin.

Tampoco había señales de Primavera, espíritus o demonios.

Nada se detuvo en medio de un pasillo de granito y puso las palmas sobre la piedra fría.

—Demonio —susurró, con el mismo tono que utilizaba para hablar con el gran demonio de palacio—. Demonio, sé que estás aquí. Eres la Quinta Montaña. Yo soy Nada, soy amiga de los demonios.

Nada intentó calmarse y escuchó. Acompasó la respiración y permaneció en silencio.

—Demonio —murmuró.

No obtuvo respuesta. Ni una palabra, vibración, resoplido o risa. No quería hablar con ella.

Con las manos cerradas en puños, se separó y gritó con todas sus fuerzas.

—¡Hechicera!

El grito cortó el aire y, entonces, la montaña se estremeció.

Nada escuchó un fuerte latido que hizo que perdiese el equilibrio. Cayó de rodillas.

Luego, silencio de nuevo.

Jadeó y, entre las respiraciones agitadas, escuchó algo cada vez con más claridad, como si sus oídos se hubiesen destapado: aquel pulso, suave y cadencioso.

Nada se estiró sobre el suelo con las palmas abiertas, la mejilla, los pechos, el vientre y los muslos pegados, al igual que las rodillas y los empeines. Escuchó el latido. Era demasiado lento como para ser de un ser humano. Demasiado incluso para acompasarlo con su respiración con facilidad.

No podía ser del demonio. Los demonios no estaban vivos y, por tanto, no tenían corazón. Pero ¿y si era el corazón de Primavera? ¿Y si la hechicera arrancaba el corazón a las doncellas para que, de alguna manera, la montaña alimentase… qué? ¿Su poder? ¿Qué trato había hecho con el demonio? Un gran demonio no debería necesitar tal cosa, pero puede que un demonio y una hechicera sí quisieran aumentar su fuerza.

Si el demonio no quería hablar con ella, ¿cómo lo convencería de que la ayudase?

Frustrada, Nada cerró los ojos con fuerza.

—¿Dónde está Kirin? —murmuró.

No tenía ni idea de qué hacer.

Había estado ociosa durante buena parte de su vida. No tenía tareas diarias más que entretener al príncipe o sufrir a su lado mientras el tutor intentaba enseñarle algo, aprenderse las salidas de humo, recopilar cotilleos para intercambiarlos o hacerle cosquillas al demonio de palacio. Cuando no había sabido qué hacer, en aquellas extrañas ocasiones en las que necesitaba hacer algo, Kirin se lo había dicho.

Durante toda su vida, Nada había sabido cuáles eran las normas.

En la Quinta Montaña, no sabía dónde encontrar las salidas de humo o qué cotilleos merecían la pena. No sabía a dónde ir, ni qué era seguro. No sabía casi nada.

Se dio la vuelta y se quedó contemplando el techo abovedado. Las paredes eran estrechas y bajas con vetas de cuarzo. Pero donde ella estaba tendida, varios pasillos convergían en uno y el lugar donde se cruzaban se alzaba en una cúpula. En la cima había un grabado parecido al del pomo de su puerta: una flor con muchos pétalos, como un crisantemo o una rosa con puntiagudos pétalos ovalados.

De pronto, Nada la reconoció.

Era la misma flor que estaba bordada en la seda en la que la encontraron envuelta cuando era un bebé. Igual que la cicatriz grabada a fuego en su piel.

Las manos de Nada volaron a su pecho y los dedos identificaron aquel punto incluso a través de las capas de ropa. Presionó la cicatriz. No le dolía, pero, cuando miró hacia el techo, una ola de calor le recorrió el cuerpo entero.

No reconocía la versión tallada de la flor. Las líneas incoloras de sus dimensiones curvadas en torno al pomo. Pero allí, en lo alto de la cúpula, tenía una forma plana.

Nada la contempló y sintió que el corazón se le aceleraba. ¿Qué significaba aquello?

¿Provenía de allí? ¿De la Quinta Montaña?

Se levantó de un salto y corrió por el pasillo por el que había venido.

—Quiero ir a mi habitación —repitió una y otra vez.

La encontró demasiado pronto como para que no hubiera magia implicada: la puerta con flores rojas y rosadas y el pomo tallado con una flor de muchos pétalos.

Nada la abrió y entró como una exhalación.

En una silla tras el escritorio había una mujer muy mayor, roncando.

Nada se detuvo con brusquedad y soltó un ruidito de sorpresa.

—¿Hola? —dijo—. ¿Hechicera?

Con un resoplido, la anciana abrió los ojos. Estaban enrojecidos y acuosos por el cansancio, pero eran de color castaño oscuro. Eran como dos pequeños escarabajos en el paisaje blanco de su rostro arrugado. Llevaba el cabello grisáceo y negro recogido en tres moños sujetos con peinetas de cristal de púas largas, y vestía una túnica gruesa y acolchada en tonos castaños y rojo sangre. Tenía gruesos bordados en negro y plata, que formaban unos patrones que Nada no había visto nunca. Todo encajaba. Sin contrastes: podría estar fabricada con tierra y madera, salvo por aquellos destellos plateados de los bordados que parecían la luz de las estrellas.

—A duras penas —gruñó la anciana.

—Eh… —musitó Nada—. ¿Eres el gran demonio de la Quinta Montaña?

—¡Sírveme un té, niña!

Reaccionó ante aquella orden de protesta, y Nada se puso manos a la obra. No le sorprendió descubrir que la tetera que Primavera había dejado allí hacía un rato seguía caliente y llena. Nada preparó dos tazas y le llevó una a la anciana. Se la tendió sin decir una palabra, y luego esperó a que la mujer bebiese primero.

Y eso hizo, con los ojos cerrados. Sus labios finos estaban aún más arrugados que el resto de su piel. Cuando acabó, bajó la taza y contempló a Nada hasta que se apresuró a tomarse la suya.

—Bueno, ¿estás lista para vestirte para la cena, niña?

—Pero ¿quién eres?

La anciana se levantó de la silla; se movía con facilidad a pesar de su aspecto. Estaba un poco rechoncha, aunque los pliegues colgaban de sus huesos a causa de la edad, y tenía la espalda encorvada como la abuela de una abuela.

—Puedes llamarme Marea Incesante. ¿Qué color utilizarás como base? ¿Tienes perfume?

—Eh, me da igual. Y... no. No necesito perfume.

Nada siguió a la anciana, sorprendida ante el hecho de que hubiera reconocido su nombre, y cuando la mujer abrió la tapa del baúl más grande, Nada le tocó el hombro.

—¿Eres la Reina ante la Marea Incesante?

—Sí, sí, formé parte del tributo que el Emperador con la Luna en los Labios envió al gran demonio de la Quinta Montaña después de que esta muriera.

—¡Pero eso fue hace más de cien años!

Sin embargo, Marea Incesante empezó a canturrear para ella misma, de manera irregular y desafinada, mientras sacaba vestidos, túnicas y mudas, fajines, velos y prendas que Nada no tenía ni idea de cómo se llamaban.

—Marea Incesante —dijo Nada con urgencia, y la anciana se volvió. Nada inclinó la cabeza con educación—. Sigues viva.

—Es la montaña de una hechicera.

—Pero...

Marea Incesante compuso una expresión de impaciencia.

—¿Qué más quieres saber?

Nada abrió la boca, todavía estupefacta.

—Sí, me presenté voluntaria, ya sabes, hacía décadas que no salía de palacio. Quería aventuras y aquí estoy. He perdido la cuenta de los achaques y del dolor, y hasta de mi edad.

—¿Conoces... a Kirin?

—¿Es la doncella con el corazón que ella quiere?

—Quizá —susurró Nada. No se hacía a la idea de que la hechicera quisiera un corazón y no lo hubiese conseguido—. ¿Por qué no se lo ha arrancado todavía?

—¿Por qué hace lo que hace? —gruñó Marea Incesante—. Bueno, ¿naranja o azul?

—Eh, ¿naranja?

La anciana miró a Nada.

—Azul.

Nada se cruzó de brazos, molesta por que le hubiese preguntado para luego ignorarla.

—¿Kirin está bien?

Marea Incesante se encogió de hombros y comenzó a desvestirla, sin un ápice de la amabilidad de Primavera. Desnudó a Nada, la atavió con ropa interior nueva y le recogió el pelo con una cinta ancha para que no estorbase. Luego, comenzó a ponerle un fino vestido con muchas capas de seda de araña.

Sin duda, era lo más bonito que había llevado nunca, y eso que ni siquiera veía el reflejo completo en los pequeños espejos. Se desplazaba junto a ella como el susurro de la brisa invernal, deslizándose por su cuerpo esbelto a la vez que ocultaba que carecía de curvas, de tal forma que Nada quería tocarse las caderas, el vientre y los pechos para asegurarse de que seguían ahí. En lugar de eso, presionó la lengua contra los dientes y se preguntó qué sentido tenía. La habían vestido para tentar. Para la hechicera.

A lo mejor podía darle su corazón a cambio de Kirin.

Marea Incesante tiró de ella para que se sentase en un taburete frente al tocador con el maquillaje y la anciana empezó a quejarse de su pelo. Nada se miró en el espejo manchado. El escote del vestido se elevaba hasta el cuello, pasaba por encima de los hombros y caía por la espalda; su garganta era de un tono más oscuro, o no lo bastante, para crear un contraste perfecto con la seda pálida. Un escalofrío recorrió a Nada cuando las manos de Marea Incesante le tocaron el pelo. Apretó la mandíbula y contuvo las ganas de apartarse. Kirin era el único que le había tocado el pelo en años. En toda su vida.

A Marea Incesante no le llevó mucho darse cuenta de que el pelo de Nada estaba cortado en demasiadas capas como para trenzarlo sin que se salieran las puntas o los mechones, y también era demasiado fino para prenderle horquillas o peinetas. Con un resoplido hastiado, Marea Incesante se limitó a retirarlo ligeramente de las sienes, y, de las horquillas, prendió unas flores blancas con el centro anaranjado que desprendían un olor dulce. Cuando tocó los pétalos, Nada descubrió que eran de verdad.

Marea Incesante tomó un bote de polvos blancos como la luna, pero Nada le dijo que no.

—¿No?

—Puedo hacerlo yo.

La mujer hizo un gesto evidente de incredulidad, pero se retiró con las manos en alto. Se acercó renqueando a la silla en la que había estado durmiendo cuando Nada entró y volvió a dejarse caer sobre ella. Clavó los ojos oscuros en Nada; ya la estaba juzgando.

«Si tener abuela es así, quizás esté mejor sin ella», pensó Nada con el ceño fruncido.

Nada se miró en el pequeño espejo ovalado. Era bonita, pero no tanto como el vestido. Si se aclaraba la piel con los polvos, haría mayor contraste con su pelo, y si se pintaba los labios de azul vivo, resaltaría el vestido. Eso era lo que haría una dama de la corte de la emperatriz.

Hizo un rápido inventario de los botes de colores disponibles, las brochas y las paletas. A Nada se le había ocurrido una idea que la hizo sonreír.

Con los dedos y un único pincel azul oscuro, se dibujó unas líneas verdes y rojas en las mejillas, en la frente y en el contorno de los labios, lo que le dio el aspecto de un monstruo. Un duende con las mejillas verdes y los ojos rojos arremolinados, boca roja y cuernos que salían desde la frente en dirección al cabello. El pincel que utilizó para pintarse los labios era de un azul más oscuro que el vestido. Cuando terminó, parecía que era un demonio, en lugar de una joven con un vestido azul diáfano y los labios pintados del azul del crepúsculo para cenar con la hechicera

Nada sonrió de oreja a oreja y dejó a la vista dos hileras de dientes blancos; sus ojos marrones casi parecían rojos por el reflejo del maquillaje.

Marea Incesante resopló en su rincón.

—He terminado —declaró Nada al tiempo que se ponía en pie. El vestido largo le envolvió las piernas y entonces recordó que no llevaba zapatos. ¡Iría así!

—¡Por las Reinas del Cielo! —gruñó la anciana—. Eres un desastre.

—Soy un demonio y tú me llevarás a la cena.

Marea Incesante ladeó la cabeza y miró atentamente a Nada; luego, se echó a reír de tal forma que casi parecía un gruñido.

A Nada le dio la impresión de que lo aprobaba.

Una sensación de calor se extendió por su pecho y dejó que la mueca se desvaneciese en una sonrisa.

QUINCE

EL SALÓN DE LA QUINTA MONTAÑA ESTABA EN EL INTE-rior de una geoda de amatista gigante que brillaba por cada ángulo de sus facetas con un lila intenso. Habían cubierto la base con un suelo de cristal traslúcido, colocado sobre la amatista para que diese la impresión de estar caminando sobre sus extremos afilados. La mesa era baja y estaba rodeada de cojines de hilo dorado para sentarse.

Nada entró sola después de que Marea Incesante le hubiese dado un empujoncito antes de cerrar la puerta. Luego, se desvaneció en el cristal.

Inmediatamente, Nada se desorientó entre las vetas y quedó atrapada.

Suspiró y miró a su alrededor.

Cada cara de la geoda esférica era tan peligrosa y púrpura como las demás; era como estar presa dentro de una especie de estrella violeta.

A Nada le encantó. Al igual que le encantaron las flores del prado y cómo casaban las ondas duras y negras de la lava antigua con el valle al pie de la montaña.

Se arrodilló frente a la mesa de madera y olisqueó el olor a resina de pino y el aroma rico y mantecoso del caldo humeante de lo que fuera. Los cuencos ya estaban dispuestos.

También la esperaba una jarra de vino junto a dos vasos de cristal tallado con forma de pez.

—Hola —dijo la hechicera.

Nada se volvió para mirarla, con la boca abierta por la sorpresa.

Por un momento, la hechicera adoptó una expresión similar.

Antes de que Nada pudiera pensar en por qué se había sorprendido la hechicera, quedó cautivada por ella: era una mujer joven, de unos veinte años, con la piel de un suave tono cobrizo; el cabello, con reflejos negros, castaños y pelirrojos, lo llevaba recogido de manera que el rostro quedaba despejado y le caía por la espalda como un velo de terciopelo; lucía un vestido de un rosa atardecer y carmesí, cuyos bordes estaban ribeteados con un delicado verde mar. Y sus ojos. Ay, sus ojos no eran humanos. Uno de un verde brillante, como las hojas de los árboles en verano; el otro, color marfil, y ambos con estrechas pupilas rojas. Los ojos de un monstruo en un rostro perfecto.

No llevaba pintados los labios; parecían suaves y de un cobrizo algo más oscuro que sus mejillas redondas y su elegante mandíbula. La hechicera sonrió, revelando una boca repleta de dientes puntiagudos y triangulares.

Nada jadeó. Al igual que la geoda, el campo de lava y el valle de flores, la hechicera era más hermosa por su aire amenazador.

—Pensaba que eras Nada, pero sabes que no es así —dijo la hechicera mientras estudiaba el rostro de la chica.

—Soy Nada —respondió en un susurro. Tragó saliva y, un poco más alto, añadió—: ¿Dónde está Kirin Sonrisa Sombría?

La hechicera se deslizó hacia uno de los extremos de la mesa ovalada y se arrodilló. Las faldas se esparcieron a su alrededor como un charco de sangre.

—¿Me acompañas? —Con un gesto, la jarra se elevó sobre la mesa y llenó con vino tinto las copas con forma de pez. Como si una mano invisible las hubiera servido.

—¿Es el gran demonio de la Quinta Montaña? —preguntó Nada sin moverse.

—No.

—¿Dónde está?

—En casa —respondió la hechicera con una sonrisa reservada. Sus ojos, cada uno de un color, se desviaron hacia Nada y su sonrisa de tiburón se ensanchó.

Nada sintió un nudo en el estómago por los nervios, y se sentó de rodillas en el firme almohadón dorado en el otro extremo de la mesa, fuera del alcance de la hechicera. Asió una copa de vino. El cristal estaba frío y, bajo los dedos, percibió la dureza de las escamas. Bebió un poquito mucho.

La hechicera se rio; tenía una risa bonita. Miró a Nada y sus labios se separaron hambrientos.

El miedo inundó a la joven, que lanzó la copa lejos de sí con un pequeño grito. El vino se derramó por el suelo de cristal y la copa se rompió en dos pedazos perfectos. Una gota roja salpicó el bajo verde mar del vestido de la hechicera. Nada se la quedó mirando, respirando pesadamente.

—¿Tan fácil ha sido? —le gritó— ¿Arrancarme el corazón?

—Yo no arranco corazones.

Nada le enseñó los dientes y, de repente, recordó que se había pintado la cara como un demonio.

La hechicera se inclinó hacia delante.

—Yo acepto corazones.

—¿Qué quieres decir? —Nada se puso ambas manos sobre el pecho, pero no se sentía el pulso a través del vestido, la piel, los huesos.

—No te he envenenado ni drogado de ninguna forma. —Para demostrarlo, la hechicera tomó su copa con forma de pez y bebió la mitad del vino, algo más de lo que había tomado Nada.

Soltó la copa y esta flotó hacia Nada.

—Bebe —dijo.

Nada la atrapó en el aire y se la llevó a los labios, respirando el aroma embriagador. Apenas sorbió, lo justo para probarlo.

—Es mi sopa favorita —dijo la hechicera. Levantó su cuenco a modo de saludo antes de dejarlo en la mesa y tomar una bonita cuchara de cristal.

Nada miró el caldo marrón rojizo. Olía a carne y a pimientos. No era lo que esperaba encontrar en la mesa de una hechicera que, supuestamente, podría tener cualquier cosa. Debería haber huevos de pajarillos y pastelitos esponjosos, pescado cortado en finos lomos dispuestos en forma de arcoíris, gelatinas y torres de frutas que Nada no hubiera visto nunca.

—Come —le ordenó la hechicera con suavidad.

Nada no levantó la cuchara.

—Kirin comerá lo que comas tú.

—¿Qué? —Elevó la mirada hacia la hechicera.

—Le he dicho al príncipe que le servirán lo que tú comas. Así que dale de comer.

Nada comió. Estaba rico, picante, y seguro que para un príncipe muerto de hambre aquello era mejor que cualquier plato mágico y exótico que pudiera haber imaginado. Cuando llevaba la mitad del cuenco, paró un poco. La hechicera también había estado comiendo y, cuando Nada se detuvo, la mujer se limpió los labios a toquecitos con una servilleta.

—¿Por qué lo retienes? —preguntó Nada.

—Pensaba que necesitaba su corazón.

—Pero no era lo que buscabas.

—Lo que necesito es lo que me traerá su corazón.

—¿El qué?

La hechicera parpadeó y sus ojos parecieron más humanos sin las pupilas rojas alargadas, aunque uno seguía siendo verde y el otro blanquecino. Podían ser, en determinadas circunstancias, los de una mujer muy extraña. El rostro de la hechicera se volvió menos espléndidamente hermoso y pasó a ser más cercano.

—Una respuesta. Eso es lo que busco en el corazón de las doncellas.

—¿Una respuesta a qué?

—A una maldición, por supuesto.

Nada se quedó paralizada.

—¿Estás maldita?

—Así es.

—¿Cuál es la maldición?

La hechicera le dedicó una sonrisa irónica.

—No puedes decirlo —gruñó Nada.

—Puedo contarte una historia. Come.

De alguna manera la hechicera había hecho aparecer otra copa de vino, a pesar de que la de Nada seguía rota en el lugar donde había caído.

Nada se llevó otra cucharada a la boca.

—Hace mucho tiempo una chica se adentró en el corazón de la Quinta Montaña y pidió hablar con el demonio. Quería ser una hechicera e hizo un trato con él para que le enseñase magia a cambio de ser su esposa.

—¡Eres la esposa de la Quinta Montaña! —la interrumpió Nada.

Las pestañas de la hechicera se agitaron; Nada no se había percatado hasta ahora de lo largas y rizadas que eran. Como la curva del ala de un cuervo al alzar el vuelo.

—El demonio aceptó y se casaron, y ella aprendió tanto que no podía describírselo con palabras. La hechicera y su consorte eran felices y poderosos, o lo fueron durante muchos años, y por eso ella tomó la decisión que toman muchos hechiceros: encontraría la manera de darle una nueva vida a su demonio, un cuerpo para él solo. Pero los demonios no están hechos para eso. Los espíritus viven, los demonios existen. Forman nuevos hogares en las casas de otros. Ellos devoran. Toman. Vivir es dar, es crear, y por eso pensar que cabe la posibilidad de devolver a un demonio a la vida es un engaño. Pero la hechicera se preguntó: «¿Acaso amar no es dar también? ¿No es crear? Si un demonio puede amar, ¿no puede vivir?».

Hizo una pausa. Nada la contemplaba. A pesar de haber comido tanto, se sentía vacía.

—¿Estaba segura de que los demonios podían amar? —murmuró Nada.

—Eso creía, que es mejor que saber —dijo la hechicera. Bebió más vino antes de continuar—: La hechicera empezó a intentarlo, a reunir un poder que apenas era capaz de contener, para crear a un ser viviente para su demonio. Las tormentas asolaron la Quinta Montaña y su núcleo se desgarró y ardió, y cuando la hechicera terminó, en lugar de abrazarla desde el cobijo de una nueva vida, el gran demonio de la Quinta Montaña simplemente se había esfumado.

—¡Dijiste que el demonio estaba en casa!

—Lo está. Ahora.

Nada frunció el ceño.

—Cuando el demonio se desvaneció, la hechicera recorrió el imperio de punta a punta, pero no lo encontró. Les preguntó a los dragones, le suplicó al viento que llevase su ruego a las Reinas del Cielo y exigió respuestas a los dioses del bosque pluvial. Incluso mandó emisarios a las Cuatro Montañas Vivientes, aunque sus hechiceros la odiaban. Nadie sabía nada. Al final, la hechicera consiguió invocar a un unicornio y este le ofreció una única perla de sabiduría: «Encontrarás la respuesta en el corazón de la doncella más hermosa».

La hechicera volvió a hacer una pausa para beber vino. Nada se quedó sin aliento.

—Era una respuesta típica de un unicornio, ya que a ellos también les atrae la belleza. Sin embargo, la hechicera estuvo cazando durante años. Persiguió a doncellas hermosas y les pidió su corazón.

—¿Los pidió? —Nada casi escupe las palabras.

—Sí. —La hechicera prosiguió—: A cambio de algo. Las sedujo.

—¿Cómo puede alguien dar su corazón? ¿Su corazón de verdad? ¿No mueren? —Nada se detuvo, pensando en Primavera.

—Esa es otra historia —dijo la hechicera con amabilidad—. ¿Prefieres que te la cuente?

Nada estaba dividida; también quería saber lo de los corazones y la seducción. Pero sacudió la cabeza. No. Kirin era más importante.

—Los corazones que le dieron alimentaron a la Quinta Montaña y mantuvieron fuerte la magia de la hechicera. Pero ninguno contenía la respuesta. Ninguno le aportó una pista de lo que le había ocurrido a su demonio consorte. Hasta mediados de este verano, cuando encontró a la doncella más hermosa que había visto jamás —dijo la hechicera.

—Tú. Tú la encontraste.

La hechicera alzó la mirada desigual hacia Nada.

—Yo la encontré —respondió con voz sedosa—. Y esta doncella, esta hermosa doncella, dijo que no era tal, sino un príncipe. «Bueno, entonces, eres una doncella y un príncipe», le dije. Pero el príncipe respondió: «Ni lo uno ni lo otro, soy el Heredero de la Luna. Quiero ser... debo ser... *él* para el mundo; nada más importa, así que llámame así. Recuérdame lo que el mundo espera de mí».

Nada bajó la mirada a la sopa, dolida porque nunca le hubiera contado aquello a ella. ¿Pensó que no lo entendería?

—La tristeza del príncipe me recordó a la mía, así que lo traje aquí para mi montaña, pensando que al fin había encontrado el corazón correcto. El corazón de una doncella que no era tal, en un príncipe que estaba entre ambos. Hablamos de hombres y de mujeres, de la noche y el día, la vida y la muerte, el bien y el mal, y le recordé que el poder reside en el cambio, en la transformación, en que haya más de una posibilidad. La emperatriz y su corte (humana) fuerzan el contraste, fuerzan el pensamiento dual, ¡como si el mundo pudiera amoldarse a tal cosa! ¿Qué es el crepúsculo?, le pregunté. ¿Qué es una sombra? ¿Qué es un árbol con flores y semillas a la vez? Le pregunté si no era un príncipe, sino un hechicero, como yo, y que quizá en su corazón era donde se escondía mi demonio. Tenía la edad adecuada, después de todo. Habría nacido cuando mi demonio desapareció.

Nada se lo creyó.

Por un momento, creyó a pie juntillas que Kirin era un demonio renacido.

Era poder y belleza, y también problema. Travesuras y maldades, desenfreno y pasión… Y estaba atrapado, también, entre ambos. Y él tomaba y tomaba y tomaba. Sentía que su corazón flaqueaba y dejó la cuchara en la mesa; se le había cerrado el estómago.

La hechicera siguió mirando a Nada con esos ojos de vida y muerte.

—Le dije que podía abrirlo en canal y buscar a mi consorte en su corazón, mi demonio perdido. Si Kirin no recordaba quién era, a lo mejor podía liberar a mi demonio de aquel hogar incierto y volver a empezar. Pero Kirin señaló una talla en la pared y dijo: «He visto esa flor de muchos pétalos antes». Y por eso no le abrí el pecho en dos. «Haz lo que veas. Nada vendrá a por mí», dijo.

Una cálida sensación de alegría estalló en Nada.

—Confió en mí —le susurró a la hechicera.

—Te delató —respondió esta—. Has venido, justo como prometió que harías. Nada, de hecho.

—Estoy aquí. Déjalo marchar.

—No está en mi naturaleza.

Nada cruzó los brazos sobre el pecho.

—Esa es una excusa.

—Haz un trato conmigo —murmuró la hechicera. Rozó el borde de la copa con la yema del dedo mientras le sostenía la mirada a Nada.

—Deja que Kirin se vaya, yo me quedaré.

—¿Y luego qué? No eres tan hermosa como él y busco mi respuesta en el corazón de la doncella más hermosa. Y ya la tengo. ¿Qué puedes ofrecerme que sea mejor? ¿Tu corazón?

—¡Ha sido una historia pésima! —dijo Nada, repentinamente enfadada—. Todavía no sé cuál es la maldición.

—Ese no es el final de la historia.

—¿Cuál es?

—¿Habías visto la flor de muchos pétalos antes?

Nada no respondió. La había visto. Lo sabía.

Una vida de espionaje, recopilando insinuaciones y cotilleos, de vivir en las paredes, le servía ahora; y lo supo. Se tocó las mejillas y arrastró la pintura con las manos hasta emborronar el maquillaje de demonio verde y rojo. Se había dado cuenta del motivo por el que la hechicera se había sorprendido al verla así.

—¡Crees que soy tu demonio! No Kirin. Yo soy… ¡Crees que soy el gran demonio de la Quinta Montaña!

El fuerte latido de su corazón rugió en sus oídos.

La hechicera se levantó y fue a arrodillarse junto a Nada. Le puso las manos sobre la falda cubierta de seda. Nada la miró, completamente atónita. Las pupilas de la hechicera volvieron a alargarse y a enrojecerse.

—Cásate conmigo, amor mío. Antes de que sea tarde —le dijo.

Nada se puso en pie de un salto.

—¡No! —gritó. Se apartó de ella y se volvió hacia la puerta, que había desaparecido—. ¡Déjame salir!

Una pequeña puerta arqueada apareció y Nada corrió hacia ella.

DIECISÉIS

Nada no tardó en encontrar su habitación con la puerta tallada y pintada de rojo y rosado. Tocó el pomo tallado en forma de flor con muchos pétalos y este siseó. Lo soltó como si quemase. Pero la puerta se abrió y entró hecha una furia. Se sentó frente a uno de los muchos espejos inclinados que colgaban de las paredes de obsidiana. Su maquillaje parecía una herida abierta y supurante en su rostro, una mezcla difusa entre una joven y un monstruo.

Tironeó de la ropa con los dedos manchados de pintura para dejar al descubierto la cicatriz. Era pequeña, rosada, arrugada como una quemadura reciente. Como una amalgama de pétalos secos prensados entre las páginas de un libro. Una marca de pintalabios color peonía, como un beso sobre el corazón.

Era idéntica a la flor de muchos pétalos que estaba tallada por toda la montaña.

—Soy Nada —murmuró.

Se levantó y empezó a caminar por la habitación, rebuscando entre los baúles y las sábanas del nido colgante hasta que la encontró: la manta de seda de cuando era bebé con una delicada flor bordada.

Nada la apretó contra su rostro y aspiró su aroma: no olía a *nada*. Ni siquiera al leve incienso del santuario.

Recogió las rodillas, se las llevó al pecho y sintió… nada.

DIECISIETE

P UEDE QUE NADA SE HUBIESE QUEDADO DORMIDA: SE sentía intranquila, dispersa; la mente, algo alterada, le daba vueltas, su pulso era errático y le dolían las piernas como si necesitase moverlas. Intentó pensar en toda su existencia, buscando pruebas de que era una chica normal o, al menos, una un poco rara. No un demonio. ¡Era imposible! Los demonios estaban muertos; ella estaba viva. Era imposible que la hechicera lo hubiera logrado. Las brujas de palacio lo habrían percibido, o los monjes, o, al menos, el gran demonio.

Salvo que aquel fuera el motivo por el que le gustaba tanto. Porque era un demonio renacido. Puede que fuera cierto, que el gran demonio lo supiese pero no le hubiera dicho nada. Los demonios guardaban sus propios secretos.

¿Qué otra cosa podía explicar aquella marca? ¿Que fuese idéntica a la flor de muchos pétalos de la montaña? ¿Que hubiese aparecido de la nada, sin madre ni nombre?

«No, puede haber innumerables explicaciones», pensó Nada.

Cerró los ojos, pero mientras buceaba entre los recuerdos, la inundaron momentos al azar que había pasado con Kirin. Cuando le ató el brazalete con su pelo a la muñeca con respeto y le permitió que ella hiciese lo mismo con él; cuando le frotó suavemente la mejilla con el pulgar para secarle una lágrima la primera vez que había escapado de las brujas; ese mismo día, la ira del Kirin de once años cuando prohibió a las brujas estar ante la presencia de Nada; Kirin corriendo a través del camino de arena en el Jardín de las Lunas; la sombría sonrisa que le dedicó cuando la descubrió agazapada en la biblioteca del Primer Consorte, en perfecto equilibrio sobre las vigas del techo; arrodillados juntos frente al altar del gran demonio de palacio y pasándose mensajes cifrados con golpecitos en los nudillos del otro mientras los monjes recitaban sus oraciones. Y sus brazos, envolviéndola con fuerza cuando se despidieron a principios de verano. «Nos veremos pronto y, después de la investidura, no volveremos a separarnos nunca», le había susurrado.

—Quiero ir contigo —le había dicho Nada al oído.

—No creo que lo quieras en realidad, y este es el único momento que tendré a solas con Firmamento.

Y, de pronto, Nada se dio cuenta de que tenía razón: no quería abandonar la seguridad de su hogar en palacio. Le daba demasiado miedo. A veces, Kirin la conocía mejor que ella misma.

Todos los aspectos de su vida estaban anclados a Kirin de alguna manera, desde el día en el jardín, cuando le había devuelto la mirada.

Lo demás no importaba, tenía que encontrarlo. De alguna manera, él sabría quién o qué era ella.

Nada se levantó. Todavía llevaba la delicada ropa interior de la noche anterior y se la quitó. Con un poco de agua fresca del cuenco de cerámica que había sobre la mesilla, intentó eliminar todo lo que pudo la pintura de demonio del borde del bonito vestido. Se extendió por la seda como una vieja herida.

Nada no sentía que fuese un demonio. Se sentía... nada. Como ella misma. ¿Qué se suponía que debía sentir?

De pie, se contempló en uno de los espejitos y, luego, se acercó a los baúles para sacar algo que ponerse.

Una vez vestida con una blusa negra corta sobre una falda cruzada y después de haberse peinado el pelo con los dedos, se dirigió hacia la puerta.

Se abrió antes de que pudiese tocarla.

Ahí estaba Primavera, con una bandeja con comida sujeta contra la cadera.

—Oh —se limitó a decir.

—Primavera. —Nada le bloqueaba el paso.

—Te he traído el desayuno.

Nada se mordió el labio y pensó en lo que le había dicho la hechicera: Kirin comería lo mismo que ella. Con un firme asentimiento, se hizo a un lado para que la otra chica pudiese dejar la comida sobre el tocador.

—Tienes un poco de verde bajo la oreja —comentó Primavera. Las orquídeas blancas oscilaron con suavidad entre sus trenzas cuando bajó la barbilla con timidez.

—Ah —dijo Nada mientras masticaba un bocado de pan caliente, y se frotó la oreja distraídamente.

—No, eh... —Primavera dirigió la mano hacia la oreja contraria de Nada, pero se detuvo justo antes de tocarla.

Nada dejó de masticar y miró a la joven con los ojos abiertos. Puso el pan en la bandeja y utilizó la manga de la túnica para frotarse donde le había indicado la chica. Era muy gratificante arruinar otra de las prendas que le había regalado la hechicera.

—Quiero ver a Kirin —dijo Nada.

—La hechicera lo traerá para la cena.

—¿De verdad? —Nada se inclinó hacia delante para contemplar los ojos color miel de Primavera.

—Eso es lo que ha dicho —musitó esta.

Con energías renovadas, Nada agarró otro pedazo de pan y le añadió una tira de beicon al desayuno improvisado. Se lo comió todo mientras Primavera la observaba. Pan, beicon, rodajas de pera y un poquito de queso con pimienta. Era demasiado y, como resultado, Nada sintió como si tuviera una piedra en el estómago.

Pensó en Kirin con el estómago lleno. Suponía que esta promesa era lo único que habría conseguido que aceptara volver a cenar con la hechicera, y esta lo había adivinado.

—¿Estás viva? —preguntó Nada, molesta por ser tan fácil de manipular.

—Sí.

—¿Cómo puedes vivir sin corazón?

—Magia.

—¿Podrás recuperarlo? —se mofó Nada.

—Solo si me lo devuelven, solo si… —Primavera desvió la mirada hacia la puerta.

—¿Si qué? —Nada intentó ser amable, aunque era lo último que sentía. ¿De dónde le venía esa agresividad? En palacio nunca había sido tan exigente ni había hablado por sí misma. Pero si eso era lo que debía hacer para ayudar a Kirin, lo haría.

Primavera enfrentó su mirada y terminó la frase:

—Solo si el demonio vuelve antes de que la montaña acabe con mi corazón.

Nada se sintió sofocada por la culpa sin ninguna razón. Se le cerró la garganta, aunque fingió que era por la fatiga de haber comido demasiado.

—¿Tu corazón está en algún lugar donde pueda encontrarlo y pueda devolvértelo? —logró preguntar.

—Está en la montaña —musitó Primavera—. Pero si te lo llevas, todo lo demás morirá.

—La montaña ya está muerta; por eso tenía a un demonio y no a un espíritu.

—La montaña, no.

—¡La hechicera! Si me lo llevo, ella morirá. —Nada quería romper algo.

Primavera asintió. Nada acarició la orquídea más baja, que se mecía junto a la mandíbula de Primavera; solo rozó la punta de uno de sus largos pétalos con la yema del dedo. Pensó en la boca de la hechicera cuando lo hizo, y en que los labios de Primavera eran del mismo color.

—No me importa si la hechicera muere —dijo Nada despacio. Sabía que era mentira.

—Te agradezco que preguntes por mi corazón —respondió Primavera, igualmente despacio.

Nada tragó saliva y retrocedió un paso.

—¿Qué se supone que tengo que hacer hoy mientras espero la cena con Kirin? ¿Puedo ver a Firmamento otra vez?

—Puedes ir adonde quieras.

—Me gustaría ver a Kirin.

—Si eres capaz de encontrarlo, podrás verlo.

—¡Ugh!

A Primavera se le dibujó una pequeña sonrisa.

—Yo no pongo las normas.

—La hechicera —dijo Nada de nuevo.

—La hechicera.

Era tan fácil decirlo que Nada se sorprendió apretándole la mano a Primavera en un gesto de apoyo.

Primavera frotó los nudillos contra la palma de Nada, recogió la bandeja vacía y se marchó.

Nada soltó un fuerte suspiro y pensó que seguramente sería más difícil encontrar a Kirin que cualquier otra cosa. Se llevó los puños a las caderas. Supuso que debía buscar una salida. Cuando tuviese a Kirin y se las apañase para despertar a Firmamento, tendría que sacarlos de la montaña.

Abandonó la habitación y rozó la pared del pasillo con la mano mientras se dirigía hacia la derecha. Si la hechicera tenía pensado llevar a Kirin a la cena, sobreviviría unas horas más.

—Necesito sol —dijo Nada en voz alta—. Quizás una escalera que conduzca hacia arriba, un pequeño lago de montaña estaría bien.

Si ella hubiera sido el demonio de la montaña, seguro que habría podido encontrar lo que necesitaba.

Entonces, de nuevo, pensó que si ella era el demonio, el día anterior también lo había sido, y eso no la había ayudado a encontrar a Kirin.

Sin tener un rumbo fijo, Nada caminó y exploró, abriendo puertas como ya lo había hecho. Volvió a encontrar la biblioteca y quería examinarla, pero pensó que aquello no le haría ningún bien a ella ni a sus amigos. Descubrió habitaciones de huéspedes llenas de polvo y, por fin, una escalera. Subía y bajaba en una espiral, así que se detuvo, aspirando el aire frío, y se preguntó si tendría algún truco.

Subió.

Los escalones estaban perfectamente tallados en la piedra de la montaña y el granito desprendía destellos de cuarzo, el cual emitía luz suficiente como para que pudiese ver. Deseó haber escogido una falda más corta, pero empezó a darle patadas al dobladillo con cierto ritmo mientras subía. Era casi divertido, aunque la dejaba sin aliento.

Llegó a una cavidad con pequeñas hornacinas talladas, cada una de las cuales albergaba un altar o una estatua. Allí estaban representados todos los dioses que conocía, desde las Reinas del Cielo hasta los dioses de la lluvia, y también había altares para los espíritus del bosque pluvial y casas para los demonios fabricadas con huesos diminutos. En el centro del suelo habían tallado una flor con muchos pétalos. Nada rozó el dedo desnudo del pie contra la línea nítida de uno de los pétalos. Si se tumbase y extendiese los brazos, podría tocar los dos extremos del grabado. A diferencia de las otras tallas que había visto, esta no tenía incrustaciones de oro o de nácar ni cristales de colores. Simplemente estaba tallada, como si no necesitase nada más.

—Es bonita —dijo.

Al otro lado de la entrada de la escalera había un arco amplio; fue hacia allá. Tras él, la oscuridad se extendía como un túnel y, al final se divisaba una tenue luz.

El aire se enfrió y olía a hierba y a tierra.

Nada apretó el paso, observando cómo la luz cobraba intensidad. Había otro arco que conducía hacia un resplandor verde y azul.

La montaña dio paso a un pequeño valle oculto rodeado de riscos oscuros y lúgubres. Sin embargo, la hierba rala y unos abetos robustos crecían hacia el lugar que ella buscaba: un pequeño lago del color del cielo.

Allí, en torno a la superficie espejada del lago, brotaban unas florecillas diminutas rosadas y blancas como una bonita explosión. La brisa era tan fría como la nieve, pero, a la luz, Nada sentía la ligera calidez del sol.

Corrió hacia el lago. Los pies desnudos se le entumecieron al contacto con las flores y la tierra frías, se pinchó con los guijarros afilados, pero le gustaba el cosquilleo de las flores y las hojas y que el viento le tirase del pelo.

En la orilla, las haditas del alba revoloteaban sobre el agua, hundiendo los piececitos y zumbando sobre la superficie como si jugasen al pilla pilla. Nada no había visto nunca una imagen más idílica.

Las haditas parecían niños desnudos en miniatura; sus cuerpos de color naranja y amarillo chillón, y sus alas traslúcidas brillaban en un sinfín de colores, desde un violeta oscuro al rojo pasando por un naranja intenso. Como el cielo al amanecer.

—Hola —dijo Nada—. ¿Puedo nadar en el lago o beber de sus aguas?

Tres de las diez haditas volaron hacia ella con las alas enardecidas, y la estudiaron con sus ojillos negros de abejorro.

—Pregúntale a Esrithalan —dijeron al unísono.

—¿Quién es Esrithalan? —quiso saber, y se preguntó qué espíritu tan poderoso tendría un nombre así. Se le ocurrió que podría ser el nombre de la hechicera, y lo mucho que podría beneficiarla esa información, pero el pensamiento quedó descartado cuando las haditas canturrearon:

—¡El unicornio!

Nada, sorprendida, miró en derredor. Entonces, en medio de un bosquecillo de alisos delgados y temblorosos con hojas doradas y verticilos grises en su corteza, una pequeña criatura se arrodilló sin dejar de observarla.

Nada bordeó la orilla del lago con cautela, para dirigirse hacia el unicornio.

Era delicado, de un blanco grisáceo como las nubes y las olas del océano, o como las gotas de lluvia resbalando por un cristal. Era imposible no ver el cuerno; se curvaba con suavidad desde la frente y tenía tantos colores que casi parecía de acero opaco. Era hermoso como una cabra, orgulloso como un poni; tenía los ojos purpúreos, sólidos como perlas, y el hocico era rosado y de aspecto suave. Su pelaje parecía aterciopelado y a Nada le entraron ganas de tocarlo, de acariciarlo desde el lomo hasta la cola, corta y delgada.

—Hola, Esrithalan —dijo, con la voz entrecortada—. ¿Puedo sentarme contigo?

—Sí —le respondió; tenía una voz bonita.

Nada se arrodilló bastante cerca como para tocar al unicornio, pero sin pegarse demasiado.

—Soy Nada —le dijo. Olía a salitre.

El unicornio resopló.

—Difícilmente —respondió.

—Es mi nombre.

—¿En serio?

—Sí, lo es —dijo Nada con el ceño fruncido.

—¿Es eso lo que eres?

Imaginó que debía esperarse aquello del unicornio. Eran la personificación de los dioses según los monjes: ni espíritus ni criaturas vivas, sin ser dioses del todo. Estaban hechos de la materia de los dioses, no de éter ni de materia. Nada se acordó de que a Kirin le había gustado aquella definición cuando se la enseñaron y la frase «materia de los dioses». Porque era tan general como específica.

—La hechicera cree que soy su demonio —dijo Nada.

—¿Lo eres?

—Solo soy una chica.

—¿Qué es solo una chica?

Nada abrió la boca y luego bajó la mirada hacia su cuerpo; no estaba segura de qué decir. Se tocó los labios; después, el torso, y deslizó una mano por un pecho y la dejó caer hasta el regazo. Todo el mundo había asumido que Kirin era un chico por su cuerpo. ¿Estaría cometiendo ella el mismo error? ¿Asumir que era una chica por su cuerpo?

El unicornio cerró los ojos de largas pestañas.

—Si un cuerpo fuera todo lo que hace falta para ser algo, los demonios no existirían —habló, como si hubiera oído sus pensamientos.

Nada se quedó callada para asimilarlo. Los demonios eran espíritus muertos y necesitaban una casa nueva, un cuerpo nuevo, para existir.

—Los demonios poseen cuerpos nuevos todo el rato —musitó—. Yo me siento como si me hubiesen poseído.

—Me pregunto cómo se sentirá —dijo el unicornio.

—No eres un unicornio de gran ayuda —replicó Nada.

Este resopló con lo que ella sospechó que era una risa.

Los rayos de sol se reflejaban en el lago y Nada suspiró. Las flores se arqueaban y danzaban con la brisa, y esta perseguía las ondulaciones por todo el lago, imitando el cielo reflejado con pequeñas olas. A Nada también le encantaba estar ahí. Había tantas cosas que le encantaban de la Quinta Montaña, sus colinas y su campo de lava. ¿Era porque era hermoso o porque había sido su hogar en otra vida?

Respiró hondo, concentrada en el pecho y en los pulmones, en la presión del aire en el estómago, y escuchó el roce de su pelo contra los hombros cuando asintió; sintió la presión de los talones contra el trasero, las rodillas dobladas, la línea de las espinillas sobre la tierra. La luz del sol en la nuca, la hebilla del fajín que mantenía la túnica bien ceñida.

—No puedo ser un demonio —dijo Nada.

—Vale —respondió el unicornio.

Se echó hacia atrás, aliviada, hasta quedar tendida sobre la hierba junto a Esrithalan, con las piernas dobladas hacia el lago y las manos bajo la cabeza. La brisa de la montaña —el aliento de la Quinta Montaña, pensó Nada con picardía— agitó las hojas de los alisos. Se erizaban y temblaban como gotitas de oro líquido.

—¿Qué se siente al ser una chica? —preguntó el unicornio.

—A veces me siento como una montaña, pero otras me siento pequeña y observada. Juzgada. Como si nunca fuese a ser suficiente —respondió Nada sin pensar.

—¿Para qué?

—Para cualquier cosa —susurró ella.

—No suena a algo que diría un demonio, eso seguro.

El enfado empezó a subirle por la columna.

—¿Qué se siente al ser un unicornio? —preguntó.

—Es como ser un unicornio.

Nada gruñó, pero la respuesta apaciguó su enfado. Volvió a respirar hondo, su pecho se elevó, y lo soltó poco a poco. Como la brisa de la montaña. Puede que así se sintiera ser una montaña: que tu cuerpo fuese la tierra, cristales antiguos a modo de huesos, la sangre como ríos de magma caldeándote. Las flores y las piedras serían la piel, y el lago, la boca. Si era una montaña, no era una chica. A menos que pudiese ser chica y montaña a la vez. Como Kirin, que era un príncipe y una doncella. A su mente soñolienta le gustó aquella idea.

El unicornio dejó caer la cabeza sobre su estómago y suspiró como un perro cansado. Nada hundió una mano en el pelaje sedoso de su cuello y se relajó aún más. El aire era fresco y brumoso, y las hojas de los alisos emitían destellos como espejos ovalados diminutos, atrapando la luz en un lento resplandor. El sol hizo del cuerno del unicornio una curva de luminiscencia pura, como una hoz de luna.

Por un momento, Nada pensó que entendía lo que se sentía al ser un unicornio.

DIECIOCHO

Cuando Nada se despertó, estaba sola. Molesta consigo misma por no haberle hecho al unicornio preguntas más prácticas —sobre la magia o cómo moverse por la montaña—, se levantó y fue a visitar a Firmamento.

Sin embargo, en la sala silenciosa con el altar donde dormía el guerrero, con el techo de lluvia cristalina, Firmamento no estaba solo. Había una persona sentada contra la base del altar, de aspecto joven y esbelto. Nada no supo decir si se trataba de un chico o de una chica y, en un momento de lucidez que le había quedado del rato que había pasado con el unicornio, decidió que no importaba. Parecía más joven que ella, quizá de unos quince años, aunque en un lugar como aquel, ¿acaso era posible juzgar la edad, el género o cuestiones más ambiguas como la humanidad? La hechicera parecía una mujer joven y extraña, pero si los rumores acerca de cuándo había llegado a la Quinta Montaña eran ciertos, ¡debía de tener cerca de cien años!

—¿Qué haces aquí? —preguntó Nada en un tono sombrío.

Le joven abrió los ojos; eran de un gris tan intenso que parecían ocupar la mitad de su rostro pálido y ovalado. El cabello rubio platino brillante le caía hasta las mejillas en mechones lisos y finos, y llevaba una túnica y pantalones grises con un cinturón blanco. Parpadeó en su dirección; luego, se llevó una rodilla al pecho y la abrazó con las manos peculiarmente largas.

—Custodiándolo —dijo. No llevaba calzado y la longitud de sus pies era tan peculiar como la de sus manos.

—¿Está en peligro? —Nada se acercó al altar, buscando cualquier atisbo de daño o peligro en el rostro dormido de Firmamento.

—Por mi parte, no —dijo le joven—. Lo admiro.

Al tiempo que Nada se colocaba junto a la cabeza de Firmamento, le joven volvió la cabeza para seguirla con la mirada. Ella le echó un vistazo a esos ojos grises y acuosos. Las vetas grises del iris se movían como olas diminutas. Definitivamente no era humano.

—Mmm —musitó Nada y le acarició la mejilla a Firmamento. Estaba frío, pero a la vez no, y su pecho ascendía y descendía con la misma suavidad y lentitud que el día anterior.

—¿Está llorando? Sus lágrimas… —La voz de le joven se fue apagando con tristeza.

Nada puso ambas manos sobre Firmamento en un ademán protector.

—¡Eres el espíritu del río Selegan!

El dragón se levantó tan rápido que fue casi imposible verlo y la miró con ojos implorantes.

—Quiero que viva.

Nada y el dragón eran de baja estatura pero no carecían de esbeltez y, por un breve instante, Nada se preguntó si tenían más similitudes que diferencias. Se mordió el labio inferior y apoyó la cadera contra el altar. Una mano seguía descansando sobre el pecho de Firmamento. Miró al dragón.

—Cuando dijiste «te conozco», ¿te referías a mí o a Firmamento?

—A ti —el dragón frunció el ceño de una manera muy bonita—. ¿No te conozco? Me resultas familiar.

—¿Familiar cómo? ¿Me parezco a alguien que conozcas?

—No sé —dijo el dragón—. El potencial del momento ha pasado... Puede que hubiera podido responderte si me lo hubieras preguntado entonces.

Nada lanzó un suspiro de frustración. No hablaron durante un momento, midiéndose mutuamente.

—¿Sabes dónde está Kirin? —dijo ella al final.

—Kirin —respondió el dragón despacio. Luego repitió el nombre, sonaba pausado y suave en sus labios—. La hermosa doncella y príncipe a su vez.

—La Hermosa Doncella y Príncipe a Su Vez —susurró Nada, y le resultó tan apropiado que se le antojó como si fuese un nombre. Ambas identidades eran reales, ninguna negaba la otra. Puede que ambas, juntas, se hicieran mejores una a la otra... Quizá se hacían más una a la otra.

—Kirin está aquí en la montaña —dijo el dragón—. Me han ordenado no decirte dónde.

—Por supuesto. —Nada le soltó la mano a Firmamento y se dejó caer en el suelo con la espalda apoyada contra el altar. Acunó las manos en su regazo.

El dragón se sentó junto a ella. Sus hombros se rozaban. Ambos estiraron las piernas y observaron los dos pares de pies desnudos: dos largos y pálidos como la plata, dos regordetes y pálidos como la arena.

—¿Todos los dragones son como tú? —preguntó, agitando los dedos de los pies. Se había sentido tentada de preguntar: «¿Qué se siente al ser un dragón?». Menudo día aquel. Menudo lugar.

El dragón también agitó los dedos de los pies, pero más despacio.

—¿Todas las Nada son como tú?

Nada se echó a reír debido a la sorpresa.

—Nunca he conocido a otra Nada.

—Ah. Bien, en ese caso, sí y no. Ningune, también.

Ella se empezó a reír más fuerte.

—Sí y no. Dragón y humano. Río y espíritu. Los espíritus de dragón son cambio. Por eso habitamos en los ríos y en las encrucijadas, sobre todo. El movimiento, el cambio, la fluidez. Más que dos cosas, no somos una ni la otra: somos los lugares intermedios. Potencial.

Nada se tranquilizó mientras hablaban y cerró los ojos. Entre respiración y respiración sentía un tirón, tanto al inhalar como al exhalar, suspendido entre medias. Entre ambas partes, entre la tierra y el aire.

—Me gustaría ser un dragón.

El dragón se llevó una mano al pelo liso y sedoso y se arrancó una pluma, corta y curva. Se la ofreció.

Cuando Nada la tomó entre sus dedos, un arcoíris brilló entre las barbas.

—Qué bonita —dijo, y se arrancó un pelo para ofrecérselo a cambio.

Elle no lo aceptó. Nada, con un miedo repentino de haber dado un paso en falso —y con un dragón—, retiró la mano y volvió el rostro hacia elle.

Los ojos acuosos del dragón eran enormes. Miraba con sorpresa.

—¿Qué? —preguntó Nada, demasiado fuerte. Aunque Firmamento estaba bajo un hechizo de sueño, temió despertarlo a pesar de todo y bajó la voz— ¿Qué? —susurró.

—Normalmente los humanos aceptan regalos.

—¿Y a los dragones no se os permite hacer lo mismo?

—Un intercambio es un trato, no un regalo.

—O solo… amistad —dijo Nada, y apartó la mirada.

—Los humanos sois muy extraños. Normalmente queréis algo de mí. Poder, acertijos, una fuente inagotable de pescado.

—Yo solo quiero a Kirin. —Nada volvió a ofrecerle el cabello y, esta vez, el dragón del río Selegan lo aceptó. Ella tomó la pluma que le había dado y la alzó. Se sentía como un soplo de humedad en un día de verano. Era perfecta y le encantaba, al igual que le gustaban tantas cosas de la Quinta Montaña.

Puede que allí fuera adonde ella pertenecía. Con los dragones, los unicornios y las hechiceras.

—La hechicera me dijo que soy su demonio consorte perdido —afirmó.

Junto a ella, el dragón se tensó tanto que pareció un río congelándose de golpe.

Cuando le miró, vio que observaba el cabello oscuro que le atravesaba la palma de la mano.

—Ha estado buscando a su demonio durante mucho tiempo —dijo.

—¿Es posible?

—¿Cómo voy a saberlo?

—¡Eres un dragón!

—Conozco el cambio, el agua del río que se convierte en vapor, luego en una nube y después en nieve. Conozco el fluir de un hilillo de agua y de un caudal. Conozco las tormentas embravecidas, vivas y refulgentes. Pero no conozco la reencarnación ni la creación. —Le joven se puso de pie, se alejó unos pasos y, de forma bastante repentina, perdió su encanto y adoptó la forma de dragón de nuevo. La cámara de cristal se llenó de escamas plateadas ondulantes, plumas de arcoíris y una cola triple.

—Cuando cambio de forma, escojo quién soy, qué soy, y hago que mi apariencia concuerde con mi voluntad y mi corazón. Por dentro, siempre soy lo que soy: potencial. Y tú, ¿sabes quién eres en tu interior? ¿Puedes cambiar? —dijo el dragón.

Nada se puso en pie y extendió las manos. Se miró el dorso y el brillo sutil de la piel arenosa, los nudillos arrugados, los bordes blancos como la luna de las uñas y la base de un bonito rosa. En una mano, la pluma del dragón se curvó y salió volando con ligereza. Se imaginó que le brotaban plumas de la piel y, luego, que una oleada de escamas como guijarros la cubrían desde las muñecas.

No se transformó.

—No soy un dragón. Y no soy un demonio —dijo.

—Sabes lo que no eres.

—Eso es fácil —murmuró ella.

—Ella te quería, ¿sabes? —El dragón volvió a transformarse en joven. Se colocó frente a Nada, con los ojos acuosos clavados en los de ella.

La chica intentó responder, pero descubrió que no sabía cómo, así que acarició la fría mejilla del dragón.

—Por eso se esforzó tanto en encontrar la magia adecuada para devolverlo a la vida —le dijo.

Nada dejó que su mano se deslizase por la mejilla del dragón hasta que quedó suspendida a su lado.

—¿La correspondía?

El dragón se limitó a mirarla, como si quisiera darle a entender que era ella quien debía responder a esa pregunta.

DIECINUEVE

Marea Incesante fue a buscar a Nada para la cena. ¡Por fin! Nada empezaba a pensar que el día no acabaría nunca… Y no era que el río Selegan fuese mala compañía, pero necesitaba ver a Kirin.

Primero, la anciana arrastró a Nada de vuelta a su habitación, donde la esperaba un vestido doblado sobre la silla del tocador. Marea Incesante se llevó las manos a la cadera y fulminó a Nada con la mirada llena de arrugas.

—Quítate la ropa —le ordenó.

Fue el turno de Nada de gruñir, pero obedeció. Marea Incesante le dio una taza de agua y Nada bebió hasta la última gota. El frescor la animó y se sacudió como un perro; rotó el cuello y los hombros. Estiró los dedos y alzó los brazos al techo; luego, se dobló por la cintura para tocar el suelo.

—¿Has terminado? —preguntó Marea Incesante.

Nada se puso derecha y alzó la barbilla.

La anciana la contempló. Las arrugas le perfilaban el rostro en torno al ceño fruncido. Pero los ojos oscuros brillaban divertidos.

—Ahí tienes ropa interior limpia —dijo al cabo, y señaló unas prendas de seda pálida sobre el baúl más pequeño.

Nada se la puso y movió un poco las caderas para apreciar la suavidad. La fina combinación de seda se anudaba sobre sus pechos y caía en forma de tubo hasta por encima de las rodillas. Alisó el material sobre su cuerpo, disfrutando de la sensación. Marea Incesante le acercó una camisa interior sin mangas casi igual de fina, pero de color nácar, y la ciñó con fuerza a su cintura. Encima, le puso una chaqueta verde pálido que dejaba buena parte del escote al descubierto y que apenas le cubría los hombros. Luego, un conjunto de faldas negras y plateadas cruzadas, atadas a la cintura con un fajín verde vivo con lirios blancos bordados. Esa noche Nada complació a Marea Incesante y se sentó frente al tocador mientras la anciana le trenzaba el pelo y le sujetaba unos mechones con horquillas; con una banda y un cordón de seda lo sostuvo todo en su sitio. Luego, le pintó los labios de coral y los ojos de verde. Nada supuso que la anciana había pensado que era divertido, ya que había utilizado los mismos colores que la horrenda cara de demonio que se había pintado ella la noche anterior. Esta vez, conjuntaban con el vestido.

—¿Tienes plumas? —preguntó Nada al pensar en la pluma de dragón. La había dejado con Firmamento, ya que él era quien necesitaba más la amistad del dragón.

A regañadientes, Marea Incesante consiguió unas plumas verdes. Se las colocó a Nada en el pelo como una cresta ladeada.

—Queda raro —dijo la anciana.

—Es perfecto —convino Nada. Quería recibir a Kirin con el mejor aspecto posible, como si fuera una agradable sorpresa después de haber pasado tantas semanas solo. A él le gustaban las cosas bonitas. Sintió un nudo en el pecho de los nervios. Lo había echado mucho de menos en el verano, mientras había estado de viaje con Firmamento, y cada día le habían dolido las cosas más insignificantes; luego, regresó el impostor, y el miedo y la incertidumbre habían superado a la añoranza. Pero ahora era incluso capaz de hacer temblar el suelo por la anticipación.

Marea Incesante le dio un par de zapatillas negras pero, en cuanto Nada estuvo en el pasillo, se las quitó y se dirigió descalza a la sala de la geoda.

El corazón le latía desbocado cuando entró; buscó a Kirin en cada destello de amatista y en cada sombra violeta.

Pero la geoda estaba vacía salvo por la misma mesa baja, con todo preparado, y los mismos almohadones dorados.

Nada tamborileó los dedos contra los muslos y se preguntó cuánto tiempo tendría que esperar y qué debería de hacer. Estaba claro que empezar a comer y a beber, no. Cruzó el suelo de cuarzo cristalino; observó los dedos de los pies asomar por el borde de la falda y se imaginó que andaba sobre las aristas afiladas de la amatista que había debajo. En el extremo opuesto, se acuclilló, deleitándose en el tacto resbaladizo de la seda contra sus piernas, y extendió la mano hacia la punta de amatista más cercana. ¡Tenía los dedos fríos en comparación! El cristal era cálido y vibraba. No era una vibración constante sino rítmica, como un pulso.

Antes de pensarlo siquiera, su propio pulso respondió tratando de acompasarse con el latido lento. Nada cerró los ojos y escuchó. La calmó y la aturdió, como un estado de meditación inmediato.

—Nada —dijo Kirin.

Ella se levantó y giró; casi se tropezó con las faldas. Ahí estaba: alto y esbelto, con una túnica larga en negro y rojo; los pantalones le quedaban algo sueltos y el bajo le rozaba los pies desnudos. Le sonrió y Nada corrió hacia él, dispuesta a lanzarse a sus brazos.

Pero se detuvo.

A varios metros de distancia, se paró en seco y lo observó, con el pulso desbocado y el estómago revuelto. Un sudor frío le recorrió la espalda.

—¿Nada? —Él frunció el ceño. Dio un paso hacia ella.

Nada separó los labios para decir su nombre, pero no fue capaz.

Era perfecto: sus ojos dorados como la miel se encontraron con los suyos, y sus pestañas ligeramente rizadas apenas parpadeaban. Su piel parecía saludable y brillaba pálida como la luna; las cejas se elevaban con elegancia; el cabello le caía sobre los hombros en gruesos mechones azabaches. Por su postura parecía algo débil, no llegaba a tener la misma altura. Ahí estaba la inclinación familiar de sus hombros cuando apoyó el peso sobre un pie. Las comisuras de sus labios ligeramente rosados se curvaron hacia arriba al sonreírle.

Tenía las manos relajadas, elegantes y de aspecto fuerte. Era él. Todo en él era Kirin.

Tenía el brazalete de pelo en la muñeca izquierda, justo sobre el hueso abultado.

Y, aun así, Nada no fue capaz de decir una palabra. No era capaz de dar los últimos pasos.

—¿Nada? —preguntó la hechicera con suavidad.

Su voz hizo que despegara la mirada de Kirin y la dirigiese hacia ella.

La luminosidad de su rostro irradiaba poder, la belleza de la redondez de sus mejillas cobrizas y los labios rojos quedaban inundados por esos ojos monstruosos. El cabello negro y castaño rojizo era una mezcla de rizos, como tentáculos enroscados en torno a su cabeza. Llevaba unas capas de tela verde, azul y negro intensos, y una sola gema rojo fuego colgaba de una cadena sobre su corazón, como un puño de sangre cristalizada.

Desviaba toda la atención de Kirin hacia ella. Aquello no parecía posible.

Nada se obligó a enfocarse en el príncipe.

—¿Kirin? —musitó.

—¿Quién, si no? —Se acercó a ella—. ¡Nada!

Ella dejó que la abrazara y extendió las manos sobre sus costillas. Olía como la montaña y a té fuerte. El cabello le rozó la frente a Nada cuando se acurrucó contra ella y la abrazó más fuerte.

—No —susurró contra la cálida extensión de seda que le cubría el torso.

—¿No? Me has encontrado. Lo has conseguido. Dije que Nada vendría a por mí y lo has hecho.

Nada lo empujó con firmeza para separarse. Él frunció el ceño, aunque solo con una ligera confusión mezclada con una irritación creciente. Justo la reacción adecuada. Kirin se hubiera sentido irritado si ella no se hubiera mostrado feliz o incluso satisfecha de volver a estar con él.

Exactamente igual.

Nada todavía notaba el sudor frío y retrocedió.

—No es él. ¡Es otro impostor! —le dijo a la hechicera.

La sonrisa que se extendió en sus labios fue como una flecha clavada en el corazón de Nada.

—¿Cómo lo sabes? —preguntó la hechicera con amabilidad.

Kirin cruzó los brazos sobre el pecho.

—No seas ridícula.

Nada frunció los labios cuando sus ojos se posaron en él de nuevo.

—Lo siento, pero sé que no eres tú.

—Soy perfecto.

—Es perfecto —repitió la hechicera.

—Lo sé —dijo Nada—. Pero no es él.

—Ve a sentarte —ordenó la hechicera.

Kirin se dirigió de inmediato a la mesa, se sentó en un almohadón y se inclinó hacia atrás apoyándose sobre un codo. Cruzó los tobillos y las observó con aire arrogante.

A Nada le dolía verlo. Pero lo sabía.

La hechicera se acercó a ella como una pantera a punto de saltar sobre su presa.

—¿Cómo lo sabes? —volvió a preguntar.

—Lo conozco mejor que nadie. —Nada se abrazó el estómago, como si fuese su única defensa.

—Explícame qué lo ha delatado.

—¿Para que puedas hacer otro para engañarme incluso a mí?

La hechicera se acercó a Nada y ella se apartó justo cuando la asía de la barbilla con la yema de los dedos.

—Juro que no haré otro más —dijo la hechicera—. Si me lo dices.

—Yo… —Nada se humedeció los labios y miró a Kirin. Al falso Kirin. No podía señalar nada en particular. De solo pensarlo se dio cuenta de que cada detalle era perfecto. Su sonrisa, la actitud, la pose y la forma en que tomaba un arándano de un plato llano sobre la mesa y se lo metía en la boca. Todo era exactamente como debería ser.

Los ojos de Nada se anegaron en lágrimas.

—Simplemente lo sé.

—Es porque es tu amo —le susurró la hechicera al oído, cerniéndose tras ella; era una presencia fría, como una sombra al bloquear el sol.

—¿Qué? —Nada se mantuvo todo lo quieta que pudo. Clavó los ojos en el falso Kirin, demasiado consciente del aliento de la hechicera en la nuca.

—Tú eras mi demonio perdido, Nada, y cuando renaciste, Kirin (tu Kirin), de alguna manera te hizo suya. Te dio un nombre, y te vinculó a él con ese nombre. Es la única explicación a por qué sabes que no es él, a por qué ni tú misma lo sabes.

Nada se percató de que tenía la respiración acelerada.

—No sería capaz. Es mi amigo.

—Puede que no fuera su intención, si no sabía qué eras.

—Solo un hechicero puede unirse a un demonio o a un gran espíritu —replicó Nada.

La hechicera se rio.

—Kirin, más que nadie salvo su madre, tiene el potencial de un hechicero. No solo porque es un príncipe y la doncella más hermosa, capaz de adentrarse en el éter que hay entre los dos.

Nada quiso discutirlo, pero si alguien en el gran palacio hubiese sido accidentalmente un hechicero, ese hubiera sido Kirin Sonrisa Sombría.

—No debería bastar.

—No. Pero si tenemos en cuenta la Luna, podría.

—¿La Luna?

—El gran demonio del palacio, Nada. Está vinculado por un poderoso amuleto a la emperatriz y a su heredero durante generaciones.

—¿Qué? —musitó Nada, confundida. No sabía qué hacer.

La hechicera le tocó el hombro, dándole la vuelta lentamente para que la mirase.

—En retrospectiva, creo que era el único lugar en el que podías renacer, corazón. Dentro de la casa de otro gran demonio. Debió ser seguro, como la cáscara de un huevo, para guardarte hasta que estuvieses preparada. Y Kirin Sonrisa Sombría, como era joven al igual que tú y estaba en parte atado a la Luna, al vivir ya en el crepúsculo de la hechicería, tenía el éter y el instinto suficiente como para darte un nombre de verdad. Para vincularte.

Nada contuvo el aliento por la sorpresa.

—Quiero a mi Kirin.

—Porque tienes que quererle.

—No.

—Sí. Te dio un nombre; te ató a él. —Un dejo de dureza tiñó las palabras de la hechicera. Frustración o enfado, incluso—. Es poderoso porque sabe que no encaja donde le han dicho que debe encajar. —La hechicera sonrió con tristeza—. Aquel también fue el primer paso que di en este camino.

—¿Cómo te llamas? —quiso saber Nada—. Dímelo. Si era tu consorte, debía de saberlo. Dímelo de nuevo.

—No mientras seas suya. No dejaré que te utilice en mi contra.

Nada apretó los dientes debido a la frustración. Cerró las manos en un puño y apretó hasta que le dolieron los huesos.

—¡Dame algo! —gritó.

—Kirin me ayudó con este —dijo la hechicera.

—Te ayudó con… —Nada desvió la mirada hacia el falso príncipe, que estaba formando una fila de arándanos al borde de la mesa. Luego, se los comió uno a uno. Perezosamente, fingiendo aburrimiento. Le dolió verlo. En el fondo de su corazón, como si le quemase el estómago—. ¿Por qué haría…?

—Para salvar a El Día que el Firmamento se Abrió. Hice un trato con él, y esto es lo que me dio a cambio de la vida del guerrero.

—¿Salvó su propia vida con información acerca de mí, y la de Firmamento, al ayudarte? ¿Por qué?

La hechicera encogió un hombro delgado y su mirada se deslizó de Kirin a Nada. Cuando esta no miraba, sus pupilas habían cambiado de dos rayas rojas a dos simples círculos negros. Casi humanos, salvo por que ningún humano tenía un ojo de color marfil.

—Puede que sea un crío hechicero, pero yo no.

—Te dio el brazalete —susurró Nada. El que había trenzado con su pelo.

—Sí. Y me sugirió que vinculase al espíritu de un zorro a este simulacro. La última vez elegí el espíritu de una encrucijada.

—Para engañarme.

—Sin embargo, Nada —la hechicera bajó la mirada—, no te ha engañado.

Nada se desplomó en el suelo de cuarzo. Se quedó de rodillas, mirando al falso Kirin, dolida. El dolor surgía del pecho y se propagaba como dedos amargos que le pellizcaban las entrañas y el corazón, e hizo que las lágrimas le subieran por la garganta para llenarle la nariz y los ojos hasta que se le nubló la visión con una sensación de ardor.

¿Qué nombre podría darle a ese sentimiento? ¿Ira, dolor, traición?

No lo sabía. Mejor *nada*. No sentía nada, ni siquiera un atisbo de lo que otras personas sentían. Ella era una sombra, el reflejo de una chica corriendo entre las paredes, escalando a cámaras secretas abandonadas entre las habitaciones y los pasillos de los siete círculos del palacio. Entre dos mundos, anclada únicamente a Kirin.

Nadie más supo que Kirin no era Kirin. No en aquel momento, y seguramente tampoco lo sabrían luego.

No sabía explicarlo.

—Tengo que verlo —dijo en voz baja. Y se acercó a la hechicera para suplicarle.

Sus ojos se agrandaron cuando Nada le tocó el dorso de la mano.

La oscuridad la engulló.

Dentro de esa oscuridad había calor y una flor. Esta se abrió y escupió más flores, alargadas, vivos tonos rosados y púrpura oscuro, cayendo de una cima a la oscuridad… No, naciendo de ella, y caían…

Nada abrió los ojos y vio la curva cortante del techo de amatista. Estaba recostada sobre el regazo de la hechicera, sobre el charco de sus faldas; la hechicera estaba inclinada sobre ella y le rodeaba los hombros con un brazo. Mechones de cabello tricolor caían alrededor de Nada y los ojos, uno verde y el otro marfil, brillaban con intensidad.

—Oh, no quiero arrebatarte el corazón —susurró.

—No. —Nada se apartó de un empellón, de repente despierta. La hechicera no intentó sujetarla y Nada se dio de bruces contra el suelo duro, medio rodando sobre un costado. Respiraba agitada y se mantuvo quieta, con los ojos cerrados y las manos abiertas sobre el cuarzo. ¿Qué había pasado? ¿Se había desmayado cuando había tocado a la hechicera? ¿Por qué? Nada tragó saliva. Desde su posición, acurrucada en el suelo, preguntó—: ¿Qué ha pasado?

—No pretendía tocarte —respondió la hechicera.

—No lo has hecho. Te he tocado yo.

Un susurro de seda indicó a Nada que la hechicera seguía de pie.

—Lo necesito. A ti. Para mantener a la montaña fuerte, para mantenerme con vida. Sin el demonio, la montaña no resistirá. Mi poder te quiere. Te conozco. Yo…

Nada se levantó, con la espalda vuelta hacia la hechicera. Miró hacia la mesa: Kirin estaba agazapado ahí como un animal, no como Kirin. Se apoyaba sobre los dedos de los pies, con las rodillas dobladas y los dedos rozando el suelo. Ella se estremeció. Él sonreía. Ahora el zorro que había en él era evidente.

—Deja de ponerle esa cara —le dijo Nada y, sin mirar a la hechicera, se marchó.

En el pasillo, se arrancó el fajín verde y dejó que ondeara a su espalda; luego, se quitó las faldas con rapidez. Apretó el paso mientras se desprendía las plumas del cabello y, luego, desabrochaba la chaqueta verde pálido para liberarse. Esta también ondeó tras ella: una muda de piel, el batir de unas alas.

Nada corría con tan solo la fina camisa rosa y la combinación de seda; tenía los hombros desnudos fríos y las rodillas descubiertas, también. Pasó de largo frente a su habitación, la biblioteca, la cámara del altar donde se encontraba Firmamento. Pasó todo de largo.

—Abajo —dijo, y encontró unas escaleras.

Ahora no buscaba a Kirin… Antes no había sido capaz de encontrarlo.

Nada se estaba buscando a sí misma.

La oscuridad, la flor, el dolor. Estaban dentro de ella, pero también ahí. En el interior de su montaña.

Una corriente de poder, afilada como una cuchilla. Cuando lo pensó detenidamente, casi se cortó y le pareció que sangraba por dentro. Siguió avanzando.

Hacia abajo.

Las paredes de granito pasaron a ser de obsidiana lisa y, luego, capas y aristas de un cristal enorme. No había luz, pero podía ver.

Nada se detuvo, presionó las manos contra una arista plana de cuarzo y empujó. Sus manos se hundieron en el cristal y las deslizó a un lado. Una puerta. Había creado una puerta. Cómo no iba a poder hacer algo así.

Todo aquello era suyo.

El aire estaba helado, frío como la muerte, y Nada se adentró en una oscuridad más profunda teñida de violeta. En la distancia, tenía un toque rojizo. Lo siguió.

Siguió la corriente de cuchillas de su interior, el sangrado que la guiaba. Hacia abajo. Hacia adelante.

El latido se estrelló contra ella.

Después, en el vacío masivo tras ese único pulso, Nada comprendió que el último corazón que la hechicera había utilizado para abastecer el poder de la Quinta Montaña se estaba muriendo. El corazón de Primavera, moribundo. Si el demonio no volvía a casa, la hechicera volvería a salir de caza por uno nuevo. O tomaría el de Kirin.

Abajo. La oscuridad violácea dio paso al rojo, y luego a una luz brillante verdosa, como si estuviese bajo el agua.

El pasillo se abrió ante una cámara tan grande como el tercer círculo de palacio. Alrededor de los extremos se enroscaban unas escaleras que subían y subían y, en el centro, había una plataforma con más escaleras que conducían hacia ella y se alejaban de nuevo. En medio de la plataforma se alzaba un pedestal que brotaba de la montaña.

Nada subió una tanda de escalones hacia él, con los ojos clavados en el cristal oscuro. Dentro, atrapado como una mariposa muerta, había un corazón.

Se detuvo. A la izquierda, muy a lo lejos, una arcada resplandeció con una luz más cálida. Una chimenea.

Cuando se dirigió hacia el arco, Nada sintió el enorme latido otra vez. Le sacudió los huesos, se le doblaron las rodillas y casi perdió el equilibrio. Pero se tambaleó, se aferró al arco y todo se puso en orden.

Nada salió de la cámara hacia el pasillo iluminado por la luz del hogar. Apenas podía pensar, a sabiendas de lo que la aguardaba más adelante. No caminaba tan rápido como antes y, con una mano, acariciaba la pared rugosa. Se curvó bruscamente y la dejó en una cámara pequeña con vetas relucientes de diamantes y brotes de rubíes. Tras unas fauces de barrotes de obsidiana estaba Kirin Sonrisa Sombría.

Esta vez era él.

Hecho polvo y con una palidez mortecina, apoyado contra el muro y con las piernas extendidas frente a él. El vestido verde aterciopelado estaba desgarrado y las grandes flores bordadas en rojo, negro y plata parecían heridas sangrando. Tenía las manos abiertas a ambos lados, los dedos curvados sin fuerza. Sus labios estaban desprovistos de color, las mejillas hundidas, y unas manchas emborronadas de azul le cubrían las ojeras. No era hermoso. Tenía trazos de ceniza en el lado izquierdo del rostro y el pelo lacio.

Pero la sarta de perlas blancas y verde mar que llevaba al cuello relucía, limpia, a la luz del único candil de aceite que lo acompañaba en la celda. Junto a él había un revoltijo de mantas, un cuenco menos prístino que el que tenía Nada en su habitación y un plato vacío.

Nada se acercó con lentitud, haciendo el mínimo ruido posible, para poder mirarlo un rato más.

Su príncipe respiraba de forma superficial pero uniforme. Estaba dormido.

El alivio la dejó sin aliento y un sentimiento de amor empezó a crecer con tanta fuerza en su interior que le dolió.

Quería acariciarle el pelo, despertarlo con un beso, quitarle la ropa sucia y llevarlo al frío lago espejado para limpiarle cada rastro de suciedad, ceniza y lágrimas de su piel. Darle de comer, abrazarlo y hacer que volviese a entrar en calor.

El tirón de dolor que la había conducido hasta allí se apaciguó hasta desvanecerse. Volvía a sentirse ella misma. Se sentía bien.

Nada jadeó cuando se dio cuenta de que todo aquello era cierto: no era del todo humana y Kirin los había vinculado hacía años.

Sus ojos se abrieron de golpe, despejados y marrones como la miel cristalizada.

Ella se arrodilló junto a los barrotes de piedra.

—Nada —susurró Kirin—. Estás aquí.

—Estoy aquí —respondió ella con voz queda.

Con una mueca de dolor y un gruñido, Kirin se separó de la pared y se puso de rodillas trabajosamente. Se arrastró hacia ella y apoyó el hombro contra los barrotes.

—Nada —dijo de nuevo, y la buscó con la mano.

Ella le tendió la suya. No pudo evitarlo.

Tenía las manos secas, las uñas rotas, y ella entrelazó los dedos con los suyos hasta que sus palmas quedaron unidas.

—Sabía que vendrías —dijo el príncipe.

—Seguro que sí.

Kirin frunció el ceño ante el tono, pero le sostuvo la mirada.

—¿Está Firmamento aquí? ¿Está bien?

Nada bajó las manos unidas.

—Resultó herido cuando retó al dragón del río Selegan, pero está aquí y está vivo. Ella dice que se está recuperando.

—La hechicera.

—Sí.

—¿Puedes sacarme de aquí? —dijo Kirin tirando de su mano.

Nada se acercó más a los barrotes.

—Puede.

—¿Puede? ¿Has hecho un trato con ella? ¿O me has encontrado tú sola?

Nada permaneció callada mientras lo estudiaba; estaba segura de que era él y odiaba aquella certeza. Todo era cierto.

—Kirin —musitó. Deseaba que él le dijera que todo había sido un error.

Él asintió.

—Le rebané el cuello al impostor que mandó. —Nada hizo una pausa cuando Kirin siseó por la sorpresa—. Esta noche he conocido a otro impostor y también supe que no eras tú.

Él volvió a asentir.

El dolor volvió, candente como si tuviese una brasa en la garganta.

—¿Qué soy?

Kirin empezó a decir «Nada». Ella lo veía en la forma de sus labios, en la bocanada de aire.

Pero se interrumpió y, en lugar de eso, respondió:

—Mía.

VEINTE

NADA CONTEMPLÓ A SU PRÍNCIPE DURANTE UN BUEN rato. Él lo permitió, quieto y en silencio. Al final, ella retiró la mano.

—¿Cuánto hace que lo sabes?

Kirin suspiró.

—¿Seguro? Desde que llegué aquí. Pero lo suponía desde hacía años.

—No me lo contaste.

—¿Qué podía decirte? ¿Y que lo creyeras?

Nada se sentó de espaldas y se abrazó las rodillas contra el pecho.

—Podrías haberlo intentado. «Nada, eres un demonio. Nada, te vinculé a mí. Nada, ¡sé tu verdadero nombre!».

—Nada…

—¡No! —lo interrumpió—. Habría tenido que creerte. Porque eres tú.

—No creo que seas un demonio. —Su mirada fulminante bastó para que el príncipe cerrase los ojos, pero continuó—: Es cierto. Puede que lo fueras, pero estás viva y no poseída. No eres como el gran demonio de palacio ni como ningún otro demonio que haya conocido.

—Puede que sea porque me vinculaste a ti cuando era pequeña.

—Los demonios nunca son niños.

Nada abrió la boca pero no se le ocurrió ningún argumento.

—¿No lo ves? Si fuiste una niña, no eres un demonio. Puede que lo fueras, antes, en otra vida, pero eres nueva. Y eso es increíble.

Ella ignoró el dejo de júbilo en su voz. El dejo de ambición.

—Sigo vinculada. Puedo ser vinculada.

Esta vez fue Kirin quien frunció el ceño. En él, tan agotado y pálido, se parecía más a una expresión de fastidio.

—Todo el mundo puede ser vinculado. Por el deber, el amor o la sangre. Algún día seré tu emperador. ¿No estarás vinculada a mí de todas formas?

—Por elección propia.

—¿De verdad? ¿Crees que todos tenemos elección? ¿La tengo yo? Nací siendo quien soy. Un príncipe. Un día tendré que aceptar la Luna y convertirme en emperador. ¿Dónde está mi elección? No puedo ser quien quiero, no puedo ser completamente yo mismo. Deja de autocompadecerte y sácame de aquí.

Ella *quería* hacer lo que le había pedido. ¡Siempre quería lo mismo que Kirin! Nada rechinó los dientes y se puso de pie. Retrocedió para protegerse.

—Firmamento te eligió.

Kirin tomó una bocanada de aire por la sorpresa.

—Firmamento me ama. Es distinto.

—¿Te lo mereces?

—¡Nada! —Kirin se puso de pie y se aferró a los barrotes—. ¡Lo siento! Debería habértelo contado.

Mirarlo hacía que le doliese tanto el corazón. Su hermosa doncella que a su vez era un príncipe.

—¿Cuál es mi nombre? —susurró.

¡Y él dudó! Nada cerró las manos en un puño y mostró los dientes, pero antes de que pudiera gritarle, él respondió:

—Te lo diría, pero puede que ella esté escuchando, y no pienso darle ese poder sobre ti. Mientras seas mía, no puede obligarte a hacer nada.

A Nada le temblaron las rodillas. Era demasiado.

—Quiero ser mía, no tuya o de ella.

—Ya deberías saberlo…, estabas ahí cuando te lo di. Deberías recordarlo.

—No debes querer que lo recuerde —lo acusó ella—. O me acordaría.

Kirin sacudió la cabeza.

—Creo… que no funciona así. Puedo darte una orden directa si utilizo tu nombre completo, el verdadero, pero el vínculo… Lo he estudiado todo lo que he podido… No es unidireccional, Nada. Yo también estoy atado a ti. Quiero que estés a salvo, seas feliz y te mantengas fuerte. Debemos estar juntos.

—¿Me has dado una orden directa con mi nombre? —La rabia le cerró la garganta.

—Una vez.

—¿Cuándo?

Kirin no respondió.

—Kirin Sonrisa Sombría, dime mi nombre —exigió Nada.

Él mantuvo la boca cerrada.

—¿Lo ves? —Nada apretó los puños—. No es un vínculo bidireccional. Eres mi amo.

—Soy humano —murmuró él—. No se me puede obligar. Tampoco a los hechiceros. Pero te lo diré —añadió. Sus manos se deslizaron por los barrotes de obsidiana—. Si vuelves a preguntármelo. Pero puede que ella lo escuche y lo utilice. Mi vínculo es… de aficionados. Ella es una hechicera de verdad.

Nada dudó.

—No se lo has dicho, ni para salvar tu vida ni la de Firmamento. Le ofreciste otras cosas.

—Kirin sacudió la cabeza.

—Le hablé de ti para salvar mi vida y yo… yo la ayudé a crear el simulacro para salvar la de Firmamento. Ella no quería tu nombre. Nunca lo preguntó.

—¿Se lo habrías dado?

—No habría querido hacerlo.

La verdad se coló entre las palabras y Nada asintió.

—Nada.

—Kirin.

—Te quiero, Nada. Eres mi mejor amiga.

—¿Y yo te quiero? —musitó ella—. ¿O solo debo hacerlo?

El príncipe se sobresaltó.

—Nunca he deseado que me quisieras porque yo lo dijera.

Ella retrocedió.

—Durante años me has hecho creer que no soy nada.

—No, ¡nunca te he tratado así! No sabía…

Nada se fue. Corrió de vuelta por el túnel de obsidiana hacia la cámara del corazón.

—¿Qué voy a hacer? —susurró. Tenía mucho calor, sentía como si se estuviera derritiendo.

Nada subió unos escalones hacia el cristal gigante y el corazón atrapado. La escalera se curvó sobre el vacío: una cinta de piedra negra labrada.

Alcanzó la plataforma. El cristal era recto, tan alto como para llegarle al pecho. Era de cuarzo ahumado, de un marrón grisáceo perfecto, y de seis caras, cuya punta formaba una pirámide hexagonal. Nada tocó la punta afilada. Recorrió la suave cara con la yema del dedo. Enterrada en el cristal se dibujaba la forma borrosa del corazón, de un carmesí intenso.

Sintió un cosquilleo en el dedo y colocó la palma contra la cara, acogiendo la vibración de poder. Empezó a subirle por el brazo y hasta el corazón, latiendo en cada extremidad. Hasta le cosquilleaba en la lengua y, luego, le supo como un relámpago y a sangre. Nada respiró con cuidado el aire afilado con olor a quemado de la cueva.

El corazón latió.

Nada jadeó.

Se dio la vuelta y se deslizó por el cristal para sentarse sobre la base. Estaba frío, pero ella tenía calor.

Aquel era el corazón de la Quinta Montaña. Debería haber ardido de poder. No estar frío ni apagándose. La desesperación no tenía cabida.

Apretó la mandíbula de rabia, acechada por el anhelo.

El mismo que permaneció con ella cuando cerró los ojos y apoyó la cabeza contra el cristal. Había creído ser Nada. La nada del príncipe. Como poco, se había conformado con vivir a su sombra, pequeña e insignificante para el mundo, pero intrínseca a él. Nada habría vivido en palacio por siempre, le habría ayudado a recopilar información, habría sido un apoyo a su lado. Conociéndolo.

Pero ¿alguna vez había deseado algo por sí misma?

No recordaba un solo instante en el que hubiese querido algo. Ni aventuras, ni un título, amor o familia.

—Nada.

Era la hechicera.

Nada abrió los ojos.

La Hechicera que Devora Doncellas aguardaba en el suelo de la cueva, tan abajo que Nada se partiría la crisma si se caía. Incluso en la penumbra, incluso en la distancia, podía ver que la miraba con un ojo verde oscuro y el otro marfil.

—Le he encontrado —dijo.

—Lo sé. No es lo único que has encontrado. —La hechicera no hizo el ademán de subir las escaleras. Vestía una túnica sin mangas sencilla y negra que le llegaba por debajo de las rodillas y unos pantalones ceñidos negros. Eso era todo, salvo por la gema rojo sangre que le colgaba sobre el hueco de la base de la garganta. Todavía llevaba un recogido con trenzas elaborado, enrollado como tentáculos. Pero no había ni un atisbo de pintura que le oscureciese los labios y los ojos. Casi parecía normal. Casi. Muy hermosa, eso sí, con sus mejillas redondas, su nariz larga y ancha y sus pestañas oscuras.

La hechicera juntó las manos delante de ella.

—El corazón de Primavera se está muriendo —dijo Nada.

—Me siento más fuerte cuando estás aquí.

—Porque soy tu demonio. Yo era el gran demonio de la Quinta Montaña.

La hechicera asintió.

—Lo sé. —Se tocó el pecho, justo bajo la gema roja—. Aquí.

—No me conoces. No puedes amarme.

—Tengo el corazón roto, pero tú puedes arreglarlo.

—¿Qué hechizo lanzaste? —Nada se levantó—. Para crear una vida para tu demonio.

—Utilicé mi propio corazón, por supuesto.

Nada jadeó y se llevó las manos al pecho. Las entrelazó sobre la marca oculta en forma de flor.

—Con mi corazón, el demonio debía vivir —dijo la hechicera—. Ningún hechicero que conozca, ni en las historias y leyendas, en los libros, ha hecho lo que yo. Dividí mi corazón, una mitad para conservar, la otra para el demonio. El mío se esfuerza por seguir latiendo, por mantener todo esto —la hechicera extendió los brazos—, vivo con poder. Necesito ayuda. Otros corazones para abastecer al mío. Hasta que encuentre la mitad perdida de mi corazón.

El pulso de Nada se estremeció, pero permaneció fuerte. Apartó las manos y dejó que cayesen a sus costados. Qué extraño, qué electrizante, es que te digan que tu corazón es la mitad del de otra persona. Un regalo de una mujer a quien una vez amaste. Pero Nada se sentía completa.

—Nunca he tenido el corazón roto —dijo Nada.

—No se trata de que parezca roto. —La hechicera le sonrió con ternura—. Y el mío tampoco. Estamos destinadas a estar juntas. Latiendo al unísono.

¡Se parecía tanto a lo que le había dicho Kirin! Nada cerró los ojos.

—No te amo.

—Yo tampoco te amo.

Algo similar a la ofensa incitó a Nada a abrir los ojos de nuevo. Miró a la hechicera desde arriba.

—Sin embargo… —dijo la hechicera. Luego añadió—: ¿Te casarás conmigo?

—¿Estás de broma? Después de… —Nada emitió un resoplido de burla y se dio la vuelta para colocar las palmas de las manos sobre el corazón de cristal.

—Si te quedas, no tendré que buscar el corazón de más doncellas. Quédate conmigo.

—¿Por qué no preguntaste por mi nombre? Él te lo habría dado, por Firmamento. Entonces podrías hacer que me quedara.

—No quiero ser tu ama —dijo la hechicera alzando la voz, casi parecía enfadada—. Quiero ser tu esposa.

Nada separó los labios, como si pudiese saborear el borde de las palabras de la hechicera, el filo al hundirse en su corazón, después de todo. Le gustaba la sensación. Le gustaba la simpleza con que la hechicera la seducía. Pero Nada no sabía lo que quería. Nunca lo había sabido. Esa era la única pregunta que importaba.

—Me quedaré contigo tres días —dijo—. Me lo mostrarás todo. La magia. El Poder. Los secretos de la Quinta Montaña. Y luego me llevaré a Kirin Sonrisa Sombría y a El Día que el Firmamento se Abrió, de regreso con la emperatriz. No nos detendrás cuando nos marchemos. Eso es todo lo que puedo ofrecerte; si no, tendrás que robar mi nombre y obligarme.

—Acepto el trato —dijo la hechicera de inmediato.

VEINTIUNO

DEJÓ A KIRIN EN LA CELDA.
Nada volvió a la habitación con la puerta rosada y roja; necesitaba estar sola y era el único lugar que casi sentía como suyo. Marea Incesante la estaba esperando. Se mordió la lengua mientras ayudaba a Nada a cambiar la fina túnica y la combinación por un pijama de lana. No hacía tanto frío como para necesitarlo, pero era tan cómodo que a Nada la reconfortó cuando se acurrucó en el nido. Marea Incesante apagó las velas del candelabro de huesos de murciélago con un suave suspiro.

—Buenas noches —dijo la anciana.

Debía de estar a punto de amanecer.

Nada no estaba cansada.

Se quedó allí tumbada, no sabía muy bien qué pensar, sentir o hacer. Cuando sus pensamientos se desviaron hacia Kirin, los apartó antes de que decidiese dejarlo ir o perdonarlo, cualquier cosa que pudiera complacerlo. Al final, tendría que hacer ambas cosas. Pero no estaba lista para darle esa satisfacción. Contempló las paredes de obsidiana y recorrió con la vista los haces de luz azulada por sus hendiduras y riscos, por los bordes afilados y las planicies curvas. Sabía que la obsidiana era una roca volcánica, que era fuerte y quebradiza, afilada y suave. Se fabricaban buenas espadas con ella, pero podían romperse. Se preguntó si sería capaz de cambiar si lo intentaba.

¿Cómo funcionaría su poder? Tendría que preguntárselo a la hechicera.

A medida que se adentraba más y más en su interior, Nada dejó de luchar contra lo inevitable: admitió para sí que lo creía todo. Antaño había sido un demonio, un gran demonio, pero había renacido como una niña en el palacio.

Aun así, el hecho de que creyera no le indicaba exactamente qué debía hacer con esa información.

Todavía se sentía pequeña. Puede que no tanto como nada, pero tampoco lo bastante fuerte como para afrontar todo aquello.

—¿Nada? —Escuchó la voz amortiguada tras la puerta.

—Pasa, Primavera —respondió.

La joven entró, llevaba otra bandeja con comida.

—Buenos días.

Nada gruñó por lo bajo y salió de la cama con muy poca delicadeza. Ese día Primavera vestía de blanco y rojo. Las orquídeas eran de color melocotón y eran incluso más pequeñas. Caían en cascada alrededor del cabello trenzado en forma de corona. Pequeños mechoncitos negros le recorrían el largo cuello y a Nada le entraron ganas de tocarlos. De acariciarle el cuello.

Entonces, la mirada de la chica, con sus ojos de un castaño dorado como la miel, se encontró con la de Nada. Eran del mismo color miel que los de Kirin. Y tenía una cicatriz donde debería haber estado su corazón.

Nada jadeó.

—Hechicera.

Primavera se quedó boquiabierta por la sorpresa. Pero no lo negó.

—Me has estado mintiendo todo este tiempo —dijo Nada—. ¿Qué pretendías?

—Quería que te sintieses cómoda —dijo la hechicera sin cambiar de forma. Seguía siendo Primavera—. ¿Cómo lo has sabido?

Parecía un eco de la noche anterior, cuando la hechicera le había preguntado cómo había sabido que aquel Kirin era falso. Nada frunció el ceño; no estaba dispuesta a responder que simplemente lo sabía. Aquello habría sugerido cierta cercanía con la hechicera en la que no había reparado.

—Tus ojos —dijo—. Son iguales a los de Kirin. No podían ser reales. No me di cuenta antes.

Los hombros de la hechicera se hundieron, pero su sonrisa era genuina.

—Quería que estuvieras cómoda —repitió—. Kirin hace que te sientas cómoda. Incluso inconscientemente, esos ojos te gustan más.

Nada sacudió la cabeza con firmeza.

—Muéstrame tus ojos reales, Hechicera. Lo que necesito es la verdad.

Esta dejó que los ojos color miel se transformasen lentamente: uno verde, el otro marfil. Las pupilas eran negras y redondas.

—¿Son estos tus ojos?

—Ahora, sí.

—¿Cómo eran cuando naciste? Antes de que te convirtieras en hechicera.

—Tenía uno verde y el otro marrón tirando a teja.

—¿Ese verde? —Nada se fijó en aquel tono de las hojas perennes. Era un color sólido, sin ningún subtono salvo por el anillo exterior grisáceo. Le gustaba.

—Parecido —susurró la hechicera.

Estaban cara a cara, demasiado cerca. Nada contuvo el aliento.

—Sé tú misma, tanto como puedas —dijo.

La hechicera enarcó ambas cejas negras, divertida.

Nada tenía en la punta de la lengua un «por favor», pero se contuvo.

—Es real —dijo la hechicera—. Mi cuerpo. La forma y el color. Soy yo. Me preguntas por cómo era antes, cuando no era del todo yo. Porque cuando era solo una joven, no era yo.

—¿Y ahora sí?

—Solo me falta un fragmento del corazón —flirteó la hechicera.

Nada parpadeó antes de que se las pudiera ingeniar para calmar la oleada de placer.

—Entonces adopta la forma que prefieras —dijo.

La hechicera sonrió y la piel pálida como la luna de Primavera se oscureció a un frío cobrizo, se le redondearon las mejillas y sus labios se volvieron más finos. La nariz se alargó. Creció un centímetro. Las caderas, los pechos y el vientre se hincharon de manera que ya no parecía una muchacha delgada, sino una mujer joven, esbelta y ágil. El cabello seguía trenzado y también conservó el ojo marfil. Así era como se había mostrado ante Nada las noches anteriores durante la cena.

—Aquí estoy —dijo la hechicera. La túnica roja y blanca se había alargado y habían aparecido bayas bordadas en verde y oro. Parecía menos inocente, más poderosa. No una doncella a la que le habían robado el corazón, sino una mujer que había dado el suyo a una causa—. Así es como me siento hoy.

Nada seguía sin aliento. Se sentía más joven y débil, solo el atisbo de una chica sin músculos siquiera, con mucho menos pecho, de piel suave y capas de cabello sedoso a la vista y... Nada se detuvo, a punto de tocar un mechón rizado sobre la garganta de la hechicera.

—Mmm... —murmuró Nada—. ¿Te llamabas Primavera?

—Escarcha de Primavera Repentina —respondió la hechicera con ironía y todavía con un dejo de diversión.

—Mmm —dijo Nada de nuevo.

La hechicera soltó una risa alegre…, era una risa de verdad, pensó Nada, complacida. Llena de sorpresas y luz solar. Pero entonces la risa cambió, al igual que la hechicera podía transformarse con tanta facilidad: se volvió profunda, sombría, llena de promesas.

Nada se estremeció.

La hechicera se apiadó de ella y se dio la vuelta para dejar la bandeja. Llenó una taza de té y se la ofreció.

—¿Comerás conmigo? —preguntó Nada al acercarse. Había pasteles que parecían hojaldrados, peras, lonchas finas de carne fría y queso con pimienta.

La hechicera accedió, y eso hicieron.

—Deberías liberar a Kirin de la celda. No dará muchos problemas durante estos tres días —dijo Nada.

—Libéralo, entonces —respondió la hechicera. Primavera. O Escarcha; Nada pensó que ese nombre sería más apropiado—. Tu poder responde a sí mismo cada vez mejor. Intenta a ver si lo consigues.

—Eso haré. —Nada se lamió el jugo de pera de los dedos.

—Y esta tarde te enseñaré mi biblioteca, responderé a todas las preguntas que quieras y, después, me acompañarás durante la cena. —La hechicera se interrumpió, como si esperase que Nada respondiera.

—¿Dijiste la verdad cuando me contaste que habías hecho tratos para conseguir todos esos corazones? —preguntó Nada.

—Sí —respondió la hechicera—. Todas obtuvieron algo a cambio. Pero el resultado es el mismo: sus corazones me pertenecen, junto con la magia de su elección.

Nada asintió y presionó los puños contra su regazo para controlar el estallido de miedo. Debía tener en mente, cuando se sintiera atraída hacia la hechicera, que la montaña se mantenía con vida a través del asesinato.

—Veintitrés corazones en menos de veinte años parece… poco efectivo. —Intentó sonar tranquila cuando habló.

—¡Veintitrés! —gritó la hechicera—. Veintitrés, eso es… —La angustia de la hechicera no tardó en transformarse en diversión—. Solo he arrebatado once corazones…, pero parece ser que me han culpado por la desaparición de otras muchachas —añadió, arrastrando las palabras.

—Oh. —Nada tragó saliva. No debería haber cambiado nada. Un asesinato, veintitrés… u once.

—Bueno, corazón, te dejo para que resuelvas tus asuntos con Kirin —dijo, riéndose con suavidad para sí misma—. Esta tarde me toca a mí y vendré a buscarte.

Nada asintió ensimismada, aún sorprendida.

Sin embargo, tras quedarse sola un instante, salió de la habitación en pijama. Regresó directamente al núcleo de la montaña y pasó con cuidado junto al corazón palpitante y moribundo.

En la habitación de obsidiana, con sus fijos barrotes, Kirin estaba sentado con una mirada amenazadora. No se levantó para recibirla, sino que alzó la barbilla y la fulminó con la mirada.

Nada se detuvo frente a los barrotes, molesta porque él estuviese enfadado y también porque aquello le molestase a ella a su vez.

Kirin no se movió; fingía estar cómodo, al mando. Ella conocía esa mirada y la gracia gatuna de sus hombros caídos. Tenía una pierna extendida y la otra doblada, sobre la que había apoyado la muñeca, con la mano floja. Una postura de satisfacción perezosa.

—¿No quieres salir de ahí? —le preguntó; intentó no querer al príncipe.

Él se encogió de hombros.

—Te llevaré con Firmamento.

Desvió la mirada, pero la curva de su mandíbula se tensó.

—¿Quién está siendo cruel ahora? —susurró Nada.

Kirin apretó los labios y se levantó despacio. Se acercó descalzo a los barrotes. Incluso en aquel viejo vestido ajado, se veía regio. Los ojos de Nada quedaron a la altura de su barbilla; la chica bajó la mirada al collar de perlas verdes y blancas que le envolvía el cuello como una guirnalda.

—Nunca he sido cruel contigo —dijo el príncipe con suavidad.

—Sal —dijo ella a la par que tocaba los barrotes. Se concentró en la montaña—. Déjalo salir.

La obsidiana se fundió.

El príncipe contuvo el aliento y cuando ella miró sus ojos color miel, mostraban algo que le costó interpretar. Sorpresa, cautela y algo más. ¿Entusiasmo?

Salió de la celda y, antes de que ella pudiera moverse, le había envuelto el cuerpo con los brazos y la abrazaba con desesperación. Presionó los labios contra su coronilla, donde sintió su aliento cálido.

Nada se quedó paralizada durante una fracción de segundo; luego, se permitió recostarse contra él. Olía a rayos, pero desprendía calor y estaba firme en todos los lugares que esperaba. Sus brazos largos le resultaban familiares. Kirin Sonrisa Sombría había vuelto por fin a su hogar. O ella era su hogar: le pertenecía, porque esa era su naturaleza.

—No me gusta esta sensación —musitó ella.

—A mí, sí. Te he echado de menos.

—Yo también a ti, pero no sé si es real.

—Nada. —Sus brazos se estrecharon aún más—. Tenía ocho años cuando te puse tu nombre, cuando nos vinculamos, y no supe hacerlo mejor. Tan solo me gustaste y te *vi*. Sentí que eras diferente, pero pensé que eras de la misma manera en la que yo lo era. Juntos… éramos lo inesperado.

Ella le creyó. Salvo por una pequeña vocecilla que le hacía preguntarse si le creía porque debía hacerlo.

—Nunca me conoceré a mí misma mientras esté ligada a ti.

—Quiero que seas tú misma —le dijo en voz baja pero con firmeza—. Quiero que sientas tus propios sentimientos. Créetelo. Incluso si te dijera tu nombre y la hechicera no lo escuchase, no te liberaría. Ya lo sabes, en algún rincón de tu mente. Si no lo supieras, ¿cómo podría darte órdenes? Debe de haber otra manera de romper este… vínculo.

Nada cerró los ojos, esperaba que fuese suficiente.

—Apestas —le dijo al separarse.

Kirin dudó.

—¿Debería asearme antes de…? ¿Firmamento está a salvo?

—Puede esperar una hora más —le aseguró Nada a su príncipe.

Lo condujo fuera de la celda de obsidiana y a través del túnel oscuro hasta la cámara del corazón. Cuando él aminoró el paso, observando las escaleras de caracol y la plataforma central, ella lo tomó de la mano y tiró de él para que continuase. Kirin la siguió, aunque murmuró con cierta desaprobación, ya que no le gustaba no estar al mando. Sentaba bien negarle algo, solo un poco.

—¿Estás en pijama? —le preguntó, a mitad de camino de su habitación.

Ella lo había olvidado, pero asintió. En su cuarto, señaló los baúles.

—Parece ser que hay un suministro interminable de ropa elegante. Elige algo y luego iremos al lago espejado. Para mí también, por favor.

Kirin se movía con rapidez pero se descubrió a sí mismo mirando su reflejo en varios espejos.

—Por las Reinas del Cielo —siseó—. Nunca he tenido peor aspecto.

Nada se empezó a reír a carcajadas. Se agarró el estómago y se dobló de la risa.

El príncipe la miró con los ojos entrecerrados durante un buen rato antes de darse la vuelta con brusquedad. Abrió el baúl más grande y empezó a sacar tiras de seda y lino auténtico, chaquetas bordadas, faldas y zapatillas de todos los colores. Nada le llevó un vaso de agua cuando se recuperó y él se lo bebió mientras la miraba con frialdad.

—Vamos —dijo ella sin remordimiento alguno.

Kirin agarró un puñado de ropa y la siguió con impaciencia.

Subieron hasta la capilla cavernosa con las hornacinas y las estatuas de los dioses. Kirin paseó la mirada por la estancia, pero eso no consiguió distraerlo de la promesa del sol y un baño. Nada casi sonrió por su fijación mientras atravesaban el largo pasillo para salir al frescor del día.

—Es precioso —dijo Kirin. Sus pasos aminoraron, pero no se detuvo del todo.

El valle estaba exactamente igual que el día anterior, y Nada tomó una bocanada de aire fresco. El sol atravesaba el cielo sin nubes para reflejarse sobre el lago espejado y sus miles de ondulaciones, haciéndoles daño a la vista. Nada sentía la presencia de la luz deslizándose por su cuerpo y que, de alguna manera, también la llenaba por dentro. Siguió los pasos de Kirin y llegó a la orilla justo cuando él se había desnudado por completo y se zambullía en el agua.

—¿Esrithalan? —llamó y miró en dirección al bosquecillo de alisos. No parecía que el unicornio estuviese por allí.

Se sentó de rodillas en la húmeda arena de guijarros y acarició un pétalo de una flor de balsamina púrpura que crecía en altos racimos junto al agua.

En el lago, Kirin emergió con un grito. Sacudió la cabeza, salpicando agua con el movimiento del pelo. Nada sonrió, casi decidida a no bañarse por el frío. Pero él le hizo un gesto con el brazo.

—¡Vamos, Nada! —Luego, se sumergió de nuevo en el agua.

Con un ligero suspiro, ella se quitó la ropa y entró corriendo; era mejor quitarse de encima pronto la sensación de estar congelándose.

Hundió la cabeza bajo las frías olas, se frotó la cara y el pelo, girando sobre sí misma para que el agua le llegara bajo las axilas y en las corvas, para que le acariciase el vientre y la espalda con sus tentáculos helados.

Kirin la encontró; sus manos estaban ardiendo en comparación con el agua. La asió por la cintura y luego le tomó la mano, y nadaron juntos, salpicando, hacia el centro del lago espejado.

Nada inclinó la cabeza hacia el cielo y miró con los ojos abiertos como platos la inmensidad azul. Estaba bordeada con los picos de la montaña, que parecían dientes, y se imaginó que el lago era la garganta de la Quinta Montaña; y el valle, sus labios y la lengua. Parecía como si cerrara las fauces en torno a ella y a Kirin, y Nada se aferró con más fuerza a la mano de su príncipe.

Él también miró hacia arriba, parpadeando a causa del resplandor.

—¿No es impresionante estar aquí? —dijo sin aliento por el asombro y el ejercicio.

—Yo pertenezco aquí —respondió ella.

—Nada.

Lo miró. Kirin, con manchas rosas en los pómulos, los labios blancos, los ojos abiertos y, de alguna forma, tan inmensos como el cielo. Tenía el cabello pegado al rostro como si fueran algas, ondulándose sobre la superficie del agua.

—Tu lugar está junto a mí —dijo el príncipe.

De repente, Nada pensó en bucear en las profundidades y arrastrarlo con ella hasta que tuviese que respirar el agua fría. Pensó que sería capaz. Él moriría.

La boca de la montaña era la suya, y podría tragárselo entero.

Por un instante, lo deseó.

Lo deseó como el fuego desea la leña.

Pero el lago estaba demasiado frío y tenía el cuerpo entumecido, como si su piel se hubiera esparcido por el agua, dejando tan solo sangre, músculos y huesos, y su corazón. Su piel se había convertido en el mismísimo lago.

Kirin la acercó hacia sí y frunció el ceño cuando tomó su rostro entre las manos. La conmoción por el contacto del príncipe le devolvió la piel a su lugar.

Nada jadeó y lo sujetó por las muñecas. Movía las piernas con fuerza para mantenerse a flote y sintió la corriente de agua cuando Kirin hizo lo mismo.

—Vamos a vestirnos —dijo ella.

Él asintió y la soltó.

¿Era aquello lo que significaba creer que había sido un demonio? Nada se lo preguntó, aterrorizada, mientras nadaba. ¡Pensar en asesinar a alguien de manera tan repentina! En ahogarlo. ¿En matar a su mejor amigo? ¿A quién amaba más que a Kirin en el mundo entero? A nadie. Se le aceleró el pulso y, agradecida por hacer pie en la orilla, salió con rapidez.

Kirin estaba justo detrás de ella y le puso una mano entre los omóplatos. Le ofreció una tela para secarse y él se envolvió con otra. La miró en silencio mientras la estudiaba con gran deliberación.

Se secaron y se vistieron. El príncipe había traído para Nada una camisa sedosa azul, pantalones negros y un fajín para sujetarlo todo. Ella se peinó el pelo con los dedos y hundió los pies desnudos en la hierba puntiaguda.

Cuando volvió a mirarlo, Kirin se estaba abotonando una túnica granate sobre la camisa de cuello alto cuyos faldones le llegaban por debajo de las rodillas y susurraban como un vestido. Le envolvía las costillas y los hombros y le dejaba los brazos al descubierto. El color hacía que sus ojos pareciesen de oro líquido. Se enrolló el pelo en un moño en la coronilla y se hizo un nudo para atarlo.

—Pareces helado —dijo Nada al fijarse en que tenía la piel de gallina.

—Estoy guapísimo —respondió.

Nada sintió el tirón de una sonrisa que afloraba en sus labios y se permitió sonreír. «La Hermosa Doncella y Príncipe a su Vez», pensó.

—Podrías ser un hechicero —le dijo.

Kirin ladeó la cabeza en señal de rechazo.

—Seré el Emperador con la Luna en los Labios.

—Pero podrías dejarlo, aprender magia. Eso cree la hechicera. Dijo que eres como ella.

—¿Cómo? —quiso saber en un estallido de ira.

Nada lo fulminó con la mirada por hablarle en ese tono. Nunca lo había mirado así antes.

El príncipe relajó las facciones.

—¿Cómo? —preguntó con más delicadeza.

—Es por lo que dijiste de nosotros. Eres inesperado. Igual que yo. No somos lo que parecemos y tú lo has demostrado por completo. —Nada frunció los labios—. Dijo que ahí es donde reside el poder. El potencial. Entre los límites o en la dualidad.

—Los hechiceros son unos marginados. No quiero que me aparten a la fuerza de la sociedad por mi... potencial —dijo Kirin. Alzó la barbilla en una pose arrogante. El sol proyectaba en él un vivo contraste: cabello azabache, piel blanca, atuendo rojo—. Quiero ser lo que soy y adonde pertenezco.

Nada asintió.

—¿Qué más quieres?

—A Firmamento. Por las Reinas del Cielo, lo quiero a él. Y también te quiero a ti a mi lado. Quiero irme a casa y ponerme ropa de hombre y de mujer según me apetezca, y quiero que la gente me admire. Quiero ser yo mismo, quiero mostrarme tal como soy ante todo el imperio y quiero la Luna. Quiero formar una gran familia, Nada, y quiero hacer que el imperio florezca.

—Dirán que no eres puro si te muestras como tú mismo. Te arrebatarán el trono.

—Después del ritual de investidura no podrán. La Luna me aceptará y ningún monje, bruja o cortesano podrá apartarme de mis ambiciones.

—La Luna —susurró Nada, recordando lo que la hechicera le había dicho, que la Luna era el gran demonio y que estaba vinculado al palacio y a la emperatriz… y a su heredero—. Ese es el nombre del gran demonio del palacio.

Kirin la observó durante un momento antes de responder.

—Sí, o al menos es parte de su nombre. No sabré su nombre verdadero hasta la investidura. Pero me han dicho, con gran secretismo, que la prosperidad del imperio depende del vínculo entre la emperatriz y el gran demonio. Parte de ese vínculo es la continuación de la línea de sucesión y, cuando nací, me designaron para ello. La investidura es el siguiente paso del ritual, cuando la Luna acepte mi pureza y mi fuerza.

—Has arriesgado más que a ti mismo cuando tú…, este verano con Firmamento. —Nada no estaba segura de si admiraba su valentía descarada o de si estaba horrorizada.

—No —dijo Kirin con firmeza—. He hablado largo y tendido con el mismo demonio, aunque apenas responde con claridad, pero sé… Nada, en el fondo de mi corazón sé… que lo que hemos llegado a definir como pureza no es algo que ataña al demonio. Mis secretos son peligrosos por las normas de nuestro pueblo, no por la Luna.

Ella lo miró. Le creía. Irradiaba seguridad. Aquello hacía que fuese muy fácil seguirlo, creer en él.

—Te llevaré a casa, Kirin. Dentro de tres días seremos libres.

El brillo del príncipe se apagó.

—No quiero que te libres de mí.

Ella bajó la mirada al dobladillo de la túnica granate. Los pies desnudos se le hundían en la hierba rugosa. Tenía la base de las uñas azuladas.

—No sé cómo romper un vínculo que no recuerdo haber creado. ¿Y sabes qué más me dijo el gran demonio? Que un demonio se puede amaestrar, pero que un gran demonio debe aceptar —dijo.

—Te estás inventando excusas. Yo no soy cómplice del vínculo. Yo no sabía… Es imposible que hubiese aceptado.

Kirin enarcó las cejas como si dijese: «Yo tampoco lo sabía, así que…».

Nada frunció los labios.

—Tenemos que volver dentro. ¿Has traído zapatillas?

Las traía, así que se las pusieron. Llevaron la ropa que habían descartado y los harapos viejos con ellos. Kirin volvió a ponerse el collar de perlas.

—Le diste el brazalete al impostor.

Kirin la miró de reojo. Abrió la boca para hacer un comentario mordaz, sin duda, pero se detuvo. Se miró los pies, parecía estar reuniendo valor, y volvió a enfrentar su mirada.

—Tenía que salvar a Firmamento.

Nada asintió. Estaba dolida pero aun así lo entendía.

—Tenía que hacerlo —repitió Kirin—. No necesito preocuparme por ti, pero por él siempre me preocupo.

—Es fuerte.

—Yo no lo sería sin él —susurró Kirin.

Nada arrugó la nariz en un gesto de incredulidad.

—No se lo digas, por favor.

—Deberías hacerlo tú.

El príncipe compuso una mueca, pero no replicó. Continuaron su camino.

—No naciste de una madre, ¿verdad? Por eso lo del pelo era algo entre tú y yo, no por una madre que nunca tuviste.

Aquello no se le había ocurrido. Nada se detuvo en la sombra de la capilla, rodeada de dioses y monstruos, cristal tallado, obsidiana y granito centelleante. Todos la miraban, juzgándola.

—Era importante —dijo.

—Era un amuleto de amor, lo sé —insistió él—. Y salvó a Firmamento. Gracias.

Nada enganchó un dedo bajo las hebras negras que le rodeaban la muñeca y tiró con toda su fuerza. Le dolió cuando se le clavó en la piel, pero se partió. Nada dejó que cayese al suelo de la cueva.

VEINTIDÓS

EL SELEGAN DORMÍA EN SU FORMA DE DRAGÓN, ENROSCADO varias veces alrededor de la base del altar. Se despertó en el momento en que entraron y abrió los párpados marrones para revelar unos ojos grises y acuosos espectaculares.

Kirin se detuvo con los labios separados. No tenía miedo pero estaba desesperado. Nada se dio cuenta de que miraba a Firmamento tras el dragón.

¿Se habría fijado siquiera en el espíritu del río?

—Selegan, ¿te acuerdas de Kirin Sonrisa Sombría? ¿Puede acercarse? —dijo Nada.

Pero el príncipe ya estaba cruzando la sala. Las escamas del dragón se erizaron y desplegó las alas en dos arcos sobre el altar. Se alzó, con las garras sobre la piedra, y se agazapó sobre Firmamento. No era una amenaza, simplemente se limitó a observar a Kirin con curiosidad cuando este se detuvo.

—El príncipe —dijo el dragón.

—Hola, espíritu del río Selegan —dijo Kirin con frialdad.

El dragón se desvaneció y, al instante, apareció en su lugar el joven rubio platino de ojos grandes. Ladeó la cabeza.

Kirin hizo una reverencia frívola y el dragón le devolvió el gesto. A Nada le pareció como si dos espíritus poderosos se saludasen como iguales.

—Luchó contra mí por ti —dijo el dragón.

—No debería haberlo hecho, pero me alegro de que ambos sobrevivierais.

Nada se dirigió hacia el altar y acunó el rostro de Firmamento entre las manos. Estaba cálido y dormía con la misma paz profunda que antes. Tenía la cara menos hundida y mejor color, solo tenía un poco de ojeras bajo los ojos y los labios algo pálidos.

—¡Despierta! —ordenó Nada.

Los ojos de Firmamento se abrieron de golpe y dejó escapar un grito ahogado de dolor; hizo una mueca cuando intentó sentarse.

—Firmamento —dijo Kirin, sorprendido, y Nada sujetó al guerrero por el hombro. Este se desplomó en sus manos y se sujetaba el costado izquierdo con un brazo.

—¿No te sientes mejor? —preguntó Nada.

Pero Kirin estaba allí, de pie junto al altar, sin llegar a tocar el antebrazo de Firmamento. El príncipe respiraba con cautela, con una expresión muda salvo por la agitación que denotaban las fosas nasales y la esperanza en sus ojos como la miel.

—Kirin. —Firmamento se apoyó en un codo para afianzarse y con la otra mano buscó al príncipe. Le acarició la boca y le frotó con ternura el labio inferior con el fuerte pulgar.

Nada se apresuró a desviar la mirada.

—¿Eres tú?

—Soy yo —respondió Kirin.

El dragón se colocó junto a Nada.

—Ha sido un poco caótico —murmuró.

Nada hizo un mohín con los labios, algo molesta.

—No me han dado instrucciones.

Entonces Firmamento la llamó y ella regresó al altar, abrazándose a sí misma.

Firmamento le puso una mano en la mejilla, acunándole el rostro. Tenía el ceño algo fruncido, pero sus ojos marrones brillaban con intensidad.

—¿Estás bien?

Ella asintió. Aumentó ligeramente la presión de los dedos, lo cual deshizo sus nervios. Se alegraba de verla; Nada no sabía de qué había tenido miedo.

—Me muero de hambre —dijo, balanceó las piernas para bajarse del altar. Emitió un leve gruñido y se inclinó sobre el lado izquierdo. Tenía la espalda desnuda, al igual que el resto del cuerpo. Se le hincharon los músculos cuando se aferró al borde; la manta le cubría el regazo.

Nada le recorrió la espalda con la mirada, el torso y los hombros anchos; unas manchas de un tono amarillo verdoso desvaído señalaban las magulladuras, pero no tenía costras ni quedaba rastro de heridas abiertas. Solo las viejas cicatrices purpúreas.

Alzó la mirada y se encontró con los ojos de Kirin sobre el hombro de Firmamento. El príncipe había hecho lo mismo, catalogando el estado de las heridas.

—Aquí hay bastante comida y te buscaremos (o pediremos) algo de ropa.

—Puedo buscar ambas cosas. Me encantaría, guerrero —intervino el dragón.

Firmamento dudó, luego agachó la cabeza en señal de agradecimiento.

—Es un honor, río Selegan.

—Fuiste un idiota al atacarlo —le dijo Kirin con brusquedad.

Firmamento le dio un golpecito en el pecho con el puño.

—Pensé… —Suspiró, con la voz ronca, y abrió la mano sobre el corazón de Kirin. Como tenía los dedos tan largos, abarcaban buena parte de él, dispuestos de manera posesiva sobre la tela granate. Kirin le cubrió la mano con la suya.

—Firmamento —dijo el príncipe.

—¿Qué ha pasado? ¿Cómo hemos llegado aquí?

—Has estado dormido, curándote, durante… ¿tres días? —dijo Nada.

—Tres días. —Firmamento echaba chispas por los ojos.

Entonces, el cuerpo de Kirin pareció crisparse y se inclinó para besarlo. Aquel gesto desbocado indicaba claramente que se había estado conteniendo desde que entraron en la estancia.

Nada se marchó en pos del dragón, apresurándose antes de que alguno de los dos se diera cuenta y la llamaran. Salió corriendo de la cámara y apoyó la espalda contra la pared dura del pasillo. Con los ojos cerrados, tragó el nudo de anhelo que amenazaba con inundarla de nuevo. No a ellos, no lo que tenían, sino algo. Anhelaba algo propio.

Se preguntó si el gran demonio de la Quinta Montaña habría deseado algo.

—Tendré que preguntarle a la hechicera —susurró para sí misma.

—Estoy aquí.

Con un grito de sorpresa, Nada se separó de la pared y se dio la vuelta para mirarla.

Una sonrisa reservada asomó a los labios de la mujer. Nada la fulminó con la mirada, odiaba que la pillara preguntando por ella.

—¿Te gustaría ver mi biblioteca ahora? —preguntó la hechicera con aire inocente. Le tendió la mano.

Nada deslizó la suya sobre la palma abierta.

VEINTITRÉS

EL TACTO DE LA HECHICERA ERA FRÍO Y OSCURO. NADA CE-rró los ojos. Había una nota reconfortante en esa oscuridad que le gustaba, como la tensión de una deliciosa promesa.

—¿Qué sientes? —le preguntó la hechicera.

Nada frunció el ceño y retiró la mano.

Una sonrisa traviesa iluminó el rostro de la mujer. Lentamente volvió a estirar la mano hacia Nada y, como ella no la rechazó, le recorrió la mandíbula con suavidad con los dedos.

La oscuridad titiló y se deslizó sobre el contorno de Nada, por su visión periférica, pero también, de algún modo, en otros sentidos. Algo en su interior quiso alcanzarla y se dijo que era curiosidad. Pero era más que eso: era ambición.

—Para mí, tu contacto es cálido —dijo la hechicera—. Como la luz de una hoguera.

—Oh —musitó Nada, anhelante. Le gustaba.

—¿Te gusta?

Nada se quedó sin aliento y volvió a soltarse.

La hechicera asintió y se dio la vuelta para guiar a Nada a través del pasillo.

—¿Hechicera?

Esta se detuvo.

—¿De dónde viene mi poder? —preguntó Nada.

—Del éter. De ahí es de donde proviene toda la magia.

La hechicera se dispuso a continuar, pero Nada dijo:

—Pensaba que los demonios no formaban parte del éter.

—Los grandes demonios, no —dijo la hechicera en voz alta, de espaldas a ella.

Nada vaciló un poco, pero trató de caminar con la misma suavidad que la hechicera, que parecía deslizarse por el pasillo de obsidiana. Llevaba un vestido rosa y negro largo y elegante, tenía los brazos cubiertos por unas mangas anchas y unos zapatos con algo de tacón. Se había dejado el pelo de tres colores suelto salvo por unos mechones, sujetos con orquídeas de un tono melocotón crema.

Nada arrugó la nariz y se obligó a pensar en las once chicas asesinadas antes de que se le pasara por la cabeza la idea de besar a la hechicera.

Al poco rato habían llegado a la biblioteca, con su techo abovedado, estrechas estanterías de madera y mesas largas en las que se exhibían unos libros enormes, calaveras, cajas con grabados elaborados, joyas y armas. Había más, pero Nada se abrumó al observarlo todo. Se adentró entre dos estanterías que casi llegaban hasta las estalactitas puntiagudas y relucientes del techo y tocó el lomo de varios libros: algunos estaban encuadernados en cuero, otros en tela, y había unos encuadernados en metal y otros en una piel escamosa y, probablemente, en cosas peores. Eran libros de magia, pensó, aunque otros eran finos y estaban marcados como libros de contabilidad. Algunos tenían grabados los sigilos del imperio; otros, textos y caracteres. Nada no los reconoció.

—¿De dónde has sacado todo esto? —preguntó.

—Lo que es mío, de aquí y de allá. Pero buena parte es tuya y ya estaba aquí mucho antes de que pusiese un pie en la montaña.

Nada se giró.

—Nada de esto es mío. Tu demonio se ha ido y, por eso, como su esposa, ahora te pertenece todo.

—Sí, es…

—No. —Nada sacudió la cabeza y se mantuvo firme cuando la hechicera se le acercó—. No importa lo que pude haber sido, ya no lo soy. Renací. *Nací*. Era una niña y crecí, y ya no soy tu demonio consorte.

—Aun así, tu corazón es la mitad del mío —murmuró la hechicera.

A Nada no se le ocurrió qué responder a aquello. Se la quedó mirando, con los ojos muy abiertos.

La hechicera observó a Nada; estaba tan cerca que la chica podía ver pequeñas motas grises y amarillas en el ojo blanquecino, como grietas antiguas en el marfil viejo. El ojo verde también tenía vetas grisáceas, como cuando el bosque pluvial crecía sobre las lápidas del cementerio. Muertos y olvidados hacía tiempo.

—Está bien —dijo la hechicera. Entonces, dio un paso atrás con cortesía—. Es un placer conocerte, Nada del Gran Palacio… ¿o es Nada Sonrisa Sombría?

Nada tragó el nudo que se le había formado por los nervios y asintió con firmeza.

—«Nada» está bien.

—¡Nada está bien! —La hechicera se rio tres veces, ja, ja, ja. Cada sonido parecía deliberado.

—Lo ha sido durante toda mi vida.

—En ese caso, bienvenida a mi montaña. Soy la Hechicera que Devora Doncellas.

—¿Por qué no Escarcha Repentina de Primavera?

Las facciones de la hechicera se relajaron hasta componer una expresión más amable.

—Hace mucho tiempo que no me llamo así —dijo con mucha suavidad.

Nada se dio la vuelta para esconder sus sentimientos y escogió un libro al azar. Era grueso, encuadernado en cuero suave teñido de azul. Lo sacó de la estantería y tuvo que sujetarlo con ambas manos de lo que pesaba. La cubierta lisa no ofrecía ninguna pista acerca de su contenido.

—Es el diario completo del rey Lithex de las Hintermarsh, uno de los reinos extranjeros que el imperio conquistó hace siglos —le contó la hechicera—. Antes de que la Quinta Montaña muriese y las fronteras del imperio se retirasen al círculo interno de las cadenas montañosas.

—Pesa mucho para escribir en él. —Nada apoyó la esquina del libro sobre el borde de la estantería para poder abrirlo con una mano. La página frontal estaba amarillenta y tenía ilustraciones de varios objetos que parecían cetros.

—Es su obra completa, recopilada tras su muerte. Hay notas de traducción en los márgenes, pero si no sabes leer caracteres feriles no avanzarás demasiado. Deja que te enseñe las estanterías que están en nuestro idioma y puede que te suenen los libros escritos en gaulix antiguo.

Nada pasó una página gruesa y trazó las líneas de los caracteres feriles dispuestos en columnas hasta el final de la página. Cerró el libro de un golpe y lo devolvió a su sitio. La hechicera la condujo a la siguiente hilera de estanterías.

—Aquí hay biografías e historias del imperio —dijo—. Podrás leer muchas, aunque algunas están basadas en fuentes externas. A veces, esas perspectivas me resultan muy tranquilizadoras. Y a continuación —hizo un gesto—, libros sobre lugares y pueblos al otro lado de las montañas, pero escritos para el imperio. Esas son las estanterías con el mayor volumen de textos que podrás leer ahora mismo, aunque hay muchos repartidos por la biblioteca. Hay secciones a las que no las divido por idioma, como estudios mágicos o filosofía, ciencia de la flora y el estudio de los espíritus, los demonios y los seres vivos.

Con cada término, la hechicera señalaba en una dirección y Nada intentó quedarse con lo que pudo, aunque dudaba de que en tan solo tres días fuese a tener mucho tiempo de leer algo.

—¿Sabes leer feril? —preguntó.

—Estaba aprendiendo y he seguido con los estudios, aunque ahora me resultan más tediosos que antes.

Nada iba a preguntarle por qué, pero cayó en la cuenta: el demonio. El demonio le había estado enseñando idiomas a la hechicera, historia y cualquier cosa que quisiese saber. Cuando el demonio desapareció, perdió algo más que a un consorte.

La hechicera había avanzado hacia la pared en el otro extremo, donde había una especie de chimenea excavada en la piedra. Se abría vacía, como una boca arqueada, tan alta como la hechicera y sin rejilla para la leña o una estufa de hierro. Accionó un cristal saliente y el hogar comenzó a relucir de un suave amarillo, iluminando las piezas de cuarzo ahumado y los dientes puntiagudos de cristal que había en su interior.

—Me gusta leer aquí —dijo y miró a su espalda. Un único sillón bajo, con cojines afelpados, aguardaba junto a ella; era lo bastante ancho como para acurrucarse con las piernas dobladas bajo el cuerpo o para compartirlo con alguien.

Nada se quedó contemplando el sillón e imaginó que se quedaba dormida allí, con un libro sobre el regazo, con la cabeza apoyada en el brazo. Tenía un montón de almohadas en su baño abandonado del quinto círculo de palacio y dos libros para ella sola. Uno estaba repleto de fábulas de espíritus; el otro contaba la historia de una princesa, la Heredera de la Luna, que había muerto hacía mucho, y que había hecho una expedición a las, por aquel entonces, Cinco

Montañas Vivientes. Kirin le había dado los dos e insistió en que podía tomar prestados los que quisiera de la biblioteca de la emperatriz. Pero, normalmente, Nada prefería leer solo algunos fragmentos escondida en los rincones de la biblioteca en lugar de llevarse los libros al húmedo baño antiguo. Además, ¿para qué leer un libro si podía oír a Kirin contar historias o recitar lo que había aprendido de sus propias lecturas o de sus tutores?

¿Le habrían gustado más los libros si no hubiese estado ligada al príncipe?

La hechicera la observaba con paciencia.

—¿Saber mi nombre es lo único que me hace falta para ser libre? —preguntó.

—No, pero es una pieza necesaria. Tu nombre es solo la llave del vínculo. Debes de saberlo, en el fondo, o no os ataría; no podría darte órdenes. Debes recordar el nombre, la llave, para abrirte a ti misma. Al igual que una llave, tiene el poder de abrir y cerrar bajo las circunstancias adecuadas. Si tienes la fuerza necesaria para luchar contra él. —La hechicera hablaba como si no le importara.

—¿Por qué importan tanto los nombres?

—Usamos los nombres, o algunas palabras de poder, para manipular el éter. Nuestras voces son la herramienta más poderosa que tenemos. ¿Qué es algo si no tiene nombre? Cuanto más fuerte sea este, más verdadero es y más fuerte es aquello que nombra. Los monjes pueden enviar a los fantasmas al Cielo con amuletos de nombre verdadero porque focalizan el nombre mucho mejor de lo que lo podría hacer el pobre fantasma. A veces el significado de un nombre cambia, especialmente con criaturas tan complejas como los humanos, los demonios o los hechiceros. Las brujas forman un vínculo con sus familiares a través del nombre, o controlan a los demonios de igual forma. —La hechicera se humedeció los labios, pensativa, lo cual hizo que el pulso de

Nada se acelerase. Añadió—: El nombre es el hogar definitivo…, es donde vive nuestra esencia.

—¿Por eso los demonios pueden ser controlados por su nombre? ¿Por qué no tienen una casa de verdad, que sea propia? ¿Y los fantasmas también? —se aventuró Nada—. Pero los espíritus eligen su propio nombre y… ¿los grandes demonios también? Por eso los espíritus y los grandes demonios deben acceder al control.

—Dejaste que te convirtieran en nada —dijo la hechicera con un tono amable.

—Me protegió más de lo que me perjudicó —dijo Nada y, cuando las comisuras de la hechicera se curvaron en un gesto de tristeza, se percató de que lo había dicho como si aquel fuese el fin. Aquel nombre la había protegido en el pasado, pero ya no.

—Los nombres pueden cambiar —dijo la hechicera con suavidad—. Si una persona elige convertirse en algo nuevo, transformarse. Todos compartimos ese tipo de magia.

—Si no me dices tu nombre, ¿me dirás cómo te llamaba el demonio? —le preguntó Nada.

Los ojos de la hechicera reflejaron sorpresa, más en el ojo verde que en el marfil. Luego, presionó los labios en una línea fina y divertida.

—Mi demonio me llamaba «niña» y «criatura impulsiva» y, al final, «cariño».

Nada se rio ligeramente. «Criatura impulsiva» hacía que la hechicera pareciese más joven y alocada. Por otro lado, el demonio de la Quinta Montaña debía de ser mucho más viejo que la hechicera. Aquel pensamiento era tan desconcertante como maravilloso.

—¿Qué más debería ver en la biblioteca, Hechicera? —preguntó.

—¿Qué te apetece ver? Merodea, echa un vistazo. Cuando tengas alguna pregunta, hazla.

—Solo te quedan dos días y medio conmigo —dijo Nada—. ¿Estás segura de que no prefieres ir más al grano?

—Así es como funciona la magia: debes encontrarla tú misma. —Con eso, la hechicera se adentró en la boca de cuarzo y desapareció.

Nada dejó escapar un grito ahogado. Resopló de frustración. Luego, se acercó a la estantería más próxima —estudios mágicos— y escogió un volumen delgado con trocitos de cristal pegados en el lomo. Lo abrió por una ilustración elaborada de lo que parecían ser setas bailando y haditas del alba con guirnaldas de flores. Pasó las páginas con más ilustraciones de plantas y criaturas mágicas. Al parecer era un libro de historias cortas que, en su mayor parte, era para justificar un bonito despliegue artístico. Nada sacó otro libro y luego otro, apoyada contra la estantería para leer los fragmentos que pudiera entender acerca de los espíritus de las flores y el comportamiento de las nubes. En el siguiente pasillo leyó el primer capítulo de la autobiografía de un hechicero de la Segunda Montaña Viviente que había muerto hacía mucho. Empezaba relatando el proceso mediante el cual el hechicero se vinculó con el gran espíritu, y Nada se sorprendió de lo aburrido que sonaba. Se cuidó de no abrir un libro con una boca con dientes afilados como cuchillas estampada con relieve en la cubierta, y luego pasó a las mesas con objetos expuestos.

Había un tarro con ojos en conserva, lo cual parecía adecuado para la biblioteca de un demonio. Al lado, había una caja enjoyada con diminutos copos desconchados de colores; Nada se fijó en que debían ser escamas de las alas de unas mariposas. Encontró huesos, pergaminos de cuero atados con cordones también de cuero, madera petrificada con anillos de bonitos colores rojos, dorados y verdes, varios cristales con forma de flores y más huesos cuyos extremos estaban bañados en oro y plata. Aquello no le atraía, aunque pensó en las alas de mariposa y en cómo las habrían reunido, cómo les habrían sacado esas escamas tan pequeñas.

Finalmente tomó un peine hecho a partir de un cuerno amarillento y con pequeños caracteres tallados en las púas. Se dirigió a la chimenea y, sin pensarlo, entró.

Al instante, Nada descubrió que se encontraba en una cámara de cinco lados con paredes de cristal relucientes que se inclinaban hasta converger en un mismo punto en el centro. En aquel lado no había una boca de cristal. Tampoco había puertas.

La hechicera estaba acuclillada en el suelo de cristal mientras tallaba un diagrama enorme sobre él con una varita de cristal reluciente.

—Lo has conseguido —dijo sin levantar la vista; tenía la voz cansada—. No pises las líneas.

Nada dio un salto atrás por acto reflejo, pero no había ninguna línea bajo sus pies. La más cercana comenzaba a unos pasos de sus pies desnudos.

—¿Qué es?

—Un hechizo para ver de lejos. —La hechicera caminó de lado sobre el tercio anterior de los pies, apoyada sobre una mano; con la otra arrastraba la varita, que cortaba el cristal ahumado como si fuese un trozo de queso. Nada contempló aquella elegancia controlada, los pasos lentos y precisos que daba la hechicera y su concentración, que parecía vibrar en el aire.

Cuando llegó al borde del diagrama, emitió un sonido bajo con los labios fruncidos y conectó la línea que había estado tallando con la otra. Nada sintió un cosquilleo y, entonces, desapareció. El aire estaba inmóvil.

La hechicera se inclinó sobre los talones y apoyó los codos sobre las rodillas en perfecto equilibrio. Alzó la mirada. La frente y las mejillas le brillaban por el sudor. Tenía el pelo recogido en lo alto de la cabeza y había cambiado el vestido negro y rosa por una camisa sin mangas del mismo color y unos pantalones que se ceñían bastante a su cuerpo. También iba descalza.

De pronto, a Nada le pareció que la hechicera era tan mundana, a pesar de que estaban rodeadas por paredes de cristal y un diagrama mágico que titilaba ligeramente. Como una agricultora, cansada tras un largo día cosechando trigo. Solo una mujer de la que, quizá, Nada podía hacerse amiga.

La hechicera se secó la frente con el dorso de la muñeca y se apartó los mechones de pelo de la cara.

—Parece un trabajo duro —murmuró Nada.

—Lo es —respondió la hechicera. Se puso de pie y apoyó el peso en una cadera con elegancia—. ¿Es el peine crecedor de Sary?

Nada la miró confundida.

—Lo tienes en la mano —insistió la hechicera.

—Ah. —Nada miró el peine, lo había olvidado por completo—. No tenía ni idea.

—¿Tiene runas en las púas?

—Supongo que eso es lo que son. —Nada presionó una de las púas en la palma de su mano hasta que le dolió, pero no le hizo ningún corte. La pasó por las líneas de la mano y dejó un rastro caliente de dolor y una línea blanca sobre la suave piel. Al poco, esta se volvió rosa. Fijó la atención en aquella línea mientras bullía de calor y le cosquilleaba.

—Si te peinas con él, el pelo te crecerá más rápido.

—No sé cómo hacerlo. —En realidad Nada no le estaba prestando atención. En lugar de eso, observaba la palma de su mano y la línea que comenzaba a desaparecer lentamente.

—Yo, sí —dijo la hechicera, justo detrás de Nada.

Ella jadeó, sorprendida de que se hubiese movido con tanta rapidez y en silencio.

La hechicera arqueó una ceja, con los labios curvados en una media sonrisa, y extendió la mano para que le diese el peine.

—No… no necesito que me crezca el pelo.

—Como quieras —dijo la hechicera con un encogimiento de hombros. Se alejó con paso tranquilo—. ¿Te gustan las peras que te he estado llevando para desayunar?

—Sí —respondió nada simplemente, desprevenida por el cambio de tema.

—Bien.

Entonces, la hechicera levantó los brazos y se estiró con los ojos cerrados. Inclinó el cuerpo de un lado a otro y luego se dobló por la cintura para llevar los dedos a los pies e intentar rozar el suelo de cristal. Por un momento, Nada pensó que haría el pino de un salto, como los acróbatas, pero en su lugar la hechicera se irguió de nuevo.

—Voy a terminar el diagrama —le dijo.

—¿Puedo ayudarte?

—Mmm. Primero, observa; luego, ya pensaré en algo.

Nada se sentó con las palmas sobre las rodillas e hizo lo que le había pedido.

La hechicera sacó la varita de la camisa estrecha y se movió cuidadosamente por el diagrama, con pasos amplios y girando sobre los dedos de los pies. No era una acróbata, sino una bailarina.

Nada deseaba moverse así. Que se fijaran en su elegancia y en su control, en vez de ignorarla por mezclarse entre las sombras y mimetizarse con las esquinas de las habitaciones.

De repente, la hechicera se agazapó con el ceño fruncido y tocó el suelo con la varita. Esta llameó y comenzó a cortar el suelo de cristal de nuevo formando una curva. Poco a poco, la hechicera fue formando una espiral, la cerró con un triángulo y pasó a un espacio nuevo, donde empezó una línea larga para dividir el diagrama entero en cinco partes.

A medida que el diagrama crecía, también lo hacía la anticipación que vibraba en el ambiente. Nada agradeció que Kirin hubiese elegido para ella la fina túnica azul y los pantalones sencillos, ya que le dejaba los brazos y los pies al descubierto y, así, no amortiguaba la tensión de la magia que sentía en el cuerpo. El triángulo parecía como un cúmulo de nubes de tormenta antes de empezar a llover, antes de golpear el rayo. Era como el viejo árbol hueco que los aguardaba en el camino, y como el momento antes de decir el nombre de alguien pero justo cuando esa persona se gira para mirarte.

—Aquí —dijo la hechicera al tiempo que alzó la mirada hacia Nada. El ojo marfil tenía un brillo ahumado amarillo grisáceo, como el cuarzo ahumado que las rodeaba.

Nada se abrió paso con rapidez entre las líneas de magia para llegar junto a la hechicera. El cuerpo de la mujer bullía de energía. Le tendió la varita.

—Toma. Sujétala como más cómoda te sientas —le indicó con un tono de voz uniforme.

Nada obedeció y la sostuvo como si fuese un pincel, con los dedos relajados. No había practicado escritura o caligrafía, pero había observado a Kirin hacerlo en muchas tardes de lluvia. Se agachó donde le señaló la hechicera e intentó calmar la respiración.

—Yo guiaré tu mano. Cuando estés lista, debes desear que la varita se ilumine.

Nada asintió, pero en el instante en que la hechicera le cubrió la mano con la suya, la misma oscuridad fría se le enroscó en la visión y en el cuerpo. Se echó a temblar.

En lugar de liberarla, la hechicera apretó con más firmeza.

—Contenla o acéptala, o no podrás ayudarme.

—¿Cuál de ellas? —susurró Nada.

—Eso lo decides tú —dijo la hechicera con un tono enfadado, como si lo hubiera dicho cientos de veces.

El enfado ayudó, y Nada ignoró las florituras que le oscurecían la visión hasta que desaparecieron. Entonces, solo quedó la suavidad de los dedos de la hechicera sobre sus nudillos, la mano descansando sobre la muñeca de Nada. Las uñas pintadas de negro de la hechicera parecían absorber la luz.

Sus cuerpos no se tocaban en otros lugares, pero Nada se sentía totalmente bajo el control de la hechicera.

—Ahora —murmuró esta—. Une esta línea con esa de allí; justo desde aquí hasta allí. —Las señaló con la otra mano.

—¿Una línea recta, curva o...?

La hechicera soltó un suspiro de irritación.

Nada rechinó los dientes. Empujó la punta de la varita contra el suelo en el punto exacto y la arrastró sin pensar hasta la otra línea. La varita llameó, el suelo gruñó, pero la línea quedó tallada en su lugar.

Nada escuchó un *pop* en los oídos, y toda la tensión y la energía por la espera se desvanecieron.

—Bien —dijo la hechicera, y le rozó con suavidad la mejilla. Luego, arrastrando las palabras, añadió—: Aunque la línea es un poquito más profunda de lo necesario.

Se puso de pie y Nada se estremeció. Parpadeó para despejar la imagen de las espirales frías y oscuras y los tentáculos enroscados que se le había quedado grabada en las retinas. También se levantó, se puso frente a la hechicera y le tendió la varita con un gesto brusco.

—Gracias.

—De nada —respondió la hechicera con suavidad.

—¿Qué haremos con el hechizo de visión?

—Ah, no está terminado. Solo el diagrama. —La hechicera caminó hacia la pared vacía—. ¿Vienes? —Le echó un vistazo sobre el hombro y luego desapareció tras la roca sólida.

Tan rápido como pudo y sin pisar las líneas del diagrama, Nada corrió tras ella.

VEINTICUATRO

MIENTRAS ATRAVESABA EL PORTAL EN POS DE LA HECHI-cera, Nada se preguntó si iba porque quería o porque siempre seguía a los demás.

La habitación a la que salió podría haber sido parte de una casa. La pared de la montaña quedaba oculta por unos paneles de exquisita madera con incrustaciones de teca talla-da y celosías, como si fuesen ventanas tras las que se podía ver el mar. El suelo estaba cubierto por alfombras de un azul oscuro y púrpura con motivos florales en rojo, y el techo es-taba apuntalado con gruesos travesaños encalados. Alrede-dor del escritorio se arremolinaban unos muebles de madera que le daban un aire íntimo a la sala, y había una chimenea que ardía con lo que parecía y se sentía como un fuego de verdad. Había libros apilados de forma precaria y almoha-das repartidas tanto por el suelo como en el sofá acolchado. Junto a la chimenea, una puerta de verdad daba paso a otra habitación.

Las lámparas llenaban ambas salas de una luz intensa y cálida.

—¿Hechicera? —Nada la llamó.

—Por aquí. —La respuesta le llegó lejana desde la otra habitación.

Nada siguió la voz. Había una pared entera llena de espejos, algunos del tamaño de una persona; otros, redondos y pequeños, con almohadones y cojines cerca de ellos, así como unas mesas bajas llenas de tarros de pintura y polvos. También había una cama en un soporte oscilante, un armario abierto del que sobresalían prendas de seda y satén, y unas resplandecientes que Nada no supo nombrar.

La hechicera ni siquiera estaba en la habitación.

Nada se detuvo. Sentía como si no perteneciese allí. Escuchó el sonido del agua corriente tras otra puerta y vislumbró el brillo de unos azulejos, pero se negó a entrar en el baño. Nada se mordió el labio, regresó a la sala de estar y se dejó caer en uno de los sofás.

¿Qué sentido tenía aquello?, pensó. ¿Se suponía que era un gesto de amabilidad, de seducción o de admisión a la privacidad de la hechicera para demostrar que estaba dispuesta a revelar secretos?

A lo mejor la hechicera solo quería bañarse para quitarse el sudor tras el trabajo.

Nada cerró los ojos e intentó oír el latido de montaña.

No lo escuchó.

—¿Tienes sed?

Nada volvió la cabeza de golpe hacia la hechicera, que había apoyado el hombro contra el marco de la puerta. El cabello húmedo le caía pesado alrededor de su rostro, lo cual hacía que sus ojos mágicos pareciesen enormes, y sus mejillas, más redondas y bonitas. Se había puesto una túnica verde y sedosa sujeta a la cintura con un fajín blanco y cereza, pero el escote se abría como una flecha hasta los pechos, dejando totalmente al descubierto la cicatriz de un bronce rosado sobre el corazón. El corazón de Nada se contrajo al verlo.

Quería… quería…

La hechicera caminó descalza sobre las almohadas acolchadas hasta un aparador y alzó un decantador con un líquido rosado claro. Llenó dos tazas y se acercó a Nada para ofrecerle una.

—¿Es té o licor? —preguntó ella, y sostuvo la taza con los dedos ahuecados.

—Un poco de cada. —La hechicera le dio un sorbo a su taza.

A través del líquido rosado, Nada contempló las imágenes pintadas que titilaban en el interior de la taza: pececillos dorados y azules, tan pequeños como granos de maíz. Dio un sorbo. La bebida era agridulce e intrincada, con un ligero ardor. Entendió por qué podía ser un poco de cada.

La hechicera se acomodó sobre el sofá bajo cruzando los tobillos con delicadeza.

—Dime, ¿qué te gusta hacer, Nada?

—¿Hacer?

—En tu antigua vida en palacio.

—¿Por qué?

—Dijiste que no eres mi demonio, así que quiero saber quién eres.

—No soy nadie.

—Nada —murmuró la hechicera.

—Exacto —dijo ella, y se bebió el resto de la taza.

—Pero ¿qué haces allí?

—Escucho. Yo… como y bebo y voy adonde quiero tras las paredes de palacio. Paso tiempo con Kirin y a veces con mi amiga Susurro. Intercambio cotilleos por lo que necesite, pero solo si Kirin no está cerca. Cuando está conmigo, puedo tener todo lo que quiero.

—¿Qué tipo de cosas has querido?

—¡Ya sabes la respuesta! —Nada se contuvo para no arrojar la tacita.

—Querías lo que el príncipe quería. Querías estar tranquila y pasar inadvertida, ser su compañera pero sin ambiciones.

No marcharte nunca, pero solo para dar y tomar lo que podías para hacerlo feliz.

—Ya he aceptado que me controló —la voz de Nada tembló al hablar—, que una parte de mí era un demonio y vulnerable a ello. ¿Por qué me obligas a repetirlo? Era mi amigo, mi príncipe. ¡Por qué parece tan raro que quisiera hacerlo feliz!

—Porque me saca de quicio —dijo la hechicera con frialdad—. Me encantaría servir sus ojos en bandeja por ello.

—No —espetó Nada.

—Como quieras.

—Era amiga del gran demonio del palacio —dijo Nada, para intentar brindarle algo a la hechicera.

—¿Ah, sí? —Contempló la taza, haciendo girar despacio el líquido en lugar de mirar a Nada.

—Le aliviaba los picores y le contaba chistes y, a veces, ronroneaba para mí y aseguraba que me echaría de menos cuando me fuera. Así es ser amiga de un demonio.

La hechicera parpadeó con rapidez y sus labios se separaron, pero se detuvo y los labios se extendieron en una sonrisa de verdad.

—¿Quieres que te alivie los picores para ganarme tu amistad, Nada?

La joven sintió el calor extendiéndose por sus mejillas, un calor que provenía de la flor ardiente sobre su corazón. Estaba claro que necesitaba más licor para seguir con la conversación.

—Eh, yo…

La hechicera esbozó una sonrisa.

—No llegué a bromear contigo cuando eras un demonio.

—¡A lo mejor ahora tampoco deberías hacerlo! —insistió Nada y trató de fruncir el ceño. Pero una sonrisa radiante afloró a modo de respuesta. Hundió la barbilla sin apartar la mirada de la hechicera.

La expresión alegre del bonito rostro cobrizo de la hechicera se fue desvaneciendo con mucha suavidad, como una puesta de sol. Sin apagarse, sin ser fría. Pero no habló.

Nada quería saber por qué. Quería conocer a la hechicera; quería ver a la «criatura impulsiva».

El aliento se le atascó en la garganta. Quería. Nada sonrió de oreja a oreja: era la primera vez que se había percatado de que quería algo por un motivo que no tenía que ver con Kirin.

La hechicera entrecerró los ojos.

—¿Y esa sonrisa?

Nada se rio. Ahora la hechicera quería lo mismo de ella. Se sentía *bien*. Se sentía… poderosa. Nada sacudió la cabeza despacio.

—Debería irme. —Antes de que perdiese esa sensación. Debía marcharse mientras esta reinase en su corazón.

A Nada le gustó ver que la hechicera parecía haber dejado de respirar durante un instante. Luego, se puso de pie y señaló con ímpetu la pared.

—Ahí está la salida —dijo a la vez que aparecía una puerta con flores pintadas en rojo y rosa. La puerta de Nada.

—Te veré en la cena —respondió Nada y se dirigió presurosa a su habitación. Se detuvo antes de abrir la puerta, y se volvió para añadir—: Lo estoy deseando.

Entonces volvió a reírse, bastante contenta.

Una ligera expresión de asombro comenzó a aparecer en el rostro de la hechicera antes de que Nada aferrase el pomo con la flor de muchos pétalos y se marchara.

VEINTICINCO

NADA SALIÓ DIRECTAMENTE A SU HABITACIÓN, SE DIO LA vuelta, cerró la puerta y la volvió a abrir. Esta vez, se encontró frente al pasillo. Se dirigió a la sala del altar y se preguntó si Firmamento y Kirin seguirían allí. Habían pasado horas desde que se había ido. Pero ¿tenían algún sitio al que ir a menos que el dragón los guiase?

Los jóvenes estaban sentados juntos en el suelo, con la espalda apoyada contra el altar que había sido la cama de Firmamento. A su alrededor había esparcidos restos de una buena comida, fuentes y cuencos con migajas y manchas de salsa; también, había una botella de vino inclinada, atrapada entre los muslos de Kirin.

Firmamento sonrió cuando entró como una tromba, pero Kirin frunció el ceño.

—¿A dónde has ido? —exigió saber. Acercó una rodilla al pecho para apoyar el brazo sobre ella.

El tono desaprobador de su voz y aquella postura le ardieron en el estómago. Nada se detuvo y se plantó con los pies separados y los puños en las caderas para enfrentarlo.

—Puedo ir adonde quiera —le dijo.

—Pero ¿deberías? Nos has abandonado.

—Kirin —le dijo Firmamento, con un tono obvio de desa-probación.

Kirin no dijo nada y apretó los labios en una fina línea. Incluso allí, en el suelo, tenía un aire imperial. Arrogante. Sería la envidia de los demás, con una única flor en la chaqueta roja y su pelo perfecto.

—Si os hubiera abandonado, no habría vuelto —respondió ella, incapaz de contenerse. Mantener la distancia y aferrarse a la irritación parecía lo mejor que podía hacer.

—Debería ordenarte que nos sacaras de aquí *ahora* —dijo el príncipe. Cuando se levantó, hizo rodar la botella de vino—. Lo que quiero es salir de este palacio. Puedes resistirte a mis deseos no pronunciados, al impulso de nuestro vínculo, pero si invoco tu nombre verdadero, tendrás que obedecer.

—No lo harás —espetó ella con tanta firmeza como pudo, pero titubeó. Alzó la barbilla para sostenerle la mirada mientras Kirin se le acercaba con delicadeza—. No lo harás, porque me perderás para siempre si lo haces a propósito.

La expresión arrogante del príncipe se desvaneció. Hasta bajó la mirada.

—Aun así, deberías sacarnos de aquí.

—Hice un trato. Seremos libres dentro de dos días.

Firmamento se acercó a ellos con una vacilación nacida de la herida y colocó la mano sobre el hombro de Kirin. El guardaespaldas llevaba una camisa plateada tan fina y sedosa que más bien parecía una combinación; le llegaba hasta la mitad de los muslos, sobre unos pantalones marrones de aspecto suave. La camisa se tensó sobre sus hombros enormes, le quedaba algo estrecha.

Kirin volvió la cabeza para encontrarse con la mirada de Firmamento.

Nada dejó que sus brazos se relajasen ligeramente. Solo había ido a comprobar que estuviesen bien, no a discutir.

También podría irse de nuevo, antes de que Kirin la enredase más.

Pero Firmamento apartó a Kirin y agarró a Nada por los hombros. Se encorvó para mirarla a los ojos.

—Yo no creo que seas un demonio. —Su contacto era tan cálido, tan normal, comparado con el de la hechicera. Añadió—: Quizás un duende.

Nada se rio una vez.

Tras él, Kirin hizo un movimiento dramático con la cabeza para asegurarse de que Nada lo viese. Entonces, el príncipe se dio la vuelta y regresó al altar. Recogió la botella de vino, se la llevó a los labios y echó la cabeza hacia atrás para dejar a la vista la garganta larga y pálida antes de caer totalmente laxo sobre el altar, con una mano bajo la frente y la botella pendiendo de la otra.

Nada parpadeó y Firmamento emitió un murmullo. Ambos se dieron cuenta de que habían caído en la trampa de la admiración.

Firmamento deslizó una mano por el brazo de Nada y la dejó ir con la otra. Le tomó la mano y ella envolvió dos dedos del guardaespaldas con los suyos. Todavía tenía una magulladura verdosa en el lado derecho de la mandíbula.

—Por eso yo lo supe y tú no. Nadie más podía —dijo ella con suavidad.

Los dedos del guardaespaldas se tensaron en su mano, pero sabía a qué se refería.

—No tiene sentido. No pareces un demonio, y he conocido a algunos.

—Es algo nuevo —dijo Kirin con un tono apasionado y los ojos todavía cerrados. El faldón rojo intenso de la chaqueta se derramaba por el altar en forma de abanico—. Y...

—¿Y? —instó Nada después de un rato.

Kirin volvió la cabeza y abrió los ojos miel oscuros.

—Y me gusta que seas mía.

—Kirin —repitió Firmamento.

—No —dijo Nada.

—Porque me recuerdas que lo nuevo es posible —dijo el príncipe, y volvió a sentarse con un balanceo. Dejó la botella de vino en el altar y se inclinó hacia ella; los pies apenas le rozaban el suelo—. No entendía lo que eras, Nada, pero eso me gustaba. Eso era lo que amaba. Pensaba que simplemente eras... tú. Y no me arrepiento de que me gustes, no me arrepiento por desear lo que tenemos.

Nada lo perdonó. Así, sin más; no podía evitarlo. O a lo mejor era lo que quería. ¿Cómo podría saberlo sin su nombre? ¿Sin romper el vínculo? Se acercó a él, dejando a Firmamento atrás, y se sentó de rodillas con la cabeza presionada contra el borde del altar y el hombro contra la rodilla del príncipe.

Sintió el peso de su mano sobre la cabeza cuando le acarició el pelo. Los dedos se enterraron entre los mechones hasta llegar al cuero cabelludo. Era lo que más le gustaba en el mundo.

—¿Te acuerdas del naranjo moribundo en el Jardín de Fuego? El día que nos conocimos —dijo Kirin con suavidad.

Ella asintió y se arañó la piel con el altar.

—Estábamos jugando, todos salvo tú, y vi que me mirabas desde detrás de unas hojas altas.

—Hierba de elefante —susurró Nada.

—¡Sí! Eras tan pequeña e intensa. Te devolví la mirada. ¡Te devolví la mirada y no supe qué eras! Un niño pequeño o una chiquilla, un espíritu o un fantasma... Por aquel entonces todavía pensaba que podía haber fantasmas en el palacio. Por más que te estudiaba, no lo sabía. Así que me acerqué y vi cómo se desplegaba el nombre. La respuesta. Venía de ti, así que debes de saberlo.

Nada se deslizó por los recovecos de su mente, al Jardín de Fuego, al joven y hermoso Kirin, a la hierba de elefante y a la primera vez que le sonrió: no fue una sonrisa sombría, sino radiante. Suave, alegre, perfecta. Le habló desde sus recuerdos.

Las manos de Kirin se cerraron en un puño en su pelo, lo justo para que le diese un leve tirón.

Ella alzó el rostro, invadida por la decepción.

—Ordéname que lo recuerde —le dijo.

—Acabas de decirme que si lo hacía a propósito, te perdería para siempre.

Nada lo fulminó con la mirada.

El príncipe se mordió el labio y lo arrastró entre los dientes.

Con un leve resoplido, Nada se levantó. Los dejó en la cámara del altar con la promesa de llevarlos al lago espejado por la mañana. Luego, regresó a su habitación para vestirse para la cena.

Marea Incesante la estaba esperando. La ayudó a elegir el traje y el maquillaje y le cepilló el pelo.

Por primera vez, Nada se rindió a sus impulsos en lugar de luchar contra las expectativas, el miedo, o tratar de decidir qué disgustaría a los demás, simplemente para contentarse a sí misma. Se puso una enagua color nácar con una combinación de organza naranja bordada con cientos de pequeñas mariposas que le recordó a la caja de las alas de la biblioteca. Marea Incesante le trenzó el pelo en mechones finos y los fijó con horquillas con forma de escarabajos enjoyados. Nada le pidió que le pintase las uñas de granate y los labios y los párpados de un rosa claro. La anciana le pintó alas de mariposas en las mejillas.

Nada se sentía como un enjambre de hermosos insectos. Arrugó la nariz, mirándose al espejo y forzó la risa. No tenía de qué preocuparse. Sus amigos estaban a salvo por el momento, e incluso si no sabía su nombre, sabía que no era ciertas cosas.

Marea Incesante resopló y se dispuso a volver a dormirse mientras que Nada se marchó para cenar.

Tenía que levantar la voluminosa falda de organza con mariposas al caminar; sentía los pasos, más que verlos. Iba descalza, con las uñas de los pies pintadas de rojo para que fuesen a juego con las de las manos. ¿Le gustaría a la hechicera? Nada esperaba que sí… Entonces, se dio cuenta de que estaba deseando verla de nuevo.

Nada se frotó la falda con impaciencia, haciendo que las mariposas revoloteasen del mismo modo en que lo hacía su corazón.

Las facetas de la amatista púrpura y violeta pálido del comedor complementaban los insectos naranjas, rosas y arcoíris de Nada, pero el vestido era ridículo para arrodillarse. Cuando se sentó sobre el almohadón dorado en uno de los extremos de la mesa, las faldas rosas se asentaron con ella, pero las capas de mariposas de organza crujieron y se esponjaron a su alrededor como si fuesen el centro de un suflé.

Nada se reía mientras tiraba y aplastaba las diferentes partes del vestido para hacer que las mariposas aleteasen y descendiesen en picado, cuando percibió la presencia de la hechicera.

Se quedó paralizada y contuvo el aliento al verse descubierta en aquella actitud infantil.

Pero no vio rastro de juicio, ironía ni ninguna expresión condescendiente en el rostro de la hechicera: estaba maravillada.

Nada se aclaró la garganta y la hechicera inclinó la cabeza y el cuerpo en una reverencia ligera y elegante. No como si se dirigiese a una niña, sino a una igual. Nada se quedó paralizada de nuevo.

—Nada —dijo la hechicera al ponerse derecha.

—Hechicera. —Nada alisó el vestido diáfano.

La hechicera se deslizó hasta la mesa y se arrodilló, metiendo simplemente las faldas alrededor de sus piernas. Se había puesto un vestido cruzado algo anticuado de tres capas: negra, verde y violeta, con un fajín ancho sujeto con una lazada compleja y rígida a su espalda. Llevaba el pelo recogido en la coronilla, decorado con lirios atigrados naranjas. En torno al cuello, lucía una cadena de perlas blancas y verdes parecida a la de Kirin, que caía justo sobre el escote del vestido. Sirvió el vino, le mandó una copa flotando a Nada y alzó la suya. Esta noche, eran de un cisne tallado con el cuello plegado sobre sí mismo.

Puede que fuese un ganso, pensó Nada cuando atrapó la copa en el aire. Hizo un gesto de saludo con ella y bebió.

—Mi demonio también jugaba —dijo la hechicera.

—¿A qué? —Nada le dio otro sorbo al vino ligero, paladeándolo un tanto con la lengua. Tenía un regusto a miel y a clavo, y a algo fuerte, como resina de pino. Le gustó.

—Con las mariposas y los colores…, cualquier cosa que despertase su curiosidad. Cuando entré, fue como si nunca te hubieses ido.

Nada tragó saliva ante el tono liviano de la hechicera. Pensó que ocultaba algo, aunque no supo señalar qué era.

—Háblame de tu demonio.

La hechicera asintió, pero primero se frotó las manos con suavidad. En silencio, unos sirvientes invisibles levantaron las bandejas y mezclaron las salsas. Sirvieron el primer plato, una sopa mantecosa, a Nada y a la hechicera.

—¿Qué quieres saber acerca de los demonios? —preguntó esta después de que ambas hubiesen probado la sopa.

Nada dejó la cuchara.

—Son espíritus muertos. Necesitan una casa para hacerla suya, tanto si está abandonada como si nunca ha tenido residentes, o pueden robar una. Quieren cosas muy específicas o casi nada.

—Sí, cierto. Pero ¿sabes por qué a los demonios les gusta ser familiares, por qué buscan compañeros entre los hechiceros o las brujas?

—No.

—Los demonios están ávidos del poder que toman y pueden hacer lo que están destinados a hacer: envenenar un estanque, mantener en pie los muros de palacio, hacer explotar una montaña o engañar a los viajeros en las encrucijadas. Pero no pueden moverse de su casa sin arriesgarse a una muerte definitiva. Para sus artimañas, sus planes, para el movimiento o el cambio, necesitan una bruja que los ancle o un hechicero que fortalezca su casa. Incluso a un gran demonio, que no ha perdido la conexión con el éter, le va mejor con un hechicero.

—Tu demonio te necesitaba.

—Era mutuo. —La hechicera sonrió con nostalgia—. Dejé mi pueblo cuando tenía dieciséis años porque sabía que quería ser una hechicera.

—¿Por qué? —Nada se inclinó hacia delante, ignorando la comida.

—Quería casarme con la chica que vivía en la casa de al lado, pero mi madre me dijo que era una idiotez. Necesitaba tener hijos para que me cuidasen cuando fuese mayor. Me dijo que los hechiceros eran los únicos que no debían preocuparse por rodearse de una familia. Entonces le dije que yo sería una hechicera y me marché.

—¡Así, sin más!

—Más o menos. Fui a la Tercera Montaña y a la Segunda, pero sus hechiceros me dijeron lo mismo: «¡No podemos tomar aprendices para que se conviertan en rivales! Búscate a un espíritu que te enseñe o a una bruja». Ambos sugirieron que me convirtiese en bruja. —La hechicera miró al techo y luego volvió a sonreír—. En lugar de eso, vine a la Quinta Montaña y le pregunté al gran demonio.

Nada la contempló, esperando, pero la hechicera se quedó en silencio. Nada bebió lo que le quedaba de vino y dijo:

—Debe de haber algo más.

La hechicera hizo flotar la copa de Nada hacia sí para rellenársela.

—Por supuesto. Hice un trato con un dragón para entrar en la montaña, ascendí por la ladera hasta estar casi al borde de la muerte, las rocas impregnadas con mi sangre, y cuando tan solo me quedaba un resquicio de esperanza, el demonio apareció —dijo mientras la copa volvía sujeta sobre un hilillo de aire—. «¿Qué eres, muchacha?», preguntó con una voz hueca que resonó en mi interior, igual de vacío. Por aquel entonces, no me quedaba nada, ya ves. Nada salvo mis huesos, mi fuerza de voluntad y un poquitito de sangre. Lo justo para impresionar a un demonio cuando me puse de pie y le dije que era una hechicera y que haría que se rindiese ante mí. Se rio, pero me llevó dentro y me dio el poder para sanar. Me alimentó, me vistió y, cuando me sentí con fuerzas, hicimos un trato de verdad. Poder a cambio de poder. Como ves, me había dado cuenta de que mientras un gran demonio tiene todo lo que necesita, puede que no tenga todo lo que quiere. El demonio accedió a ayudarme a desarrollar mis habilidades y yo sería su recipiente para ver más allá de la montaña. Intercambiamos nuestras sombras, atados a la muerte o a la destrucción. —La hechicera hizo una pausa, dio un sorbo y añadió—: Mi demonio… era una pátina de oscuridad, una sombra que cambiaba sin pensar. Un niño desgarbado, un hombre alado, una mujer con escamas, y todo lo que había entre medias, o nada en absoluto salvo una brisa y una voz. Una llama plateada que bailaba en el aire. Sin embargo, sus ojos, cuando los tenía, eran como dos perlas negras antiguas. Siempre. Y su roce era tierno.

—¿De qué te… enamoraste? —susurró Nada, temblando ante la necesidad de saberlo.

—De todo. Se sentaba durante horas a mirar el reflejo de las nubes sobre el lago espejado o sostenía abejorros entre las manos ahuecadas para reírse cuando le hacían cosquillas al zumbar e intentaba no matarlos. Rugía como el rayo y bajaba como una tromba por la montaña cuando tenía mal genio, incendiaba árboles y hacía chillar a los conejos, marchitaba las flores y asustaba tanto al viento que se quedaba quieto. Bromeaba conmigo. Escondía mis pertenencias bajo las copas o en la sopa. Me cepillaba el pelo por las noches. A veces también me hacía daño. Me enseñó a leer en todos los idiomas y sostenía hilos de magia en siete manos para que yo pudiera mirar sus patrones. Tenía una paciencia infinita. Me contó historias trágicas y de aventuras que había aprendido cuando vivía, cuando la Quinta Montaña estaba viva. Curvaba los dedos alrededor de mi corazón y me decía que era como un núcleo de magma, que calentaba el cuerpo de mi propio hogar montañoso.

Una lágrima asomó sobre las pestañas de la hechicera y luego se escurrió a trompicones por su mejilla.

Nada se llevó la mano a la boca y sintió la calidez de su aliento en los dedos, como si fuese la única señal de que seguía respirando.

Ah, estaba funcionando. La historia de la hechicera estaba funcionando: Nada quería aquello que le ofrecía. Ser todo lo que había descrito. Poderosa, volátil, divertida y paciente. Tierna y furiosa.

¿Quién no querría ser así, si con eso era tan amada por una criatura como la hechicera?

Sobre todo cuando había sido Nada durante toda su vida.

De repente, se levantó.

—Tengo que irme.

La hechicera la miró, muy quieta. No habló, aunque sus ojos resplandecieron. Uno verde como el bosque, el otro marfil.

Despacio, se puso de pie y se deslizó hacia Nada. Extendió la mano y le frotó la mejilla con los nudillos, dejando un rastro de sombras frías como la seda.

Nada se reclinó contra su mano para hacerle saber a la hechicera que no huía por miedo o por rechazo, sino para conservarse a sí misma. Era importante que Nada se tomase su tiempo.

—Buenas noches, Hechicera —susurró—. Me gustaría verte por la mañana.

La hechicera le dedicó una leve sonrisa de reconocimiento.

Al recoger las faldas entre los brazos, Nada levantó las capas de tela casi hasta las rodillas y se marchó dejando un rastro de mariposas en el suelo de cristal a su paso.

Corrió por el pasillo oscuro y subió por las primeras escaleras que encontró.

—Arriba —dijo una y otra vez—. Arriba. Arriba.

Lo repetía con cada respiración mientras subía los escalones de dos en dos y, luego, bajó el ritmo y pisó con fuerza al subir. Las escaleras se abrieron ante una intersección de pasillos.

—¡Arriba! —eligió ella con una orden.

Y el pasillo se inclinó hacia arriba, curvándose como ella deseaba. Llegó a otras escaleras, más empinadas, se enganchó las faldas sobre los codos y subió medio gateando, medio escalando.

Completamente sin aliento y tras haber perdido la noción del tiempo, Nada continuó ascendiendo. Los músculos y el pecho le ardían; el sudor se enfriaba sobre su piel. Pisó la tela y arrancó un pedazo con tres mariposas cerúleas. Ondearon tras ella y aterrizaron planas sobre el oscuro granito.

Al fin, percibió una claridad plateada a medida que las escaleras se estrechaban y empinaban; casi parecía una escalera de mano en lugar de con peldaños. Emergió de un agujero escarpado, justo bajo las estrellas.

Estaba sobre una plataforma formada por unas olas negras de lava endurecida, contra un pico de la Quinta Montaña. El viento y la lluvia la habían erosionado hasta convertirla en una mano ahuecada, un pequeño valle justo de su tamaño en el que algunas hierbas ralas habían conseguido crecer junto con unas florecillas. Los capullos estaban cerrados con firmeza ante la noche.

Nada se derrumbó en un remolino de organza rosa y naranja. Se abrazó las rodillas y apoyó la frente sobre ellas, respirando con dificultad. Intentó estabilizar su pulso y tranquilizarse.

El viento jugueteó con su cabello y le hizo cosquillas en el cuello y en los hombros.

No se sentía poderosa.

Nada echó la cabeza hacia atrás. Unas nubes delgadas y plateadas flotaban por encima de la media luna, cuya luz las hacía brillar y, tras ellas, se esparcían miles y miles de estrellas. Intentó vislumbrar alguna forma, pero el cielo no era más que un jirón de seda arrugada, una perla gigante y un millón de esquirlas de cristal.

Bajo la luz del ocaso, Nada se sentía pequeña. Tan solo una humana, con un corazón pequeño, huesos pequeños, esperanzas pequeñas y sin ambiciones. Nunca antes le había importado. Nunca se le había ocurrido que le importaría.

Pero ahora cuestionaba. Ahora quería.

Quería sentirse tan grande como el cielo nocturno y tan rebosante de magia. Una oscuridad lejana, luz plateada, aquella luz del ocaso… Quería saber qué tonos de púrpura, azul medianoche y destellos rojizos se entremezclaban para parecer tan oscuros entre las estrellas, y quería quedarse mirando y mirando hasta que las estrellas plateadas adquirieran tonos rosados, azules, naranjas y dorados. Quería que las estrellas fuesen mariposas.

Nada quería saber qué *podía* ser. No lo que pudo haber sido.

Si iba a regresar a palacio, jamás podría volver a su puesto entre las sombras, la Nada de Kirin. Debía ser algo diferente, algo nuevo.

Le quedaban dos días para descubrir si era grande o pequeña, ambas o algo completamente distinto. Dos días no bastarían. Necesitaba pasar más tiempo en la montaña, con la hechicera. Ella... *quería* quedarse con la hechicera... y hacer que el corazón de la Quinta Montaña se mantuviese fuerte.

Pero también quería ver a Kirin y a Firmamento llegar a casa sanos y salvos, y ver a Kirin convertirse por siempre en el Heredero de la Luna. Quería hablar con el gran demonio de palacio de nuevo, hacerle unas preguntas muy específicas.

Tendría que encontrar la manera de hacerlo todo. Todo lo que quería.

Nada se acurrucó de lado, acunada en la fina seda ondulada con los pequeños insectos color arcoíris, sobre la montaña, y volvió el rostro hacia el cielo.

VEINTISÉIS

E L AMANECER DESPERTÓ A NADA CON UNA SUAVE CARICIA
sobre sus pestañas, tiñendo sus sueños de rojo. Se acurrucó aún más, como una bolita, y suspiró. En la cima de la
montaña hacía frío, pero ella se había acurrucado en el vestido, entre la gravilla volcánica suelta y las hierbas finas.

Abrió los ojos y descubrió una flor pequeña y azul que
la saludaba. Era del tamaño de la uña de su dedo meñique y
estaba rodeada de otro puñado de flores. Nada aspiró para
percibir su aroma: el único perfume que flotaba en el aire era
a hielo.

Tenía la lengua un tanto rancia y se preguntó si los
demonios tendrían mal aliento.

Seguramente solo si así lo querían. No necesitaban respirar en absoluto.

Despacio, se levantó y se desentumeció. Se sentía sorprendentemente descansada. Su cuerpo estaba listo para lo
que fuera, ni dolorido ni cansado ni abotagado. Se humedeció
los labios y se giró para agarrarse a las rocas que perfilaban
aquel balcón natural, para echar un vistazo.

La Quinta Montaña se extendía hacia abajo con picos
puntiagudos, rocas sueltas y caídas escarpadas. El lago espejado le dedicó un guiño. Quería darse un baño frío. Por

encima de su cabeza, el cielo azul se ondulaba con líneas de nubes que se alejaban flotando sobre la montaña. El sol había salido, como un disco fulgurante, y Nada se preguntó si los demonios podrían mirarlo directamente sin que les doliese la cabeza.

Parpadeó y volvió a la entrada de la cueva para descender. Dejó que las sombras volvieran a tragársela.

Una vez que hubo bajado por la escalera, eligió un lugar en la pared que parecía tener la forma y la altura adecuadas. Cerró los ojos, extendió la mano y rozó los pétalos del pomo.

En su habitación no había nadie; se lavó la cara, se enjuagó la boca, alivió la vejiga y, sin cambiarse de ropa, se dirigió al lago espejado.

Para sorpresa de Nada, Firmamento y Kirin también estaban allí, junto con el espíritu del río Selegan y lo que parecían cientos de haditas del alba.

Selegan había adoptado la forma de une joven que apenas llevaba ropa y jugaba con las haditas del alba a salpicarlos con las manos ahuecadas. Las haditas se alejaban volando, chillando como pajaritos diminutos, pero luego se daban la vuelta y volvían a por más, salpicando a su vez al dragón al sacudir las alas mojadas junto a elle.

Firmamento se encontraba en el lago, algo más alejado, completamente desnudo. Parecía que no le molestaba la frialdad del agua. Su piel resplandecía mientras se frotaba el pelo y llamaba a Kirin, que estaba en la orilla.

El príncipe estaba de pie entre los alisos; llevaba unos pantalones y una camisa sencilla y el pelo suelto le llegaba hasta la cintura. Las ramas de los alisos, elegantes y marrón grisáceas, se extendían a ambos lados como una suerte de barrotes de prisión que los separaba. Pero Kirin desvió la mirada hacia Nada y sus ojos brillantes se toparon con los de la chica.

Ella caminó hacia él sin desviar la mirada en ningún momento, y Kirin la esperó.

—Quiero saber en qué puedo convertirme —le dijo—. Importa más que lo que fui.

—¿No es por eso por lo que accediste a quedarte con la hechicera dos días más? —le preguntó él—. Para dejar que te llenase la cabeza de magia.

Nada cruzó los brazos sobre su estómago.

—¿Tan inseguro eres como para que te ponga nervioso lo que pueda decir?

—*Celoso*, Nada.

Que lo hubiese admitido la emocionó.

Kirin presionó los labios hasta formar una línea.

—¿Me mientes, Kirin?

Él se encogió de hombros de manera indolente.

—Nunca lo he necesitado.

Al fin, Nada rompió el contacto visual. Asintió.

—Te creo.

—Tienes que hacerlo, ¿no es así? —resopló él en voz baja.

Ella volvió a mirarlo: tenía una expresión tirante, las mejillas sonrosadas y las fosas nasales dilatadas.

—No estés tan sorprendida —le dijo Kirin, enfadado y tenso—. No me gusta más que a ti la idea de que me quieras porque tienes que hacerlo.

—Entonces dime mi nombre para que ambos sepamos cuál es la llave de nuestro vínculo. Y así podamos romperlo.

—No donde ella pueda oírlo.

—Yo confío en ella.

—Confía en *mí*.

Nada suspiró y se dio la vuelta. Firmamento caminaba con dificultad por la playa hacia ellos. Agarró una toalla fina que había sobre una roca y se envolvió la cintura.

Selegan se zambulló en el lago sin formar ni una sola onda, y luego emergió con un gran salpicón de agua. Nada se rio por su expresión de alegría, quería ir con elle.

—¿Qué ocurre, Kirin? —preguntó Firmamento.

El príncipe se limitó a extender la mano hacia él y pasó los dedos por los músculos mojados del brazo de Firmamento. El guardaespaldas besado por el demonio dejó que su expresión se relajase.

Era extraño, pero bonito, verlos tocarse con tanta normalidad. Nunca lo hacían en casa. En el palacio, el trato entre ellos siempre era cuidadoso y tenso, para ocultar su relación. Nada los observó con el ceño fruncido y se dio cuenta de que los días que había comprado para sí misma también eran para ellos. Kirin no debería amargarse tanto por eso.

Justo cuando estaba abriendo la boca para decírselo, empezó a llover a pesar de que el sol brillaba.

Miró hacia arriba y vio al dragón, que se sacudía el agua del lago de sus alas extendidas.

—¡Nada! —la llamó Selegan.

Ella estiró el cuello para poder ver al dragón al completo. Sus alas no se movían, sino que estaban extendidas en arcos alados e inmóviles y, aun así, flotaba ingrávido en la corriente de aire. Planeaba sobre ella como un cielo ondulante de plata.

—¿Te gustaría volar?

—¡Sí! —gritó ella y alzó los brazos.

—¿Sin nosotros? —preguntó Kirin.

—¡Sí! —repitió Nada.

El dragón la agarró por los brazos y la ayudó a subirse a su cuello. Encajaba perfectamente a horcajadas entre los huesos de las crestas, y sospechó que se habían encogido hasta tener el tamaño adecuado. Las escamas estaban calientes por el sol y las plumas le hacían cosquillas en los tobillos.

Sobre él, su vestido debía asemejarse a unas burbujas con forma de nubes naranjas y diáfanas.

Firmamento levantó una mano a modo de despedida y Kirin hizo un mohín airado. Pero el guardaespaldas le pasó un brazo sobre el cuello y lo arrastró con él, jadeando, hacia el frío lago espejado.

Luego, Nada y el Selegan formaron parte del viento.

Volaban con rapidez mientras atravesaban el cielo como una bala, y Nada cerró los ojos, que le ardían del frío. El viento le removía el pelo y le arrancaba las horquillas de escarabajo; las lanzaba a sus espaldas, como si estuviese mudando las escamas. Nada se reía: dolía, pero era increíble.

Bajo ella, el cuello sinuoso del dragón se curvaba. Nada se inclinó más para plegarse contra él y se agarró a la cresta.

—¿A dónde te gustaría ir? —retumbó la voz del dragón.

—¡A cualquier lugar! A todos lados —susurró, y Selegan la escuchó.

Nada bizqueó ante el resplandor de la luz y el brillo verde y plateado a sus pies. El sol le atravesaba los ojos al reflejarse en ondas por las escamas del dragón y haciendo que sus plumas refulgieran como el arcoíris. Nada parpadeó para enjugarse las lágrimas, apoyó la mejilla contra el dragón y lo abrazó con todo su ser.

Ella era parte del espíritu. Viento y nubes, ondas y agua. ¡Había tanta agua en el mismo cielo!, se percató.

El dragón viró montaña abajo y descendió para sobrevolar la superficie del río. Un reguero de gotas trazó un arco sobre su mejilla y cayeron como lluvia sobre el vestido. Se echó a reír.

Luego volvieron a ascender cada vez más. Pasaron como una ráfaga de aire sobre las ondulaciones del campo de lava negro y verde, se alzaron muy por encima de las copas de los árboles del bosque pluvial y, entonces, el dragón redujo la velocidad para mirarla.

Nada se sentó, manteniendo el equilibrio, y desvió la mirada hacia la Quinta Montaña, que se elevaba tras ellos.

Era como un furioso corte de piedra negra, majestuosa e inmóvil, contra el cielo brillante. Antaño debió haberse alzado alta y afilada en su centro, pero cuando murió, cuando entró en erupción, el poder había hecho estallar la cima, dejando a su paso siete picos escarpados en un círculo casi perfecto. Se izaban como garras y Nada pensó en lo que le había dicho la hechicera, que su demonio a veces sostenía hilos de magia en siete brazos.

—¿Fue el volcán lo que mató al gran espíritu o fue su muerte la que provocó la erupción? —preguntó.

—No lo sé, pequeña Nada —respondió el dragón—. No tenía amistad con el espíritu ni con el demonio de la Quinta Montaña.

—Pero eres amigo de la hechicera.

—La amistad es complicada.

Nada asintió y acarició con una mano las escamas del dragón. Hizo una pausa y rozó con un dedo el borde de una sola escama: era tan ancha como su palma, dura y de un brillante blanco plateado.

—¿Eres su familiar?

—El volcán escupió lava sobre mi río y me separó del resto de la tierra. Estaba estancado, tan solo era un reguero lento de poder, un lago asqueroso cuando ella llegó.

—¿Y te liberó a cambio de tus servicios?

—Sí y, a veces, le llevaba hermosas doncellas.

Un escalofrío sacudió a Nada. El centro de toda aquella belleza seguía siendo la muerte. Era culpa suya si es que había sido el gran demonio. Un eco de sus elecciones antes de que hubiese nacido ahora asesinaba a las personas. Tragó el dolor, aunque este la atravesó por dentro como un cuchillo.

—Llévame de vuelta, por favor —dijo.

El dragón accedió.

El vuelo de regreso fue más pausado y Nada no tuvo que cerrar los ojos. El suelo pasaba bajo ellos en un borrón de muchos colores. El calor volvió a su cuerpo, poco a poco, aunque hacía más frío a medida que ascendían por la montaña.

«Criatura impulsiva».

«Mi demonio también jugaba».

«A veces también me hacía daño».

Nada alzó la cabeza al cielo para que el viento frío le borrase el amor en ciernes.

El dragón bajó en espiral al lago espejado y Nada se quitó de un tirón el vestido de organza. Lo lanzó al aire y quedó atrapado en una brisa, hinchado como una nube.

La tela ondeó con dejadez, con suavidad, las mariposas revoloteaban y giraban, cada vez más abajo, hasta que tocó el lago. Se empapó, se hundió y se desvaneció en las profundidades azuladas.

Nada se deslizó por el lomo del dragón vestida solo con la combinación color nácar, con los brazos y los hombros al descubierto. Paseó por la orilla, donde Firmamento estaba despatarrado mientras se secaba al sol. Tras él, Kirin estaba arrodillado bajo la sombra de los alisos, hablando con atención con Esrithalan, el unicornio.

Cuando pasó por su lado, Firmamento abrió los ojos y la agarró del tobillo. Ella se detuvo.

—¿Qué haces? —le preguntó el guardaespaldas.

Nada se desplomó de rodillas y se encogió de hombros.

—No lo sé.

—Estás hecha un desastre. Pareces… salvaje.

Nada se tocó el pelo enmarañado. Encontró solo una horquilla con forma de escarabajo. La soltó y la dejó sobre su regazo. Brillaba en un tono verde azulado.

—¿Kirin te lo ha contado todo?

—Creo que sí —masculló él.

Nada sonrió ligeramente. La incertidumbre era un estado constante con Kirin.

—Tienes sangre de demonio —murmuró, y ladeó la cabeza para observarlo. El tono azulado de sus grandes mejillas que se extendían hasta el pelo. Las magulladuras descoloridas eran más púrpuras y verdosas que amarillas, y el vello corto de su pecho y de su estómago, a lo largo de la cinturilla de los pantalones, era negro azulado. Ella ya se había fijado en todos esos detalles, además de en la fuerza y el brillo azulado fantasmagórico que adquirían sus ojos en la oscuridad—. Antaño las familias besadas por el demonio traicionaron a una Reina del Cielo, y este fue su castigo.

—Eso cuenta la historia —dijo Firmamento en voz baja.

Nada se tendió junto a él y dobló el brazo bajo la cabeza para mirarlo de perfil. Él parpadeó y ladeó la cabeza para devolverle la mirada. Frente a frente.

—¿Te sientes inhumano? —preguntó.

—Cuando levanto una roca, sí, o cuando alguien me lo recuerda, como tú ahora, me siento diferente. —Firmamento se interrumpió y ella esperó. Volvió a mirar hacia arriba, al cielo—. No estoy seguro de que sentirse diferente sea lo mismo que sentirse inhumano. Todo el mundo se siente así alguna vez, ¿no crees? Incluso Kirin.

—En especial, Kirin —susurró ella.

—Además —su pecho se elevó y descendió con una respiración profunda—, puede que sea un estigma, ¿pero un castigo? Soy fuerte. Protejo al imperio y al Heredero de la Luna.

—Eres hermoso.

Los labios de Firmamento se curvaron en una ligera sonrisa.

—Y tú estás hecha un desastre.

—¿Crees que soy una criatura impulsiva?

—A veces. Pero puede que solo seas inesperada.

Nada también suspiró, imitándolo a propósito. Luego se acercó para apoyar la sien en su hombro. Él dobló la mano y le acarició la rodilla desnuda con los nudillos.

La luz del sol era tenue pero lo bastante cálida como para sentirla incluso a través de la fría brisa y del aroma a hielo. Nada cerró los ojos y la sintió sobre los párpados. Se llevó la horquilla con forma de escarabajo al pecho, sobre la cicatriz, y lo abrazó, acurrucada junto a Firmamento. Su respiración era suave y acompasada, y ella pensó que se estaba quedando dormido.

El agua, al lamer la orilla, emitía unos suaves sonidos de salpicadura y las hojas de los alisos se agitaban de forma pintoresca.

Deseaba que la hechicera estuviese allí también, en silencio, descansando con ellos.

Nada pensó en ella, tendida en el suelo, ataviada con uno de esos bonitos vestidos y con briznas de hierba en el pelo.

Una sombra le cubrió el rostro y Nada abrió los ojos para encontrarse a Kirin, que se había inclinado sobre ellos con las manos en las caderas.

—Pero, bueno, qué tenemos aquí. Debería haberme dejado secuestrar antes.

—¿Para qué? —gruñó Firmamento.

Nada lo miró de reojo. El guardaespaldas ni siquiera había abierto los ojos.

Kirin sonrió y se arrodilló junto a sus cabezas.

—Para que os llevaseis bien.

El faldón de su chaqueta roja rozó el pelo de Nada y le hizo cosquillas. Ella levantó la mano y le acarició la barbilla. Cuando él la miró, le tocó los labios. Kirin se quedó quieto, contemplándola, tapándole el sol. Mantuvo una expresión inmutable, su boca ni siquiera se movió bajo sus dedos.

Nada formó su nombre con los labios y luego presionó los del príncipe. Retiró la mano.

Él la agarró y la llevó de vuelta a su boca. Le besó la mano. Sin soltarla, dejó que su otra mano cayese sobre la frente de Firmamento y deslizó los dedos entre su pelo. Kirin asintió a Nada.

Ella imitó su gesto.

Kirin se sentó con las piernas cruzadas. Parecía que les acunaba la cabeza con las rodillas y las espinillas, y él, algo encorvado, era en su conjunto como un alegre dios del hogar resguardando su altar.

—¿De qué estabas hablando con Esrithalan? —le preguntó ella. Se le empezaron a cerrar los ojos por el sueño.

—Estábamos debatiendo sobre el Trono de la Luna y acerca de lo que puedo hacer con él.

—¿Sabe algo más sobre cómo el gran demonio llegó a vincularse con la línea de sucesión de los emperadores? —preguntó Nada.

—Me dijo que un dios convirtió el palacio en un amuleto. Por eso los consortes y la emperatriz no pueden marcharse tras la investidura. Por eso a su heredero se le concedió una aventura de verano.

Firmamento se removió como si fuese a añadir algo, pero antes de que pudiera hacerlo, el restallido de un trueno rasgó el aire y la montaña.

Nada se levantó de un salto.

El cielo se había ennegrecido con un remolino espantoso de nubes de tormenta.

Las haditas del alba chillaron y se dispersaron.

El dragón alzó el vuelo como una columna de plata y extendió las alas para proteger el valle.

Una voz profunda gritó a través del ojo de la tormenta, tan fuerte que dolía oírla.

—*Hechicera que Devora Doncellas, ¿dónde está el Heredero de la Luna?*

VEINTISIETE

K IRIN Y FIRMAMENTO SE LEVANTARON Y SE COLOCARON JUN-
to a Nada, con el cuello estirado para mirar hacia arriba.

—*Hechicera, ¡te desafío! ¿Dónde está el Heredero de la Luna?*

El príncipe se movió a su lado y ella se dio la vuelta. Le puso ambas manos sobre el pecho.

—Silencio —le dijo.

—Pero…

Un trueno estalló y el rayo cubrió el cielo con un resplandor verde enfermizo. Parpadeó y destelló, y Nada tiró de la mano de Kirin para arrastrarlo bajo la protección de los alisos. Firmamento se posicionó delante de Kirin, caminando de espaldas para ayudar a Nada a hacer un cerco en torno al príncipe. Kirin lanzó un grito de frustración sin palabras.

—*¡Hechicera que Devora Doncellas!* —insistió de nuevo la voz, más alto aún. Nada hizo un gesto de dolor y se cubrió las orejas con las manos.

Un chillido rasgó el aire, agudo y aterrador; por un instante, una franja azul apareció en medio de la tormenta, una herida de luz solar, y, salida de la nada, un águila gigante se impulsó hacia arriba.

Tenía las alas negras con las puntas blancas y se adentró en la tormenta arrastrando las nubes con ella. Cada chillido que emitía hacía retroceder los truenos.

El águila viró al remontar el vuelo, con un chillido tras otro.

Un águila plateada se lanzó desde el noroeste con las garras al descubierto, y ambas colisionaron.

Nada soltó una exclamación ahogada.

Las águilas cayeron en picado, dando zarpazos entre alaridos; se impulsaron con las alas dobladas con fuerza y se arrancaron las plumas.

Una se liberó; la otra la persiguió. Entonces, la negra y blanca se convirtió en una serpiente gigante; le lanzó una dentellada al águila plateada y la alcanzó en un ala. La serpiente se retorció y comenzó a enroscarse una y otra vez alrededor del águila.

Sin embargo, como solo era una serpiente, cayó y cayó hacia el lago espejado.

Le salieron unas alas con plumas y a duras penas consiguió sobrevolar la superficie. Luego, batió las alas con fuerza y volvió a tomar altura formando un arco.

Un rayo salió de las nubes negras y atravesó a la serpiente alada.

Se partió en dos, salpicando sangre.

Nada gritó.

La Quinta Montaña tembló y las dos mitades de la serpiente se transformaron en dos dragones, que se acercaron y se unieron para convertirse en un dragón de dos cabezas. De nuevo, voló por los aires con dificultad y se dirigió directo a la tormenta.

—*Rompecielos, morirás en los picos de mi montaña* —reverberó otra voz. Era la hechicera, cuya voz sonaba tan extensa y profunda como el océano.

El dragón de dos cabezas escupió hielo a las nubes, que redujeron su tamaño.

Nada se escabulló de Kirin y Firmamento, que miraban fijamente la batalla. Corrió entre los alisos y golpeó las manos contra las rocas de la montaña.

—Ayúdame a llegar hasta ella —dijo—. Ayúdame.

La montaña tembló, pero no la ayudó.

Arriba, las nubes se congregaron hasta formar un monstruo gigante grisáceo oscuro con ojos como el rayo.

La hechicera se transformó en una bestia alada y con garras, un remolino que cortaba y cercenaba, gritando, hacia los ojos del monstruo de la tormenta.

Cayó un rayo. Hubo un fogonazo de sol.

—¡Selegan! —gritó Nada, porque la montaña no hacía más que temblar.

No podía ver lo que estaba ocurriendo ni dónde comenzaba un monstruo y terminaba el otro.

Pero la sangre salpicaba en el aire.

Luego, todo se detuvo.

La tormenta desapareció, y la hechicera también.

Nada se alejó del acantilado y miró a lo alto de la montaña. «¿Dónde están?». Se dispuso a escalar, pero no encontró puntos de apoyo. No pudo entrar; no fue capaz de hallar los escalones en espiral ni la escalerilla interior que daba a aquel pequeño valle en las alturas.

Alguien gritaba su nombre. Kirin.

Golpeó la roca con los puños.

—Aquí —dijo un viento frío a su espalda. Se dio la vuelta: el dragón.

—¡Llévame con ellos! —gritó y se arrojó hacia el Selegan. Este la agarró del brazo y de la cintura con sus garras afiladas. Nada se aferró mientras el suelo desaparecía bajo sus pies.

Los relámpagos brillaron, pero las nubes de tormenta eran menos densas y se alejaban con vientos furiosos. Nada trató de mantener los ojos abiertos en el aire, inclemente y frío, pero tuvo que hacer una mueca de dolor.

Escuchó: el viento, un gemido distante, el restallar de un trueno, más débil que antes. Nada no sentía el corazón de la montaña. Ya de por sí estaba débil y comenzaba a fallar. La hechicera le había dicho que necesitaba un corazón nuevo, o bien a Nada.

El dragón la soltó y Nada cayó de cuclillas sobre la dura roca.

Una ráfaga de viento empujó al espíritu del río Selegan. El dragón chocó con la montaña y luchó por enderezarse. Gruñó y arqueó las alas; sus plumas se desperdigaron por el aire. Nada se protegió el rostro con una mano y miró a su alrededor. Estaba en una ladera amplia con grava dispersa entre dos picos escarpados en lo alto de la pared de la montaña. Cerca de la maldita cima.

Allí estaba. La hechicera, mitad monstruo con plumas, se arrastraba sobre unas zarpas largas hacia Rompecielos, que había adoptado la forma de un oso con cuernos y escamas. Este gruñó y la hechicera gritó. Ella hizo un gesto complejo y unas sombras surgieron de la montaña para envolverlo.

Nada escaló hacia ella.

Rompecielos se liberó de las sombras, pero había vuelto a su forma humana. Llevaba una túnica, tenía la barba larga y gris como el acero, y sostenía una varita del tamaño de una espada corta, de una madera púrpura intenso con la punta plateada.

La hechicera cargó contra él y el pico que tenía por boca se abrió para emitir un chillido.

Él convocó un relámpago y le dio de lleno. Ella se lo sacudió de encima, pero sus plumas humeaban. Se desvanecieron y tan solo quedó la hechicera, de pie, frente al hechicero, ambos con los hombros caídos y la piel perlada de sudor.

—Aquí está la fuente de tu poder y aun así no puedes desterrarme —dijo Rompecielos.

—Sí, puedo —graznó ella. Tenía las plumas de las mejillas manchadas de sangre y su boca de dientes afilados como cuchillas malograban sus palabras—. Tu montaña está lejos de aquí.

—¿Dónde está tu gran demonio? ¿Dónde está la fuerza de la Quinta Montaña?

La hechicera le enseñó los dientes de tiburón y dio una palmada: el viento y las sombras se vertieron hacia el hechicero una vez más, pero él intentó atraparlos con una mano y los enrolló en torno a su varita.

Nada vio el esfuerzo de la hechicera. Se había quedado sin reservas.

—Si hubiéramos sabido que estarías sola —dijo Rompecielos—, habríamos venido antes. ¿Dónde está el Heredero de la Luna?

—No está aquí.

—Los espíritus y el mismísimo Cielo lo han visto en tu montaña. No deberías haberlo dejado salir a la luz del sol, Hechicera.

Nada se deslizó sobre las capas de grava.

La hechicera volvió el rostro con una expresión de sorpresa. Hizo un gesto con la mano en dirección a Nada y un muro de sombras se alzó para separarla de ellos.

—Me necesitas —dijo Nada.

—Aquí no hay ningún príncipe —dijo la hechicera.

Rompecielos se rio.

—Cuando te mate, me apoderaré de tus familiares. Conseguiré al príncipe y la montaña.

—No puedes atraparme —dijo la hechicera con la voz entrecortada por los dientes—. No hay nada aquí. Nada que proteger. *Nada*, ¿me oyes?

De nuevo, el hechicero se rio con una risa salvaje y cruel, pero Nada lo entendió: la hechicera quería que se fuera, que se marchase con el Selegan, con Kirin, con todos. Mantenerlos alejados de Rompecielos. La hechicera lo entretendría allí y les daría una oportunidad.

Se arrastró a lo largo del muro de sombras, congelada y temblando. El viento helado le cortaba la piel y sentía los dedos de las manos y los pies entumecidos con el roce de los diminutos fragmentos de roca.

Rompecielos volvió a llamar al rayo. Esta vez era más débil, pero incluso un rayo débil puede quemar.

La hechicera gritó.

Nada no pensó: encontró una piedra afilada y la sujetó contra las costillas. Corrió los últimos pasos que la separaban de Rompecielos. Era mayor, pero fuerte y alto, y apuntó a la hechicera con la varita.

No podía perderla otra vez... ¡Acababa de recuperarla!

Nada saltó hacia él y lo aporreó en la cabeza con la piedra.

Golpeó con un ruido sordo y Nada lo agarró por el hombro mientras ambos caían.

Se dieron de bruces contra el suelo y rodaron ladera abajo. La hechicera gritó su nombre. Nada percibió un regusto a sangre en la boca. Se golpeó el hombro contra el suelo; el peso del hombre la aplastaba, y siguieron rodando. Apretó los dientes y se zafó de Rompecielos para alejarlo de ella.

Nada jadeó, escupió grava y sangre, y apoyó las manos y las rodillas en la dura ladera para levantarse. Ahí estaba Rompecielos, gruñendo; le sangraba la cabeza. La hechicera bajó corriendo hacia ellos provocando una pequeña avalancha de rocas. Con un grito feroz, se aferró al aire: en las garras que tenía a modo de manos se formó una espada de pura sombra que pulsaba con una luz rojiza. La hundió hasta el fondo en el pecho de Rompecielos.

Se escuchó una explosión lejana, como un solo latido del corazón de la montaña. La espalda de Rompecielos se arqueó, brotó sangre y se hizo el silencio.

Nada respiró con dificultad y se abrazó las costillas doloridas sin dejar de tragar saliva. La garganta también le dolía y le ardían los ojos. Notaba la mejilla pegajosa.

La hechicera sacó la espada y la arrojó al aire para que se disipase. Luego, se dio la vuelta con desesperación y cayó de rodillas junto a Nada.

El aliento le arañaba la garganta mientras la miraba. La boca se le llenó de algo enorme; pánico o miedo, pensó.

En cambio, ¡soltó una carcajada!

Nada sonrió a través de ella y se acercó a la hechicera.

—Nada —la hechicera le aferró las manos. Su vista quedó empañada por la oscuridad, pero Nada siguió riéndose y se le volvió a despejar. El ojo color marfil de la hechicera tenía vetas rojas y negras y el verde brillaba. Se le notaban los huesos bajo la piel hundida y las plumas se escurrían por sus mejillas hasta el pelo. En lugar de uñas negras, tenía garras. Seguía siendo mitad águila, mitad monstruo, mitad hechicera —¡demasiadas mitades!—, pero ¿había estado más hermosa alguna vez?

Nada siguió riéndose. ¡La había ayudado a matar al intruso Rompecielos! Aquella era *su* montaña. Así debía ser.

—Qué locura —dijo Nada con la voz áspera— ¡Criatura impulsiva!

—¡Nada! —siseó la hechicera, y sus dientes de tiburón se le cayeron de la boca como perlas.

Nada se impulsó hacia delante para tratar de recoger alguna de esas perlas para su propia boca.

La hechicera la detuvo.

—Nada, está muerto.

—¡Sí!

—Me has ayudado. —La hechicera parecía desconcertada—. No habría podido detenerlo sin ti.

—Iba a matarte.

Ahora, la boca de la hechicera dejaba entrever unos dientes blancos normales a través de sus carnosos labios rojos. Era demasiado tarde para recoger las perlas. Nada parpadeó. Se frotó los ojos.

La hechicera la abrazó con fuerza; Nada se inclinó hacia ella y la envolvió con los brazos.

Se hundieron juntas en la piedra de la montaña y atravesaron el granito, unos dedos duros de basalto las sostenían; los brazos de la hechicera estaban en torno a ella y su aliento le rozaba la mejilla.

Entonces, la montaña las escupió de nuevo bajo la luz del sol y la dulce brisa.

—¡Nada! ¡Nada!

Kirin y Firmamento la llamaban y ella estaba rodeada. La hechicera se apartó.

Nada abrió los ojos. Se sentía… limpia. Como si hubiera corrido mucho o bailado rápido y su aliento y su sangre fuesen nuevos. Como si su corazón se hubiese renovado con su risa.

El lago espejado emitía destellos azulados junto a ellos y la hechicera se desplomó con una mano sobre la arena cerca de la rodilla de Nada. La miró y Nada le devolvió la mirada, medio sonriendo, medio deslumbrada.

—Me has esperado —dijo Nada, sin dejar de reírse. Pequeñas risas que estallaban en palabras—. Me alegro de que lo hicieras.

Las plumas desaparecieron de la piel de la hechicera, quedando tan solo quemaduras de color rosa y blanco intenso salpicadas por la mandíbula y el cuello, y que descendían hasta desaparecer bajo lo que quedaba de su vestido quemado y hecho jirones. Sus ojos eran enormes y su piel, casi traslúcida, estaba magullada.

—¿Qué ha pasado? —quiso saber Kirin.

—Nada, ¿estás bien? —preguntó Firmamento a la vez que se arrodillaba junto a ella para pasarle un brazo firme por la espalda. ¡Estaba frío! ¡Y eso que Firmamento siempre desprendía más calor que ella!

—Estás roja. ¿Estás herida? Tienes sangre en el vestido.

Nada apartó la mirada de la hechicera y observó la mancha, perpleja. La tocó con un dedo; le gustaba el contraste de colores.

—Rompecielos está muerto —murmuró la hechicera.

—¿Qué? —Kirin apoyó una rodilla en el suelo y se inclinó sobre la otra—. Nada, ¿qué has hecho?

Ella lo miró, sonriendo. Tenía la garganta irritada, pero estaba bien. ¿O acaso la lava se había desprendido de ella y había erupcionado en forma de risa?

—Iba a matar a la hechicera y a llevarte con él.

—Puede que fuera a llevarme de vuelta al palacio. ¡Los hechiceros de las Montañas Vivientes no son nuestros enemigos!

—Estaba atacando mi montaña, Kirin.

—¡Tu montaña!

—Kirin —dijo Firmamento en un murmullo.

—Es mi montaña —dijo la hechicera con firmeza—. Y ahora vendrán otros porque él está muerto. Su familiar es un gran espíritu y todos lo sabrán. Sabrán que estás aquí, Kirin Sonrisa Sombría.

—Los venceremos a todos —dijo Nada.

—¿Qué te está pasando? —preguntó Firmamento. Le deslizó una mano fría por el cuello y la nuca. La sujetó por la cabeza y le giró la cara para que lo mirase.

—Tengo mucho calor, tengo magma por dentro —dijo ella, todavía sonriendo. ¡Firmamento lo entendería!

—¿Qué le has hecho? —le espetó Kirin a la hechicera.

—Está recordando. Su corazón está recordando —respondió ella.

Nada se rio.

—No me acuerdo de nada. ¡Pero me gusta esta sensación! —Se rio tanto que se le cerraron los ojos. Sentía el calor en las mejillas, el cuello y el pecho, ¡y hasta le hacía cosquillas en los dedos! De repente, la montaña se inclinó y Nada ahogó una exclamación cuando cayó en brazos de Firmamento—. Ay... —gimió con suavidad al notar el estómago revuelto. Estaba muy cerca de algo magnífico y enorme. Iba a romperla.

—Es demasiado —murmuró la hechicera—. Va demasiado rápido. No puede controlarlo y nosotros tampoco.

Mantener los ojos cerrados era la única manera de calmar su estómago. Apretó las manos contra él, algo aturdida. Tragó para ver si así la roca ardiendo que tenía en la garganta se enfriaba.

—Libéranos —ordenó Kirin—. Ahora. Antes de que se haga daño. Volveremos a palacio, con la Emperatriz con la Luna en los Labios, y todos sabrán que estoy a salvo. Dejarás de ser el objetivo.

—Me quedan dos días con ella.

—¿Merece la pena arriesgar tu montaña? Está en peligro, hechicera. Tú misma lo has dicho: ellos vendrán.

Nada abrió los ojos justo cuando la hechicera bajaba la barbilla con un aire testarudo. El ojo verde refulgía más verde que nunca en contraste con el carmesí de los capilares rotos.

—Puedo defender la montaña.

—Estás débil y herida —dijo Kirin.

Nada tocó la ampolla de una quemadura que la hechicera tenía cerca de la barbilla, lo que hizo que siseara por la sorpresa.

—Me curaré —dijo—. Sigo teniendo el poder de la Quinta Montaña.

—También está débil sin su demonio. —Kirin le clavó los dedos a la hechicera en el hombro—. ¿Quieres sobrevivir? ¿Puedes hacerlo contra las otras Montañas Vivientes y sus amos?

La hechicera solo miraba a Nada.

—Con mi demonio, podría hacerlo.

A Nada se le cerraron los ojos por el mareo y vio fuego, crepitando distante y azul como mariposas. Unas mariposas azules, ígneas y terribles, pero hermosas. Era todo lo que quedaba del corazón desmenuzado de un volcán, que se alejaba volando con desesperación. Necesitaba recuperar todos los fragmentos, acunarlos en sus palmas y soplar hasta que volviesen a prender.

—Mírala —murmuró Kirin—. Tu demonio no es más que una chica de diecisiete años y no sabe cómo ayudar sin perder la vida en el intento. ¿Tu orgullo vale más que su vida?

Silencio.

—Nada —dijo el príncipe.

Ella abrió los ojos de nuevo, pero el gesto pareció llevarle cien años.

Kirin la miraba fijamente. No dijo nada más, pero Nada sintió la urgencia en él, en ella misma. Desde la calidez del abrazo de Firmamento, desvió los ojos hacia la hechicera. No quería hablar, pero lo hizo sin apartar la vista de ella—: Tienes que dejarnos ir.

—No.

—Debo ir con Kirin —dijo Nada despacio, como a través de cien días.

—No necesita que lo lleves a casa sano y salvo —masculló la hechicera.

—Yo, sí. Es mío. Lo necesito, y necesito mi nombre... —dijo Nada, aunque esta vez solo le llevó cien horas. El tronar de sus oídos se suavizó hasta convertirse en un siseo—. Deja que me vaya. Deja que los tres nos vayamos a casa.

—Ya estás en casa.

Nada sonrió. Era una sonrisa débil, pero genuina. Sentía que su piel comenzaba a solidificarse. Cien latidos de su corazón y volvería a ser ella misma. Se moría de hambre—. Todavía no. Aún no es mi casa. Pero quizá lo sea, si así lo elijo. Si te escojo a ti.

La hechicera respiró hondo y soltó el aire con lentitud; las quemaduras de su cuello y de su rostro se tornaron rosadas; luego solo fueron cicatrices brillantes y, por último, se desvanecieron. Se humedeció los labios.

—Muy bien. Pero eso tiene un precio —dijo.

Nada se rio. Siempre con los tratos.

—Claro.

Durante unos minutos, el silencio reinó en el valle. El sol incidía sobre ellos, todavía cálido en la tarde tranquila. No quedaba ni una sola nube, solo el cielo azul inclemente, los picos negros escarpados y los alisos, tan inmóviles que resultaba extraño. Ni siquiera sus hojas se estremecían.

Firmamento presionó los dedos contra la base del cráneo de Nada.

—Un beso. Podéis iros, los tres, a cambio de un beso —dijo la hechicera.

Kirin bufó, pero Nada se rio. Era una risa primaveral, entusiasta como los abejorros danzando alrededor de las margaritas.

—¡Sí! —gritó.

VEINTIOCHO

La hechicera se puso en pie y se inclinó para aga-rrar a Nada de las manos y ayudarla a levantarse.

Nada sentía el cuerpo dolorido, pero no por las heridas, sino como si tuviera fiebre; notaba el pulso por todo el cuerpo, palpitando en las yemas de los dedos cuando la hechicera se acercó. Unió las manos de ambas, estrechadas entre sus corazones.

La hechicera bajó la cabeza y Nada separó los labios con expectación.

Luego, cerró los ojos cuando los labios de la hechicera se posaron sobre los suyos.

El mundo era frío y oscuro, pero aquel beso la dejó clavada en el sitio.

Era una mariposa bordada en una seda diáfana, brillante, aleteando viva, y, aun así, era incapaz de moverse por el roce entre los labios.

Nada inspiró, saboreando el aire alrededor de la boca de la hechicera, y esta la besó con más firmeza y abrió la boca para probar a Nada, para lamerle con suavidad el labio inferior.

Nada suspiró; la hechicera se aferró a sus manos con sus uñas negras afiladas, y presionó la boca de Nada para abrir-la aún *más*.

Tenía un ligero regusto a sangre y la chica se preguntó si ella también sabría igual, ya que tenía la mejilla manchada porque habían matado al hechicero de la Tercera Montaña Viviente. Juntas. Y Nada se había reído.

La hechicera le soltó las manos para agarrarle la mandíbula; le ladeó la cabeza y la besó con más fuerza, acariciando de manera deliberada sus labios, sus dientes y luego su lengua.

No se sentía como si la hechicera le estuviese quitando algo. Tan solo daba y daba, tratando de demostrarle algo a Nada: que se conocían desde hacía cien años, que estaban casadas, que sus corazones eran dos fragmentos de uno solo, que haría y diría lo que fuera para quedarse con Nada, salvo quedarse con ella, en realidad.

Vertió todo aquello en Nada, y ella también se aferraba a la hechicera, las manos sobre el cuello fino, tirando de ella, enredadas en el pelo. Y Nada gimoteó un poco. No había necesidad de demostrar nada… Nada entendía el amor. Era cálido, vivo, palpitante. Era un corazón. Le mordió el labio a la hechicera y lo soltó de inmediato, pero ella le devolvió el beso y la sostuvo cerca.

Ralentizaron el ritmo; los dientes y las lenguas se detuvieron; las respiraciones se acompasaron y el pulso repercutió entre ellas.

Nada ya no se sentía cansada. Estaba rebosante de aquel beso, de la despedida y de los recuerdos del fuego. Unos hilos de oscuridad le envolvieron la mente, deslizándose por el cuero cabelludo hasta que se estremeció de placer.

La hechicera la dejó ir.

Nada separó los párpados, meciéndose como si estuviera ebria.

La hechicera estaba completa y era hermosa.

Un ojo verde y el otro perfecto como el marfil le devolvieron la mirada, hambrientos, desde aquel rostro cobrizo pálido, con los pómulos altos y fijos, los labios curvados. El cabello negro, marrón y rojo como la lava se amontonaba en rizos y tirabuzones salpicados de orquídeas rosas y naranjas diminutas. Llevaba un vestido ostentoso verde oscuro hecho de seda, plumas, escamas e incluso jirones de humo.

—Adiós, Nada —dijo la Hechicera que Devora Doncellas.

Nada, descalza, con la enagua hecha trizas, trastabilló hacia atrás. Los brazos de Firmamento y de Kirin Sonrisa Sombría la esperaban.

VEINTINUEVE

E N CUANTO ESTUVIERON SOLOS —FIRMAMENTO IBA A LA cabeza, unos pasos más adelante—, Kirin agarró a Nada por los hombros y la acercó a él.

En voz baja, le susurró al oído su nombre verdadero.

Después, añadió:

—Olvida tus sentimientos por la hechicera. Y luego olvida lo que acabo de decirte, incluido tu nombre.

Nada le dedicó al príncipe una mirada molesta con el ceño fruncido.

—¿Qué haces?

Él la soltó.

—Me alegro de que vengas con nosotros.

—Pues claro que voy con vosotros —dijo ella. De repente, tenía un poco de frío. Se deshizo de su contacto y corrió tras Firmamento.

TREINTA

Partieron de la Quinta Montaña antes de la puesta de sol, sobre una barcaza estrecha mecida por los suaves chapoteos del río Selegan.

La hechicera les había dado ropa, mantas, comida, agua y hasta la barcaza, con la promesa de que el río los conduciría con rapidez al sur. Solo tenían que seguir la bifurcación correcta un par de veces y, en la tercera, a una semana de camino, desembarcar en la orilla este. A partir de ahí, el Selegan daba a unas cataratas a las que ningún barco podía sobrevivir. Pero los viajeros podrían seguir la Vía de los Árboles Reales y caminar durante una semana más hasta la ciudad capital. Más de un mes de viaje reducido a la mitad.

Nada se descubrió deseando volver a casa. Echaba de menos las tranquilas salidas de humo y a Susurro, y el ronroneo del gran demonio del palacio.

Esrithalan se ofreció a visitar de inmediato la Corte de la Luna para informar a la emperatriz que su hijo estaba a salvo y que no tardaría en volver. Así, evitarían que enviasen a más hechiceros e incluso al ejército a la Quinta Montaña en una misión de rescate. Kirin, con su sonrisa sombría, le dio las gracias al unicornio con un tono que hizo que Nada entendiera que aquel favor había sido el resultado de la conversación entre príncipe y el unicornio, más que producto de la lealtad que pudiera sentir hacia la hechicera.

Y estaba bien; los unicornios eran la personificación de los dioses y no eran el familiar de nadie.

La hechicera les había dado un regalo a cada uno de los tres amigos.

A Firmamento le ofreció una espada. Él intentó rechazarla, pero ella sonrió con la misma alegría que el dios de los patitos e insistió.

—El Selegan arrojó la tuya al agua, según tengo entendido, y esta es una espada mágica, ligera como una pluma y que nunca necesita que la afilen.

—Si es tan ligera, me hará perder el equilibrio —dijo Firmamento con sequedad.

La hechicera sonrió.

—Aprenderás.

Para Kirin tenía un cordel de perlas negras, para que las ensartase con las blancas que llevaba cuando lo había capturado.

—¿Están hechizadas? —le preguntó él con suspicacia.

—No —respondió la hechicera—. Fueron un regalo que le hicieron al espíritu de la Quinta Montaña hace siglos, cosechadas de ostras de agua fresca en un país tan al este que ni siquiera el Selegan podría ir y venir en menos de un año.

Kirin las aceptó y se envolvió la muñeca y la mano con ellas. Inclinó la cabeza en señal de agradecimiento antes de dejar que Firmamento lo ayudase a subirse a la barcaza tambaleante, junto a un muelle que sobresalía de la boca de una cueva de techos bajos.

Cuando Nada se quedó sola en el muelle, la hechicera le mostró una pequeña pera verde moteada.

Nada la contempló.

—Ten —dijo la hechicera con suavidad.

Al desviar la mirada hacia el rostro de la mujer, Nada frunció el ceño. Estaba claro que la pera tenía un significado, pero no lo entendía.

Las comisuras de los labios de la hechicera se apretaron por la tensión; unas pequeñas plumas negras ondearon por sus pómulos y desaparecieron en la línea del pelo, como si no tuviese el control total de su forma. A aquellos regalos, incluidas la barcaza, la ropa y la comida, los había conjurado en un santiamén, cuando la hechicera estaba exhausta. Debía ser porque el estado del corazón en el centro de la montaña había mermado. Nada sintió un cosquilleo de culpabilidad. Pero ¿qué podía hacer? Necesitaba volver a casa con Kirin. Luego, cuando estuviese a salvo, encontraría la manera de evitar que la hechicera siguiese matando.

—¿Estarás bien? —le preguntó Nada.

La hechicera dudó y la miró fijamente, como si pudiese ver algo que no pertenecía al mundo físico.

—Ve, así el Selegan puede volver conmigo y hallar un corazón nuevo para mi montaña enferma. Entonces estaré bastante bien.

Nada cruzó los brazos. Se estremeció por la brisa de la montaña.

—No puedes llevarte más corazones. Está mal. Y ya no tienes la excusa de estar buscando a tu demonio.

La hechicera no se movió, salvo para pestañear. La pera relucía en su mano extendida.

—No puedes decirme lo que puedo o no puedo hacer. ¿Qué poder tienes sobre mí? —La forma en que lo dijo hizo que Nada se diera cuenta de que la hechicera quería que tuviese una respuesta. Que reclamara un poder sobre ella.

—Ninguno —musitó Nada—. Independientemente de lo que hayamos sido en mi antigua encarnación, ya no lo somos. No sé… qué podría ser. Pero ahora mismo tan solo es lo correcto.

Ladeó la cabeza con la mirada fija en la hechicera. Hermosa, extraña, con un ojo verde y el otro marfil y sombras de plumas bajo la piel. Nada recordó el volcán de risa que habitaba en ella y el poder que había sentido cuando la había ayudado a matar a Rompecielos. Ese era el camino para descubrir todos los colores que se fundían en el cielo del ocaso. Pero era como un sueño. Ahora que se marchaba.

—Sin un corazón, moriré y la montaña se romperá —dijo la hechicera.

—Ya tienes un corazón —insistió Nada.

—Solo medio.

Nada resopló.

Una expresión de sorpresa se extendió por el rostro de la hechicera antes de que pudiera relajar las facciones, pero Nada no entendía por qué se sorprendía. ¿Por qué actuaba como si existiese una conexión entre ellas? Tan solo había sido por la magia, por la curiosidad y por Kirin.

—Prométemelo, por ese corazón. Ni una muerte más —dijo Nada.

—¿Una promesa a medias por un corazón a medias?

Nada frunció el ceño con un gesto precavido.

—Prométemelo.

—No tienes nada más con lo que hacer tratos.

«Nada más», pensó Nada con amargura. Solo a sí misma.

—¿Y si te prometo que volveré?

—¿Lo harás? —La hechicera curvó los dedos en la base de la pera; sus uñas negras acariciaron la piel con delicadeza.

—Lo intentaré —dijo Nada despacio. Deseaba que hubiese una manera de asegurárselo a la hechicera, pero no podía mentir acerca de algo que no sentía. Sí, todavía le quedaba magia por experimentar y adoraba la Quinta Montaña. Después de todo, le habían arrebatado sus últimos dos días allí. Pero tenía que ver el ritual de investidura de Kirin.

La hechicera dio un paso al frente y le puso la pera entre las manos.

—En ese caso tendré que esperarte, pequeño demonio. Pero no te demores mucho. No quiero morir, y sin corazón, lo haré.

Nada asintió y acunó la pera entre las manos. La hechicera parecía querer algo más, pero Nada se dio la vuelta y se subió de un salto a la barcaza. Se balanceaba pesada en el río, por lo que la chica se echó hacia delante para permanecer en la cubierta. El agua salpicaba, se ondulaba y lanzaba destellos.

Kirin se acercó, le tocó el codo y levantó una mano a modo de despedida.

Nada se volvió y se acurrucó en su pecho, adonde pertenecía. A pesar de todo lo que le había ocultado, ahí era donde necesitaba estar: con su príncipe, a quien quería más que a nadie.

Juntos observaron a la hechicera, de pie sobre el muelle, mientras el Selegan resplandecía a la luz del sol y sus olas reflejaban un brillo plateado blanquecino como si fuesen escamas. Y la barcaza se puso en marcha.

Ella siguió con la vista fija mientras la barcaza adquiría velocidad, mientras el viento le sacudía el pelo frente a sus ojos. Sostuvo la pera, observando la figura de la hechicera en tonos oscuros y verdosos, hasta que doblaron un recodo del río y esta desapareció.

El viejo campo de lava rodeaba el río en aquella zona; el musgo verde esmeralda y la hierba clara sobre las ondulaciones de lava fría. Las flores se mecían y se inclinaban, y el aire olía a verano. Nada recordó los primeros momentos que había pasado con Firmamento en el campo de lava, cómo le había gustado de inmediato. Sentía como si perteneciese a aquellos hermosos vestigios de destrucción.

Echaría de menos la Quinta Montaña hasta que consiguiese volver.

—Nada —musitó Kirin, y la atrajo a la parte delantera de la barcaza.

Guardó la pera en el bolsillo de su abrigo largo de lana y se ciñó el fajín a la cintura.

Firmamento estaba de pie en la proa, con una bota apoyada sobre la borda baja. Era una barcaza larga, rectangular, que apenas se hundía en el río. Tenía bancos en los bordes que hacían las veces de lugar de almacenamiento, y una bodega bajo cubierta para mantener la comida y las mantas secas. En el centro se alzaba un pequeño pabellón con cortinas que podían usarse para tener intimidad o para resguardarse de la lluvia, y había un hornillo de hierro achaparrado como si fuese una araña de cuatro patas. Unos hilillos de humo salían de los agujeritos que tenía en la tapa. Nada sacó una almohada plana de lona de debajo del toldo del pabellón y la puso junto al hornillo. Se sentó con las piernas cruzadas y contempló cómo ascendía el humo, ondeando hacia el cielo azul. La barcaza se mecía con suavidad a medida que avanzaba a lomos del Selegan. Kirin se unió a Firmamento en la proa. Ambos llevaban ropa de viaje similar a la de Nada: pantalones oscuros, camisas, chaquetas cruzadas y fajines anchos. Si llovía o hacía frío, tenían capas, y para la llegada a palacio, cada uno usaría un conjunto de seda fina y recurriría a una caja con maquillaje. Nada debería haber pedido un juego para pasar el rato. O cualquier cosa con la que mantener las manos y la mente ocupadas.

En especial, la mente.

Tenía la impresión de que había olvidado algo, pero no sabía decir qué. Rebuscó entre sus pensamientos de manera persistente y con cuidado, buscando sombras o algún indicio. Pero seguramente solo estaba buscando problemas, ahora que estaban yendo a casa.

Se dejó adormecer, con los pensamientos haciéndose cada vez más pequeños, mientras miraba el humo y más allá de las orillas. El campo de lava daba paso al bosque pluvial en ambos lados. Luego ya no hubo orilla, sino árboles altos recubiertos de musgo, alisos rojos delgados y unos abetos pesados que se curvaban hasta hundirse en el Selegan. El agua pasaba con rapidez entre las rocas, arrancando el musgo húmedo y las raíces. Parecía una canción.

El sol trazaba su arco cada vez más cerca de las copas de los árboles. Firmamento se arrodilló y sacó un brazo por la borda para tocar el agua.

—Selegan —lo llamó—. Selegan, ¿nos mantendrás a salvo toda la noche o deberíamos buscar un sitio para echar amarras hasta mañana?

Unas alas de agua se alzaron a ambos lados de la barcaza y salpicaron a Nada con una bruma fija; unos arcoíris brillaron a la luz. Ella sonrió. El dragón era tan bonito.

Kirin se pasó las manos por el pelo húmedo con el ceño ligeramente fruncido.

—Puedo volar tranquilo con vosotros toda la noche —dijo el río Selegan.

—Gracias, dragón —le respondió Firmamento.

Abrió el panel de la bodega y extrajo una bolsa con queso para tendérsela a Nada, junto con unas tortas de avena y carne seca. Luego, sacó una botella de vino.

Derritieron el queso sobre las tortas en el hornillo y compartieron el pícnic mientras el sol tornaba el cielo violeta y rosa.

Aquella noche, Nada durmió hecha un ovillo al lado de Kirin, mientras que él lo hizo recostado sobre Firmamento. Las estrellas refulgían y la luna salió tardía, despertándola con su luz. Nada se envolvió con la manta y presionó la nariz contra la espalda de Kirin. Escuchaba el rumor del río, el croar de las ranas y el susurro de la brisa a través de las copas, espesas y húmedas.

Ya extrañaba los pasillos tan raros de la montaña, los techos cristalinos y la obsidiana suave como el cristal. Echaba de menos los raros patrones en la Quinta Montaña, aunque solo había pasado allí cuatro días.

Nada se tendió de espaldas y buscó la pera en el bolsillo del abrigo. Relucía con diminutas motitas doradas bajo la luz de la luna. La frotó contra la mejilla y luego posó los labios sobre la piel suave. Tenía un olor intenso y delicioso. Nada le dio un mordisco y se llevó un buen pedazo. El jugo se derramó por su barbilla y cerró los ojos, perdiéndose en aquel dulce frescor. Se le deshizo en la lengua, con una suavidad perfecta entre sus dientes, y tragó.

La oscuridad la consumió, como si se hubiese quedado dormida de repente, pero cuando abrió los ojos estaba de pie sobre la cima de la Quinta Montaña, sobre un balcón tallado en la cueva iluminada. La hechicera estaba junto a ella, con las manos apoyadas sobre una elegante barandilla de obsidiana mientras observaba la noche.

Nada contuvo el aliento en silencio; se sentía real, no como un sueño.

—Nada. —La hechicera se dio la vuelta con las cejas arqueadas.

La luz de la luna se derramaba sobre su cabello tricolor. Iba envuelta en una túnica fina y una franja larga de piel desnuda se entreveía desde el cuello hasta el pecho. Incluyendo la delgada cicatriz sobre su corazón. Iba descalza.

Nada la miró boquiabierta. Sentía el viento frío y olía el aire siempre helado de la montaña. Tras ella, una nube de calor salía de la cueva.

—Debes de haberle dado un buen mordisco —dijo la hechicera, que apoyó la espalda con tranquilidad contra la barandilla, como si el balcón fuese un trono.

—¿La pera? —Nada tenía la voz ronca.

—La pera.

—Es magia. De verdad estoy aquí.

—Parte de ti.

—¿Cuánto tiempo?

—Es difícil de decir. Pero también funcionará con un bocado pequeño, lo suficiente para que puedas verme, hablar conmigo. No importa lo mucho que te alejes de la montaña.

—¿Por qué?

—Porque así podrás visitarme. —La hechicera frunció el ceño—. ¿No quieres?

—¿Para esto eran los patrones que tallamos en el suelo? ¿El hechizo de visión de larga distancia? —preguntó en lugar de responderle.

La hechicera deslizó las manos por la barandilla y asintió. Vestida solo con la túnica y bajo la luz de la luna, parecía humana. Solo una mujer joven, no la esposa de un demonio, no una bruja capaz de cambiar de forma familiarizada con dragones y unicornios.

Nada no podía creer que había arremetido contra Rompecielos por la hechicera.

Pero había estado muy segura de que era lo correcto. No lo había sentido, para nada. ¡Se había reído! Recordó la alegría, el sabor triunfal de su risa. ¿Eso era lo que significaba ser un demonio? ¿Regocijarse en la violencia?

¿Y si Rompecielos hubiese matado a la hechicera? Ninguna otra muchacha habría muerto por su corazón. La montaña sería libre, y también Nada.

A Nada no le dolió imaginárselo, aunque pensaba que estaba empezando a importarle la hechicera. ¿Habría sido solo por la proximidad y la vibración del corazón de la montaña?

—Ya echo de menos estar aquí —dijo para ocultar la incomodidad repentina.

La hechicera le dedicó una sonrisa vacía.

—Te he echado de menos durante tanto tiempo que ya ni me doy cuenta de ello.

—A mí, no. No es a mí a quien echas de menos —insistió Nada—. Soy diferente.

—Sí, lo sé. Aun así, me gusta. —La hechicera encogió un hombro—. Vuelve. Salta de la barcaza y vuelve conmigo. Deja que el príncipe regrese a casa junto a su heroico amante.

—No puedo.

—¿Por qué?

—Quiero volver al palacio. Debo hacerlo. Pertenezco allí, con Kirin.

—Tú lo amas. —La voz de la hechicera sonó enardecida.

Nada dejó de respirar durante un instante, atrapada por la despiadada palabra *amor*. Parecía como si la hechicera estuviese manteniendo aquella conversación con otra persona... con alguien querido.

—Por supuesto que sí. Nunca lo he dudado —respondió Nada.

—¿Ah, no? —Los ojos de la hechicera se abrieron con una expresión peligrosa.

—¿Crees que mi nombre verdadero puede hacerme amar? —Nada se acercó un paso, y luego retrocedió—. Cuando rompa su control sobre mí, ¿dejaré de amarlo?

La hechicera entrecerró los ojos.

—No pensé que cuando encontrase a mi demonio, amaría a otra persona.

—Lo siento.

—Pensé que estabas recordando. —La hechicera desvió la mirada. Su cuerpo esbelto se volvió lentamente, con elegancia, lejos de Nada. Miró por el balcón, cada parte de su cuerpo estaba tensa.

—Ah —susurró Nada—. Yo... recuerdo el volcán. Y el poder. Cómo se sentía. Eso no era amor.

La hechicera no dijo nada.

Nada apretó los puños, deseando no ser tan fría. ¿Por qué no podía el recuerdo del fuego y del magma volver a calentarla?

—¿No es bueno que pueda amar a otra persona? —se preguntó—. Si fui un demonio y tú me diste una nueva vida, ¿no es bueno que tenga la capacidad de amar? Amo los muros de color rojo desvaído del palacio y el ruido sordo del gran demonio. Amo a Susurro y el sonido del viento al pasar por las salidas de humo. Amo el Jardín de los Lirios. Y a Kirin, sí, y ahora también a Firmamento. O a lo mejor lo quería desde hacía tiempo y no me había dado cuenta. Me enamoré del campo de lava y del lago espejado en el instante en que los vi.

—Pero a mí, no.

—Eso no significa… que no llegue a hacerlo nunca. —Nada sentía que fingir que podía prometérselo sería cruel. En cambio, añadió—: Siempre que pienso en el amor, pienso en algo que encaja en él. ¿De verdad no has amado nunca más de una cosa?

La hechicera se separó de la barandilla y se acercó con sigilo a Nada.

—Lo único que amaba me llenaba. Me había consumido, y ahí es donde nace el poder. Al borde de la devastación, por la necesidad desesperada de ser más, de hacer más.

—Eso suena a obsesión, no a amor —musitó Nada—. Es aterrador.

—Sí —le respondió la hechicera con un susurro; arrastró la sílaba como si fuese un tierno siseo—. Aterrador, emocionante.

A Nada se le aceleró el pulso, como si un rayo le hubiese recorrido la sangre. Las pupilas de la hechicera se elongaron y adoptaron un color rojo sangre. Sus dientes comenzaron a afilarse como los de un tiburón y estiró una mano acabada en garras negras y curvas hacia Nada. Le hundió las puntas afiladas en la mejilla, jugando con ella. Nada se estremeció y se sonrojó, porque le gustaba saber que con una ligera presión, con cualquier desliz rápido, aquellas garras podían arrancarle la piel a tiras. Le gustaba mucho.

—Kirin no te hace esto. Ni tu antigua vida, ni tus antiguos amigos. No hay *nada* en el palacio de la emperatriz que te atraiga tanto como yo.

—No es verdad —dijo Nada, y aquellas palabras bastaron para que le clavara las uñas. Los pequeños cortes le ardieron debido al dolor.

—¿No quieres que te amen más que a cualquier otra cosa en este mundo? —susurró la hechicera.

Nada tembló. La sangre cayó lentamente por su mandíbula hasta el cuello. La hechicera transformó su mano de forma que fuesen las yemas suaves de sus dedos los que tocasen a Nada; luego, deslizó un dedo hasta su boca.

—Cuando estés lejos de mí, recuerda lo que fuiste y lo que deseas —susurró la hechicera a la vez que se acercaba más a ella.

Por un momento, Nada fantaseó con la idea de permitirse ser aquello que le prometía la hechicera: no un demonio, sino una amante. Una consorte a la que querer y acariciar. Podía ser parte de algo magnífico y no solo una sombra, una palabra susurrada aquí o allá, una fuente de información, un fogonazo de pies desnudos. Podía ser una parte intrínseca. El núcleo. Un núcleo creado junto con alguien más.

Recordó un río de magma y de piedra tan caliente que crujía y crepitaba. Un corazón inquieto ansiando expandirse, explotar. Su corazón era un volcán a la espera. Eso quería.

Sus ojos se abrieron de sopetón.

Nada estaba en la barcaza, tumbada de espaldas y respirando agitadamente bajo las estrellas y la luna.

La sensación había desaparecido. Cerró los dedos alrededor de la pera, como si así pudiese aferrarse a la sensación.

La apretó contra el estómago con los ojos cerrados, y poco a poco se fue calmando. Le picaba la mejilla y se la tocó; descubrió que tenía un poco de sangre. Solo un hilillo, por las garras de la hechicera.

Nada se sentía tan vacía que le dolía. Por primera vez, sintió que solo tenía medio corazón.

Pero en realidad no entendía por qué.

La barcaza se mecía como una cuna, y el viento y las ranas componían su nana. Nada se guardó la pera en el bolsillo y se sentó. Despacio, se arrastró hasta la proa y se acurrucó allí, mirando al viento. La luna ondulaba con cada ola del río, como si fuesen miles de escamas plateadas.

TREINTA Y UNO

E L TRAYECTO EN BARCAZA SE LE ESTABA HACIENDO ABU-
rrido, en especial el segundo día. Nada no les contó lo
de la pera o la visita a la hechicera a sus compañeros. Sabía
que había sido real, pero era su secreto.

La barcaza se movía con más rapidez que el resto del
río, ya que el Selegan tiraba de ellos mientras volaba. No
tardaron en vislumbrar unas señales de humo a la distancia, provenientes de los pueblos al norte del bosque pluvial, y en un par de ocasiones vieron a unas personas
pescando en la orilla o unos muelles pequeños que se estremecieron cuando la barcaza pasó por su lado a toda
prisa.

A veces hablaban entre ellos, en ocasiones de recuerdos
aleatorios de su infancia, o bien debatían acerca de lo que
podría haber ocurrido durante las semanas que habían estado fuera. Firmamento y Nada volvieron a contarle a Kirin
lo que sabían sobre cuando había regresado el impostor, y
él les contó a su vez cada detalle lento y aburrido de su cau-
tiverio, interrumpido por los encuentros terroríficos con la
hechicera antes de que Nada lo liberase.

A ella no le gustaba hablar de la hechicera.

Le preguntó a Kirin sobre el ritual de investidura.

—Te he contado casi todo lo que sé —le dijo. Cuando nací, me dieron un nombre, al igual que lo han hecho con todos los herederos...

—Kirin de la Luna —lo interrumpió Nada.

—Y me dieron un nombre mucho mejor cuando crecí y me mostré como soy. —Sonrió—. Debo permanecer puro, con mis entrañas intactas, para ser el receptor perfecto para la Luna. Y, como sabéis, la Luna es parte del nombre del gran demonio del palacio. Durante el ritual de investidura me presentarán ante la corte y, a solas con mi madre y el demonio, me otorgarán su nombre completo. Nunca me han contado nada más... Tampoco he necesitado saberlo. Es probable que algún monje lo sepa y asumo que mi padre y la Segunda Consorte, ya que vincularse con el demonio es lo único que puede retenerlos en palacio. Cuando me investan, no podré volver a salir de allí. —Una sombra le cruzó los ojos, pero Kirin se la sacudió de encima—. Seré el verdadero Heredero de la Luna... y vosotros seréis testigos de ello. En cuanto la Luna me acepte, podremos estar juntos, Firmamento.

Este presionó los labios.

—Necesitamos una buena coartada de por qué te secuestró. Ni siquiera tus padres pueden saber que viajaste como una chica. Yo no se lo conté.

—Incluso si lo descubren, te mantendré a salvo —dijo Kirin con un tono frívolo.

Nada frunció el ceño.

—Lo hiciste por la Luna, Firmamento. Guardaste sus secretos porque eres leal, porque sirves al Heredero de la Luna. No pueden culparte por haberlo mantenido a salvo.

Kirin observó al guardaespaldas con aire pensativo.

—No es eso lo que le preocupa.

Firmamento fulminó a Kirin con la mirada.

—Pueden descubrir qué más hemos hecho. Antes ya era difícil ocultar mis sentimientos. Y era bastante duro cuando solo te tenía unos instantes o algunas tardes robadas en secreto. Ahora que he estado contigo tantos días, mío a todas horas, que he sido libre para ser tuyo, ¿cómo voy a poder ocultar de nuevo el deseo? Lo verán en mis ojos, lo oirán en mi voz. No estoy hecho para la mentira. No debería volver contigo. Verán lo que soy para ti, lo que quiero de ti. Lo que te he arrebatado, Kirin. Será una mancha en la línea sucesoria, será...

El guardaespaldas se interrumpió de forma abrupta, como si haber balbuceado tantas palabras hubiese bastado para un año entero.

—Solo tienes que aguantar unas semanas, hasta que las estrellas vuelvan a alinearse y podamos organizar y completar el ritual, Firmamento —dijo Kirin con suavidad pero con determinación—. Puedes hacerlo. Puedes esconderte de mi madre y de mi padre, de los monjes. Debes hacerlo.

—El gran demonio verá que he mancillado tu pureza.

Kirin se puso de pie y se irguió frente a su amante, que estaba sentado.

—Firmamento —dijo el príncipe en voz baja—. El Día que el Firmamento se Abrió. —Apoyó un pie sobre el muslo del guardaespaldas y lo empujó con brusquedad. Firmamento se mantuvo firme. Kirin se colocó tras él y se inclinó con las manos sobre sus hombros. Apoyó la mejilla contra la del guardaespaldas—. Cuando me tocas, haces que me sienta yo mismo. Soy puro gracias a ti, no a pesar de ti.

· Firmamento bajó la barbilla, como derrotado. Hundió los hombros.

—¿Me has oído? —presionó Kirin. Deslizó las manos por los hombros de Firmamento hasta el pecho y presionó todo su cuerpo contra el suyo.

—Sí —murmuró Firmamento.

—Te necesito. Tú me haces ser digno de la Luna —dijo Kirin, y el guardaespaldas se volvió para agarrar a Kirin y besarlo como si le faltase el aire.

Nada se los quedó mirando un instante. Se sentía... hambrienta. Su mente y su corazón echaban de menos una pieza que no sabía que necesitase.

La hechicera la había besado, pero no así. Nada se llevó la mano a la marca y hundió los dedos con tanta fuerza que le saldría un cardenal. El beso de la hechicera había sido... Nada cerró los ojos, tratando de recordar. Era como la historia de un beso que había oído. Detalles, caricias tiernas, pero desde la distancia.

La parte que le faltaba a su corazón nunca se había sentido tan pesada.

Nada se marchó. Se retiró a la proa de la barcaza e ignoró los ruidos. Se inclinó sobre la borda para tocar el agua. Estaba fría y cristalina. Vio unos pececillos pasar a toda velocidad entre las rocas del río, ondulándose sobre el lecho.

—Selegan —susurró. Tras ella, Firmamento gruñó y uno de ellos gimió sin aliento—. Selegan —dijo Nada con algo más de brusquedad—. Necesito nadar contigo, por favor.

El espíritu del río la salpicó y Nada soltó un grito ahogado; luego, las gotas de agua se convirtieron en unos dedos largos cubiertos de plumas. Se deslizaron por su cuello y por su brazo, se enroscaron en torno a su mano y tiraron de ella. Se quitó las botas y el abrigo con rapidez. Después, pasó las piernas sobre la borda y se sumergió en el agua fría. Se agarró a la barcaza, y entonces un cuello fuerte lleno de escamas se colocó bajo sus pies desnudos para impulsarla fuera del agua. Mientras reía, extendió un brazo para mantener el equilibrio.

Todavía agarrada con una mano a la barcaza, se puso de pie y sonrió contra el viento, que la rociaba con agua mientras iba a lomos del Selegan. Era como volar. El agua corría por su camisa y sus pantalones con fuerza. Echó la cabeza hacia atrás con los ojos cerrados y se mantuvo así.

Entonces, de repente, se dejó llevar.

El río la engulló al caer. Las corrientes tiraron de ella y sintió el desliz de unas escamas bajo las palmas, unas garras enredadas con suavidad en su cabello; luego, la soltaron. Contuvo el aliento; solo sentía el agua, que se movía con rapidez como el torrente sanguíneo, rugiendo a su alrededor. No nadó ni luchó, solo dejó que el río la llevase.

La levantó y la lanzó al aire.

Nada se reía con el aliento entrecortado. Golpeó la superficie y salpicó con fuerza. El Selegan la abrazó con sus colas de agua, y le besó las mejillas con dedos cubiertos de plumas y pellizcos afilados.

Ella se aprendió la canción de las salpicaduras, de contener el aliento, de las grandes bocanadas de aire, de las corrientes que le rozaban los dedos y le peinaban el cabello. Probó el río y le encantó cómo fluía contra su cuerpo.

Un poco más tarde, estaba demasiado cansada para seguir manteniendo el equilibrio en el aire y en el agua, así que el Selegan la elevó lo suficiente para que pudiese agarrarse a la barcaza y subirse a ella. Se dejó caer sobre la cubierta.

Rodó hasta ponerse boca arriba; respiraba con dificultad y estaba empapada, pero feliz. El sol le hacía cosquillas en las mejillas mientras la secaba. Tenía los pantalones y la camisa pegados a la piel mientras ella se entregaba a él.

—¿Un buen chapuzón? —preguntó Firmamento.

Nada abrió los ojos y el sol la deslumbró. Parpadeó en dirección al chico. Estaba inclinado en la barandilla cerca de ella; solo llevaba los pantalones puestos. También tenía el pelo húmedo, que emitía destellos de un tono negro azulado al viento de proa. El sol destacó el azul y el púrpura en el brillo de su piel cobriza, pero sus ojos eran humanos, de un castaño cálido.

—Sí —respondió ella. Estiró los brazos y arqueó la espalda. Se sentía bien.

—¡Cocino yo! —gritó Kirin, y Nada volvió la cabeza para ver al príncipe arrodillado con delicadeza junto al hornillo, envuelto con una túnica bonita y el cabello recogido en un moño deshecho. Sostenía la cuchara como si fuese una varita y le sonreía con mucha dulzura. Entonces, desvió la mirada hacia Firmamento y se pasó la lengua por los labios mientras bajaba la vista con recato.

Era tan fingido que Nada se echó a reír.

La expresión de Kirin se ensombreció y ella se rio todavía más.

—Ignórala —le dijo Firmamento para tranquilizarlo—. Yo lo aprecio.

El príncipe miró a Nada con los ojos entrecerrados y luego volvió a componer una expresión dulce mientras agitaba las pestañas en dirección a Firmamento.

—En ese caso, tú sí puedes comer.

Nada siguió sonriendo mientras se levantaba y se quitaba la ropa. Los ojos de Kirin se agrandaron y ella se limitó a encogerse de hombros. Colgó la camisa y los pantalones sobre el pabellón para que se secaran.

—Demonio —la acusó Kirin cuando pasó por su lado en dirección al otro extremo de la barcaza, para tenderse al sol.

Un rato más tarde, Kirin le lanzó una túnica.

—A comer —dijo.

Nada se frotó los ojos; se había quedado adormilada. Tenía la piel ardiendo y quizá se había quemado un poco. Sonrió mientras practicaba muecas salvajes y terroríficas mostrando los dientes y abriendo los ojos como platos. Luego, se envolvió en la túnica y se unió a Kirin y a Firmamento junto al hornillo.

Se tendieron sobre unos almohadones mientras daban cuenta de las lentejas que había cocinado Kirin, con carne seca y guisantes. El sol comenzaba a ponerse y se llevaba consigo las nubes con largos jirones anaranjados. En un momento dado, Kirin se levantó y se dirigió hacia la borda para ofrecerle lentejas al Selegan. Nada sintió que una sensación de calor le recorría el pecho al verlo. Aunque había sido un día largo, había sido bueno, y a ella le habría gustado quedarse en el río para siempre.

—Kirin, deberías convertir a Firmamento en tu Primer Consorte —dijo Nada cuando él volvió, se les unió y apoyó el hombro contra el de Firmamento.

Este se quedó quieto y el príncipe frunció el entrecejo; puso mucho cuidado en no mirar al guardaespaldas.

—Merece ser el Primero —añadió Nada—. ¿Qué importa que tengas herederos con tu Segunda Consorte? Si no puedes hacerlo, deberías dejarlo ir.

—Nada —dijo Firmamento con un gruñido de advertencia.

—Conviértelo en el Primero —lo retó—. Es mejor que ser el Segundo. Se lo merece.

—¿Y tú serías mi Segunda Consorte? —le dijo Kirin con desdén.

—Kirin, no lo hagas. —Firmamento lo hizo sonar como si fuese una orden.

Tanto Kirin como Nada lo miraron fijamente, desconcertados.

Firmamento rechinó los dientes y le dedicó a Nada una mirada breve y significativa. Luego, se enfrentó a Kirin.

—Si se lo pides, dirá que sí. Siempre hace lo que le pides.

—Vamos a liberarla —dijo Kirin, y su voz se tiñó del arrepentimiento justo como para enfurecer a Nada.

Se abrazó las rodillas al pecho y apoyó la barbilla en ellas.

—¿Qué importa? —Ahora Firmamento sonaba casi amable—. Nunca has tenido poder sobre mi nombre y aun así hago lo que deseas.

—Porque tú quieres —espetó Kirin—. Porque tengo razón.

—Y porque eres el Heredero de la Luna.

Kirin encogió un hombro con un gesto altivo y frío.

—¿Cómo es que te queremos? —resopló Nada.

Una sonrisa triunfante se extendió por su boca traviesa.

—Un corazón tiene muchos pétalos.

Firmamento lo fulminó con la mirada, pero con una sombra de diversión.

No tenían remedio con el príncipe, Nada lo sabía, así que se recostó con las manos sobre el pecho. Se quedó dormida mientras escuchaba al príncipe y a su amigo discutir y reír en voz baja hasta que, al final, Kirin musitó:

—¿Aceptarías?

Y Firmamento respondió en un susurro:

—Solo si me lo pides.

TREINTA Y DOS

NADA ESPERÓ TRES DÍAS MÁS ANTES DE DARLE OTRO MOR-
disco a la pera. En parte porque no lo pensó antes.
Cuando se acordó, se sorprendió de que lo hubiese olvidado.

Fue justo antes del amanecer, antes de que los chicos se
despertasen, antes de que los campesinos sacaran sus botes
pesqueros al río. Mordisqueó el borde del bocado anterior.
Sorprendentemente, la pera no se había oxidado ni aplasta-
do a pesar de que la había tenido guardada en el bolsillo.

Abrió los ojos en la habitación de la hechicera. Una pared entera estaba abarrotada de espejos de varias formas y
tamaños. La hechicera estaba arrodillada frente a uno rectangular apoyado contra la pared. A su alrededor había dispuesto unos botecitos de pintura de los colores del arcoíris.
Se acercó al espejo y se pintó una pluma curva celeste en la
mejilla con un pincel fino.

Nada no habló, pero su mirada se topó con la de la
hechicera en el espejo.

—Hola —dijo la hechicera. Se pasó el pincel por la barbilla para terminar la delicada pluma y luego lo dejó sobre un
paño.

Nada siguió sin moverse. Había pensado, despierta,
mientras la primera luz de la mañana se derramaba por la

barcaza y las estrellas se apagaban, que quizá la hechicera también estaría viendo la llegada del amanecer. Le entró frío y se sintió sola. Por eso había ido.

—Nada —dijo la hechicera con un tono melodioso, persuadiéndola para que hablase.

—¿Crees que puedo hacer magia lejos de la montaña? —preguntó Nada con la voz atropellada.

—Sí.

Nada se sentó con brusquedad.

—¿Así de fácil?

—Puedes hablar con los espíritus y los demonios, ver el éter y oírlo, ¿no es así? Por tanto, puedes hacer magia. —Tomó un pincel limpio y lo impregnó de un vivo color dorado. Con él, pintó pequeños destellos por la pluma, como si irradiara el brillo de los rayos del sol.

—¿Cómo?

—Pregúntale a alguna bruja. Pregúntale al gran demonio del palacio. Pregúntale a alguien que esté contigo.

—Te lo estoy preguntando a ti.

—Vuelve a casa y te enseñaré más.

Nada se acercó un poco.

—¿Me pintas la cara?

La hechicera se volvió y palmeó el almohadón que había a su lado. Nada se sentó en él, de frente a la hechicera.

—Quédate quieta —le dijo.

Nada cerró los ojos. El primer roce del pincel la sorprendió y se echó para atrás al contacto frío de la pintura.

—Nada —la regañó la hechicera.

—Lo siento —respondió con una mueca antes de relajar la expresión.

Era reconfortante: el roce de la pintura, el cosquilleo que le producía al secarse, la ausencia y los suaves golpecitos del pincel contra el borde del bote. Al principio Nada intentó seguir la forma de los trazos a medida que le cubrían la mejilla izquierda y se enroscaban en torno a su boca, al ondear por su párpado izquierdo y cuando apenas le delineó el derecho. Respiraba despacio y de forma regular, y descubrió que limitarse a quedarse sentada y quieta le producía una calma inusitada. Era fácil, pensó. Simplemente existir en presencia de la hechicera. Aquello le gustaba.

—¿Te acuerdas de la primera vez que cenamos juntas? —preguntó la hechicera—. Te habías pintado como un demonio furioso, con la cara verde, los ojos rojos y el ceño fruncido.

—Estaba enfadada. Quería dar miedo. —Nada abrió los ojos—. No sabía cómo te haría sentir.

La hechicera le dedicó una leve sonrisa.

—¿Cómo me hizo sentir? —le preguntó con cariño.

—Que tenías razón sobre mí.

—Me sorprendiste, y no estoy acostumbrada a que algo me sorprenda. —La hechicera se inclinó hacia delante—. Me gustó. Tú me gustas, Nada. Me gusta lo que eres ahora.

—Tú también me gustas, solo que… —Nada se interrumpió. Se humedeció los labios; sabían a pintura. Cuando fue a mirarse al espejo, la hechicera extendió la mano sobre el marco y la superficie se oscureció. Nada frunció el ceño, esta vez de verdad—. ¿Qué?

—¿Qué es lo que no te gusta? —le preguntó la hechicera.

Nada tuvo que hacer memoria sobre lo que le había estado diciendo antes de responder.

—Arrancas corazones.

—Son tratos. Siempre es un trato.

—Eso no lo hace menos cruel, menos… —Nada agitó las manos—. Menos inhumano.

—Algunas chicas están más que dispuestas a renunciar a su corazón y a su vida.

—Te aprovechas de ellas.

La hechicera se encogió de hombros.

—A veces puede que sí.

—¿No te importa?

—¿Por qué debería?

Nada abrió la boca, pero no sabía qué decir.

La hechicera estiró el brazo y le puso un dedo sobre el pecho.

—¿Por qué te importa a ti?

Nada sacudió la cabeza. Sabía la respuesta, pero no quería decirla.

—¿Por qué?

—Porque sí.

La hechicera arqueó las cejas en dos arcos perfectos.

Nada se cruzó de brazos con cabezonería.

—Está mal hacer daño a otras personas.

—Me ayudaste a matar a Rompecielos.

—Te atacó. Te estaba protegiendo, y a la montaña y… a Kirin.

—Por tanto, a veces hacer daño a otras personas es aceptable.

—No por motivos egoístas.

—¿Y no fue egoísta querer salvarme? Proteges a Kirin porque te preocupas por él. Yo arranco corazones para mantenerme con vida, para salvarme. Y para encontrar a mi demonio, la otra mitad de mi corazón. ¿Es esa una causa menos noble?

—Ellas no han hecho nada para merecerlo. El hechicero, sí.

—Ah, quieres decir que eran inocentes. Nadie lo es, cariño.

Nada frunció el ceño.

—Si lo fueran, ¿te habría importado?

—No si eso significaba encontrarte de nuevo. Destruiría mil corazones para encontrarte una y otra vez.

Tras eso, a Nada le costó respirar.

La pasión de la hechicera la excitaba… y puede que también le diese algo de miedo. Pero quería más.

La mejilla sin pintar de la hechicera se sonrojó y la pluma decorada en la otra destelló con motitas doradas. Miró a Nada con ojos penetrantes.

—Me enamoré de un gran demonio —dijo—. ¿Por qué esperas que me importe la gente inocente, noble, buena? Porque no la hay: el mundo está formado por sombras y suerte, no por el bien y el mal, el día y la noche. Los humanos fingen. Buscan el contraste y las normas. Pero el bosque lo sabe. Las montañas lo saben. El cielo lo sabe. Esos corazones transformados se convirtieron en lo que estaban destinados a ser. Devolvieron una montaña a la vida.

Nada se apartó; tenía la respiración agitada.

—No —musitó—. Existe el bien. Y el mal. Puede… puede que no sean opuestos, no como el día y la noche, pero son reales. El bien y el mal son sombras.

La hechicera le dedicó una sonrisa hambrienta.

—Eso me gusta. Nosotras también somos sombras.

—La Quinta Montaña no debería consumir corazones humanos. No quiero que lo haga. Está mal.

—Pero tú sí quieres. Sigues volviendo a mí.

Nada se alejó con brusquedad sacudiendo la cabeza. Estaba algo mareada.

—No sé lo que quiero, no sé lo que soy…

Y, de repente, abrió los ojos y vio la expresión de preocupación de Firmamento a la luz del día.

—Nada —dijo. Le estaba dando golpecitos en la mandíbula para despertarla—. Nada.

—Yo… —trató de decir esquivando aquella mano fuerte. Él la soltó.

—Tenías los ojos abiertos, pero no estabas… consciente. Y por un…

Nada cerró los párpados; escuchó la voz de la hechicera como un eco. «Sigues volviendo a mí».

—Tenías escamas —decía Firmamento—. Tenías escamas plateadas y verdes en la parte izquierda de la cara.

Abrió los ojos de sopetón. Se levantó, corrió hacia la borda y levantó la pera. Sentía las pulsaciones por todo el cráneo y estaba algo mareada.

Pero no la tiró. Su brazo descendió despacio y se le hundieron los hombros. No podía hacerlo. En cambio, Nada volvió a guardarse la pera en el bolsillo.

TREINTA Y TRES

NADA LES HABLÓ A KIRIN Y A FIRMAMENTO DE LA pera. Sorprendentemente, el príncipe no dijo nada sobre el asunto.

—Entonces, es mejor regalo de lo que habías imaginado —se limitó a decir, y empezó a hacer el desayuno.

Sin embargo, Firmamento observó a Nada preocupado.

—¿Qué estás haciendo? —le preguntó en voz baja.

—¿A qué te refieres?

—Con la hechicera. ¿No es tu enemiga?

Nada se abrazó a sí misma. No lo sabía. Se sentía rara y trastornada cuando pensaba en ella. Como si hubiese algo que no terminase de discernir…, pero sabía qué forma tenía.

—Es la Hechicera que Devora Doncellas. Secuestró al Heredero de la Luna. —El tono de Firmamento seguía siendo calmado, pero Nada advirtió la urgencia oculta en su voz.

—Sé lo que es.

El guardaespaldas se quedó callado. Le dedicó una mirada dura, sin parpadear.

Nada se abrazó más fuerte.

—Lo sé —dijo con un hilo débil de voz.

—Ten cuidado.

—Lo tengo.

—Nada. —Firmamento se llevó las manos a las caderas. Entrecerró los ojos sin dejar de mirarla—. No quiero que te haga daño. Eres… mi amiga. Pero le hizo daño a Kirin. Al imperio. No puedes ponerte de su lado.

—Su lado —repitió ella. Algo afloraba en su interior. Día y noche, a su lado, al lado de ambas.

Firmamento asintió.

—¿Qué quieres hacer cuando volvamos a casa? ¿Te quedarás con nosotros? Nos gustaría mucho.

Nada contuvo el aliento a la vez que retraía los labios hasta hacerlos desaparecer en su boca. Fijó la vista en la clavícula del chico y se le emborronó la visión. No por las lágrimas, sino por las sombras. Recordaba haber querido algo. Recordaba que quería conocer a la hechicera, quería ser magia candente… pero, al parecer, ya no. ¿Por qué?

Firmamento se acercó a ella.

—Deberías decidirlo, si no, Kirin hará lo que quiera —dijo en un tono tan bajo que su voz no parecía estar compuesta de palabras, sino de vibraciones.

—¿Qué debo hacer? —preguntó Nada antes de que pudiera evitarlo. Alzó la barbilla para devolverle la mirada. Le costaba respirar porque el corazón amenazaba con constreñirle las venas, hacer que le doliera el pecho del pánico. ¿Por qué le asustaba pensar en querer algo? ¿Por qué tenía miedo de lo que pudiera elegir?

Firmamento era bueno. Él le diría la opción correcta.

—Debes elegir lo que quieres ser —se interrumpió y apretó la mandíbula; parecía bastante contrariado consigo mismo.

Nada dejó escapar un suspiro tembloroso.

—¿Quieres ser Nada, como si nada hubiese cambiado entre Kirin y tú, entre el mundo y tú? —dijo—. ¿O quieres ser la heroína que rescató al príncipe de una hechicera y se ganó un nombre nuevo que será honrado? O... —Firmamento se detuvo.

—O puedo contarles a todos de dónde vengo —añadió Nada—. ¿Quiero ser un demonio renacido, la primera de mi especie?

Apartó la mano del chico y salvó la distancia que los separaba. Estaba tan cerca que podía sentir la frialdad de la sangre de demonio. Tuvo que ladear la cabeza en un ángulo extraño para mirarlo a los ojos oscuros. Al sol, no brillaban azulados.

—¿Crees que sigue dentro de mí, Firmamento? Me refiero al gran demonio de la Quinta Montaña. ¿Es posible? ¿Puedo ser algo tan grande?

Firmamento le acunó el rostro entre las manos.

—Tras este verano, creería cualquier cosa de ti —le dijo sin un ápice de duda, mientras le sostenía la mirada.

—Si fuese un demonio, ¿puedo ser una chica? —Ninguna opción le parecía la adecuada. Faltaba algo. Otra opción. Nada, un nombre nuevo de heroína o su pasado. Algo que no era el día ni la noche, ni al lado de ella ni de los chicos. Suyo propio y entre todo lo demás. Un nombre nuevo, el nombre de una sombra, para la persona en la que podría convertirse. Un nombre con el que labrarse un futuro.

Kirin apareció junto a ellos. Cerró los dedos en torno a la muñeca de Firmamento y le apartó la mano de la mejilla de Nada.

—No me quejaría tanto como tú si hubiese descubierto que mi corazón perteneció antaño a un demonio.

Aquello era tan absurdo que Nada se rio.

Firmamento colocó la mano que Kirin le había agarrado en su rostro, de manera que estaba en contacto con los dos.

—Los dos sois unos demonios y no sé si puedo manteneros a salvo —dijo el guardaespaldas.

—Menos mal que tu trabajo solo consiste en mantenerme a salvo a mí —dijo Kirin con una sonrisa maliciosa.

Nada le hincó los dedos en las costillas.

—Uff —resopló y le enseñó los dientes. Luego, Kirin le preguntó—: ¿Crees que eres un demonio? Parecías creerlo cuando estábamos en la montaña.

—Sí, eso creía. Todas las pruebas… —Sacudió la cabeza—. Siempre he oído el éter y me vinculaste cuando era pequeña al darme un nombre. En la montaña podía hacer magia y la flor tallada en ella es igual que mi cicatriz. La hechicera lo sabría, ¿no? ¿Por qué no iba a creerlo?

—Pero ¿lo sientes? —preguntó Kirin con suavidad—. Un corazón tiene muchos pétalos. Puede que haya más de una opción. Puede que seas más de una cosa.

Nada frunció el ceño.

La mano de Firmamento estaba fría y ella bajó la mejilla, de forma que sus dedos se entrelazaron en su cabello un poco.

—Cuando estaba allí creo que lo sentí, pero desde que nos marchamos… No estoy segura. A veces siento que mi corazón es un volcán. Pero quizás así es como se supone que se sienten los corazones —dijo.

Kirin se separó de ellos. Se acercó al hornillo de hierro y se agachó para espolvorear azúcar sobre los cereales hirviendo.

—No me habéis preguntado cómo sé que no soy… un hombre.

Nada le dedicó una mirada rápida a Firmamento; este negó con la cabeza en su dirección y se acercó a Kirin con paso lento, algo turbado.

—¿Cómo lo sabes? —le preguntó.

—Simplemente lo sé —dijo Kirin con un repentino tono acalorado. Atravesó a Nada con la mirada—. ¿Y tú qué sabes? Tú decides lo que eres. Tú.

—Entonces, ¿por qué no les dices a todos que eres una mujer? —gritó Nada—. Si vas a fingir que es fácil, entonces hazlo en serio.

—Porque a veces *no* soy una mujer —dijo el príncipe—. A veces soy un hombre. A veces, los dos o ninguno. Soy algo distinto, algo entre medias. Hay muchos yos. Salvo que mi cuerpo no cambia. A veces me gustaría que lo hiciera. Como la hechicera. Desearía fundirme en algo a medio camino entre los dos, porque odio que lo que soy no siempre encaje con lo que ven los demás. A veces eso hace que me sienta... distorsionado. Y luego, en otras ocasiones, estoy completamente feliz... conmigo. Y amo lo que soy.

Firmamento desvió la mirada, se le habían oscurecido las mejillas. Se pasó las manos por el pelo.

Nada entendió lo que había dicho Kirin. Al menos, lo básico. Pensó acerca de ello, de cómo lo sabía, y se dio cuenta de que no podía confiar en su interior, en los sentimientos que tenía o no, en cualquier entendimiento de lo que era. No cuando ni siquiera sabía su nombre ni cómo se sentía acerca de ello.

Abrió la boca para volver a preguntarle, para obligarlo a decírselo. Pero se detuvo. Firmamento se había acercado y había posado los dedos en la mandíbula de Kirin con vacilación; le sostenía la mirada al príncipe, como si tratara de comunicarse con él sin palabras en frente de testigos. A Kirin le temblaron los labios. Tenía miedo. Su príncipe, glorioso y ambicioso, tenía miedo de cómo reaccionaría Firmamento ante su confesión. Estaba ansioso, decidido. Era muchas formas, todas a la vez.

Un Corazón Tiene Muchos Pétalos.

El nombre afloró.

Su nombre. El que le había dado Kirin. ¿Cuántas veces lo había mencionado desde que se habían marchado de la montaña y ella no se había dado cuenta? Llevaba días diciéndoselo.

Nada se llevó la base del pulgar al pecho cuando el mundo empezó a dar vueltas.

Pero no bastaba. El nombre era la llave, pero era ella quien debía abrir la puerta de un golpe. Nada tenía que liberarse a sí misma.

Necesitaba un nombre nuevo que fuese solo suyo. No lo que había sido, o era, o el que le había dado por accidente un príncipe hechicero.

«Así es como funciona la magia: debes encontrarla tú misma», le había dicho la hechicera. «Los nombres pueden cambiar. Todos compartimos ese tipo de magia».

Nada giró en redondo y fue a la proa del barco. Se aferró a la borda. Cerró los ojos e ignoró a Kirin y a Firmamento, que la llamaban; ignoró el agua que le salpicaba, ignoró la luz cristalina del sol.

Las sombras crecían en su interior como unos hilos cálidos de oscuridad extendiéndose por ella, lamiendo, ansiosos. Muy ansiosos.

Pensó en lo que más anhelaba.

Y Nada se dio un nombre nuevo.

TREINTA Y CUATRO

En la cueva más profunda de la Quinta Montaña, un corazón latió con fuerza en la prisión de cuarzo ahumado y, entonces, el cristal se resquebrajó.

El eco atravesó como un cuchillo los pasillos de obsidiana, se escabulló por los suelos de granito y se arremolinó entre las estalactitas. La Hechicera que Devora Doncellas lo sintió antes de que pudiera oírlo, como el parpadeo de un rayo previo al trueno.

Unos instantes antes su corazón había palpitado débil y de forma irregular, y al principio pensó que se trataba del mismo latido. Dejó de leer y colocó la pluma entre las páginas para señalar el lugar donde se había quedado antes de presionar la palma de la mano contra su pecho.

Entonces, el eco llegó a la biblioteca reverberando por la piedra que conformaba la montaña, tan grave, tan definitivo, que la hechicera se quedó sin aliento.

Perdió el control y unas plumas afiladas le brotaron por las mejillas y por toda la columna, y los omóplatos se le arquearon con la fuerte presión de unas alas. Los huesos de los dedos se le curvaron y empezaron a crujir, pero la hechicera respiró de nuevo e impuso su voluntad sobre su cuerpo.

Se puso de pie y caminó con paso comedido, completamente aterrorizada, para atravesar la chimenea de la biblioteca hasta la cámara del corazón.

El resplandor fantasmagórico de la montaña se había desvanecido bastante, pero no le quedaba energía para iluminar la corona de huesos de murciélago ni una antorcha de éter. La hechicera subió por una de las escaleras en espiral y pasó bajo un arco, y luego bajo una escalera perpendicular, hasta llegar al pedestal en el centro de la cueva.

El cuarzo ahumado se había ennegrecido y resquebrajado casi por la mitad.

El último corazón por el que había negociado estaba en medio de un charco horripilante, lleno de coágulos y fibroso. Muerto.

La Hechicera que Devora Doncellas no lo tocó. Se lo quedó mirando y se permitió un momento para llorar la pérdida. No por la chica o el corazón, sino por sí misma. El final había llegado antes de lo que había esperado y ahora solo tenía dos opciones: buscar a otra chica, otro corazón, y romper la media promesa que le había hecho a Nada, o sostener el poder de la Quinta Montaña, un día, una semana, un mes si podía, con la esperanza de que Nada volviese lo más pronto posible y justo a tiempo, antes de que la hechicera se convirtiese en un charco de magia coagulada como el del corazón muerto.

Se encogió de miedo cuando su corazón dio una sacudida, aunque luego se reprochó a sí misma por haber flaqueado. Para demostrar que no le afectaba, la hechicera sostuvo los restos del corazón entre las manos. Estaba frío y pegajoso, como un trozo de carne que se hubiera echado a perder.

Lo sacó de la cuna de cristal hecha pedazos y lo estrujó hasta que unos pegotes se desparramaron entre sus dedos y se deslizaron por sus nudillos antes de caer a sus pies con un *plaf*. Un trocito aterrizó en un dedo, sobre la zapatilla de seda.

La hechicera se lo sacudió con un grito. Extendió las manos y saltó de la plataforma. Desplegó las alas y las inclinó en un arco amplio para ralentizar el descenso. Aterrizó con suavidad agazapada en el suelo de la cueva y arañó la piedra con las garras negras.

Salió echa una furia, lo bastante enfadada como para tomar el camino más largo, sobre todo porque no podía malgastar magia de manera innecesaria como para viajar por los pasadizos de sombras de la montaña.

Echaba de menos la risa cruel que le dedicaba su demonio cuando ella se disgustaba. Lo mucho que se hubiera reído a su costa en ese momento; la hubiera juzgado por haber dejado que esto pasara. «¿Cómo puedes despreciarme por amarte?», le había preguntado una vez con aire exigente. «Júzgame tú también por mis flaquezas y dame una vida propia a la que arruinar a tu lado. Eso es lo que quiero, más incluso de lo que me gustaría devorar el mundo entero. Si eso no es amor, ¿qué es?», le había respondido.

La hechicera cerró los ojos e hizo una mueca para sí misma al tiempo que soltaba un siseo entre los dientes afilados, porque había estado sola durante mucho tiempo y, entonces, su montaña había vuelto a la vida.

Viva tan solo por la energía de aquella muchacha tan extraña, bonita y llena de sorpresas.

Cómo le hubiera gustado arrancarle esa piel tan hermosa a tiras, llegar hasta el calor de su garganta y despertar la chispa de su demonio. La habría besado hasta despertarlo, la habría mordido hasta saciarse.

—¡Hechicera!

Era ella.

La hechicera se detuvo y casi chocó con Nada.

No.

Estaba diferente. La chica era diferente, estaba más completa.

El corazón de la hechicera comenzó a latir de nuevo, ni siquiera se había dado cuenta de que se le había parado.

Pero la chica la miró con una expresión llena de... Era difícil de decir.

—¿Qué ocurre? —le preguntó. Tenía la voz más grave, los vivos ojos castaños soltaban chispas como el fuego. ¿Era un pelín más alta? Más elegante, más grácil, a pesar de la fina túnica que apenas le llegaba a las rodillas y el cabello negro desaliñado y ensortijado. ¿Estaría alucinando la hechicera por el agotamiento de tener que soportar el peso de la montaña?

No, era una ilusión. La chica estaba en la barcaza, navegando lejos de allí. Era la proyección mágica de ella, eso era. Había cambiado lo que sabía de sí misma y, por tanto, su proyección también lo había hecho.

Un brillo de escamas del color de las estrellas surgió como una pátina de sudor bajo los ojos de la mujer y por sus cejas.

—Eres tú —dijo la hechicera.

Un agujero se abrió en su interior, lleno de miedo y amor.

La chica le dedicó una sonrisa amplia y, de alguna manera, era tanto una sonrisa oscura como la noche y veteada con el brillo de las estrellas.

—¡Soy yo! —gritó y luego giró sobre sí misma.

De los hombros le salieron un par de alas del color de la luna, parecían de polilla o de mariposa, y luego desaparecieron. La joven se acercó a la hechicera.

—Quería enseñártelo. Me he dado un nombre, Hechicera. Me he liberado del vínculo con Kirin. ¡Me siento tan enorme! —rio.

Otra sorpresa. Esta joven, esta criatura, pillaba constantemente a la hechicera con la guardia baja, le cambiaba las expectativas, en un tira y afloja. Rebosaba entusiasmo y la hechicera intentó sonreír, pero tenía la boca de un monstruo, dura como la quitina y con dientes de tiburón. Con cierto esfuerzo, volvió a su forma de mujer y tan solo conservó los dientes y los ojos de monstruo. Empezó a sudarle la espalda y bajo los pechos. Debería haberle resultado fácil. Pero el corazón de la montaña había muerto.

Mientras la joven nueva la miraba, feliz y extraña, la hechicera se dio cuenta de lo que había ocurrido: se había dado un nombre ella misma y aquello la había liberado. No solo de Kirin, sino de todo lo que había sido. Al fin, la reencarnación se había completado. Por eso el corazón de la montaña se había roto.

—¿Lo recuerdas? —le preguntó la hechicera con un susurro ronco.

La montaña reencarnada, la chica con el corazón de demonio, la tomó de las manos y sus ojos volvieron a brillar.

—Me acuerdo del fuego y de una felicidad tan intensa que roza el éxtasis. Está dentro de mí. El poder. Soy tan grande con él —le dijo mientras le apretaba las manos.

—Del tamaño de la montaña —dijo la hechicera.

La joven se rio.

—A veces es tan pequeño como una flor..., como una balsamina, creo, con pétalos extraños, pero le gusta el sabor de la roca volcánica.

No tenía sentido, y la hechicera quiso preguntarle su nuevo nombre a la chica demonio.

—Trata a tu cuerpo con amabilidad mientras aprendes a ser enorme también —dijo, en cambio.

—¿Cómo puede caber una montaña entera dentro? —Extendió los brazos de nuevo y giró—. Me siento tan viva.

—¿Vas a volver a casa?

—Todavía no. Lo haré, pero aún no. Tengo que acompañar a Kirin a su hogar y quiero enseñárselo al gran demonio del palacio. Tengo que ver a mis viejos amigos y ponerlos a todos a salvo. Quiero quedarme para la investidura y asegurarme de que todo esté en orden. Luego, volveré.

La hechicera se contuvo, no se movió.

—Date prisa, corazón —dijo con el tono más neutro del que fue capaz.

—¿Por qué me echas de menos? —respondió la joven brillante en un tono achispado. Como retándola.

—Porque no puedo sostener a la montaña para siempre. Saldré a cazar pronto. —No le diría que el corazón ya estaba muerto, que la reencarnación lo había matado. La hechicera se negaba a obligarla a que volviera a casa para salvar a otras chicas, por desesperación o solo porque creyera que era lo que debía hacer.

Debía ser su elección. La joven se lo había dicho cuando era Nada. Elegiría por sí misma regresar a casa o no regresar nunca.

Los ojos castaños y grandes de la joven se tiñeron con algo parecido a la decepción. Cómo le hubiera gustado a la hechicera volver a besarla, descubrir de nuevo a qué sabía allí. Cómo le hubiera gustado preguntarle su nombre nuevo.

En cambio, dejó al descubierto los dientes afilados de tiburón y se inclinó hacia delante.

—Será mejor que te prepares para cuando retornes a mí. Para resistirte contra mí y conmigo. Puede que te coma viva.

La joven imitó su gesto y le enseñó los dientes, pero estos eran tan solo dientes humanos, pequeños y blancos, tan bonitos como perlas. Sin embargo, en sus ojos refulgía un volcán y la hechicera sintió en su interior un calor a modo de respuesta.

—Más te vale intentarlo —le dijo la joven.

Con eso, se desvaneció, volvió a la barcaza y a su cuerpo; se alejó de un tirón, como siempre lo hacía.

La hechicera soltó un pequeño jadeo de dolor mientras se apoyaba en la pared del pasillo y se dejaba caer en el suelo suave de granito. Se le había erizado la piel; le dolían los huesos. Rechinó los dientes y trató de contenerse.

A duras penas.

TREINTA Y CINCO

Luz del Ocaso Sobre la Montaña había sido su nombre solo durante medio día cuando los hechiceros de la Segunda y la Tercera Montaña Viviente fueron a por ella. Algo destelló en el este por encima de las nubes, como la luz del sol rebotando en la superficie de un espejo, y Luz se incorporó, caminó hasta la borda de la barcaza con los ojos puestos en el destello. No dolía a la vista, y por eso supo que se trataba de éter y no del sol de verdad, que todavía hacía que se le humedeciesen los ojos, bastante humanos, si lo miraba fijamente.

De repente, la barcaza se tambaleó en la suave corriente y Luz se dio la vuelta.

—¿Selegan?

Entonces, escuchó un crujido y un gruñido grave: una capa de hielo comenzaba a formarse frente a ellos.

Arañaba y se precipitaba en dirección a la barcaza, congelando el hielo a su paso tan rápido que el agua parecía gemir.

Firmamento apareció a su lado y también Kirin. Le puso la mano en el hombro.

—¿Qué ocurre? —preguntó el príncipe.

Una ondulación de escamas plateadas y unas olas agitadas se cruzaron en su camino y el Selegan emergió con fuerza en su forma de dragón, enorme, feroz, dando latigazos con sus tres colas. Rugió al hielo y lo hizo estallar y retroceder con una ola.

Extendió las alas, que refulgían tanto como el hielo, y Luz vio que tenía escarcha en los bordes de las plumas.

No sabía qué hacer.

Unas flechas de hielo surcaron el aire y se clavaron en el dragón. Este se dobló y rugió y, al caer al agua, salpicó a los jóvenes.

Nada se aferró a la borda y apoyó el pie para saltar, pero Firmamento la agarró por la cintura.

—Para —le dijo.

Kirin se inclinó sobre la proa con las manos extendidas.

—¡Liberad al río Selegan! —gritó—. Os lo ordena Kirin Sonrisa Sombría, seáis quienes seáis. Liberad al río y a nosotros también.

—Bájame —dijo Luz mientras trataba de zafarse del abrazo férreo de Firmamento.

Él la soltó y desenvainó la espada al tiempo que el fulgor cálido y soleado centelleó a su alrededor.

Luz levantó la mirada justo a tiempo para ver un brillo incluso más intenso. Levantó un brazo para cubrirse los ojos frente al resplandor, cuya forma se le quedó grabada en la retina… ¿Un águila?

Unas garras se hundieron en sus hombros y Luz gritó.

Presionó las manos contra el pecho tratando de llegar al volcán de su interior, pero…

Luz se topó con una superficie dura.

La conmoción la dejó sin aliento y luchó por ponerse de lado, asfixiándose.

Estaba oscuro, completamente oscuro a su alrededor, y bajo sus manos y rodillas solo había piedra. Una piedra fría y reverberante.

—Kirin —dijo. El aire le sabía húmedo… ¡Era el aire de la montaña!

Aunque aquella no era su montaña. Se sentía fuera de lugar, rebosante de la magia de otra persona.

Luz se tragó el miedo y abrió los ojos; buscó el éter. Incluso en aquella oscuridad, debería de ver sus hilos.

Pero ¿tenía los ojos abiertos? Aquella negrura era demasiado densa. Pensó en poner una mano frente a la cara y, sí, se tocó la mejilla, pero no vio absolutamente nada.

Aquel pensamiento le generó un atisbo de pánico que, sin embargo, la hizo reír.

Entonces, pequeñas motitas de éter aparecieron flotando en alguna corriente en la oscuridad. Extendió una mano hacia ellas y un latigazo de dolor le surcó la piel; sentía que el fuego la recorría, que le separaba la piel y le rompía los huesos.

Luz gritó... Sabía que había gritado, porque le quemó los pulmones y el frío reemplazó el dolor y la congeló; ya no podía moverse, no podía parpadear, no podía pensar, no podía...

... *paz.*

Paz.

Luz flotaba en un río sosegado de oscuridad, cálido, reconfortante, sostenida por muchas manos pequeñas. Unas manos delicadas que la acariciaban con suavidad, calmándola mientras trataba de respirar, tranquilizándola lentamente.

Un mano le acarició la espalda y se introdujo en su cuerpo.

Luz se arqueó por la sorpresa, pero no le dolió; solo era molesto, como una sensación de náusea que subía y bajaba por su piel, pero ella no quería la mano ahí, dentro de ella; no quería, así que empujó...

Un latigazo de dolor se extendió por su torso; la abrió en canal desde la barbilla hasta la parte inferior de su cuerpo y se derramaron las estrellas, refulgiendo y arqueándose.

Las estrellas saltaban con alegría y salían disparadas, ¡como si pudieran escapar! ¡Ahora eran libres! Luz sintió que sus costillas se abrían como alas de mariposas, y ahí estaba su corazón, envuelto en un puño apretado de roca fundida...

Un océano de sal se la tragaba, adentro, adentro, la arrastraba entre los cúmulos de algas enredados; se golpeaba los talones con los corales, y respiró agua que le supo a sangre, pero en el océano también había conductos, sendas de bocanadas de fuego ardiente del corazón de... del corazón de...

Luz se desplomó sin fuerzas en el suelo rocoso, exhausta, agotada, demasiado débil para abrir los ojos.

Le dolían los labios secos y agrietados y respiraba con dificultad. Hondo. Despacio.

Era Luz del Ocaso Sobre la Montaña; sabía su nombre. Era un demonio que había vuelto a la vida, pero su carne era delicada. Más delicada de lo que debería ser la piel de una montaña.

Un latido sordo se hizo eco en su cabeza. Pensó que tal vez fuera su corazón.

Kirin. Firmamento.

Sus ojos se abrieron de golpe.

Los cerró de inmediato, pues había demasiada claridad.

Extendió las palmas de las manos sobre la fría roca y las movió con rigidez. Exploró. Las yemas de los dedos le cosquilleaban al rozar pequeñas partículas de éter.

Flexionó las manos y también algo más —el músculo de un espíritu, un tendón mágico— y atrajo el éter. Le quemó la yema de los dedos y contuvo el aliento.

Enseguida sintió un ligero alivio de tanto agotamiento.

Esta vez, cuando abrió los ojos, pudo aguantar el tenue brillo azulado del éter.

Estaba en una cueva rodeada por los barrotes finos de una celda de piedra. Los barrotes crecían en círculo en torno a ella y se arqueaban hacia arriba para fundirse en el medio.

Luz respiró hondo. Se sentía mejor. Aunque le dolía el pecho, como si una magulladura le envolviese las costillas desde el corazón.

Cuando consiguió incorporarse, sintió náuseas y le entró un sudor frío.

Volvió a extender la mano sobre la piedra helada y, esta vez, tiró con fuerza.

El éter salió a raudales de la montaña y le subió por los brazos, iluminándola a su paso. Sentía como si se le estuviese desprendiendo la piel, desgarrándose desde dentro, ¡como un bollo con demasiado relleno!

¡Para!, gruñó algo.

Ella se quedó sin aliento, pero luego se echó a reír: era una antorcha que iluminaba la oscuridad.

La luz se desvaneció y la dejó con ansias y más fuerte.

En la esquina más alejada de la cueva vacía se agazapaba un tigre.

He dicho que parases.

Luz gritó y se alejó a gatas.

El tigre seguía en pie. El éter se desprendía de su cuerpo como si fuesen chispas, como si mudase pequeñas escamas constantemente.

Era un espíritu.

—Hola —dijo Luz. Tenía la voz tan ronca que no se reconoció—. Me llamo Luz. ¿Y tú?

El espíritu del tigre resopló y el pelaje de la cabeza se le erizó con un gesto de desdén.

—¿Es tu montaña? —le preguntó— ¿Estoy…?

La barcaza. El Selegan congelado. El águila. Ahora esa montaña.

Era una de las Montañas Vivientes. Otro hechicero la tenía. ¿Cuál de ellos tenía al gran espíritu de un tigre como familiar?

—¿Dónde está tu amo? —exigió saber Nada.

Descansando. La voz del tigre resonó en su cabeza. *Los has agotado.*

—¿A quiénes?

A mi hechicero, Baile de Estrellas, y a Viento en Calma.

Los hechiceros de la Segunda y la Tercera Montaña.

—¿Eres la Segunda Montaña Viviente?

Sí. Pero estamos en la Primera Montaña. ¿Qué eres?

—Una… una chica. Aunque hace tiempo fui un demonio.

Paciencia.

Luz frunció el ceño.

—No, tengo que volver con Kirin. No puedo esperar. Deja que me vaya.

Quieren saber cómo te hicieron.

—Me están haciendo daño —dijo Luz despacio. Acababa de darse cuenta de ello. El dolor, el frío, el fuego… Habían sido los hechiceros, ellos la habían abierto en canal para descubrir cómo funcionaba. Se estremeció—. Deja que me vaya. No querrás que me sigan lastimando.

No pueden herirte.

—¡Sí que pueden! Ya lo han hecho. Y podría haber muerto. —Luz se aferró a los barrotes de la celda.

El espíritu del tigre la observó fijamente con sus grandes ojos azules. Tenía el rostro ancho, blanco, con un tono azulado; cada pelo se le movía constantemente. Abrió las fauces al bostezar. Los colmillos chisporroteaban de poder.

Te estoy custodiando, le dijo, y se tumbó con delicadeza sin dejar de mirarla.

Luz volvió a dejarse caer sobre el suelo y se llevó las rodillas al pecho.

No tenía tiempo para preocuparse. No tenía tiempo de quedarse conmocionada.

—¿Sabes si Kirin está aquí? ¿Y El Día que el Firmamento se Abrió?

El pelaje del tigre se erizó cuando se encogió de hombros.

Solo estás tú.

Luz se abrazó las espinillas. Apoyó la cabeza sobre las rodillas y le devolvió la mirada al tigre. La certeza que siempre sentía con respecto a Kirin había desaparecido. Sin el vínculo, no sabía si seguía con vida. Cerró los ojos con fuerza, se negaba a considerar que estuviese muerto. O Firmamento. O el pobre río Selegan, que había luchado por defenderlos.

¿Podría extraer el poder suficiente de la Primera Montaña Viviente como para debilitar al tigre, romper la jaula y escapar a la vez? Cuando había tomado un poco, se había quemado los dedos. Si tomaba más, ¿la reduciría a cenizas? Ese era el problema de sentirse nueva, que no entendía lo que podía o no podía hacer. Se había sentido enorme cuando se había dado un nuevo nombre, pero la hechicera le había dicho que tratase bien a su cuerpo. Y cuando se había arrastrado hacia el éter hacía unos momentos, pensó que tal vez explotaría como un bollo relleno pasado de cocción.

Pero el riesgo merecía la pena. Debía escapar y encontrar a Kirin de nuevo. Antes de que los hechiceros la matasen. O peor… Y estaba segura de que había cosas peores.

Luz respiró con normalidad por unos instantes.

Cuando se calmó, pensó en cada parte de su cuerpo, dentro y fuera; percibió la temperatura y la ropa —solo llevaba una muda fina, el resto de sus pertenencias habían desaparecido—, el contacto de su piel magullada contra el suelo, el roce de los dedos entrelazados, las muñecas sobre las rodillas, la irritación de la garganta, los latidos de su corazón y el calor que emanaba de él.

Pensó en las estrellas y en el cielo nocturno, el inmenso sentimiento de una fuerza infinita que acunaba la Quinta Montaña. Pensó en que las estrellas eran como mariposas y recordó cuando la hechicera le hizo un corte, cómo las estrellas de su interior habían saltado para caer en picado y revolotear como un puñado de mariposas.

Cuando Luz estuvo lista, no necesitó apoyar las manos contra la piedra. Estaba dentro de la montaña y el éter flotaba en el ambiente con tanta facilidad como si de piedra y piel se tratase.

Luz soltó una gran bocanada de aire. Luego se detuvo, y, cuando volvió a inspirar, tiró del mundo entero.

TREINTA Y SEIS

L A MONTAÑA DIO UNA SACUDIDA Y SE ENTREGÓ A LUZ. Ella gritó por la sorpresa. ¡Era demasiado! Arrojó el poder lejos de ella tan rápido como se vertía en su interior: era un río, como el Selegan, un pasillo estrecho de rocas que forzaba a grandes cantidades de agua a atravesar otros más estrechos, cada vez más aprisa, para formar rápidos, para generar una cascada.

El poder entraba a raudales y la incendiaba. Pero pasó, pasó por todas partes, fluyendo a través de su pequeño cuerpo con un rugido.

Luz abrió los ojos justo en el momento en que los barrotes de su celda se estremecían y se reducían a polvo, como nieve a su alrededor. Se elevó del suelo, ascendió envuelta en remolinos de éter que se le enredaban en la columna y en el corazón. Le dolían los dientes y hasta los ojos. ¡Se estaba asando como un ganso a la brasa por las vibraciones de poder!

—¡Para! —graznó, y con esa palabra bastó.

El poder se apagó como la llama de una vela… una vela del tamaño de una montaña.

Se desplomó sobre el suelo de la cueva, pero aterrizó con suavidad.

El tigre ya no estaba y la cueva estaba hecha de cristal… de cuarzo de luna… no de granito. Ella la había cambiado.

Hasta ahí comprendía Luz. Comprendía lo básico de cómo la roca se convertía en fuego, en cristal, o en roca de nuevo, cómo se creaban las estrellas y los planetas y…

Se tambaleó.

De repente, tenía mucho frío. Se miró las manos. Estaba cubierta de líneas finas, de grietas.

Muy por debajo de ella, la montaña tembló.

Alguien más había despertado.

Los hechiceros vendrían a por ella.

Luz se puso en pie con dificultad y corrió.

Golpeó la pared de cristal y buscó rápidamente alguna veta. «Una puerta, necesito una puerta», hasta que una parte del cristal se retiró con un temblor. Atravesó corriendo el pasillo.

El éter resplandecía en las paredes y en el suelo, como los finos zarcillos de enredaderas diminutas. Podían seguirle el rastro. Debía darse prisa. Fuera, fuera, antes de que la energía se desvaneciese… No la había absorbido, solo la había canalizado, así que quizá no durase, pero no tenía tiempo de pensar en ello.

Encontró un arco de entrada y empujó las puertas de madera tallada, que daban paso a una cámara de madera bastante grande, con las paredes enyesadas. Había puertas a cada lado, y se topó con otro arco de entrada frente a ella. Escogió la de la derecha y entró corriendo en otro pasillo, cuyo techo bajo era de madera tallada. El aire era cálido y el éter se adhería de forma diferente, tal vez porque este era un edificio y no una montaña viviente. Estaba en un palacete en la ladera de la montaña.

—Necesito escapar —dijo—. Una puerta.

Pero probablemente los edificios no responderían de la misma manera que las montañas.

Luz se detuvo y tocó la madera. Estaba caliente. Oyó el sonido distante del viento. En algún lugar frente a ella había una ventana, u otra puerta.

¿Cómo iba a volver con Kirin?

Apretó la mandíbula por la frustración y tembló cuando le sobrevino una arcada. Había sido demasiado poder, demasiado rápido. No sabía lo que estaba haciendo.

Debía seguir avanzando o los hechiceros la encontrarían.

Aunque era probable que la encontrasen de igual modo.

El miedo le pisó los talones mientras volvía a salir disparada. Halló una escalera y casi tropezó con los escalones, pero se aferró a la pared para evitar caerse. Aquella habitación tenía columnas talladas como si fuesen árboles, que sostenían una red de travesaños. Unas bonitas pinturas a la acuarela colgaban entre ellas y el aire olía a incienso.

Luz pasó corriendo por encima de las esterillas de junco que cubrían el suelo y entró como una tromba en una habitación lateral enlosada con cristales azules. Las paredes brillaban con calidez. Debía ser una habitación externa y la luz del sol debía filtrarse a través del cristal. ¿Y si rompía la pared? Pero al otro lado podía haber cualquier cosa, incluido un precipicio, y estaba segura de que no podía volar.

Se dio la vuelta y volvió a la cámara grande. Escogió una puerta diferente.

Sentía los pies pesados y el estómago revuelto; estaba perdiendo energía. La había extraído desenfrenadamente y la había agotado con el mismo caos repentino. Tenía las uñas rotas y negras, como si hubiera metido las manos en el fuego.

Tras otro pasillo corto vio un baño cálido, con amplias bañeras alicatadas a ras de suelo, llenas de agua humeante y nenúfares.

Luz se detuvo para buscar agua que beber o espíritus. Había una fuente en el centro de la que manaba agua cristalina, así que metió la cabeza bajo el chorro para tomar un sorbo. El agua fría la refrescó por dentro y se humedeció la cara.

Después, corrió de nuevo.

Cuando llegó a una cocina vacía, pensó que era muy extraño que no se hubiese topado con nadie, ni siquiera con espíritus o con otras criaturas. Hasta la hechicera tenía quienes la acompañaran. Como Marea Incesante, Esrithalan y sus sirvientes invisibles. ¿Acaso los hechiceros no tenían guardias ni sirvientes? ¿Dónde estaban sus familiares?

No escaparía nunca. No tenía ningún plan. La Primera Montaña estaba a cientos de kilómetros de donde había dejado a Kirin. ¿Cómo iba a regresar con él? No entendía su magia y tampoco tenía la pera.

Casi tropezó cuando comprendió esto último y sintió que le faltaba el aire. La combinación no tenía bolsillos ni lazos en los que atar nada.

La pera estaba en su túnica en el momento en que se la llevaron. La tenían ellos. Los hechiceros.

Si quería recuperarla, tendría que negociar con ellos.

Quizá lo mejor que podía hacer era sentarse allí mismo y esperar. Puede que tuviera una oportunidad de hablar con ellos. De hacer un trato.

Luz aminoró el paso, jadeando a causa del esfuerzo. Tocó las paredes y trazó las finas líneas de éter con la mano, pero no extrajo el poder.

Se suponía que los hechiceros estaban aliados con la Emperatriz con la Luna en sus Labios. Seguro que podrían llegar a un acuerdo con una amiga del heredero.

Cuando dobló una esquina y se topó con otra habitación de piedra, se detuvo, desconcertada por estar de nuevo dentro de la montaña. Pero esta no era una cueva. Estaba construida con bloques de piedra. En el centro había una celda como aquella en la que había estado y, dentro, había una persona tendida.

Luz corrió sin pararse a pensar, pero no era Kirin, ni Firmamento. Esta persona era pálida y pequeña como ella, o como la forma humana del Selegan. Tenía los ojos cerrados y su respiración era poco profunda y rápida. Las puntas de su pelo estaban empapadas de sangre, que había formado un charco bajo su cabeza. Tenía unos cortes profundos en las mejillas, brazos y piernas. La túnica fina y gris se le pegaba al pecho plano, y debajo de ella también manaba sangre.

Sin pensarlo, se arrodilló frente a los barrotes y se aferró a ellos mientras extraía con suavidad el éter de la piedra. Los dos barrotes que tenía entre las manos temblaron, se resquebrajaron y se desintegraron. Tocó unos cuantos más, utilizando el éter con cuidado. Dolía, pero le hacía menos daño si trabajaba muy despacio.

Se metió en la celda y le tocó el cuello a la persona: tenía la piel pegajosa y casi traslúcida, y lucía un tono enfermizo y pálido; los pómulos y la mandíbula estaban muy marcados, la nariz era fina y el cabello era como seda del color del ébano. No tenía color en los labios y parecía que no respiraba, pero bajo la piel amoratada de sus párpados se apreció un rápido movimiento.

Luz tomó una honda bocanada de aire y extrajo éter de sí misma para introducirlo en el cuerpo de elle.

Cerró los ojos y se imaginó que los hilos del éter le cosían las heridas, le llenaban el estómago y hacía que su corazón latiese con más fuerza.

Le dolió un poco ser tan cuidadosa, pero Luz no quería herirle por ejercer mucha presión o demasiado rápido. Apretó la mandíbula con fuerza.

—Gracias. —Le llegó en un susurro.

Luz abrió los ojos y se sentó, sorprendida.

La persona estaba completa. Se sentó también. Sus mejillas desprendían calor y tenía los labios rosados. Parecía mayor que antes... tendría unos diecinueve años, como Kirin. El pelo negro le caía liso y fino como la lluvia y atrapaba destellos arcoíris. Sus ojos cambiaban de color, del argénteo al azul, sin cesar, como las nubes que atraviesan el cielo con rapidez en un frío día de invierno.

El éter se arremolinaba en torno a elle y le acariciaba como si fuese la persona favorita de la magia.

Era une de los hechiceros. Luz trastabilló por querer levantarse demasiado deprisa, y su sonrisa se transformó en una expresión de preocupación.

—Espera, por favor —le dijo—. No voy a hacerte daño, no como esos idiotas.

Luz no le escuchó, sino que se dio la vuelta y salió corriendo.

La puerta que daba a la cámara de piedra permanecía abierta para ella.

—¡Luz del Ocaso! ¡Vuelve, por favor! —escuchó que la llamaban.

Salió de la cámara y atravesó el pasillo antes de detenerse. Le dolía el pecho y se apoyó contra la pared con una mano. Agachó la cabeza. Unas gotas de sudor le recorrían las sienes. Se las secó con la muñeca. Hacía un momento había querido hablar con unos de ellos. Ahora le tocaba ser valiente.

Kirin esbozaría una sonrisa arrogante y volvería con tranquilidad. Firmamento... ¿qué haría él? Firmamento no se había visto en aquella situación, eso para empezar. La hechicera le diría a Luz que fuese ella misma: volátil, ingeniosa, brillante.

Aquello reconfortó a Luz. La hechicera le diría que era capaz de hacerlo, y que lo haría bien. Volátil, ingeniosa, brillante.

Luz regresó y se encontró a le hechicere de pie, con un largo vestido gris bordado con hebras de éter y zapatillas con las puntas curvadas hacia arriba. El cabello le llegaba por debajo de los hombros y le enmarcaba la mandíbula y el cuello esbelto. Le sonrió de tal forma que la sonrisa le llegó a los ojos, cuyo cambio constante gris azulado se ralentizó.

—¿Cómo sabes mi nombre? —le preguntó. Trató de sonar tranquila. No recordaba haberlo dicho en voz alta en aquel lugar, pero puede que hubiese olvidado muchas cosas.

—Puedo verlo a tu alrededor. —Le hechicere inclinó la vista y la miró de la cabeza a los pies—. Deberías proteger mejor tu nombre completo, Luz del Ocaso.

—Solo Luz —respondió ella.

—Luz. —Su sonrisa se ensanchó—. Bienvenida a la Primera Montaña Viviente, Luz. Soy La Balanza, pero puedes llamarme Lutha, como antaño.

Luz se quedó boquiabierta.

Le hechicere más antiguo del mundo.

Y elle la conocía o, mejor dicho, conocía a quien había sido.

—¿Te he llamado por un nombre antes? —le preguntó; apenas fue capaz de pronunciar esas palabras.

—Hemos sido amigues durante siglos. Te conocí cuando eras un gran espíritu nuevo llamado Pradera de Balsaminas de Fuego, y luego cuando fuiste un demonio de nombre Paciencia.

—¡Paciencia! —Luz se rio. No se lo podía creer. ¿Qué nombre era ese para un demonio?—. Es imposible.

—Y aun así… —dijo La Balanza. Encogió un hombro—. Imagino que era parte de un nombre más largo como El Problema de la Paciencia o quizá Nunca Tiene Paciencia. —Se echó a reír. Era una risa clara, divertida, amistosa, y

Luz comprendió que este antigüe hechicere le estaba tomando el pelo.

Luz sintió que las rodillas no la sostenían y se dejó caer sobre el suelo. Olvidó ser volátil o astuta.

Paciencia. ¿La habría llamado así la hechicera?

En ese momento, lo único que quería Luz era preguntárselo, ver a la hechicera y preguntarle qué significaba aquel nombre. Anhelaba su sonrisa fría y sus ojos, uno del verde de los viñedos en verano y, el otro, de un marfil fantasmal.

Se le encogió el corazón y sintió que, hasta ese momento, se había olvidado de lo mucho que disfrutaba de la compañía de la hechicera. La echaba de menos.

Se humedeció los labios.

La Balanza se agachó frente a ella, manteniendo el equilibrio sobre la punta de los pies, y le tendió dos tacitas de té en perfecto equilibrio sobre las palmas de sus manos. Una era de cerámica, delicada, con olas y peces dorados pintados; la otra era una talla de cuarzo ahumado, tan fina que perfectamente podría haber estado hecha con rayos de sol.

Luz aceptó la de cerámica y tomó un sorbo a la vez que le hechicere.

El té le devolvió la confianza como por arte de magia. Parpadeó y se bebió hasta la última gota.

La Balanza también apuró el suyo. Luego, dejó la taza de cuarzo sobre el suelo.

—¿Qué quieres de mí? —le dijo.

—Mmm…

Elle esperó, tan inmóvil como una estatua, salvo por el lento vaivén de las nubes de sus ojos. Todavía agachade en perfecto equilibrio.

—Necesito recuperar mis cosas, las que llevaba cuando me atraparon —dijo Luz tras hace acopio de fuerzas—. Y luego debo volver con Kirin Sonrisa Sombría.

—Veré qué puedo hacer. Pero no me refería a eso, estrellita.

—¿A qué… te referías?

La Balanza no respondió, sino que esperó.

Luz pensó un momento. Recordó las estrellas que se habían derramado de sus entrañas, de la paciencia y de las balsaminas de fuego.

—¿Puedes decirme lo que soy? —le preguntó.

Elle sonrió de nuevo.

—Eres buena. Eres compasiva, lista y leal.

—No me refería a eso, anciano —repitió ella con un resoplido.

—¿Lo soy?

—¿Si eres qué? ¿Viejo?

—Un hombre.

Luz se ruborizó y sintió que se le aceleraba el corazón.

—Lo siento.

—Te perdono. —Elle le alzó la barbilla con dos dedos. El tacto no era frío ni cálido, sino una mezcla entre los dos, como la luz del sol y una brisa.

—Es una balanza en equilibrio —dijo Luz—. No es como una armadura o un pez.

La Balanza asintió.

—Eso es.

—Yo tampoco soy una sola cosa —supuso.

Elle volvió a asentir.

—Ni un demonio ni una chica o un espíritu, sino muchas cosas.

—Cuando te diste el nombre, cuando tu reencarnación se completó, ¿lo supiste? Flotaba en el éter y así fue como ellos supieron dónde buscarte y cómo encontrarte.

Luz frunció el ceño.

—Viento en Calma y Baile de Estrellas.

—Ellos también son jóvenes.

—¿Qué? ¡Pero si deben de tener como miles de años!

—Bebés —dijo La Balanza, de alguna forma con una mezcla de ternura e irritación.

Aquello hizo reír a Luz. Pero se tranquilizó enseguida y pensó en los hechiceros.

—Me hicieron daño. Intentaron diseccionarme.

—Ellos no te entienden.

—¡A ti no te ha hecho falta hacerme daño para entenderme! —Agitada, Luz intentó levantarse de nuevo al recordar el dolor del frío, la sensación de estar ahogándose cuando tragó aquel océano de sangre. Empezó a temblar y sintió que la bilis le subía por la garganta.

—Yo hice mi propio experimento cuando los otros se cansaron —dijo La Balanza.

Ella bufó.

—Me curaste —dijo le hechicere.

«Pues claro», pensó Luz, furiosa. Se puso de pie.

—¡Era un truco! —Le hechicere nunca había tenido una herida. Lo habían planeado todo, para distraerla, ¡para demorarla!—. Deja que me vaya. Dame mis cosas y llévame con Kirin. Debe de estar muerto de preocupación.

—Sí, pero todavía te queda algo de tiempo —respondió La Balanza—. Ya han pasado… cinco días desde que te trajeron aquí.

Abatida, Luz se dejó caer sobre las rodillas. Se tapó la boca con la mano.

—¿Te gustaría verle?

Ella asintió y le hechicere se levantó con suavidad. Caminó hacia la pared de piedra y tocó uno de los bloques. Se onduló como el agua y apareció una ventana que daba a un valle inmenso de árboles perennes. La Balanza murmuró algo y, a medida que pronunciaba las palabras, se iban convirtiendo en sigilos de éter. Cada uno tañó con suavidad, como una campana, al golpear la ventana, y esta volvió a estremecerse.

Cuando vio a Kirin, Luz se puso en pie de un salto.

Estaba rodeado de soldados… soldados imperiales, con su armadura roja, una luna blanca lacada en el torso y cascos con cara de demonio. El Ejército de los Últimos Recursos. Kirin también llevaba una coraza de escamas rojas, con dos espadas de hoja ancha ceñidas en las caderas. Discutía con Firmamento, quien llevaba su propia espada atada a la espalda sobre una armadura de cuero negro. Los dos se habían recogido el pelo en lo alto de la cabeza y tenían unos guanteletes. Luz vio caballos de guerra y hasta dos cañones entre los soldados. Firmamento le puso una mano en el pecho a Kirin para evitar que se alejara, y el príncipe, dedicándole una mirada intensa a su guardaespaldas, cubrió la mano de Firmamento con la suya. Luz vio la ternura que se profesaban, en público. ¡Malditos los dos! Entonces, Kirin apartó la mano de Firmamento y se marchó, ofendido.

—Idiotas —masculló Luz. Se veía que esos dos tenían una relación tan claro como si la hubiesen escrito en el aire con fuego.

—Quiere mandar al ejército en tu búsqueda. Atacará las Montañas Vivientes para recuperarte —dijo La Balanza.

Luz se estremeció y sacudió la cabeza en una negativa.

—Tú has hecho esto… ¡Tú y los otros habéis provocado este desastre!

—Desearía conocer tu naturaleza, Luz —le respondió La Balanza con amabilidad. La ventana se oscureció y volvió a transformarse en una sencilla pared de granito gris—. Baile de Estrellas y Viento en Calma no entienden que lo que eres no tiene nada que ver con tus huesos ni con tu corazón volcánico, o con tus nombres anteriores, ni con las esposas o lo que solías decir o ser. Pero sí tiene que ver con lo que crees que eres. Lo que tú creas está bien. Lo que te llames a ti misma.

—Lo que se siente ser yo —musitó Luz.

—A los unicornios les preocupan los sentimientos, pero, sí, eso también importa. Los sentimientos se acercan más a la creencia que los pensamientos.

Luz contuvo el aliento.

—¿Puedes leerme la mente?

—Es posible, pero no necesito hacerlo. Conozco a Esrithalan.

Luz se agachó y apoyó la frente contra el frío suelo de piedra. Era agradable y le calmaba el calor de la piel. Se sentía bien. Le gustaba la piedra, su peso, la lenta fuerza que manaba de ella.

La Balanza le apoyó una mano entre los omóplatos.

—Sigues siendo una montaña, Luz. Siempre lo fuiste, incluso cuando eras tan solo el espíritu de una florecilla.

—Lutha —susurró. No era una pregunta, tan solo quería saborear su nombre.

—Amiga mía.

—¿Qué descubriste sobre mí con tu experimento?

Elle le acarició la espalda.

—Piensa en esto: comenzaste tu existencia como el espíritu de una sola flor, y de tan humilde y pequeño comienzo reuniste más espíritus, te convertiste en una pradera, en una familia de flores lo bastante fuerte como para convertirse en un gran espíritu. Con el tiempo, tus raíces se entretejieron con las piedras de la montaña y te hiciste más fuerte. Tanto que cuando tu montaña entró en erupción, te aferraste a la vida y al éter a través de esas conexiones tan profundas, así que en lugar de transformarte en un demonio, resurgiste como un gran demonio capaz de seguir alimentándote de éter. Eras tú misma…, una miríada de flores hecha de fuego, piedra y cristal. Y considera esto también: sospecho que antes de que fueras una flor incluso, eras el fuego que nacía de las entrañas de esa montaña, y anhelabas tanto abrirte paso a través de la oscuridad que encontraste un brote que nutrir en la lava, negra y fría. Te he conocido de muchas formas, muchas veces, pero en el fondo siempre has sido la misma. Lo sigues siendo. Yo tenía una herida y viniste a ayudarme, aunque eso podía echar a perder tu oportunidad de escapar y de volver con tu príncipe. Incluso cuando eras un demonio eras demasiado considerada como para ignorar a un pájaro herido. —Una nota de humor en la voz del hechicere hizo que Luz alzara la cabeza.

La Balanza la estaba observando.

—Tu hechicera era un pájaro herido —le dijo—, y tú le diste lo bastante de ti como para que estuviese más que completa… ambas fuisteis mejores por ello.

—No lo recuerdo —susurró Luz. Deseaba más que nada en el mundo acordarse del momento en que había dejado que la hechicera, una muchacha de dieciséis años, entrara en la montaña y le diera su magia.

—Todo el mundo puede ser más de lo que parece, soportar más de lo que su cuerpo parece poder tolerar. Tú siempre elegiste crecer.

Luz notaba un nudo en la garganta y aquellas emociones le atenazaban el estómago. Todas ellas. Cerró los ojos con fuerza.

—¿Cómo aprendo a ser más de nuevo?

—¡Pero si no lo has olvidado! —se rio La Balanza—. Aunque si necesitas un consejo práctico, experimenta con poca magia antes que con mucha. Para ir tomándole el ritmo. Otra cosa sería demasiado volátil. Planta una semilla.

Luz respiró hondo y asintió. Contuvo el aliento y miró a La Balanza, con sus ojos azul argénteos. Le hechicere tenía un atractivo de tal perfección que resultaba abrumador; ninguno de sus rasgos le dio ninguna pista sobre el momento en el que abandonó aquel lugar.

—Haré lo que sea —dijo Luz—. Seré lo que sea.

Sus ojos como el cielo se agrandaron.

—Sí. Puedes hacerlo.

Luz se humedeció los labios con aire pensativo. Podía quedarse y acribillar a esos hechiceros que querían hacerle daño. Podía volver a la Quinta Montaña de inmediato y sanar el núcleo, devolverle su poder a la hechicera para que no necesitase alimentarlo con otros corazones; podía conocer a su antigua esposa. Podía vagar por el mundo entero y nunca sentir hambre o cansancio. Podía descubrir cuán cerca de la luna podía volar. O flotar entre las nubes, ver las estrellas y las vidas pasar hasta que comprendiese los patrones de la vida y de la muerte.

Pero ella quería volver con Kirin.

Y con Firmamento. Quería contarles lo que le había pasado y acompañar a Kirin en el ritual de investidura. A salvo. Ese había sido el comienzo de su aventura: rescatar al príncipe de la Hechicera que Devora Doncellas.

Ese también sería el final.

Una sonrisa enorme, cálida y dulce le nació del pecho. Tenía un espacio infinito para seguir creciendo.

—Llévame de vuelta —dijo.

La Balanza alargó una mano en su dirección y su pera, que ya se había comido casi entera, apareció en ella. Se la lanzó. Entonces, elle volvió a recorrerla con la mirada de la cabeza a los pies y Luz descubrió que llevaba puestos unos pantalones y una camisa cruzada, una chaqueta larga y botas de cuero. Todas las prendas eran de distintos tonos de azul. Se levantó.

—Mi amigo, el gran espíritu de la Primera Montaña, te llevará —dijo La Balanza mientras unas motas de éter comenzaban a caer del techo. Se transformaron en pájaros hasta que Luz se vio rodeada por una bandada de estorninos plateados sobre los que se reflejaban los colores del arcoíris.

310 • LA SONRISA DEL DEMONIO

—Gracias —le dijo con una reverencia, aunque no apartó la mirada de los espíritus... del espíritu, pues era un gran espíritu que había adoptado muchas formas.

—De nada, estrellita —respondió La Balanza, y Luz los perdió de vista cuando una crisálida de estorninos la envolvió.

TREINTA Y SIETE

V IAJAR EN BRAZOS DE UNA BANDADA DE ESPÍRITUS-PÁJA-
ros que revoloteaban y piaban le hacía cosquillas a
Luz. Se rio de alegría, con los ojos cerrados, y se entregó a la
sensación de los pinchazos y al ligero roce de las alas. Sentía
el hormigueo de la magia, cómo estallaba y le recorría el
cuerpo como el viento, enredándose en su pelo, besándole
los labios, las manos y las plantas de los pies.

Extendió los brazos como si ella misma tuviese alas y
recorrió las chispas de éter con los dedos. Sintió un cosquilleo en el estómago cuando descendieron y el corazón le
explotó de euforia cuando ascendieron, cada vez más alto
en el cielo. Luz no veía nada, pero lo sentía; sabía la velocidad a la que volaban y la distancia que había entre ellos y
las rocas en el suelo. Sentía su montaña a lo lejos y sabía
que, si se lo pedía, el gran espíritu estornino la llevaría allí.

La pera era un bulto pequeño y duro contra su cintura,
guardada bajo el fajín que le sujetaba la camisa. La utilizaría
tan pronto como pudiera para contárselo todo a la hechicera. De solo pensarlo, una oleada de calor recorrió a Luz.

Cuando el gran espíritu estornino comenzó a dismi-
nuir la velocidad, Luz le pidió que le dejase ver. Las alas
batientes de éter se abrieron para ella. Las copas oscuras

de los árboles del bosque pluvial se extendían bajo sus pies, al igual que los campos de trigo y los manzanares listos para la cosecha, el humo de los pueblos cercanos y el ejército.

Dio gracias por estar al tanto de que Kirin y Firmamento estaban al mando del ejército, o aquella imagen la habría hecho caer del cielo.

Había cientos de soldados dispuestos en filas, que ondeaban en rojo y negro, acampados en medio de un manzanar diezmado. Caballos, carromatos, cañones por todas partes. El acero de las alabardas, las espadas y los escudos blancos como la luna brillaba a la luz de la tarde.

Ahí estaba Kirin, una figura diminuta paseando de un lado a otro frente a la entrada de una tienda roja con un techo a dos niveles y marcada a los pies con dos postes altos de los que colgaban unos círculos maltrechos plateados por la luna. Lo acompañaban tres soldados y Firmamento —también era fácil de reconocer por su tamaño y el pelo besado por el demonio—. Hablaban junto a lo que parecía un mapa extendido sobre una tabla de madera colocada sobre dos barriles. Había un brujo sentado en un taburete y, sobre su hombro, se percibía el brillo de un familiar.

—Bájame, pero lejos del ejército, por favor —dijo Luz al espíritu del estornino arcoíris.

Se desvió con rapidez hacia el sur y, con suerte, nadie en el campamento se fijaría en la bandada de espíritus que estaba surcando el cielo despejado.

Luz le dio las gracias al gran espíritu cuando sus pies tocaron el suelo y les ofreció una sonrisa a los pajarillos, ya que ellos no eran demonios y la sangre no les servía de nada. Alzaron el vuelo en una espiral entre los árboles, y Luz se quedó sola.

El bosque respiraba con el canto de los pájaros, el viento y el jaleo del ejército que había acampado cerca.

Tal vez debería haber hecho una entrada majestuosa sobre las alas del gran espíritu de la Primera Montaña Viviente.

Luz se recostó contra el tronco estrecho de una cicuta e inclinó la cabeza para mirar las hojas perennes que se abrían en forma de abanico en las ramas. Hasta ese momento no se le había ocurrido que habría sido de mucha ayuda causar una primera impresión fuerte en el ejército. Estaba demasiado acostumbrada a pasar inadvertida, incluso tras haber descubierto que, por dentro, era una montaña.

Resopló y se apartó del tronco. Dio unas palmadas sobre la corteza musgosa y comprobó que la pera seguía en el fajín.

Ahora que había tomado su decisión, debía llevarla a cabo.

Luz se dirigió al límite del campamento mientras observaba su disposición y qué tipo de personas además del Ejército de los Últimos Recursos habían acudido allí. Había mucha gente. Soldados normales, conductores de carromatos, cocineros y sirvientes, como mínimo. Bordeó el perímetro en su totalidad antes de que se pusiera el sol y decidió que no necesitaba disfrazarse para colarse. Si la detenían, Luz solo tenía que decir que era del pueblo que había al final del camino y que estaba buscando a su madre, que había ido a recoger la colada.

Pero nadie la detuvo. Ya era noche cerrada y las hogueras resplandecían en hileras a intervalos regulares. No podía decirse que hubiese una guardia, salvo por un puñado de exploradores que habían partido al bosque, más interesados en cazar algún ciervo que en dar con el enemigo. Después de todo, estaban en el corazón del imperio. Los brujos del ejército habían dispuesto a unos espíritus en los puestos de vigilancia, pero ignoraron a Luz. Se había encontrado con una araña grande y preciosa que tejía telarañas espirituales por el camino, pero pareció que Luz le había caído bien. Si tenía tiempo de sobra, le preguntaría cómo la veía, qué pensaba que era.

Se movió por el campamento con facilidad. Evitó la luz del fuego e intentó aparentar que no estaba merodeando, porque ella también pertenecía a aquel lugar.

En varias ocasiones le llegó el rumor de unas conversaciones mientras esquivaba a grupos de guardias reunidos alrededor de la hoguera, pero se limitaban a hablar sobre el tiempo, canciones y personas a las que ella no conocía, hasta que de repente escuchó el nombre de Kirin, susurrado en un tono quedo, y se quedó paralizada, a la sombra detrás de una tienda pequeña.

— … no lo sabemos —estaba diciendo uno de los soldados.

—No es asunto nuestro —añadió otro.

—Pero nos perjudicará si es cierto.

—Os estáis buscando un problema —dijo una voz nueva y ronca.

—Pues a mí me parece que eso es justo lo que está haciendo el príncipe. Se pasea por ahí sin monjes, sin supervisión espiritual.

—Calla, Den. Vas a…

—Tiene que volver a casa para que no aplacen más el ritual. Si es que aún puede ser llevado a cabo. No es que se esté comportando precisamente como…

—Está mostrando su lealtad —insistió el primer soldado.

—Su lealtad debería ser para con la Luna por encima de todo, no para con una chica. El Comandante Estrella Punzante no ha sido capaz de calmarlo hoy, pero ¿el besado por el demonio sí? Eso…

—Déjalo ya. Tenemos que confiar en la Luna y en su hijo.

Luz apretó la mandíbula y se alejó apresuradamente. Sentía la garganta hinchada por la ira, pero sabía que los soldados tenían razón. Había demasiadas circunstancias cuestionables como para que no pensaran en ellas. Kirin había pasado por muchas cosas, igual que el imperio. Un solo paso en falso y prendería la llama de la duda.

Y ya había prendido al tocar a Firmamento delante de todos ellos y, al parecer, planteando exigencias ultrajantes por una huérfana.

Gracias a las Reinas del Cielo, ella había vuelto antes de que nadie pudiese decir nada.

La tienda real de Kirin estaba cerca del centro, pero algo desviada hacia el oeste. Luz lo sabía por las lunas plateadas que se alzaban en los postes pulidos hechos con madera de Árbol Real. Y porque Firmamento estaba sentado frente a la tienda junto a una pequeña hoguera. Estaba encorvado, con los codos sobre las rodillas y la espada todavía colgada a la espalda, como si fuese un ala de demonio, poderosa, replegada con firmeza. Sus ojos emitían un fantasmagórico destello azulado cuando miraba las llamas.

Luz rodeó la tienda hasta la parte de atrás y exploró en silencio los bordes para colarse dentro. Esa era su habilidad desde siempre: colarse donde no debería.

Habían tensado muy bien la base de la tienda de lona, pero Luz fue capaz de soltar una estaca con unos tirones lentos y regulares, lo justo para echar un vistazo en su interior y ver que estaba oscuro. El resplandor del fuego proyectaba una luz rojiza sobre la tela.

Pegó el cuerpo al suelo y rodó bajo la tela con cuidado, pensando que Firmamento no se perdonaría cuando supiese que Luz había accedido al príncipe mientras él montaba guardia fuera a medio metro de distancia.

Luz golpeó contra algo duro y se quedó quieta, pero antes de que su sorpresa aumentase, Kirin se había arrodillado sobre ella para estrangularla.

Abrió los ojos como platos y, tras forcejear con un solo tirón, Luz se obligó a relajarse.

En la otra mano Kirin tenía una daga, roja por el tenue resplandor del fuego. Ella lo miró fijamente a la cara, de modo que vio cómo el desconcierto atravesaba las facciones del príncipe, seguido por un alivio evidente, antes de soltar la daga.

En lugar de liberarle la garganta, deslizó la mano bajo la cabeza de Luz y la atrajo hacia sí. Bajó las rodillas hasta que quedó sentado a horcajadas sobre ella y luego la abrazó con una fuerza casi imposible, con la cara de ella contra su pecho desnudo.

Luz le rodeó las costillas con los brazos y se aferró a él, temblando mientras la oleada de miedo que había sentido se desvanecía como una fría llovizna.

—Luz —susurró, y luego dijo su nombre una y otra vez y, ay, cómo le gustaba a ella. Lo había recordado y sonaba muy natural entre ellos.

—Hola, Kirin —le respondió en un susurro, con los labios posados sobre su piel.

Se fueron calmando poco a poco y Kirin se echó hacia atrás para mirarla a la cara. Ella le empujó el torso con suavidad para que se retirase un poco más. Lo hizo; se puso de pie y también la ayudó a levantarse. La tienda era bastante alta como para que Kirin pudiese pasear erguido por la mayor parte.

Le tendió la mano y la condujo al jergón.

—¿Estás bien?

—Sí, pero tengo hambre y sed —respondió Luz.

Hablaron entre susurros y se movieron sin hacer ruido para ocultar la presencia de ella incluso de Firmamento, que seguía fuera a tan solo unos pasos. Lo más probable era que el soldado alertase al campamento entero si pensaba que había alguien con el príncipe en la tienda.

Kirin hizo que se sentara en el jergón y tomó una jarra y una hogaza de pan a medio comer de una mesita baja. Se las llevó y se arrodilló a su lado.

—Pan y agua, aunque tengo algunas galletas de avena y cerezas deshidratadas.

Luz se limitó a asentir. Le quitó el corcho a la jarra y bebió directamente de ella. Cerró los ojos mientras bebía hasta saciarse. Cuando se la devolvió a Kirin, él le pasó el pan con una sonrisa sardónica.

La sonrisa que le dedicó ella era un poco más afilada, más brillante.

—Los hechiceros de las Montañas Vivientes me secuestraron —le dijo. Luego se llevó el pan a la boca y ya no pudo hablar.

Aquello le dio a Kirin la oportunidad de reaccionar: se le tensaron los músculos de la mandíbula y frunció el ceño. Luego, se levantó y rebuscó entre las botellas que quedaban sobre la mesa; volvió con una de vino. Bebió un poco y lo compartió con ella. Luz acunó la botella en su regazo mientras mordisqueaba el pan, que estaba delicioso y consistente por los granos de trigo.

—Pensaba que habías muerto —le dijo—. Sabía que había sido un hechicero. Íbamos... a buscarte. El río Selegan volvió a la Quinta Montaña para contárselo a tu hechicera, pero no he tenido noticias de ellos. El ejército nos estaba esperando en la Orilla de Plata porque Esrithalan le avisó a mi madre que llegaríamos a tierra, y mandó a un brujo mensajero al Comandante Estrella Punzante, que se encontraba en el Fuerte de la Lluvia Plateada, para que nos escoltase de vuelta a casa. Pero no podía regresar sin ti.

Aunque lo dijo con una perfecta calma Luz percibió un dejo amenazador, así que le tocó la mano y le pasó el vino.

—Baile de Estrellas y Viento en Calma me hicieron daño, Kirin. Me partieron a pedazos y me abrieron para descubrir cómo estaba hecha, para descubrir qué soy. Porque nadie antes había descubierto cómo devolver a un demonio a la vida.

Kirin cerró los ojos con un gesto de dolor.

—Haré que asedien sus montañas, Luz. Haré que destruyan hasta la última piedra.

—No. Con el tiempo podré cuidar de mí misma.

—Te llevaron lejos de mí… ¡lejos del Heredero de la Luna! —Kirin la miró con una furia asesina—. Eso no puede ser tolerado.

—Entonces…, cuando se lleve a cabo la investidura, lo hablarás con el gran demonio de palacio, Kirin. Prométemelo.

A pesar de que tenía los ojos entornados, Luz percibió su brillo en aquel perturbador resplandor rojizo. Luego, la miró con desdén y dejó los dientes al descubierto en una mueca de frustración.

—Prometo no tomar represalias contra las Montañas Vivientes sin hablarlo antes con el gran demonio.

—Bien. Y… La Balanza no es mi enemigo, ni el tuyo. Elle me ayudó a volver contigo. Elle… dijo que me conocía de cuando era un gran demonio. —Arrugó la nariz—. Me contó que mi nombre era Paciencia por aquel entonces.

La expresión de Kirin se relajó. La observó durante unos instantes; luego, le acarició la línea de la mandíbula.

—Ya veo que en el fondo tienes paciencia… ¿Cómo, si no, habrías podido construir poco a poco y en silencio tu propio imperio en miniatura en las salidas de humo?

—¿Cómo, si no, habría podido soportarte tanto tiempo? —bromeó ella entre susurros.

—Por las Reinas del Cielo —dijo el príncipe; tenía la voz cargada de emoción—. Luz, yo… —Kirin se inclinó hacia ella y la besó. Fue un beso duro, plano, y terminó pronto. Apoyó la frente contra la de ella—. Te necesito.

Las palabras la atravesaron, y la alimentaron como el éter, cuando lo había extraído de la montaña. Y a Luz le gustó. Vaya si le gustó.

—Necesito que vuelvas a casa conmigo —prosiguió Kirin—. A mi lado, que me sostengas con firmeza para que pueda actuar como un hombre, ignorar a Firmamento y hacer el papel que tengo que representar hasta el ritual de investidura. Casi me delato mientras no has estado.

Ella no le dijo «lo sé». No se lo echó en cara. Dejó escapar un suspiro entrecortado.

—Estoy aquí. Y voy a ver cómo te invisten, Kirin —dijo, y le acunó las mejillas con las manos.

—Bien.

Luz abrió los ojos. Él los tenía cerrados y estaban demasiado cerca como para poder fijar la vista. Su rostro era un borrón de piel pálida como la luna y pestañas negras.

—¿Qué puedo hacer?

Kirin se separó de ella y dejó las manos sobre los muslos.

—Necesitamos una historia.

—La Balanza me ha traído de vuelta porque son aliados de la Luna.

—No —dijo él con entusiasmo—. Escapaste por tu cuenta porque tú también eres una hechicera. Eres poderosa. Por eso reconociste al príncipe impostor y que yo aún estaba prisionero, y así fue como me liberaste de la hechicera. Hiciste un trato con ella y empezaste a aprender cómo usar tu poder. Has vuelto conmigo porque eres leal a la Luna. Por eso permanecerás a mi lado ahora: una hechicera que me protegerá del resto del mundo. Eso lo explicaría todo.

—Igual que decir la verdad —gruñó ella.

—La verdad arruinaría mi virtud ante los ojos del mundo.

Luz frunció el entrecejo porque eso era cierto.

Kirin ladeó la cabeza de tal forma que parecía que la sonrisa se le derramaba del rostro.

—Hagámoslo ahora, vamos a sorprender a todos. Funcionará a nuestro favor si lo hacemos ahora, en mitad de la noche. Montaremos un escándalo.

—Kirin, ¿estás bien?

La pregunta de Firmamento les llegó amortiguada desde fuera, y los jóvenes volvieron la cabeza.

—¿Lo ves? —susurró Kirin, y luego añadió—: ¡Estoy más que bien, Firmamento! ¡Despierta a Estrella Punzante!

El príncipe tironeó de Luz para que se levantara y agarró una camisa de la silla plegable que había junto a la mesa.

—Esta era su tienda de mando —dijo mientras se vestía—. Y he tomado prestado algo más que su cama estos tres días. Su honor, estoy seguro.

A aquello último lo dijo sin amargura, pero Luz percibía la tensión que se le acumulaba a Kirin en los hombros.

—¿Debería recogerte el pelo?

—No, no para esta actuación. —Le sonrió y se pasó todo el cabello oscuro sobre un hombro. Luego, buscó la espada—. ¿Lista?

—Eh —musitó Luz.

Kirin le asió la mano de nuevo e irrumpió en el exterior con ella mientras lanzaba gritos eufóricos.

TREINTA Y OCHO

LUZ PASÓ LAS HORAS QUE QUEDABAN HASTA EL AMANECER junto a Kirin, con el mentón alzado, los ojos abiertos, hablando lo menos posible y, en general, tratando de parecer aterradora.

Más tarde, Kirin le dijo que lo había llevado extrañamente bien y que servía para el objetivo que tenían en mente.

El príncipe la había arrastrado fuera de la tienda y había declarado bastante emocionado frente a los guardias allí reunidos que su amiga, la hechicera Luz del Ocaso —quizás algún día se convertiría en la mismísima hechicera de la Luna—, había escapado de las garras de los hechiceros de las Montañas Vivientes gracias a su astucia y a su poder recién adquirido.

El Comandante Estrella Punzante había surgido como una figura amenazadora, con el pelo canoso recogido en lo alto de la cabeza y amuletos de plata que indicaban su rango prendidos de las muñecas. Sin embargo, asintió aliviado cuando Kirin dijo que partiría al alba con un destacamento de la compañía para viajar más rápido hacia el sur, de vuelta a casa, antes de que les surgieran más obstáculos en el camino. Estrella Punzante clavó la mirada en la de Luz, y estaba claro que le sorprendió lo que vio en sus ojos, pero asintió.

—Nos alegra tenerte de vuelta, hechicera —le dijo.

Que la llamase así hizo que ella sintiese un cosquilleo en el estómago, pero permaneció en silencio.

Cuando los soldados brujos intentaron tocarla, Kirin les ordenó que se retirasen. Luz sonrió a los familiares (uno tenía un demonio ratoncito en el hombro; el otro, un espíritu serpiente que le envolvía la garganta como un collar). La serpiente sacó la lengua azul brillante y el ratón tembló con tanta violencia que desprendió motitas de éter.

Aquello hizo que la sonrisa de Luz se agrandara. Quería robarlos, hablar con ellos, ofrecerles ser su ama.

El único momento desagradable fue cuando el príncipe terminó con la multitud y la mayoría se dispersó para cumplir las órdenes nuevas de preparar una partida que saliese al amanecer con Kirin. Estrella Punzante hizo una referencia que hacía honor a su nombre.

Entonces, Kirin y Luz se quedaron a solas con Firmamento.

Él los miró desde el otro lado del fuego, con los brazos cruzados sobre su torso ancho. El cabello negro azulado le caía por los hombros y los ojos todavía relucían con llamas azuladas, aunque el fuego que había frente a la tienda real había quedado reducido a unas pocas ascuas.

—Firmamento —dijo Luz, y dio un paso hacia él.

Este desvió la mirada hacia Kirin y, de pronto, Luz se dio cuenta de que el guardaespaldas besado por el demonio estaba furioso.

Kirin apoyó el peso sobre un pie, con la cabeza ladeada.

—¿Sí, Firmamento? —dijo arrastrando las palabras con suavidad.

El guardaespaldas descruzó los brazos, dejando que quedasen relajados a ambos lados de su cuerpo; sin embargo, sus manos seguían cerradas en un puño.

—Nada, mi príncipe —dijo, muy despacio y muy intencionadamente.

Entonces, se dio la vuelta y se marchó.

Luz miró a Kirin.

—¿Qué has hecho?

El príncipe se encogió de hombros y abrió la solapa de la tienda de un manotazo. Se metió dentro y Luz lo siguió.

—Así es como debe ser —se limitó a decir Kirin. Llenó una copa de vino, aunque ya era casi de día, y se negó a decir una palabra más al respecto.

Partieron dos horas después, Kirin, Firmamento, Luz y veintiún soldados del Ejército de los Últimos Recursos, incluido el brujo que tenía un ratón familiar.

Había cinco días de distancia hasta la capital desde donde se encontraban, muy al sur del Selegan, menos de lo que le hechicere les había asegurado. Parecía que aquello había pasado hacía siglos, pero solo habían transcurrido dos semanas. Sin embargo, los caballos apuraron la distancia que ellos no podrían haber recorrido a pie y, puesto que cabalgaban bajo la protección del ejército, habían despejado los caminos para ellos y las posadas o los albergues de las encrucijadas estaban vacíos en su favor. Luz no tenía experiencia con caballos, así que cabalgó detrás de Kirin sobre una yegua alta de color crema con la crin y la cola negras.

El príncipe vestía el uniforme del ejército, el mismo que llevaba en la visión que le había mostrado La Balanza, y antes de montar, le pidió a Luz que le empolvara la cara, le delinease los ojos y le pintara los labios de negro. Un contraste perfecto. Una mentira binaria.

—Puedo adornarte el pelo con perlas —se ofreció ella, ya que pensó en lo hermosas que quedarían alrededor de aquel recogido tan serio.

—Que no queden demasiado bonitas —murmuró él.

Ella se arrodilló y sacó el cepillo. Kirin abrió los botes de pintura que había sacado de vaya a saber dónde. Era fácil integrar los polvos; eran muy finos y de un color perlado. Le pintó la línea de las pestañas de negro y le dio un toque grácil en las comisuras de los ojos.

—¿Eres un chico hoy? —le preguntó con aire ausente, concentrada en que los trazos fuesen suaves. El recio uniforme era muy masculino.

Kirin contuvo el aliento. Ella lo miró. Él parpadeó un par de veces, tragó saliva, y Luz esperó mientras el príncipe se recuperaba de lo que fuera que lo hubiera afectado.

—No; en realidad, no —dijo—. Pero de todas maneras seré el príncipe.

Luz frunció los labios con tristeza, aunque Kirin no había permitido que su voz se tiñera de esa misma emoción. Mantuvo un tono frío. Entonces, Luz se dio cuenta de lo mucho que Kirin se había controlado siempre y de todo lo que había guardado para sí. No era frío por instinto, sino por necesidad.

—No pongas esa cara —le dijo el príncipe. Como solo le había pintado un ojo, se veía asimétrico y tonto. Pero forzó una sonrisa sincera.

—Me sorprende que me preguntes. Pero me ha gustado. Gracias…, de verdad.

—Te lo preguntaré todos los días —dijo Luz con ímpetu.

—Gracias —repitió él. Puso una mano sobre la de ella, sobre su rodilla, y le dio un apretón.

Ella asintió y le tocó la barbilla para moverle la cara y que así fuera más fácil pintarle el otro ojo.

Cuando ella terminó y él se colocó la armadura de escamas rojas sobre los hombros y el torso, parecía fuerte, audaz, regio.

Se marcharon en silencio después de que Kirin intercambiase unas palabras con el Comandante Estrella Punzante.

Cuando partieron, el príncipe dedicó un gesto de despedida al resto del ejército.

El calor del sol atravesaba el follaje de los árboles, como la última bocanada del verano. El bosque, de un verde claro, rebosaba vida con el canto de los pájaros y el zumbido de los insectos. Luz se apretó un poco más contra Kirin, con los brazos rodeándole la cintura, y apoyó la mejilla en su espalda. El vaivén del caballo la relajaba, aunque era tan ancho que estaba segura de que le dolerían los muslos y el trasero en poco tiempo. Kirin iba sentado recto y guiaba al animal tras el de Firmamento con facilidad. A veces le murmuraba unas palabras, y otras, la única canción de cuna que los acompañaba era la del viento y los pájaros, el tintineo de las tachuelas y el repiqueteo de los cascos sobre el camino de tierra.

Durante el viaje, Luz buscó espíritus y demonios y trató de obligar a sus ojos a cambiar de forma para ver el éter. Vio espíritus a menudo viviendo entre los árboles, murmurando en sus madrigueras y flotando sobre sus animales homólogos al esconderse de aquella partida ruidosa.

Había siete soldados a la cabeza de la comitiva. Después, iba Firmamento; luego, Kirin y Luz con el brujo, cuyo nombre era Immli, junto a ellos o justo detrás; por último, el resto del Ejército de los Últimos Recursos, agolpado a la zaga o adelantándose para explorar el terreno.

Aquel primer día, el brujo había intentado entablar una conversación con Luz un par de veces, pero Kirin lo disuadió; empezó a responderle hasta que el brujo comenzó a echar chispas por los ojos y adoptó un aire rebelde. Tenía unos diez o quince años más que Luz, curtido por la vida del ejército en lugar de por el apacible palacio, como las otras brujas que Luz había conocido; quería preguntarle por qué tenía un ratón en vez de otro familiar más intimidante. Sin embargo, por el momento Kirin quería que ignorase las peticiones del brujo, así que hundió la nariz en la espalda de él y le obedeció.

Firmamento cabalgaba tenso y mantenía las distancias. A veces, Luz echaba un vistazo por encima del brazo de Kirin para mirar al guardaespaldas; deseaba tener la ocasión de hablar con él. Cuando se detuvieron para descansar al mediodía, Firmamento se alejó y se adentró entre los árboles; le quedó claro que la estaba evitando.

—Seguro que ha ido a asegurar el perímetro. Solo hace su trabajo —le dijo Kirin cuando se dio cuenta de que ella seguía al chico con la mirada.

—Resulta tan obvio como si estuviera pegado a ti —susurró.

Comieron juntos con el capitán del destacamento y el brujo. Luz no apartó la mirada del demonio ratón. Su pelaje era gris y parecía viejo; tenía unos cristalitos secos en torno a sus ojos añiles de demonio, algo lechosos, y unas patitas negras diminutas. Luz empezó a competir con él a ver quién aguantaba más tiempo la mirada del otro; era tan intenso que perdió el hilo de la conversación.

El brujo Immli le dirigió un siseo quedo a su demonio, y el ratoncito sacudió la cola cuando miró a su amo.

—¡Ja! —se rio Luz con un golpe en la rodilla, solo para darse cuenta de que todo el mundo la observaba como si estuviese loca. La mayoría de ellos no veía al demonio. Sintió el calor agolpándose en sus mejillas, pero clavó la mirada furiosa en el suelo fangoso.

—¿Haciendo amigos? —preguntó Kirin.

—Sería mejor amiga que Immli —le respondió ella, y señaló al brujo con la mirada.

Immli se pasó las manos por la calva, marcada por sigilos.

—Este es Omkin y te invito a intentarlo, pero ya te digo que tenemos un vínculo fuerte.

Molesta por no ser capaz de leer ningún sigilo, Luz alargó la mano y el ratón saltó a su palma, haciéndole cosquillas con las patas. Se lo acercó a la cara.

—Hola, Omkin. Me llamo Luz. ¿Tienes bastante comida?

—Siempre tengo hambre —le dijo.

—Ah, en ese caso… —Luz se arrodilló hundiéndose en el barro lleno de hojas caídas. Colocó la palma de la mano abierta sobre la tierra. Respiró profundamente y extrajo la energía; la repartió por sus huesos hasta que sintió que le quemaba un poco, y la condujo hasta el demonio ratón.

Este se expandió con un fogonazo hasta doblar su tamaño. Emitió un chillido y luego le mordió con fuerza la carne del pulgar.

Luz lo dejó caer con un grito y el demonio se marchó corriendo hacia su brujo para cobijarse detrás de su bota de cuero, pero la espió desde allí, chistando enfadado.

Immli acarició al demonio con un dedo, pero no apartó la mirada de Luz.

—Ni siquiera necesitas pintarte sigilos para extraer el éter.

—Tal vez esa sea la diferencia entre un brujo y un hechicero —dijo ella con una pizca del tono altivo de Kirin.

El brujo asintió, pensativo.

—¿Tu familiar es poderoso?

—Soy mi propio familiar —respondió ella sin pensar, y él le dedicó una mirada entornada.

Luz se levantó y se alejó, de vuelta al caballo de Kirin. Enterró el rostro en su costado. El corcel dio un paso a un lado y curvó el cuello, largo y elegante, alrededor de su cuerpo mientras le olisqueaba el cinturón.

Al principio Luz pensó que le gustaba al caballo, pero no… ¡Estaba intentando comerse la pera!

Con el ceño fruncido, Luz lo apartó con la mano ensangrentada. Se dio la vuelta y apoyó la espalda contra él, preguntándose si sería capaz de obtener la energía suficiente de la tierra como para alimentar con ella a un ser vivo, como el caballo, e imbuirla en él para otorgarle mayor fortaleza. Pero no quería que su experimento fracasase o herir al animal. Se negó a preguntarle al brujo.

Vio que Firmamento regresaba justo a tiempo de aceptar un pedazo de pan y cecina antes de que volvieran a ponerse en marcha.

Cuando le tendió la mano para ayudarla a subir tras él, Kirin la observó con un aire divertido. Ella le rodeó la cintura con los brazos y él le cubrió una mano con la suya.

Aquella tarde, en cuanto se detuvieron, Luz bajó sola (casi se tuerce el tobillo) y corrió hacia Firmamento.

Le puso la mano frente a la nariz.

—Ese demonio me ha mordido y necesito que me ayudes a limpiarla.

Firmamento apretó la mandíbula y echó un vistazo tras ella.

—Eso fue hace horas. Ya se te habrá infectado —le dijo, pero hizo un gesto con la barbilla para que lo siguiera y rebuscó en una de las alforjas una bufanda y una pequeña ampolla de vidrio. Luego la condujo lejos del cruce, hasta un arroyo cercano.

Se agacharon junto al agua y Luz sumergió la mano en la fría corriente. Murmuró unas palabras de agradecimiento al espíritu mientras las ondulaciones se llevaban las manchas de sangre seca. Firmamento permaneció en silencio y, cuando ella alzó la mirada hacia su rostro, descubrió que él la observaba con el ceño ligeramente fruncido.

—No pretendía asustarte —le dijo.

—Kirin estaba desconsolado —respondió, como implicando que él estaba bien.

—Querría habértelo dicho yo misma anoche, tener la ocasión de explicártelo y… de darte un abrazo. —Luz desvió la mirada al suelo y sacó la mano del agua.

Firmamento estiró la mano hacia ella, pero Luz sacudió la cabeza.

—Mira —le dijo con un tono juguetón. Entonces, intentó el mismo truco que había utilizado para curar a La Balanza y extrajo magia de las rocas esparcidas junto al arroyo. Se imaginó que unos finos hilos de éter le cosían las heridas de la mano.

Le entró un escalofrío, salvo por las punzadas de calor donde tenía las heridas, y su piel se cubrió de una pátina de sudor, pero funcionó.

—Luz —musitó Firmamento, claramente impresionado. Pero entonces lanzó una exclamación ahogada por el asombro—. ¡No necesitabas mi ayuda para limpiarla! Tú...

Ella hizo una mueca de dolor y luego alzó las cejas con un aire esperanzado.

—Quería hablar contigo.

Él resopló y mantuvo la boca cerrada para controlar el afecto que luchaba por salir de sus labios.

No esperó más. Luz se lanzó a su encuentro y le rodeó el cuello. Firmamento la agarró con uno de sus fuertes brazos y con el otro recuperó el equilibrio contra la fuerza del impulso.

—No tienes que actuar como si no fuésemos amigos —le dijo ella al oído.

Él la abrazó un momento.

—Debo tener cuidado —dijo a regañadientes—. No estábamos... Cuando desapareciste, Kirin se volvió loco. Se sentía demasiado impotente, creo. Tenía que tranquilizarlo y puede que lo tocase demasiado a menudo. Era imposible no hacerlo después de... la montaña. Nos miraban. El brujo (Immli, no, sino el que dejamos con el ejército) comenzaba a sospechar. Queda demasiado poco para la investidura como para arriesgarlo todo.

Luz le dio un beso en la sien.

—Los dos sabemos que tú no serás quien lo eche a perder.

—Pero eso dará igual si no lo invisten.

—Lo sé. —Luz se apartó y le puso las manos sobre los hombros—. Haré lo que necesites. He prometido quedarme con él hasta el ritual y fue su idea decir que ahora soy una hechicera poderosa, y que puedo protegerlo. Quizá, si me quedo en medio de los dos durante el resto del viaje, no tengas que estar tan distante.

Firmamento sacudió la cabeza.

—Ayudará, pero es mejor que me mantenga al margen. Apartado. Tú también deberías tener cuidado. Estaba muy preocupado por ti y no le será difícil convencer a la gente de que está enamorado de ti, no de mí. Eso sería mucho mejor.

—Solo tenemos que aguantar hasta el ritual. El gran demonio lo aceptará.

El guardaespaldas asintió. Despacio, se puso de pie y las manos de Luz cayeron a los lados.

—¿Cómo estás tú? —le dijo—. ¿Has hablado con tu hechicera?

—No, pero lo haré esta noche.

—¿Por qué te querían los hechiceros?

Luz puso una mueca y desvió la mirada a las suaves ondas provocadas por la corriente, ahora que todavía incidía sobre el arroyo la última luz de la tarde a través de los árboles. Entre las sombras verdosas y violetas aparecieron unas motas de éter, flotando quietas en el aire o, a veces, girando. Quería atrapar algunas, ver si eran las semillas de los casi espíritus o si servirían para alimentar a los demonios, o lo que fuere, en realidad. Pero Firmamento la esperaba, paciente.

—Intentaron descubrir cómo estaba hecha durante cinco días. Fue horrible —respondió.

—Lo siento mucho, Luz. Debería…

—No podías hacer nada.

—Lo odio —añadió Firmamento con una expresión sombría y mezquina.

Luz le devolvió la mirada y le sonrió con tristeza. No sabía muy bien cómo consolarlo y apartar esos pensamientos de él.

Aquella noche, cuando estaba acurrucada con la espalda pegada a la de Kirin junto a la hoguera ya casi apagada, Luz sacó lo que le quedaba de la pera. Seguía crujiente y limpia a pesar de lo maltratada que había estado. La sostuvo en alto frente a su rostro y la miró contra el cielo nocturno.

El humo flotaba entre las estrellas. En el campamento se oían el roce de las mantas, el resoplido de los caballos y algunas conversaciones en voz baja. Se levantó algo de viento y unas vainas de semillas se perdieron entre la hierba; también ahogó el canto de finales de verano de las ranas.

Estaba muy emocionada por volver a ver a la hechicera. Más de lo que pensaba que estaría.

Le dio un mordisco muy pequeño y cerró los ojos, pero cuando Luz apareció en la habitación de la hechicera vio que estaba dormida.

Sus mejillas cobrizas parecían hundidas y tenía las cejas algo fruncidas. Se había acurrucado de lado, como una niña pequeña. Si estaba dormida, probablemente eso significaba que cualquier daño que los hechiceros le hubieran infligido al Selegan había sido reparado.

Luz quería despertar a la hechicera. No lo hizo. En lugar de eso, se sentó en el borde de la cama y se quedó mirando el oscuro pelo marrón rojizo como la lava de la hechicera, en una trenza deshecha, así como la curva de sus pestañas y la expresión distendida de su rostro, que la hacía parecer cansada y hermosa al mismo tiempo.

¿Le habría importado al demonio Paciencia que la hechicera no fuese más que una extraña joven de dieciséis años cuando abandonó su hogar en busca de la magia? ¿Cómo habría sido cuando Luz era un demonio?

¿Cómo se habría sentido? ¿Cómo la habría convencido la hechicera de que hiciera un trato? ¿Habría pensado Paciencia que la hechicera sería un bocado fácil? ¿Un entretenimiento interesante solo para sorprenderse y sentirse atraída hacia ella después? ¿Se habría autoengañado para caer en las garras del amor? ¿Habría querido siempre la atención de «criaturas impulsivas»?

Si la hechicera tan solo hubiese abierto los ojos, Luz habría podido contar las grietas en su ojo marfil y, tal vez, aprender cómo cambiar de forma. Tocó la punta de un mechón rojizo oxidado y se le ocurrió que quizá… quizá… la hechicera había adquirido ese color de pelo porque su demonio había sido un volcán.

Antes de marcharse, Luz tomó una orquídea del cuenco de agua y la dejó sobre la mano de la hechicera con cuidado para que supiese que había ido a verla.

TREINTA Y NUEVE

AL FINAL RESULTÓ QUE LOS CABALLOS REQUERÍAN MU-chos quehaceres al montar y desmontar los campamentos. Kirin le enseñó a Luz cómo ensillar el suyo, cómo retirar la manta y frotarle el lomo sudoroso al final del día. Luego comprobaron las pezuñas sin romper el contacto con el animal, para que no se sobresaltase. Luz tenía que hacer uso de toda su fuerza para hacer cualquier tarea ella sola.

Aquella primera mañana, cuando se despertó, seguía teniendo los muslos y el trasero bastante doloridos. A la mitad del día ya le dolía la espalda, sobre todo la parte baja. Preguntó si podía cabalgar como una amazona, acurrucada y agarrada a Kirin, pero él le dijo que no y luego bromeó con que era el demonio más débil que había conocido.

La segunda noche, sentada frente a la hoguera y tras terminar el pan calentado a la sartén y el estofado, les sonrió a los pequeños espíritus del fuego y extendió la mano para desviar hacia ellos la vida que emitían las llamas titilantes. Se quemó dos dedos, pero funcionó.

Kirin, al observarla, se entusiasmó y la animó a que intentara obtener el poder del viento o de los árboles junto a los que pasaban mientras cabalgaban. Ella le contó que se había quemado los dedos y lo que La Balanza había dicho acerca de plantar una semilla. Practicó con cuidado, muy pegada a la espalda del príncipe, pero su esfuerzo atrajo la atención del brujo.

Immli le recomendó ciertos sigilos que podía utilizar para hacer amuletos o monedas para tareas del estilo, pero que seguramente no funcionarían si no tenía un familiar. Luz le respondió que no necesitaba sigilos ni familiares; estaba decidida a demostrarle que se equivocaba, aunque pilló a Firmamento lanzándole una mirada significativa y se dio cuenta de que quizás había sido demasiado abierta sobre su poder y sus flaquezas.

Aquella tarde bajó del caballo para saludar al espíritu de una encrucijada en su santuario de piedra. Era un zorro, astuto y divertidísimo. Luz se rio a carcajadas con sus respuestas impertinentes, pero ocultó su sentido del humor cuando ella tradujo lo que había dicho a sus compañeros y a los soldados, así como a los tres peregrinos que estaban de paso. Les informó que el espíritu prefería la leche al queso, y las gemas de resina al oro o la plata. Sus ojos eran del color del ámbar y por eso le gustaba ese tipo de piedra suave. El espíritu del zorro se arrastró hasta su regazo, pero cuando Firmamento fue a recogerla, lanzó un chillido y le hincó las garras bastante fuerte como para dejar la marca de unas gotitas de sangre en las palmas. Los peregrinos contuvieron el aire, asombrados, cuando las garras invisibles le arañaron la piel.

Luz se acercó a Immli y le ofreció su sangre al demonio ratón.

Este la aceptó con un aire digno y le golpeó la mano con la cola cuando empezó a beber su sangre.

Immli no apartó los ojos de Luz mientras su familiar se inclinaba sobre su cuello. Algunos jirones de pelo se volvieron más densos y con un aspecto saludable.

—Los demonios atraen el éter con mayor facilidad, incluso los pequeños —dijo el brujo.

—Sí. —Luz no estaba segura de qué pretendía implicar con eso.

—Un familiar demonio es mejor para el ejército que un espíritu, a menos que puedas vincularte con un gran espíritu. Mi Omkin es vital para mi magia durante la lucha porque no necesita que le dé ninguna orden para hacer su trabajo. En los campos de batalla hay sangre como recompensa más que de sobra.

Luz se estremeció al imaginárselo: muertos y moribundos, la sangre manando libremente. No quería aquello. Tragó saliva y se alegró de poder desechar el pensamiento. La lucha que había librado en la Quinta Montaña había sido diferente. Estimulante, no triste o desagradable. Al rememorarlo, recordó cuán radiante se había sentido, eufórica por haber ayudado a la hechicera, incapaz de dejar de reír y, luego, el beso. El beso había…

De repente, Immli le tomó la mano ensangrentada. La acunó en la suya, y con una fina varita de filamentos negros lacados, le dibujó un sigilo con la sangre que quedaba.

Lanzó un brillo azul plateado al empaparse de éter y Luz abrió la boca para decir su nombre completo.

Pero se detuvo. Cerró la boca de golpe y se lo quedó mirando.

Immli asintió despacio.

—Sabía que no eras una hechicera.

—Eres fuerte. Podría alimentarme de ti durante meses —le dijo Luz enseñándole los dientes.

Él parpadeó y Luz se dio la vuelta para buscar a Kirin, pero se aseguró de no apresurarse. Sentía la mirada del brujo sobre ella en todo momento e incluso durante el resto del día, cuando ocupó su lugar para cabalgar tras ellos. Solo para que pudiese mirarla, pensó ella, aferrándose con fuerza a su príncipe.

Debía tener más cuidado. Si tiraban del hilo equivocado de su historia, todo podría venirse abajo y arruinar el futuro de Kirin.

A medida que se acercaban a la capital comenzaron a cruzarse cada vez con más gente que iba en la misma dirección y que se apartaba del camino para dejarle vía libre al ejército. Eran trabajadores itinerantes que viajaban al sur a ocuparse de las cosechas tardías, mercaderes con carromatos tirados por bueyes llenos de bienes para vender, peregrinos, recaudadores de impuestos y gente rica que iba a la ciudad para asistir a los festivales de otoño en honor a los espíritus y a reuniones familiares.

Kirin no ocultó su presencia, y a veces saludaba a la multitud que había a los lados del camino con un asentimiento y una expresión neutra, aunque en ocasiones dejaba entrever aquella sonrisa sombría durante un instante. Luz le empolvaba y le pintaba la cara todos los días y lo ayudaba a recogerse el pelo en un moño marcial liso y apretado. Ella intentaba por todos los medios no hablar con nadie, tan solo practicaba cómo mejorar la vista con el éter o tiraba con gentileza de la brisa que flotaba tras ellos. Echaba de menos la camaradería de su viaje al norte con Firmamento, a pesar de lo nerviosos que habían estado los dos por Kirin, y también añoraba la tranquilidad que había entre los tres cuando navegaban río Selegan abajo. También extrañaba al dragón.

Luz odiaba ocultar tantas cosas de sí misma, lo cual le resultaba raro porque se había estado escondiendo durante toda su vida. Sin embargo, se dio cuenta de que la diferencia era que antes no pensaba que hubiera mucho que guardar en secreto. Ahora tenía uno del tamaño de una montaña.

Quería preguntarle a Kirin si él siempre se había sentido así también.

Llovía cuando llegaron a las puertas rojas de la capital. No muy fuerte, pero lo bastante como para que todo se volviese gris y deprimente. Luz le dijo a Kirin a modo de broma que las Reinas del Cielo quería que volviesen a la Quinta Montaña. El príncipe le dedicó una sonrisa sombría y se ciñó el borde de la capucha sobre el rostro para proteger el maquillaje. Luz no llevaba capa, prefería sentir la lluvia haciéndole cosquillas en el cuero cabelludo mientras le pegaba el pelo al cuello.

Pensó en el río Selegan y se prometió que le preguntaría por elle a la hechicera esa noche.

Los Soldados de los Últimos Recursos los escoltaron bajo la muralla y al entrar a la ciudad propiamente dicha. Cuando Kirin vio a la gente echar un vistazo entre los listones de los postigos y abrir de golpe las puertas de los jardines para verlo, se quitó la capucha y dejó que la lluvia cayese sobre él. El agua no tardó en llevarse los polvos, por lo que Kirin saludaba con una mano mientras que, con la otra, retiraba la pintura negra que se deslizaba con lentitud por sus mejillas.

Luz seguía abrazada a Kirin, así al menos le mantenía la espalda caliente, y observaba a la gente de la capital sin sonreír. Era una hechicera feroz, una guardaespaldas como Firmamento, y debía poner cara de demonio… si se hubiese pintado una, aunque en ese momento también se le estaría borrando.

—¡Kirin! —vociferaba la multitud y, también—: ¡Es el príncipe!

Cada vez se reunían más y más personas resguardadas bajo lonas y paraguas oleosos pintados como si fuesen flores. Lo saludaban con la mano.

—¡Qué alegría volver a casa! —gritó Kirin— ¡Hasta el cielo refresca la ciudad por mi llegada!

Una mujer joven se adelantó corriendo y le ofreció un paraguas. Kirin ordenó a los guardias que se retirasen y que dejasen que se acercara. La lluvia le había pegado el pelo a la cabeza, pero le sonreía feliz a Kirin y él le guiñó un ojo cuando aceptó el regalo.

Con una floritura, levantó el paraguas —era violeta y azul, salpicado con cadenas de margaritas rosas y amarillas— y lo sostuvo por encima de Luz y de él. Ella por fin esbozó una ligera sonrisa. La familia de la joven se la llevó y Kirin espoleó al caballo. Siguió sujetando el paraguas sin flaquear durante lo que quedaba de camino, que formaba una espiral hasta el palacio.

Apenas habían hablado la noche anterior, con las cabezas muy cerca junto al fuego, y Kirin le había confesado que la vuelta sería la peor parte. ¿Y si su madre no creía que era él? ¿Sería capaz de convencerla Luz? ¿Y si el gran demonio decidía rechazar a Kirin? ¿Si no esperaba hasta el ritual y le daba la espalda apenas entrara por la puerta?

—¡Te protegeré de ese gran demonio insignificante que solo se dedica a revolcarse por el suelo y a quejarse de los picores! —le dijo ella y le apretó la mano.

Kirin se rio con voz queda, aunque los ojos le brillaban por los nervios.

—Y si pasa lo peor —continuó Luz—, Firmamento, tú y yo volveremos con la hechicera y construiremos una casita junto al lago espejado.

En ese momento, el príncipe evitó mirarla a los ojos y Luz supuso que era porque le daba vergüenza desear algo así, incluso si era solo por un instante.

La comitiva llegó manchada de barro al palacio. Los muros barnizados de negro del séptimo círculo se alzaban imponentes, rematados con picas rojas y blancas entre los soldados que montaban guardia. La lluvia repiqueteaba sobre los cascos lacados y las piezas de cuero que les cubrían los hombros.

Luz le frotó a Kirin la piel desnuda del cuello. Estaba fría y húmeda, pero él asintió una vez con ligereza. Aquello era lo primero que temía.

Desfilaron bajo las puertas altas y Luz alargó el brazo hacia la pared para hacerle cosquillas al gran demonio, pero no llegó a tocarla. El túnel dio paso al amplio jardín de piedra. Allí, la temida lluvia había mantenido a los cortesanos y a los residentes de los círculos inferiores en el interior. Los sirvientes se apresuraron a recoger a los animales para conducirlos bajo el resguardo de los barracones. Kirin y Luz se vieron rodeados y casi los tiran del caballo color crema.

En el momento en que sus pies tocaron la gravilla, un rugido emergió de los mismísimos muros del palacio.

Los soldados reaccionaron y empuñaron las armas, y los caballos relincharon y tiraron de las riendas para liberarse. Immli sacó la varita y su demonio ratón se desvaneció. Firmamento agarró a Kirin de los hombros y lo empujó para que se agachase junto a él mientras el guardaespaldas identificaba el peligro.

Pero Luz lo sabía.

Era el gran demonio del palacio.

Se lanzó hacia la pared roja desvaída con las palmas abiertas sobre ella. El poder le arañó la piel; chilló y se dejó caer sobre las rodillas con un grito. ¡No rechazaría a su príncipe! ¡Antes lo destruiría!

—¡Nada! —gritó alguien, seguramente Firmamento.

—¡Luz! —dijo entonces Kirin, cuyas manos se posaron sobre sus hombros—. Luz del Ocaso —le ordenó al oído, y apretó el pecho contra su espalda.

—Demonio —masculló ella con la garganta irritada.

Kirin tiró de ella, pero Luz sacudió la cabeza y movió los hombros por los intensos espasmos de dolor.

El mundo volvió a rugir.

¿Qué eres Tú?

La voz retumbaba con fuerza, grave, por todo el patio.

No rechazaba a Kirin, iba a por Luz.

—Gran demonio del Palacio de los Siete Círculos —dijo ella, y se inclinó hacia delante, a pesar de que cada centímetro de su piel, caliente y fiera, le gritaba que se fuera. Le dio un beso al muro.

—Demonio, era tu amiga —susurró—. No he venido a llevarme nada. Yo... por favor. Solía rascar tus paredes con la rapidez de mis dedos y con mis pasos ágiles. Te prometí que cuando volviera a casa arreglaría el trozo del techo que te duele cuando llueve.

Nada dónde está Nada Tú no eres Nada Tú eres Algo.

—Luz del Ocaso —dijo ella—. Mi nombre es Luz del Ocaso. Me marché y encontré mi antiguo hogar, gran demonio. Esta es mi nueva casa. Era Nada, pero ahora estoy llena de estrellas y de los colores del arcoíris entre ellas. Soy Luz del Ocaso.

El dolor se desvaneció. Luz no movió las manos, que le ardían en carne viva.

Luz del Ocaso. Luz del Ocaso.

—Sí.

Un grito de alarma a sus espaldas hizo que Kirin se moviera, y ella también.

Se volvió despacio, con los huesos doloridos, y levantó la vista de entre las rodillas a la sombra. Estaba viva. Era puntiaguda y tenía una vaga forma humana, con alas curvas del mismo tamaño y tan afiladas como las píceas. Cubría el jardín de piedra de una oscuridad que cambiaba incluso cuando estaba totalmente quieta. Entonces se agachó, inclinándose hacia Luz. Tenía siete ojos, formados por remolinos azules, negros y violetas, tan redondos como siete lunas, y abrió una boca con dientes aserrados sobre los ojos, probando el aire con siete lenguas.

Luz trató de calmar la respiración, pero ella también lo saboreó: un rayo caído, pelo quemado, moras pasadas hacía tiempo.

—¿Puedo quedarme? —le preguntó—. Era tu amiga y podría volver a serlo. Este fue mi hogar y tu príncipe (él, que algún día gobernará en esta casa) es mi amigo. ¿Lo conoces?

La figura borrosa desvió seis de sus siete ojos hacia Kirin; al que quedaba lo mantuvo fijo en ella.

Quédate, pero no te apropies de nada, dijo con siete voces superpuestas como en un coro infantil. *Por la sonrisa sombría.*

El gran demonio sacudió las lenguas y bajó los largos brazos para hundir las garras retorcidas en la gravilla rosa.

—Me conoces —le recordó Luz.

Pelearé contra Ti si es necesario para arrancarte Tu verdadero nombre. No Me obligues a hacerlo.

—Lo prometo —dijo ella al tiempo que se ponía de pie con las rodillas temblorosas. Extendió una mano con la palma hacia arriba.

El demonio inclinó su enorme cabeza y probó su piel al enroscar un par de lenguas entre sus dedos. Su aliento le quemaba la muñeca y se arrastró hacia arriba hasta estancarse en el codo.

Luz no tenía miedo y estaba sorprendida por ello. Sonrió.

Acepto, le gritó entonces el demonio en la cara, y se desintegró en esquirlas de cristal negro y púrpura que estallaron al salir disparadas, pero no hirieron a nadie. Cayeron al suelo con un repiqueteo y de nuevo se hicieron añicos contra las rocas, atravesando la carne sin causar daño.

Luz seguía sin aliento, pero sonreía.

Kirin fue el primero en llegar a su lado. Estaba sonriendo.

—¡Nunca lo había visto antes! Solo había oído hablar de él. ¡Creo que nadie ha visto a nuestro gran demonio en dos generaciones!

Firmamento la fulminó con la mirada.

Luz estuvo a punto de jactarse, pero se contuvo por los pelos. ¡Lo había hecho bien! Y Kirin había pasado la primera prueba, fuera cual fuere esta, que tanto temía cuando el demonio lo había mirado y no lo había rechazado.

El capitán del Ejército de los Últimos Recursos le preguntó a Kirin si se encontraba bien. Bajo el casco, tenía el rostro cobrizo sonrojado, pero su expresión seguía siendo firme. No miró a Luz.

En fin. Estaba acostumbrada a que la ignorasen, pero no porque tuviese poder. Era maravilloso.

—Estoy más que bien —dijo Kirin—. Nos han recibido a mi nueva hechicera y a mí con un buen espectáculo.

Con suerte, sus palabras plantarían la semilla de los rumores inevitables para que se inclinasen a su favor. Kirin se dio cuenta de que todavía tenía el paraguas que le habían regalado ceñido al fajín, así que se lo lanzó a uno de los sirvientes de palacio. Ordenó que lo condujesen a sus aposentos.

Immli, que llevaba al demonio ratoncito acunado en la mano contra el estómago para que estuviese más cómodo, miró a Luz con demasiada suspicacia.

Pero comenzaron a escoltarlos por el séptimo, el sexto y el quinto círculo del palacio antes de que Kirin se opusiera. Se plantó y exigió que le dieran un momento para recuperar el aliento y arreglarse el cabello antes de que lo arrastrasen ante su madre.

Le obedecieron, por supuesto, y se quitó de una sacudida la capa empapada. Luz lo ayudó a sentarse en un taburete que había en la antecámara curva antes del salón de recepción del cuarto círculo. Firmamento volvió a recogerle el pelo con rapidez. Era el máximo contacto que había tenido con Kirin en días. No tenían tiempo de empolvarle la cara, pero Luz pasó el dedo por las líneas negras que le perfilaban los ojos y le volvió a pintar los labios para que hiciera un contraste perfecto.

Tanto Luz como Firmamento le dedicaron un gesto alentador y Kirin se irguió cuan largo era.

—Estoy preparado.

—Tienes un aspecto magnífico —le dijo Luz. Ella todavía llevaba el atuendo de lana fina de varios tonos azulados que le había dado La Balanza y tenía el pelo hecho un desastre, pero no le importaba.

—Luz, todavía tienes esquirlas del gran demonio en el pelo —le dijo Firmamento con un tono desaprobador cuando la vio pasarse los dedos por las puntas desiguales.

A Firmamento le habría gustado llevar el uniforme completo, pero el ejército no tenía vestimentas adecuadas para prestarle al guardaespaldas besado por el demonio. En lugar de eso, se conformó con una camisa cruzada violeta oscuro que le había dado la hechicera, y que le resultaba bastante más lujosa de lo que le habría gustado, además de sus pantalones y sus botas, ambos negros. Llevaba unos guanteletes en los antebrazos, guantes de protección y la espada encantada atada a la espalda. Iba soltando gotitas de lluvia, ya que ni se había molestado en ponerse una capa, pero el pelo oscuro ya se le había secado y los mechones, que adquirían un brillo añil cuando la luz incidía sobre ellos, le salían disparados alrededor de las orejas y de la mandíbula.

Kirin miró a Firmamento y era evidente que quería decirle algo, pero no estaban solos.

Y, de repente, Lord Sobre las Aguas estaba ahí, ocupando la puerta de la antecámara con los hombros.

—Kirin —dijo enérgicamente. Por la postura de la mandíbula y las manos cerradas en puños, aparentaba cierto alivio y también preocupación. El lord comandante del Ejército de los Últimos Recursos siempre llevaba un cinturón con dagas anchas para lanzárselas a sus enemigos que, a su vez, le ceñía la túnica roja y blanca, y usaba el pelo corto de forma anticuada.

—Lord Sobre las Aguas —dijo Kirin y se dio la vuelta con ligereza. Se acercó al hombre.

—¿Eres tú? —preguntó el comandante con cautela, enarcando una ceja negra algo canosa.

—Imagino que tendré que demostrarlo ante mi madre, así que no me hagas hacerlo más veces de la cuenta, por favor.

El lord comandante resopló. Desvió una mirada cortante color avellana hacia Firmamento, la mantuvo ahí un instante demasiado largo, y luego se topó con Luz. A ella la observó con suspicacia.

—Deberías haber acudido a mí —le dijo.

Luz dedujo que se refería a hacía semanas, cuando se había dado cuenta de que Kirin era un impostor. No respondió, ya que antes no le hablaba nunca al lord y no tenía intención de empezar ahora.

—Adelante —dijo Kirin para señalar que, si Lord Sobre las Aguas no se movía, él entraría por su cuenta.

El príncipe siguió al lord comandante de cerca y Luz y Firmamento caminaron juntos a la zaga. Immli iba tras ellos, por desgracia. A Luz se le aceleró el pulso cuando apretó el paso; miró a Firmamento por el rabillo del ojo. Él se dio cuenta —claro que se dio cuenta—, pero no le devolvió la mirada.

También los acompañaba un puñado de soldados y, ante ellos, había un grupo de sirvientes repartidos por la sala, registrando la escena tras las columnas y desde las puertas.

Unos cuantos nobles los observaban desde los pasillos, especialmente a medida que se adentraban en el tercer círculo del palacio. Luz pensó que si ella hubiese estado entre ellos, habría seguido los pasos del príncipe desde las salidas de humo sin ser vista ni oída.

Subieron la amplia escalera con forma de dragón que conducía al segundo círculo, donde reinaban los consortes, aunque no tuvieron audiencia en aquellos pasillos. Cualquiera que pudiera acceder a esas estancias seguro estaría esperando junto a la mismísima emperatriz en el primer círculo.

Para sorpresa de Luz, Lord Sobre las Aguas no los llevó a la Corte de los Siete Círculos, sino que se desvió hacia el salón de recepción que utilizaba la emperatriz por las tardes. Era una habitación con forma de semicírculo situada en el ala oeste del séptimo círculo. El muro exterior estaba compuesto por arcos abiertos que terminaban en una galería de piedra con vistas al resto del palacio. La lluvia repiqueteaba con suavidad contra el tejado, escurriéndose por unas cadenas colgantes hasta unos estanques poco profundos con forma de pez. Cuando el agua rebosaba, se deslizaba por unos canales dorados y estrechos hasta la esquina de la galería; luego, se vertía como un arco de la boca de las estatuas que representaban a los espíritus.

Cuando el cielo estaba despejado, la puesta de sol iluminaba la galería y parecía prender fuego a los pilares dorados y a las paredes de mármol del interior, con vetas también doradas. Unos almohadones y bancos lujosos estaban dispuestos de forma desordenada alrededor de la silla con forma de estrella de la emperatriz. Luz había estado allí en ocasiones formales, cuando el sol poniente deslumbraba el aire, los cegaba a todos y hacía que pusieran unas bonitas muecas, todos salvo la reina, cuyo rostro quedaba a la sombra tras un velo de cuentas relucientes, como la llovizna plateada. Si los hubieran llevado allí en un día soleado, Luz habría pensado que algo debía andar mal para que la emperatriz quisiera poner a su hijo en un aprieto. Pero la lluvia hacía del mundo un lugar suave, reconfortante y fresco, a pesar de la brisa húmeda.

La emperatriz estaba sentada con la espalda recta y las manos cruzadas sobre el regazo. Llevaba el rostro oculto tras un velo de hilo negro con cuentas azabaches y pequeños cuadrados de obsidiana que caían desde la frente hasta su pecho, rozando la seda carmesí de su vestido. Unas peonías bordadas en negro oscurecían la seda como sombras de tinta y llevaba las uñas pintadas también de negro... como la hechicera. Luz apretó las manos, estremecida por el recuerdo.

Tras la emperatriz y a sus lados estaban sus sirvientes de mayor confianza, incluyendo la pareja de brujas de palacio, Aya y Hoja, con las cabezas rapadas y con sigilos pintados que Luz aún no sabía leer, y un solo monje mayor con una túnica rosa. Las brujas miraron a Luz con fijeza, cada una con un espíritu cuervo sobre el hombro, cuyos cuerpos como la bruma se perfilaban con nitidez solo para desintegrarse y volver a formarse en un lento ciclo. La escrutaron con el único ojo azul éter que tenían.

El Primer Consorte Sol Radiante y la Segunda Consorte A Ojos del Amor también esperaban rodeados de sirvientes y, en las esquinas de la sala, los Soldados de los Últimos Recursos estaban en posición de firmes y preparados.

Kirin caminaba con su elegancia habitual, pero se detuvo de manera abrupta ante su madre sin hacer el amago de una reverencia. La miró en silencio un buen rato y Luz resistió el impulso de dar un paso adelante y colocar una mano entre sus omóplatos.

Aunque Luz se perdió la señal, de repente los Soldados de los Últimos Recursos saltaron hacia delante, moviéndose a la velocidad del rayo entre los asistentes vestidos de seda, y apuntaron con las lanzas con punta de acero a Luz, Firmamento y Kirin.

CUARENTA

E STABAN RODEADOS. LUZ CONTUVO EL ALIENTO Y LOS OJOS se le abrieron de par en par al contemplar la punta de la lanza más cercana. Junto a ella Firmamento se retorció, pero no desenvainó su arma. Kirin permaneció quieto y con el mentón alzado.

—Demuéstranos que eres tú y no otro impostor —dijo Lord Sobre las Aguas—. Los tres.

Con un suspiro de aburrimiento, Kirin levantó la mano y agarró la punta de la lanza que amenazaba su cuello. El soldado que la sostenía bajó la mirada antes de recordar que su trabajo, en aquel momento, era detener al príncipe, no someterse a él. Kirin agarró la lanza, levantó la otra mano y hundió la punta en la palma. Con una mueca de dolor, tiró con brusquedad y se hizo un corte en la piel suave.

Los hilos negros del velo de su madre se estremecieron.

La Segunda Consorte A Ojos del Amor lanzó un grito ahogado, con los labios separados y los ojos verdes anegados en lágrimas. A Luz siempre le había parecido agradable y siempre la había dejado vagar por sus aposentos, pero ahora lamentaba ver un malestar tan evidente en las mejillas sonrosadas de A Ojos del Amor.

El Primer Consorte Sol Radiante, el padre de Kirin, observó la escena con el rostro impertérrito, como la estatua de un espíritu. Uno de sus sirvientes le había puesto una mano en el hombro, como para darle consuelo.

Kirin soltó la lanza y extendió la mano ahuecada. Despacio, y con la mirada puesta en su madre, ladeó la mano y dejó que la sangre roja y brillante se derramase, trazando una línea intensa antes de gotear una, dos, tres veces, sobre el lujoso suelo de madera.

La emperatriz se tocó la perla lunar engastada en el collar oficial que siempre llevaba en público. Lo aprobaba.

—Madre —empezó a decir Kirin, pero Lord Sobre las Aguas lo interrumpió.

—Los otros también.

Luz arrugó la nariz.

—¿Me podéis dar una espada más pequeña? —dijo.

El lord comandante desenvainó un cuchillo arrojadizo del cinturón y traspasó el cordón de lanzas para tendérselo por el mango.

—Gracias —murmuró ella, y se hizo un corte en el dorso de la muñeca sin florituras. Siseó, pero levantó el brazo para enseñar la sangre.

Firmamento puso una mano frente a ella, y Luz agarró el cuchillo con más fuerza y alzó la mirada hacia él. Se acordó de cuando se había hecho un corte ante la emperatriz justo antes de que ella le rebanase el cuello al impostor. Luego, él se había alejado de la emperatriz, pero no lo hizo esta vez.

Rechinó los dientes y Luz le hizo un corte a Firmamento, también en el dorso de la muñeca. Dejó que la hoja rebotase en el suelo cuando su sangre manó tan oscura y púrpura. Luego ambos miraron a Kirin y, a continuación, todos miraron a la emperatriz.

—Todo el mundo fuera —dijo la Emperatriz con la Luna en los Labios. Luz solo había oído la voz de la emperatriz un puñado de veces en su vida. Era profunda y suave.

El Primer Consorte Sol Radiante se acercó a su esposa.

—Decid al palacio que el Heredero de la Luna ha regresado a nosotros, entero y completo —comunicó a la sala.

Algunos se marcharon con prisas; otros, a regañadientes. Las dos brujas fueron las últimas en irse, mirando a Luz por encima del hombro. Ella abrió los ojos, esperando que vieran chispas de fuego en sus pupilas.

Uno de los sirvientes, antes de salir, le ofreció a Luz una venda con la que cubrirse la muñeca y la mano. Deseaba robar algo de poder y curarse a sí misma, pero le había hecho una promesa al gran demonio y, además, puede que fuera peligroso exhibir sus poderes con todo el mundo mirando tan atentamente.

Pronto solo quedaron ella, Firmamento, Kirin, Lord Sobre las Aguas, los dos consortes y la emperatriz.

Y el brujo Immli, que se había arrodillado junto a la salida, con la cabeza gacha y las manos entrelazadas, pidiendo permiso para permanecer allí en silencio.

Nadie lo obligó a marcharse, para irritación de Luz.

La emperatriz se puso de pie y todos salvo Kirin se arrodillaron mientras ella se acercaba a su hijo. Levantó las manos para quitarse las peinetas que sujetaban el velo de lluvia negra al bucle de trenzas gruesas. La Segunda Consorte A Ojos del Amor se colocó junto a su esposa para recoger las peinetas y el velo.

Luz se apresuró a bajar la mirada, antes de ver el rostro descubierto de la emperatriz.

—Kirin —susurró la emperatriz, y Luz escuchó el frufrú de la seda antes de que se fundiese en un abrazo con él. Entonces, añadió—: Hijo mío. Mi hijo.

—Madre —dijo él en un tono tranquilo. Demasiado.

—Mandaremos a buscar a tu madre —le dijo el Primer Consorte Sol Radiante a Firmamento—. Vino a palacio dos semanas después de que hubieras partido. Estaba completamente aterrorizada.

Firmamento apretó la mandíbula e inclinó la cabeza con brusquedad.

—Nada —dijo Lord Sobre las Aguas, pero Kirin lo interrumpió.

—No, ya no se llama así. —El príncipe se irguió y apoyó con suavidad la mano sobre la muñeca de su madre—. Ahora es Luz del Ocaso, y es una heroína.

—Es un monstruo y deberían atarla con cadenas para demonios —dijo Immli con aspereza desde el fondo de la sala.

Luz se volvió hacia él, furiosa. Sus dedos se curvaron en garras.

—No te excedas, brujo —contestó el príncipe.

—Kirin —dijo el Primer Consorte.

—Padre, le debemos a Luz mi vida y la santidad de la Luna. Todos los que están en esta sala habrían llevado a cabo el ritual de investidura con un impostor y, probablemente, habrían perdido el apoyo del gran demonio. Le debemos a Luz que no se haya producido una situación tan nefasta.

Luz se obligó a calmarse al escuchar cómo la defendía el príncipe, pero no dejó de fulminar a Immli con la mirada.

—Lo entiendo, hijo mío, pero nos gustaría oír lo que tiene para decir el brujo —dijo Sol Radiante.

Immli hizo una profunda reverencia, tanto que, al estar arrodillado, rozó la frente con el suelo. Cuando se irguió, apoyó las manos sobre las rodillas en señal de respeto. Omkin no estaba por ningún lado, pero Luz sabía que el demonio andaba cerca.

La emperatriz volvió a la silla y la Segunda Consorte volvió a colocarle el velo.

Entonces, al brujo se le concedió permiso para hablar.

—Emperatriz, milord, milady, mi príncipe, Luz del Ocaso es una especie de gran demonio…, no es una hechicera. He presenciado cómo extrae éter, igual que un demonio, y cae en un trance tan profundo durante la noche que es imposible decir qué podría haber estado haciendo alejada de su cuerpo. Es susceptible a la magia vinculante de los brujos, aunque es demasiado fuerte como para que pueda convertirla en mi familiar. A menos que demuestre que no es ninguna amenaza, ¿cómo no vamos a tomar precauciones? ¿Acaso vamos a arriesgarnos a que engañe al príncipe, que debe permanecer puro?

Aunque Luz odió darle la espalda al brujo, se volvió para mirar a la emperatriz y a sus consortes. Mantenía los puños pegados a los costados y quizá estaba respirando con demasiada fuerza, pero intentaba no parecer amenazadora. Si aún hubiese sido Nada…, habría esperado a que Kirin estuviera sano y salvo en casa antes de darse un nuevo nombre. Eso era culpa suya.

Todo el mundo la miraba.

—Luz no supone un peligro para mí —dijo Kirin.

—Pero ¿qué hay de los demás? —espetó con brusquedad Lord Sobre las Aguas.

—El gran demonio de palacio ha permitido que me quedara —dijo Luz con suavidad—. La Luna en persona.

La emperatriz frunció los labios y el Primer Consorte desvió la mirada de su esposa para encontrarse con los ojos de la Segunda Consorte.

A Ojos del Amor le dedicó un asentimiento a su compañero consorte y luego se volvió hacia ella.

—Luz, ¿puedes justificarte ante las preocupaciones del brujo? —le preguntó con dulzura—. Dinos, ¿en qué te has convertido?

Luz miró a Kirin, que se limitó a encoger un solo hombro, haciendo un despliegue de indiferencia mayor de la que seguramente sentía.

—Puedo contaros una parte, pero tampoco entiendo completamente lo que soy ahora. Nadie lo entiende. —Se humedeció los labios y le dedicó una mirada asesina a Immli antes de añadir—: Soy la razón por la que Kirin fue secuestrado por la Hechicera que Devora Doncellas.

A Ojos del Amor contuvo el aliento, pero nadie más tuvo una reacción visible.

—Hace mucho tiempo, la hechicera creó un poderoso hechizo para ayudar al gran demonio de la Quinta Montaña a reencarnarse, y funcionó… solo que no exactamente como ella pretendía. El demonio renació aquí, en palacio, porque este es un lugar seguro para un gran demonio. —Luz hizo una pausa significativa.

La emperatriz asintió. Había entendido el porqué.

—Yo no lo sabía. Nadie lo sabía —continuó Luz—. Pero la hechicera me ha estado buscando. Por eso asesinó a esas muchachas.

—Kirin no es una mujer —dijo el Primer Consorte Sol Radiante con un tono de advertencia.

—Era un señuelo —se apresuró a responder Luz—. Para atraerme. La hechicera dedujo dónde debía de estar, así que secuestró a Kirin y lo reemplazó a sabiendas de que iría por lo que había sido. Y funcionó. El Día que el Firmamento se Abrió y yo fuimos y, cuando me enfrenté a ella, accedió a liberar a Kirin. Fue fácil… porque tenía lo que quería. A mí.

Kirin suspiró, como si aquello le aburriera un tanto, y su padre hizo un gesto desaprobador con la cabeza. Sin embargo, la emperatriz habló con tranquilidad; el velo se estremeció. El Primer Consorte transmitió sus palabras.

—No obstante, estás aquí. No con la hechicera.

—Kirin me necesita. Independientemente de lo que fuera… o soy…, primero pertenezco a Kirin. Mi lealtad está aquí.

El príncipe se acercó a ella y le puso una mano en el hombro. Le sostuvo la mirada a su madre.

—Luz es poderosa, nueva, y tenemos suerte de contar con ella. Confío en ella, madre. Si confías en mí, debes confiar en ella.

Un movimiento a sus espaldas les recordó a todos que Immli seguía allí.

—¿Sí? —dijo la Segunda Consorte, tan dulce como siempre. Quizás esa fuera su faceta, al igual que la arrogancia era la de Kirin.

—Al menos, Gloriosa Luna —intervino el brujo—, permite que seamos cautos con el demonio reencarnado. Ella fue quien mató a Rompecielos.

Los ojos de Luz se abrieron de par en par y tomó aire para rebatir aquello, pero Kirin le apretó el hombro.

—Rompecielos nos atacó, Immli —dijo—. Luz me protegió… ¿Habrías preferido que hiciera otra cosa?

Pero Luz vio la duda en la mueca de la Segunda Consorte y no encontró apoyo en la dura expresión del Primer Consorte.

Immli hizo otra reverencia.

—Lo lamento, mi príncipe… yo solo transmito los susurros del éter, los rumores de los espíritus y los demonios, porque eso es todo lo que oímos nosotros los brujos y nuestros familiares. Y lo que hemos oído es que tu *hechicera*, Luz, es peligrosa. Ella misma afirma que no sabe todo lo que es y, por eso, debe de ser inestable. ¿Cómo podemos predecir lo que es capaz de hacer? Dejando que le pongamos sigilos de contención mientras esté aquí.

Kirin frunció el ceño.

—¿Te someterías a algo así, Luz del Ocaso? —preguntó el Primer Consorte, sin embargo.

354 • LA SONRISA DEL DEMONIO

Luz no quería, pero asintió. «Rumores», pensó. «¿Qué otros rumores difundirían los espíritus sobre Kirin?». No tenía otra opción más que obedecer.

—Entonces ve con el brujo —dijo el padre de Kirin— y asegúrate de ello. Firmamento, ahora responderás por completo ante Lord Sobre las Aguas y tú, hijo, te quedarás con nosotros.

Firmamento hizo una reverencia profunda casi sin mirar a Luz y a Kirin, antes de marcharse con el lord comandante.

Kirin le dio un apretón a Luz en el hombro y dejó que su mano cayese.

—Ven a buscarme por la mañana.

Ella asintió. Luego le dedicó una reverencia a la emperatriz y se aproximó a Immli a regañadientes.

Las dos brujas, Hoja y Aya, los esperaban fuera con sus familiares cuervos, e Immli les contó que debían ponerle a Luz unos sigilos de contención.

Luz no dejó de apretar la mandíbula mientras la conducían al cuarto círculo de palacio, a un baño que nunca había visto, ya que no tenía salidas de humo en las paredes. El techo de cristal era fino y estaba pintado con gotas de lluvia grisáceas. Un resplandor violáceo como el del crepúsculo inundaba la sala: había una piscina central profunda y cuatro menos hondas en forma de luna creciente, cada una con una composición y una temperatura diferentes. Las brujas bañaron a Luz en agua salada caliente para limpiar la influencia y las marcas de éter de su piel, mientras que Immli iba a buscar a un monje. Le dieron sal para que se la pusiese sobre la lengua hasta que se disolviera y quemaron incienso de pícea mientras murmuraban bendiciones en voz baja. Los cuervos volaban de un lado a otro de la cámara, dibujando con las estelas de éter unos patrones que simbolizaban el equilibrio y la purificación. Hablaban entre ellos; Luz podía oírlos, pero no creía que Hoja y Aya pudieran. Aquello le sacó una sonrisa maliciosa.

Cuando Luz estuvo limpia, le recogieron el pelo en un moño, la vistieron con una simple túnica gris hasta las pantorrillas y le pintaron sigilos en las manos, en la planta de los pies y bajo las orejas.

La tendieron sobre una esterilla fina y llamaron a Sovan, el monje del amanecer, y a Immli. El brujo del ejército seguía llevando el uniforme polvoriento, pero Sovan tenía la misma túnica rosa enfermizo y el fajín celeste de siempre. Lucía el pelo blanco y largo atado con cintas azules y tenía la barba teñida de un negro intenso. La piel cobriza estaba salpicada por las manchas de la edad, pero las arrugas alrededor de sus ojos le daban un aspecto amable.

—Me acuerdo de ti —le dijo.

—Todos los monjes del amanecer os parecéis —respondió Luz.

Él se echó a reír junto con una de las brujas. «Aya», pensó Luz. Hoja presionó la palma de la mano sobre la frente de Nada.

—Quédate callada mientras lanzamos el hechizo —le dijo.

Immli depositó al ratón sobre las losas del suelo y los dos espíritus cuervo intentaron darle un picotazo de manera juguetona.

Luz cerró los ojos. Escuchó el graznido de los cuervos y el rumor del éter que la rodeaba. No era como el del viento, porque era demasiado rítmico, pero tampoco era como el latido de la Quinta Montaña. Parecía más bien un río. Fuera del palacio, los dedos del Selegan corrían en dirección al mar y dos de ellos acunaban la capital con suavidad. Estaba demasiado lejos como para oírlo desde allí, incluso en el eco que llegaba a través del éter.

El ritmo era suave y extremadamente lento.

Era la respiración del gran demonio del palacio.

—¿Por qué respiran los demonios? —preguntó Luz.

Nadie respondió y ella entreabrió los párpados. Las brujas y Sovan la miraban con distintas expresiones de sorpresa y sospecha.

—No respiran —dijo Aya.

—Puedo oír al gran demonio —insistió Luz.

—En ese caso está fingiendo —añadió Sovan.

Immli miró a Luz con sus ojos avellanados entrecerrados.

—¿Puedes oírlo? ¿Cómo suena?

Luz arrugó la nariz.

—Como un ronquido largo y tranquilo.

—Hola, gran demonio —dijo Hoja en señal de respeto.

Su gemela repitió el saludo. El monje del amanecer, no.

Luz volvió a cerrar los ojos y se relajó, mecida por la respiración de éter del demonio. Dejó que su propia respiración se ralentizase, aunque estaba demasiado viva y era demasiado pequeña como para acompasar el ritmo. Para ella, aquella respiración rítmica se parecía al fluir de la sangre mientras el gran demonio tomaba y devolvía poder de los seres vivos del palacio, afianzando sus raíces en bucle en las profundidades de la tierra. Dar y tomar, dar y tomar, como había dicho La Balanza.

¿Le enseñaría el gran demonio aquella habilidad?

Sintió el roce ocasional de los dedos de las brujas y el murmullo de una plegaria. También oía el rasgar de una pluma sobre el papel.

Entonces, una red sedosa se ciñó en torno a ella y Luz gritó. ¡Dolía!

Se revolvió, atrapada, y rechinó los dientes para llamar al fuego. Unos hilos fríos se movieron en su mente y ella buscó el latido de su corazón, el pulso de la violencia volcánica. Respondió con una ira abrasadora, ardió a través de las yemas de los dedos y de los pies, y abrió la boca.

Luz se sentó, llena de energía, viva con un poder nuevo…, no solo el de su interior, sino el de la luz de seda. La había absorbido, consumido el éter chisporroteante que había sido.

Observó a los brujos y al monje, pero antes de que dijesen nada, el éter se ciñó alrededor de todos ellos, como si el aire se hubiese vuelto tan denso como la miel. Los espíritus cuervo chillaron y los brujos se llevaron las manos a la cabeza. El monje del amanecer cayó sobre las rodillas.

Y el gran demonio rugió.

Luz del Ocaso, Me has robado. A Mí.

—No —dijo ella levantando las manos en el aire viciado—. Me han sorprendido, gran demonio. No pensé que la contención dolería. Lo siento. ¡No volverá a ocurrir!

Las brujas traicioneras son demasiado débiles para contenerte, le dijo de manera despreocupada. *No les temas y no rompas Tu promesa, la que Me hiciste a Mí.*

—Lo lamento, gran demonio. No volveré a temerles.

Entonces se fue, liberándolos de su peso como si hubiese estallado una burbuja.

Luz fulminó al resto con la mirada.

—Deberíais haberme avisado.

—No sabíamos que dolería —le dijo Immli con malicia.

—Pero ¿qué eres? —graznó Sovan… Era evidente que el monje estaba conmocionado.

Luz se acercó a él y lo ayudó a levantarse. Era mayor, un abuelo amable que le recordaba a Marea Incesante.

—Soy algo nuevo —respondió.

—¿Un espíritu de carne y hueso? He oído hablar de ellos —dijo Aya.

—Un demonio de carne y hueso —respondió su gemela. Se aproximó a Luz y le colocó ambas manos sobre el rostro—. ¿Sabe el príncipe tu verdadero nombre? ¿Lo sabe alguien?

Luz no dejó que la intimidase. Permitió que el recuerdo del volcán que habitaba en su interior volviese a caldearse, pero tuvo cuidado de no extraer nada de las manos que tenía sobre las mejillas.

—Yo lo sé. Con eso basta.

CUARENTA Y UNO

E N CUANTO LAS BRUJAS LANZARON NUEVAMENTE EL HE-chizo de la red de contención, esta vez con más suavidad, Luz se volvió a vestir con las prendas azules que le había dado La Balanza y salió corriendo. Se sentía ligeramente disminuida, pero se preguntó si serían imaginaciones suyas. El propósito de la red era tenerla bajo cierto control, evitar que desatase oleadas de poder o que echara abajo el palacio, o eso suponía. Podía romperlo, pero si lo hacía, el gran demonio del palacio estaría esperándola para aplastarla.

Una sirvienta acompañó a Luz a una habitación de invitados en el tercer círculo y le dijo que era para honrarla, como había pedido el príncipe. Pero tan pronto la dejó sola, Luz se escabulló por las salidas de humo y volvió a la antigua sala de baño, donde había dormido toda su vida.

Sacó la pera del fajín y la dejó sobre un viejo taburete, como si fuese un altar. La carne de la fruta brillaba blanca como la luna, rebosante de jugo, y la piel tenía el mismo tono verde dorado y moteado de siempre. Si Luz la pisaba, la magia la mantendría fresca y de una pieza.

Se desnudó y rebuscó entre los montones de ropa vieja que había ido reuniendo a lo largo de los últimos años. Como no las había tocado desde hacía casi dos meses, las prendas olían un poco a moho por culpa de la humedad, pero se puso unos pantalones sueltos y una túnica fina, se peinó el pelo con los dedos y se acercó a la pared.

—Gran demonio, ¿me enseñarás a dar y tomar, dar y tomar? —dijo, con ambas manos sobre la superficie.

Estoy agotado pequeño demonio cállate. Me cansas y ya no puedo tomar más sin sus consecuencias.

Luz supuso que había sido un día largo para el gran demonio, así que le deseó buenas noches y fue a buscar la pera. De repente, se le ocurrió que la magia no funcionaría mientras tuviera las marcas del hechizo de contención en el cuerpo.

Volvió a apoyarse en la pared, con el estómago revuelto, y reflexionó si debía preguntarle al gran demonio. ¡Tenía que ver a la hechicera! Habían pasado días.

El corazón le latió agitado por el calor.

«No pierdo nada con intentarlo».

Le dio un mordisco.

Abrió los ojos en la biblioteca de la Quinta Montaña.

Sonrió en silencio por el alivio y casi se cae cuando le flaquearon las rodillas. Por supuesto que el hechizo de la Hechicera que Devora Doncellas podía atravesar la red insignificante de los brujos de palacio.

Las tenues luces azules y anaranjadas ondulaban con suavidad tanto desde la chimenea de cristal como desde las esferas que levitaban libres en el aire entre las estanterías abarrotadas. Parecía una luz demasiado pobre para leer, pero entonces Luz pensó que los ojos de la hechicera eran antinaturales.

Estaba sentada ante una de las mesas largas, con los codos apoyados sobre la madera ajada, un libro grande abierto frente a ella y una pluma delgada en la mano. Fruncía el ceño mientras anotaba algo en el margen. Llevaba el cabello tricolor recogido en dos moños altos y una camisa cruzada sin mangas similar a la que se había puesto mientras tallaba el diagrama en el suelo de cristal junto con Luz.

Durante un instante, Luz no se movió ni hizo sonido alguno. La observaba con avidez. Era curiosamente agradable mirar a la hechicera cuando esta pensaba que estaba sola. Había algo tan mundano y tranquilo en aquella concentración evidente, en la frustración marcada por la línea del entrecejo. Luz quería saber en qué estaba trabajando, pero también quería seguir contemplándola. Ambas opciones la llenaban de expectación, ¡era como si estuviese a punto de saltar de un acantilado!

La hechicera pasó la página con agresividad.

—¿Qué? —espetó al tiempo que alzaba la mirada hacia Luz. El aguijonazo de fastidio se convirtió en un interés más recatado cuando se percató de quién la estaba espiando.

—No pretendía interrumpirte —dijo Luz.

La hechicera se reclinó sobre la silla con un aspecto bastante señorial.

—Te di la pera por una razón. Para que me interrumpieras mientras estuvieras fuera.

Las sombras que se proyectaban sobre su rostro hacían que pareciera exhausta.

—¿Estás enferma? —Luz se lanzó hacia delante.

—Estoy bien. Solo sostengo el peso de una montaña entera mientras el corazón muere lentamente. Tendré que salir de caza si no vuelves conmigo.

—No puedes hacerlo.

—Entonces moriré.

—Volveré pronto —le prometió Luz con la voz entrecortada.

La hechicera no se movió, salvo para cerrar los dedos en torno a los reposabrazos de la silla. Las uñas pintadas de negro desprendían un resplandor azulado. El pecho se elevaba y se hundía, y le sostenía la mirada a Luz con facilidad. Verde y blanco. Vida y muerte.

Mientras Luz la observaba, unas pequeñas grietas aparecieron en el iris de marfil, como si estuviera demasiado seco y se hubiera resquebrajado debido a ello. A la hechicera se le tensó un músculo de la mandíbula y el color del ojo se desvaneció hasta volver al blanco liso y puro salpicado de unas bonitas motas grises.

Consternada, Luz se aferró al borde de la mesa.

—¿Cómo está Selegan?

—Bastante bien. Le afectó que los hechiceros te atraparan. Esos idiotas fueron desagradables y duros. —La hechicera hizo una pausa y, por un instante, bajó la mirada—. Estaba preocupada, pero La Balanza me dijo que vivirías.

Luz tragó saliva.

—Y lo hice. —Quería preguntarle sobre Paciencia y de cuando era un prado de flores, pero estaba nerviosa. Debía recordar a la hechicera… si habían estado casadas, si tenían un vínculo poderoso. ¿Por qué no podía? Para distraerse, le echó una ojeada al libro. Había unas líneas diminutas garabateadas en columnas que no sabía leer—. ¿Qué estás estudiando?

—Poder.

Lo dijo despacio, arrastrando las sílabas de tal forma que un escalofrío recorrió a Luz. Volvió a mirar a la hechicera.

—¿Llegaste a palacio? —le preguntó esta.

—¡Sí! Venía a decírtelo. —Luz sonrió—. Llegamos hoy. El gran demonio del palacio no está seguro sobre mí, pero…

La hechicera se irguió con rapidez.

—¿Qué dijo?

—Supo de inmediato que ya no soy Nada. Porque me liberé a mí misma. —Luz se rio y el sonido le acarició la garganta como unas bonitas llamas de color blanco azulado, como si las estrellas se derramasen entre sus dientes.

La hechicera se levantó y rodeó la mesa en dirección a Luz; esta siguió riéndose, pero se volvió sin aliento cuando la hechicera se acercó. Apoyó el trasero sobre el borde de la mesa y dejó que la hechicera la mantuviese allí clavada, sin tocarla, tan solo con la fuerza de su presencia. Ah, a Luz le encantó.

—¿Cómo debería llamarte? —le preguntó la hechicera en voz baja, pero su cadencia no era suave. Una oleada de plumas oscuras surgió por sus mejillas como la aleta de un pez de escamas negras. Luego, volvieron a desvanecerse bajo la superficie. Luz alzó la mano para rozarla con la yema de los dedos, intrigada, pero la hechicera le agarró la muñeca con fuerza.

Luz tironeó hasta que pudo entrelazar los dedos con los de la hechicera y acercó ambas manos a su pecho. Presionó la palma de la hechicera contra la suya, sintiendo la piel fría a través de la túnica.

—Luz del Ocaso.

La hechicera cerró los ojos. Esta vez, fue ella la que se estremeció.

—Luz del Ocaso —dijo, y fue como una sacudida de poder, una bocanada de aire en medio de un fuego.

Luz contuvo el aliento.

—No es mi nombre completo. No se lo he dicho a nadie. No puedes vincularme con él.

—Ya te lo he dicho —le dijo la hechicera, acercándose más—, no quiero ser tu ama.

Luz asintió; no podía hacer otra cosa. El corazón le latía con fuerza y la piel también le hormigueaba, como si sus propias plumas luchasen por liberarse. Se sentía muy bien, era lo correcto. Pero Luz tendría escamas, no plumas: escamas negras y plateadas que brillasen igual que la laca de uñas de la hechicera, como el espacio negro entre las estrellas. Quería aprender a cambiar de forma, a hacer que sus escamas emergiesen, pero no era capaz de hablar, no con la hechicera tan cerca.

La hechicera respiró hondo, fijándose en cada pequeño detalle del rostro, del cabello y de los ojos de Luz; luego, bajó la mirada por el cuello y a la chica le entusiasmó la posibilidad de que pudiese ver cómo latía su pulso. Una sonrisa, tan pequeña como una mariposa, tembló en los labios de Luz.

Ladeó la cabeza para dejar al descubierto la curva bajo la mandíbula. Ahogó un grito cuando la hechicera depositó un beso en el lugar donde se percibían sus latidos. Luz volvía a fundirse en lava; oía el tintineo de las escamas que resonaban en la brisa como si fuesen campanillas. Sintió un débil hormigueo en las rodillas. Suspiró.

—¿Te casarás conmigo, Luz del Ocaso? —susurró la hechicera contra su piel.

Ella se apartó.

—¡No puedo! Para. —Se retiró hasta el otro extremo de la mesa. La hechicera no la siguió. Luz dedicó un momento a recomponerse, pero sentía demasiado calor en su interior y ya echaba de menos el contacto.

—Necesito un corazón.

—Lo sé. Solo espera un poco más. Volveré, lo prometo. —Con cierto esfuerzo, Luz volvió a mirar a la hechicera—. ¿Cuánto tiempo más puedes esperar?

—No lo sé.

—Prométemelo —dijo Luz—. Volveré. Tú solo espera.

—Está bien —susurró la hechicera—. Sin importar lo que pase.

Aquellas palabras le dieron a Luz lo que había pedido, pero había algo en ellas que la asustó. Regresó junto a la hechicera y se inclinó para darle un suave beso en los labios.

Se despertó de inmediato en el baño abandonado, conmocionada, ardiendo y jadeando.

CUARENTA Y DOS

Era sorprendente lo difícil que resultaba que todos utilizasen su nuevo nombre. La emperatriz organizó una velada formal dos días después de su regreso; Kirin volvió a integrarse entre los círculos de palacio y los invitados de la ciudad, y a Firmamento le otorgaron un galón por su valor y anunciaron a Luz del Ocaso. Kirin y la Segunda Consorte A Ojos del Amor habían organizado juntos la presentación, que fue encantadora, elegante, pero con un ligero toque amenazador. Había sido Nada, pero había renacido como Luz del Ocaso, aún era amiga del príncipe y, ahora, una heroína del imperio.

Luz lo odiaba. Tampoco era que hubiera cambiado tanto como había esperado. Para ella, la atención era como la arenilla que se le metía en las zapatillas, que le dejaba la piel irritada y era imposible de sacudir. En especial, con la red de las brujas haciéndole cosquillas en la piel. A veces hacía que se le erizasen los vellos del cuerpo y tenía que contonearse un poco para que parase. ¡Contonearse! Eso no podía considerarse intimidante.

La habían vestido de rojo y de un verde pálido frío para la corte, colores que hacían un contraste excelente; le empolvaron las mejillas y le pintaron los labios y los ojos de negro, igual que a Kirin y, además, le oscurecieron el pelo hasta que adquirió un tono negro uniforme. Encajaba junto al príncipe, vestido con los colores rojo y blanco del imperio, como nunca antes. Como estaba tensa, bebió demasiado vino y empezó a trastabillar achispada entre lores y damas, brujas, monjes, soldados y familias ricas de la ciudad, enseñándoles los dientes y esforzándose por no acalorarse demasiado. La temperatura de su cuerpo pasaba de calor abrasador a frío como el hielo en un patrón de olas que no podía equilibrar. Sobre todo sin molestar al gran demonio de palacio.

¡Y unos cortesanos habían intentado tocarla!

Firmamento se mantuvo alejado tanto de ella como de Kirin, rígido, en un lado de la sala; el galón le apretaba la muñeca como un grillete.

Al final, dos sirvientas maquilladas como pavos reales llevaron a Luz aparte. Una la abanicó con la manga del vestido mientras la otra le daba de comer un pan esponjoso y le prometía que le ayudaría con el vino. Tenían las mejillas, redondas y cobrizas, pintadas con unas alas del color del arcoíris que parecían aletear cada vez que parpadeaban o sonreían, y Luz les dijo que eran unas mariposas perfectas… En una ocasión, ella misma había llevado un vestido mágico de mariposas y luz del amanecer de seda, ¡así que sabía de lo que hablaba!

Las chicas ayudaron a Luz a escabullirse tras una columna, donde Susurro la esperaba con las manos entrelazadas y con un vestido recatado hecho a medida, sin mangas pero bordado con la habilidad que había adquirido por su profesión.

—Pensaba que te escaquearías, Nada —le dijo, y luego hizo una mueca—. Perdón, Luz del Ocaso.

—Luz está bien —susurró ella, envolviendo a su amiga con los brazos.

—Luz —repitió Susurro—. Luz. Luz. Luz. Me gusta.

Se tomaron de la mano y atravesaron el pasillo con rapidez para no cruzarse con nadie del primer círculo que pudiese arrastrarlas de nuevo a la corte. Susurro sabía dónde conseguir unos bollitos diminutos con forma de rosa rellenos con compota de cereza caliente y bolas de nata especiada. Luz la condujo por una salida de humo y, cuando salieron al Jardín de los Lirios en el quinto círculo, tenían el dobladillo lleno de polvo. El estanque central relucía con la luz de la medialuna, y Luz corrió a saludar al pequeño espíritu del dragoncillo.

Se había escondido bajo la hoja extendida con forma de corazón de un nenúfar y se negaba a salir. Siseó enfadado cuando ella afirmó que era su antigua amiga.

Con un gruñido de frustración, Luz se dejó caer contra el borde del puente entre unas macetas altas de lirios. Su amiga se unió a ella, con más delicadeza, y compartieron el festín. Susurro había oído la versión oficial y algunos rumores no confirmados, pero aun así, le preguntó:

—¿Qué crees que es lo más importante, Luz?

Esta se lamió la compota de cereza de la comisura del labio.

—¡Creo que me enamoraré de la Hechicera que Devora Doncellas! —dijo atropelladamente.

—¿Qué? —siseó Susurro en lo que para ella era un grito.

—Lo sé. —Riéndose, Luz miró al cielo estrellado salpicado con unas nubes finas que brillaban bajo aquella luna, tan alegre y encantadora—. Ella me quiere y debo regresar para que juntas podamos enseñarle a la Quinta Montaña a sobrevivir sin corazones robados. La echo de menos. Echo de menos… algo… —divagó Luz. Sentía como si aquello fuese un sueño.

Susurro sacudió la cabeza con los ojos abiertos por el asombro.

—Cuéntame algo sobre ella.

Y Luz le contó bastantes cosas, pero no todo. Mientras hablaba, partía pedacitos del pastel de cereza para intentar persuadir al dragoncillo de que saliera. Parpadeó con sus ojitos rosados en su dirección con suspicacia, pero al final aceptó un trozo de masa enrollada.

Luz le prometió que le llevaría dulces todos los días.

Al día siguiente volvió a encontrarse con el par de brujas para renovar la red de contención. Les enseñó los dientes y se negó a responder a sus preguntas ofensivas, pero al menos Immli había vuelto a su destacamento en Lluvia Plateada y se había llevado a Lord Sobre las Aguas con él. Esto sorprendió a Luz, ya que el lord comandante debería estar en palacio para la investidura de Kirin.

El ritual se celebraría dentro de diez noches, con la luna llena.

Mientras tanto, Luz pasó los días con Kirin asistiendo a reuniones y a almuerzos, o tomando el té y, de vez en cuando, una copa por las noches. A su lado, permanecía en silencio casi todo el tiempo mientras Kirin narraba sus aventuras y, solo a veces, ofrecía alguna descripción vívida de alguna parte de la Quinta Montaña. Era una actuación para mostrar a tantas personas influyentes como pudieran que eran lo bastante importantes como para darles una explicación en privado. Que el príncipe Kirin Sonrisa Sombría había vuelto a casa y era más que digno de la Luna. Era maduro, sofisticado, listo y guapo... todo lo que una persona pudiera desear en su futuro emperador. Y, por supuesto, también era puro.

Cuando se quedaron a solas, Kirin le dio las gracias por haber aceptado seguirle el juego. Y le confió que su padre sospechaba que durante el verano habían ocurrido más cosas, que Kirin escondía sus secretos. No podían cometer ni el más mínimo desliz, ni siquiera con su familia. Especialmente con ellos.

Pero ella le dijo que estaba encantada de comportarse como una mascota peligrosa bajo las órdenes del príncipe, de distraer a la corte para que no hiciese preguntas más extrañas sobre el verano y los hilos sueltos de la historia del príncipe. Le gustaba aquel juego, le gustaba saber que *era* un juego.

Hizo que sus sonrisas se volvieran sombrías, según Kirin, y eso le gustaba a él.

Entre los dos habían creado una señal: si Kirin llevaba un solo pendiente rojo, se sentía un hombre; si llevaba dos, se sentía incómodo al no sentirse lo uno ni lo otro; tres, si se sentía bien no siendo ninguno; cuatro, si era una mujer; cinco, si odiaba su cuerpo. Si llevaba seis o más pendientes enroscados en la oreja, estaba furioso. Dependiendo de cuál fuera el caso, Luz lo llamaba en secreto: Kirin Sonrisa Radiante, Kirin Lleno de Potencial, Ni Uno Ni el Otro Kirin, Príncipe y Doncella a su Vez, Kirin Consumido o Kirin el Impetuoso. Pero de alguna manera, siempre era Kirin.

Luz nunca se había sentido más parte de él y era libre para disfrutarlo. Pensó que aquello era consecuencia de su elección, incluso cuando su antiguo yo ni siquiera echaba en falta esa elección.

El príncipe era la única persona que nunca la llamaba por su antiguo nombre por error.

Es decir, aparte de Firmamento, quien no había tenido la ocasión porque Luz rara vez lo veía. Cuando lo hacía, estaba de servicio, firme, protegiendo las espaldas de Kirin, y no tenía tiempo para cháncharas.

Al final, resultó que el gran demonio no estaba dispuesto a enseñarle cómo daba y tomaba, daba y tomaba. «Ya eres lo bastante molesta», le había dicho.

Y el espíritu del dragoncillo no llegó a tomarle cariño, aunque ella le llevaba migas del desayuno todos los días. Le contó que una vez el pequeño espíritu de una flor había aprendido a formar una familia de flores hasta que se convirtió en un gran espíritu; entonces, cuando su volcán murió, se transformó en un gran demonio para acabar renaciendo en un jardín diminuto resguardado por un poderoso, y curioso, dragoncillo. Así que quizá había un gran futuro aguardándolo.

El dragoncillo se sumergió en el estanque y luego asomó los ojitos para mirarla con una suspicacia desmesurada.

Luz pensaba en la hechicera día y noche. Si alguien pasaba de repente por su lado con un collar de esmeraldas o peinetas de marfil, Luz veía su ojo verde y el otro blanquecino. Permanecía tumbada en su baño abandonado, envuelta en la suavidad de unas mantas nuevas, y relataba en un susurro cómo le había ido el día, como si hablase con la hechicera. A veces el gran demonio la escuchaba y Luz rodaba hacia un lado, posaba una mano sobre la pared y le contaba lo que había aprendido acerca de los corazones que habían vuelto a la vida y los demonios enamorados. Jugaba con él a juegos infantiles que se inventaba, y una vez recordó cuando la hechicera le había dicho: «Mi demonio también jugaba».

Sabía que la hechicera la necesitaba, pero Luz tenía que quedarse solo un poco más. Todo saldría bien. Todos estarían bien. Ella, la hechicera, Kirin y Firmamento.

La hechicera saldría de esta, se lo había prometido.

Volvió a verla a finales de la primera semana en palacio, en una habitación que Luz no había conocido cuando estuvo en la montaña. Unos cristales azules brillaban dentro de varias cajas. Las flores tenían formas extrañas; estaban hechas de plumas o de escamas, hojas de arce rojas, lenguas viperinas y, lo peor de todo, unos ojitos que parpadeaban. El ambiente tenía un olor dulzón y agrio, curiosamente agradable. La hechicera estaba arreglando un parterre de margaritas mustias con pétalos de color salmón y pequeños estambres que cantaban una canción melancólica. Con unas delicadas tijeras de plata, recortaba la parte roja de la punta de los pétalos.

—¿Qué es? —preguntó Luz.

La hechicera no perdió la concentración.

—Gentiana, para una tintura que me ayuda a mantenerme despierta.

—Parece que necesitas dormir. —A Luz no le gustaban las profundas ojeras que tenía la hechicera; así parecía más hambrienta, más monstruosa. Esta última parte no le importaba, sino la naturaleza no intencionada de ese aspecto. Como si no pudiese evitar parecer exhausta.

La hechicera siseó de repente cuando recortó más de la cuenta un pétalo rosado. Dejó las tijeras a un lado y Luz vio un leve temblor en sus manos.

—Hechicera —dijo, y pasó por debajo de la hilera de parterres con flores. Cuando se levantó, tenía las rodillas manchadas de tierra maloliente, pero aun así sostuvo las manos de la hechicera entre las suyas—. Descansa.

—Estoy bien, Luz del Ocaso. —La hechicera observó a Luz con frialdad y, de nuevo, sus ojos se iluminaron, despiertos.

Luz trató de esbozar una sonrisa y la hechicera le devolvió el gesto con levedad.

Le preguntó por el resto del jardín y la hechicera la guio entre las hileras mientras señalaba las flores naturales y las que tenían un origen mágico, junto con detalles sobre sus cuidados y sus usos. Luz deslizó una mano en la de la hechicera, y ella le acarició el pulgar con el suyo, pero no dijo nada.

La luz azulada del cristal proyectaba sombras uniformes y livianas, y Luz afinó el oído para escuchar el latido de la Quinta Montaña. No lo oía, quizá porque era un hechizo de larga distancia. Se detuvo.

—Kirin me necesita —dijo.

—Y yo también —replicó la hechicera.

Pero parecía estar bien, fuerte.

—Volveré pronto —dijo Luz.

—Bien —respondió la hechicera. Y ese tono tan indiferente le gustó menos a Luz que las sombras bajo sus ojos. Como si no confiase en ella, como si no creyese que volvería.

—Lo prometo —afirmó Luz, a pesar de que se había despertado de nuevo en el palacio.

Todos los días le daban prendas nuevas para que estuviese guapa, volvían a teñirle el pelo de negro y le empolvaban la cara de forma que fuera tan pálida como la de Kirin. Le pilló el gusto al sabor del pintalabios, lo cual estaba bien porque todavía no sabía cómo no quitárselo al morderse o cómo hacer para no dejar una marca en el borde de las copas. Permitieron que Susurro la vistiera, lo cual fue todo un honor. Nunca intentó ponerle nada rígido con un armatoste escondido, ya que sabía sin preguntarle que Luz no admitiría ribetes, corsés, alas en los hombros o capas almidonadas como pétalos de rosas.

Su única frustración real era la red de contención. ¡Ni siquiera había practicado desviar el poder justo para llenar una taza de té! Pero Luz sabía que después del ritual de investidura se arrancaría los sigilos y se uniría a la hechicera. Allí, en la Quinta Montaña, recuperaría sus habilidades y, con el tiempo, podría hilar el poder del viento para alimentar sus transformaciones, curar heridas graves o, quizá, hasta mover el curso de un río. Tenía toda la vida por delante para aprender. ¡Incluso podría vivir cientos de años!

Cuando Luz se imaginaba su futuro, lo veía pasar como el ciclo de las estaciones: el invierno con la hechicera, el verano con Kirin, a veces al revés o quedándose o marchándose durante más tiempo, incluso viajando hasta los lugares más recónditos del imperio, o convirtiéndose en un tiburón para cruzar los mares. Era un demonio reencarnado, ¡podía hacerlo! Sería una bendición para el imperio y para Kirin, y se aseguraría de que él fuese feliz y estuviese sano, al igual que quien se convirtiera en su Primera Consorte y en el Segundo, y que sus hijos. Si así lo quería, Luz podría incluso desentrañar el futuro del imperio.

Y la hechicera estaría con ella cuando lo hiciera.

Parecía lo correcto. Lo que le faltaba en su interior lo podía llenar la hechicera. De alguna forma. Como en un puzle, Luz solo tendría que seguir reorganizando sus piezas hasta que encajaran.

En una ocasión el espíritu del río Selegan le había contado que los dragones eran posibilidad y potencial y, al fin, Luz entendía cómo era sentirse así. Ella albergaba el potencial del mundo entero.

Dos noches antes de la luna llena y del ritual de investidura, Luz tenía la pera en la mano.

Casi se la había terminado.

Tenía para un bocado grande o dos pequeños. Consideró esperar, pero quería que la hechicera supiera cuándo aguardar su llegada. Así que, con cuidado, le dio un pequeño mordisco, disfrutando del sabor, igual que siempre. Cuando este se desvaneció por su garganta, abrió los ojos en la biblioteca de la Quinta Montaña una vez más.

—Casi se me ha acabado la pera —dijo de inmediato—, así que quizá no tenga mucho tiempo. Me iré del palacio en tres días. Llegaré en menos de un mes. Ahora puedo viajar más rápido que una humana.

La hechicera levantó la vista de su trabajo; estaba cansada, pero sonreía, y ambos ojos, el verde y el marfil, resplandecían. Unas pequeñas plumas puntiagudas le oscurecían las mejillas y tenía los dientes afilados.

—Eso me complace, Luz del Ocaso. ¿Te casarás conmigo cuando llegues?

Luz se rio.

—¡Puede que todavía no! Pero podrás intentar que cambie de opinión cada día —le dijo.

Cuando Luz se despertó, envolvió con cuidado el último bocado de pera en un pañuelo de seda fucsia y lo llevó consigo en todo momento. Solo por si acaso.

CUARENTA Y TRES

L A MAÑANA ANTES DEL RITUAL DE INVESTIDURA DE KIRIN, Luz estaba soñando con el lago espejado y la hechicera, cuando se despertó con un ruido proveniente de la puerta tapiada, oxidada y fuera de uso del baño abandonado. Al principio pensó que el gran demonio se estaba riendo como con una risa hueca.

Pero el sonido se detuvo y volvió a empezar, esta vez con un patrón distinto, como si alguien llamase para entrar.

Luz se sentó, se frotó el rostro con las manos y caminó entre montones de losas rotas y el cordel para tender la ropa nueva que había atado entre dos columnas. Apoyó la mano sobre la puerta antigua y oxidada.

—¿Hola? —dijo.

—Luz del Ocaso —respondió la voz amortiguada de Firmamento.

Por un instante, ella no respondió de lo sorprendida que estaba.

—¿Luz? —la llamó Firmamento de nuevo, con un tono bajo y urgente.

—Sí, estoy aquí, Firmamento. La puerta… ¿Cómo lo supiste? —¿Sabrían todos en palacio que se escabullía de la habitación de invitados para dormir allí cada noche?

—¿Puedo pasar?

Luz pasó la mano por la madera antigua.

—No puedo abrirla. ¿Va todo bien?

—¿Tú estás bien?

«¿Por qué se preocupa por mí ahora?», se preguntó irritada. Quería mandarlo a paseo porque llevaba semanas fingiendo que nunca habían sido amigos. Pero quería saber por qué incluso más.

—Ve al Jardín de los Lirios. Te veré allí.

—Ahora, Luz.

Ella no respondió, pero se aseó como cada mañana y se vistió con una túnica, pantalones y zapatillas finas perfectas para escalar por las salidas de humo. Se guardó el último bocado de la pera en la manga, trepó al techo y se dirigió con rapidez al Jardín de los Lirios.

El Día que el Firmamento se Abrió ya la estaba esperando. Estaba de pie con un aire rígido bajo la pálida luz del sol, al borde de la densa sombra del muro del jardín. Una suave brisa le revolvió el cabello negro azulado y tenía las manos entrelazadas a la espalda, ocultando un objeto pequeño.

A Luz se le cerró el estómago de los nervios cuando salió bajo la celosía cubierta de lirios de medianoche. Las flores, de un naranja y un rosado intensos, seguirían cerradas durante unas horas más. Las zapatillas crujían con ligereza sobre la gravilla fina y, cuando pisaba la hierba, aspiraba su dulce aroma.

Firmamento se dio la vuelta al oír sus pasos. Su rostro atractivo estaba arrebolado y con el ceño fruncido.

—¿Qué? —le preguntó ella, reduciendo el ritmo—. ¿Qué ocurre?

—¿Cómo estás?

—Bien, Firmamento. ¿Por qué te importa de repente?

Se quedó callado, luego suspiró.

—Me importas. Eso no ha cambiado nunca, Luz. Incluso si no te lo crees después de lo de hoy.

Ella frunció el ceño. De repente tenía mucho calor. La red de contención le picaba y se rascó el antebrazo con enfado. Se acercó al estanque y se quedó mirando la disposición desordenada de los dragoncillos.

—Quería darte esto. Lo encontré y pensé... —Le ofreció lo que había estado ocultando. Sus gestos resultaban algo forzados. ¿Dónde había quedado su elegancia de soldado?

—Me estás asustando —le dijo ella.

Firmamento frunció el ceño aún más, si es que eso era posible.

Luz alargó la mano y tomó la bola de marfil que le tendía. Todavía albergaba el calor de él y estaba tallada con enredaderas, flores y elefantes diminutos. Era de un blanco oscuro y amarillento, como el ojo de la hechicera cuando estaba cansada. Los nervios que tenía Luz en el estómago se agudizaron.

—Firmamento...

—Lo encontré en la ciudad y pensé que te recordaría... a ella.

—Firmamento. —Luz alzó la mirada, agarrando la bola con fuerza entre los dedos—. Me marcho a la Quinta Montaña tras el ritual de Kirin, mañana por la noche. Aprenderé magia con ella. No necesito recordar nada.

El guardaespaldas le sostuvo la mirada; lentamente, su expresión demudó de una preocupación profunda a una sorpresa descarnada.

—¡Firmamento! —Luz lanzó la bola y escuchó cómo se partía al estrellarse contra el muro del jardín. Luego, le empujó el pecho con todas sus fuerzas—. Firmamento, ¡dímelo!

Él no se movió, pero le aferró las muñecas.

—Pensé que lo sabías. Pensé que te habría...

Luz sintió una sacudida en el corazón, y su rostro, el pecho, la espalda, todo el cuerpo empezó a cubrírsele de sudor.

Como si se estuviese derritiendo en pequeños ríos de lava. Tuvo que apretar los dientes para controlar el hechizo, las ganas de exprimir la vida del guardaespaldas.

—Firmamento.

—Lo siento. —Estuvo a punto de llamarla por su antiguo nombre, pero se detuvo—. Pensé que lo sabías. Le habría obligado a decírtelo.

—¿Decirme qué? —masculló ella.

—La mañana que dejamos al ejército, cuando partimos hacia el sur, Kirin mandó al destacamento de Lluvia Plateada al completo a la Quinta Montaña. Tienen doce brujos entre ellos y… y les dijo que negociaran con las otras Montañas Vivientes… con las dos que te secuestraron… para que se unieran a ellos. Atacarán la montaña hoy. Esta tarde. La emperatriz aprobó el plan cuando se lo comunicó. Dijo que mostraba una fuerte iniciativa.

Luz sacudió la cabeza y se alejó bruscamente de Firmamento.

—No. Él no haría eso. ¡No lo haría!

Firmamento se limitó a mirarla, porque era obvio que eso era justo lo que haría Kirin.

Y se lo ocultaría.

Y fingiría que todo estaba bien. Fingiría que la quería.

Luz echó a correr, tropezando con la gravilla irregular y las enredaderas de lirios estrella. Entró como una tromba en el pasillo del quinto círculo, asustando a dos sirvientes que pasaban por allí y que se quedaron mirándola con los ojos desorbitados, pintados como pavos reales. Ella los ignoró y apoyó las manos contra la pared.

—Luna, ¿dónde está el príncipe? Dime dónde está Kirin.

El demonio se dio la vuelta, o suspiró, y la pared tembló bajo sus manos. Una nube de polvo le cayó sobre el cabello.

Con su padre en el segundo círculo, murmuró el demonio.

Luz corrió por los pasillos hacia los pisos superiores de palacio, pasando a toda velocidad por los jardines en lugar de escabullirse, ignorando a los sirvientes molestos y a los lores y las damas conmocionados, hasta que llegó al segundo círculo. Se detuvo, le dolía el pecho, y arrancó de cuajo una celosía para meterse en la pared. Se quitó las zapatillas y las dejó caer al suelo. Este era el único camino que conducía a la residencia privada del Primer Consorte sin tener que abrirse paso entre los Soldados de los Últimos Recursos, sus secretarios ¡o quien fuera!

El humo hacía que le escociesen los ojos mientras escalaba por los travesaños del segundo círculo, con cuidado y en silencio. Sentía todo el cuerpo tenso. Como la cuerda de un arpa cuya vibración fuera tan aguda como para que resultase audible.

Intentó calmarse con los sonidos de palacio: eran tan normales. Una conversación suave, pisadas aún más suaves, a veces el repiqueteo de una armadura o unas risas. El goteo del agua cuando pasó por detrás del medio techo del jardín con forma de pez de la Segunda Consorte. Le llegó un olor a pan y el dulzor de la carne del desayuno. Un delicado aroma a chocolate y, entonces, abrió una vieja escotilla de humo y salió a los travesaños en penumbra de la habitación de Sol Radiante.

La voz de Kirin se elevó en la estancia.

— … ya lo verás.

—Todo el mundo lo hará, Kirin. Si llegamos a eso. Todo el mundo lo hará —respondió la voz del Primer Consorte Sol Radiante tras una pequeña pausa.

—Es lo que hace falta para demostrar que soy mejor que… que todo lo que he hecho.

—Quizás, hijo.

—Solo son rumores —insistió Kirin.

Luz se agazapó tras una viga estrecha del techo; una fina celosía decorativa con luces la separaba del príncipe y del consorte. Puede que Kirin hubiese dicho algo para exculparse de la acusación de Firmamento. O eso esperaba.

—Los rumores son un hilo importante en el lienzo del imperio —dijo el Primer Consorte.

—¿Confías en mí? —preguntó Kirin con suavidad, y Luz casi resopló.

El corazón le latía cada vez más rápido. Kirin siempre tenía más de un plan. Lo había olvidado… o había dejado de pensar en que le dolería.

—Te conozco y eso me tranquiliza y me inquieta a la vez —respondió Sol Radiante.

—Padre.

—Confío en que tengas éxito, aunque desde ahora hasta el momento en que triunfes sufriré una acidez de estómago horrorosa.

Luz se mordió el labio. Puede que Firmamento estuviese equivocado. Puede que Kirin no hubiese mandado al ejército tras la hechicera. Seguro que ahora tenía otras preocupaciones, al estar más ocupado, o estaría en contacto con los brujos del ejército, quienes podían comunicarse a través del éter y por sus espíritus familiares.

—No bebas tanto té hasta el ritual —bromeó Kirin. El príncipe parecía divertirse. Rejalado. Como si ya hubiese ganado.

Un revuelo bajo sus pies hizo que Luz se tumbara boca abajo contra la viga. Alguien llamó a la puerta.

—El hombre del príncipe está aquí, dice que es urgente —dijo una voz que ella no conocía.

—¿Firmamento? —preguntó Kirin.

Tras una respuesta afirmativa, Kirin le pidió que lo dejara pasar.

—¿Algún problema? No deberíamos recibir noticias de los brujos del ejército hasta más tarde —dijo el Primer Consorte.

Luz apretó la mandíbula y apoyó la frente sobre la viga con tanta fuerza que le dolió el cráneo. Era verdad.

—No sé qué puede ser —respondió Kirin.

La puerta se abrió.

—Mi señor consorte, mi príncipe —dijo Firmamento con voz tensa.

—Soldado —saludó Sol Radiante. Para Luz, eran unos borrones de sombras fragmentados bajo la celosía.

—¿Está aquí? —preguntó Firmamento.

—¿Luz? —La voz de Kirin sonó cortante—. ¿Por qué?

Firmamento dudó; luego, tuvo cuidado de controlarse antes de responder.

—Le conté lo del ejército. Asumí que se lo habrías dicho tú.

—¿No lo sabía? —dijo Sol Radiante con evidente desaprobación.

Luz sintió que su interior se congelaba. No había lava, ningún volcán encolerizado, tan solo cristales de hielo cubriéndole los huesos como un beso de escarcha sobre una ventana.

—Habría intentado detenerlo —dijo Kirin.

Al menos no trató de excusarse. Una fría traición.

—Kirin, ha sido un error —se disculpó Firmamento, tratando al príncipe con demasiada familiaridad.

—Príncipe —lo corrigió el consorte y, luego, se dirigió a su hijo—: ¿Supondrá un problema para nosotros? ¿Hará alguna estupidez?

—¿Dónde está? —preguntó Kirin.

Luz enroscó el brazo en una rama de la celosía decorativa y la arrancó con toda su fuerza. A través del agujero le llegaron gritos de alarma y su nombre, porque Kirin lo sabía. Siempre lo sabía.

Con cuidado, bajó del tejado y aterrizó, agazapada.

—Estoy aquí —escupió. Sacudió el pelo para quitarse el polvo o el barro mohoso. Se irguió para enfrentarse a Kirin y añadió—: Mentiroso.

—Luz —dijo él y estiró el brazo para tocarla.

—Para. No me toques. Dime qué has hecho. —Alzó el mentón, tratando de no echarse a temblar.

—Luz, escucha y tranquilízate —dijo Firmamento.

—¡Kirin! —gritó ella angustiada.

Él dejó que sus manos cayeran a sus costados. Estaba guapo, elegante, vestido con una túnica lujosa en rojo y rosa, ceñida con un fajín negro y con espinas bordadas del mismo color. Los tres pendientes que llevaba en la oreja indicaban que tenía un buen día, que estaba feliz siendo el príncipe y la doncella al mismo tiempo. A Luz se le encogió el estómago. No se merecía tener días buenos. Especialmente ese día.

—Seré breve —dijo Kirin—. La hechicera está débil.

—¡Porque volví a casa contigo! —dijo ella con fiereza—. ¡Porque la abandoné! Le supliqué que no arrancara otro corazón y ella prometió esperarme... ¡para que yo pudiera estar aquí contigo! ¿Cómo has podido? Ella es...

—¡Una asesina! —Kirin la miró con compasión, enfadado—. Es una asesina peligrosa, y debemos quitarla de en medio.

—Solo lo dices porque sabe lo que eres —siseó Luz.

El príncipe cerró la boca de golpe. Sus ojos color miel se entrecerraron.

—Lo digo porque es una asesina y porque me secuestró. Casi me lo arrebata todo... Y ya te ha alejado de mí. ¿La perdonarás tan fácilmente? Se supone que tampoco debes preocuparte tanto por ella.

—¿Cómo que se supone que no debo preocuparme? Yo... —La expresión en los ojos de Kirin hizo que la oscuridad helada de Luz se convirtiese en un rayo de sol horrible y abrasador—. ¿Qué has hecho? —exigió saber.

—Te ordené que dejaras de preocuparte por ella. Con tu nombre —le respondió con frialdad.

—No —soltó con un jadeo, conmocionada.

—Kirin —dijo Firmamento totalmente horrorizado.

Pero Luz había atravesado al príncipe con la mirada. Recordaba haber sentido que algo había disminuido en su interior. Como si cuanto más lejos estuviese de la Quinta Montaña, fuese menos ella. Hasta que se dio a sí misma un nombre nuevo. La sensación de tener medio corazón, lo extraño que era anhelar a la hechicera y no saber por qué. La… euforia que no sabía explicar.

Aun así, Kirin no intentó defenderse. Probablemente pensara que no necesitaba hacerlo. Tenía la frialdad y la seguridad de un dios.

Sol Radiante se cruzó de brazos. Era tan alto como su hijo, esbelto, con los ojos color miel, pero su piel era más oscura, su rostro más cuadrado, los labios menos bonitos.

—Luz del Ocaso, si eres una leal servidora de la Luna, siéntate y acaba con este arrebato antes de que llame a mis soldados —dijo.

—Se suponía que debías confiar en mí, igual que yo confiaba en ti —le dijo con suavidad al príncipe, ignorando al Primer Consorte. Kirin se sobresaltó. Ella añadió—: No te lo perdonaré nunca.

Se lo merecía. Los oídos le pitaban por la circulación de la sangre.

—Avísale —le dijo Firmamento.

Luz se llevó la mano a la manga y sacó el bocado que le quedaba de pera. Fulminó a Kirin con la mirada mientras retrocedía.

—Ni se te ocurra detenerme.

Se metió el trozo entero en la boca, masticó una vez y tragó.

CUARENTA Y CUATRO

Cuando Luz abrió los ojos, estaba en el lago espejado. Era perfecto. El límpido cielo azul, una ráfaga de viento frío, y el lago como una gota de cielo reluciendo como un diamante. Los alisos se inclinaban como si saludasen a Luz.

La hechicera estaba recostada sobre unas flores púrpuras aplastadas, cerca de la orilla. Tenía una mano extendida y sus dedos rozaban la superficie del agua. Las haditas del alba dormían en su cabello, como peines que respiraban con suavidad.

—¿Hechicera? —Luz corrió hacia ella, la hierba azotándole los tobillos. No se movía. Tenía los ojos, perfectos y monstruosos, cerrados, y los labios ligeramente separados revelaban un hilo de oscuridad en su interior.

—Se está muriendo —dijo Marea Incesante. La anciana estaba agachada junto al primer aliso, envuelta en varias mantas de lana. El pelo canoso suelto flotaba a su alrededor como una nube de tormenta.

—No —dijo Luz—. Es imposible. Me prometió que estaría bien hasta que volviera. Que podía resistir.

Marea Incesante se encogió de hombros.

—Si tú lo dices.

Luz se arrodilló junto al hombro de la hechicera.

—Hechicera —gritó—. ¡Despierta!

Le tocó la mejilla; luego, le golpeó el pecho. Las haditas del alba chillaron y huyeron dejando una estela brillante. Luz se inclinó sobre ella y le besó los labios secos. Ejerció algo más de presión y la besó una y otra vez, sosteniendo el rostro de la hechicera entre ambas manos. Respiró el aire contenido en la boca de la mujer. Tenía un sabor intenso y desagradable, a resina de pino. Casi parecía veneno.

—El corazón murió hace semanas —dijo Marea Incesante—. Unos días después de tu partida. Lo ha estado sosteniendo ella sola.

Una sensación de horror le hormigueó a Luz bajo la piel: calor y frío y calor. Notaba los oídos taponados.

—Hechicera.

—¿Luz del Ocaso? —susurró la hechicera. Sus pestañas se agitaron. Cuando abrió los ojos, apenas eran dos rendijas: uno verde sumamente enfermizo, como la podredumbre; el otro, blanco grisáceo, como la pelusa de un pan mohoso.

—Tienes que despertarte —le dijo Luz—. Ya vienen. Tienes que aguantar. El ejército y los hechiceros se acercan. ¡Por favor!

La hechicera levantó la mano y rozó la mejilla de Luz con las uñas pintadas de negro.

—No puedo. Ni siquiera puedo cambiar.

Se le habían soltado unos mechones de pelo que ahora se le enroscaban alrededor de su rostro, como un nido de serpientes negras y rojas como la lava. Tenía los labios agrietados. Se la veía más pequeña, mayor, y estaba en los huesos.

—¿Y tus plumas? —rogó Luz—. ¿Y tus dientes de tiburón y tu corazón despiadado?

—Te amo —musitó la hechicera—. Amo lo que eres ahora.

Las lágrimas de Luz cayeron sobre la frente de la hechicera y se disiparon como el humo. No terminaban de ser reales. Era un hechizo. La pera no hacía que las lágrimas fuesen reales.

—Fuerte, sorprendente —añadió la hechicera.

—Tengo más sorpresas —rebatió Luz con fiereza y agarró a la mujer de los hombros.

Le traspasó vida, aunque primero la había sacado de la nada. Luz empujó el poder, esta vida, su propia vida, al interior de la hechicera.

Sus ojos se abrieron de golpe.

—¡Luz! —gritó. Se le arqueó la espalda y se aferró a los brazos de la chica.

—Levántate, protege la montaña y ¡espérame! —gritó Luz. Apretó la mandíbula y siseó por el esfuerzo de verter vida en la hechicera.

Sintió desvanecerse el efecto de la pera un segundo antes de abrir los ojos en la cámara del Primer Consorte.

Kirin la miraba fijamente y con el rostro demacrado; su padre lo retenía por los brazos. Estaban despatarrados en el suelo, como si ella los hubiese lanzado lejos. Los soldados se precipitaron en la habitación con las armas desenvainadas. Firmamento le sostuvo el rostro.

—Has vuelto —dijo el soldado besado por el demonio—. Te fuiste, y Kirin te sujetaba y de repente... —Sacudió la cabeza.

Luz tomó una profunda bocanada de aire. Él había estado en contacto con ella mientras le insuflaba vida a la hechicera. La red de contención había desaparecido y ella se sentía tan bien...

Antes de que pudiese decir nada, el gran demonio del palacio siseó lo bastante fuerte como para que todo el mundo pudiese oírlo.

¡No dañarás Mis cosas!

—Tengo que irme —dijo Luz y se puso de pie con esfuerzo. Se apoyó en Firmamento, que la ayudó a levantarse.

—Detenla —espetó el Primer Consorte Sol Radiante.

El palacio se estremeció por el enojo del gran demonio. Luz intentaba pensar qué podía hacer para arreglarlo todo. La cabeza le daba vueltas con un remolino de pensamientos e imágenes y la sangre le rugía con fuerza. Podía extraer poder y escapar, quizá tomar lo justo del gran demonio para adelantarse. Y… ¿y qué? Se zafó de Firmamento y se alejó para aquello que fuese a hacer. Había por lo menos siete guardias allí dentro, con las armas preparadas, pero el demonio había hecho que el aire se volviese denso, por lo que les costaba respirar.

Su cabeza apareció, con siete ojos como lunas azuladas y una boca con siete lenguas. Se cernió sobre Kirin.

Luz respiró hondo. Tenía que intentarlo.

Te aniquilaré.

—No, espera, Gran Luna —dijo Kirin, en cambio.

Todos los ojos se clavaron en él.

El príncipe tragó saliva.

—Deja que se vaya.

Nadie se movió.

—Kirin —masculló Sol Radiante.

Kirin se sentó. Tan solo miraba a Luz. Su mirada era intensa, y tenía la boca torcida en una mueca que no podía considerarse una sonrisa.

Luz le devolvió la mirada. Sentía la furia de su corazón volcánico burbujeando, haciendo que su piel se volviera traslúcida, y su sangre, blanca como el rayo.

—He dicho que la dejases marchar. —Kirin le sostuvo la mirada—. No es mi prisionera, nunca lo ha sido. Es su elección… tu elección.

El Primer Consorte no volvió a rebatirle y Luz no esperó otra oportunidad.

Apenas miró de reojo a Firmamento, con el ceño fruncido y una expresión tan ansiosa que no tenía cabida en su fuerte rostro besado por el demonio.

Luz echó a correr y salió al pasillo, abriéndose paso entre los soldados y los cortesanos. Oyó un chillido de sorpresa, quizá de la Segunda Consorte A Ojos del Amor, y en el fondo de la cabeza, tamborileando más como una fuerza que como una voz, el gran demonio no dejaba de gruñir.

No era bienvenida allí. Bien… Necesitaba marcharse. Pero no había ningún atajo.

En esos momentos, el ejército estaba en la Quinta Montaña. ¡Y esos hechiceros tan crueles! Incluso si Luz le hubiese dado el poder suficiente a la hechicera como para levantarse, para cerrar las puertas, era imposible que, sin un corazón, pudiese resistir frente al ejército durante los días o las semanas que le llevaría a Luz llegar hasta allí. ¡No sabía cómo hacer para que le creciesen alas! ¿La ayudaría La Balanza?

No podía preguntarle; no sabía cómo.

Luz salió a un balcón y se dio la vuelta para trepar por el muro externo del segundo círculo. La esquina estaba formada por grandes bloques de una piedra oscura y pesada, y en ellos encontró el agarre que necesitaba. Se alzó hasta el siguiente nivel. El primer círculo de palacio estaba pintado entero de rojo desvaído, pero había estatuas de espíritus y conductos para recoger el agua que podía usar.

Era la primera vez que había trepado por el exterior del palacio en lugar de entre sus entrañas y su esqueleto.

La luz del sol arrancaba destellos en los ojos enjoyados de los santuarios para los espíritus. Tenían las bocas abiertas, secas por la falta de lluvia. El aire emanaba un olor fresco y soleado, sin ningún rastro de los aromas de la ciudad ni del palacio. Su respiración resonaba tan fuerte como el viento.

Luz del Ocaso estaba cansada pero seguía ascendiendo, cada vez más arriba, hasta la cima del tejado inclinado más alto del primer círculo. Estaba coronado por cinco estatuas de espíritus: un águila, un oso, un delfín, un león y un demonio con alas de murciélago. Conocía sus nombres, pero los ignoró. El viento la azotó y le revolvió el pelo y la túnica, pero ella se agarró con firmeza. Le dolían los dedos; estaban llenos de rasguños, al igual que los pies. Pero ella era fuerte.

Se aferró al cuerno de la estatua de demonio y se balanceó tras ella, de pie y al resguardo en un espacio reducido. Era de menor tamaño que Luz, pero más ancho. Las alas dobladas apuntaban al cielo y proyectaban sombras sobre su cuerpo. Estaba orientada al noroeste. Apuntaba en dirección a la Quinta Montaña.

Si Luz saltaba del tejado, si moría, volvería a ser un demonio.

Era así de simple.

Soportó el terror. No había otra manera. Un demonio necesitaba una casa y, sin su cuerpo, podía volver a su hogar en la montaña de inmediato. Volver a habitarla, darle a la hechicera todo su poder, y juntas podrían repeler al ejército. Juntas podrían repeler cualquier cosa.

Ya había muerto antes. Había sido muchas cosas. No pasaba nada por volver a cambiar. En eso consistía la muerte. O eso esperaba.

Luz contempló los distintos niveles del palacio y la ciudad más allá de él. Era precioso. Una montaña también, pero no era su montaña. Los muros y los tejados rojos y blancos, las curvas de los caminos, el tránsito de la gente y las carretas como peces diminutos en un estanque enorme de césped. Tras él, la Vía de los Árboles Reales se extendía hacia al norte y, al este, el Camino de la Corona del Alba. El verde oscuro del bosque pluvial se apelotonaba en hileras estrechas entre los campos dorados y los manzanares escarlatas. El paisaje salpicado de pueblecitos. El humo ascendiendo. Todo el horizonte estaba cubierto por el bosque pluvial.

Había unos hilos de luz azul que provenían del noroeste, se acercaban a la ciudad y la rodeaban antes de virar hacia el oeste a medida que los dedos diminutos del que una vez fuera el gran río Selegan llegaban al océano, kilómetros de deltas llanos y campos en barbecho al sur. Estaba tan cerca que Luz podía imaginar la línea clara del horizonte formada por el vasto resplandor de la profundidad del océano.

¿A los demonios les gustaba la belleza?

¿Amaban los demonios?

Luz del Ocaso respiró hondo.

Era la única manera. Se aferró a las alas de la estatua del demonio y escaló por su espalda. La cola del demonio le raspó los dedos de los pies. El corazón le latía con fuerza, pero esta era la manera más rápida, la más segura.

Apretó los dientes y cerró los ojos. La luz del sol hizo que los párpados se le tiñeran de rojo y el viento le trajo el rumor de unas voces.

Luz se detuvo. No quería morir. No quería volver a ser un demonio, sola y sin casa. Sin vida.

Pero ¿cómo podía amar a la hechicera y no estar dispuesta a hacer este sacrificio?

Apoyó la frente en el mármol duro y se sujetó con fuerza a los cuernos de la estatua del demonio. Pensó que la hechicera había sufrido mucho para darle a su demonio consorte una vida. Si moría, todo aquello no habría servido para nada.

Se rio con su ocurrencia. Para nada.

Ya no era nada.

Cuando Luz del Ocaso abrió los ojos pegajosos, el río Selegan la sobresaltó al resplandecer como la plata al sol.

—Selegan —dijo Luz, y se restregó las lágrimas que le surcaban las mejillas.

CUARENTA Y CINCO

L E LLEVÓ UNA HORA LLEGAR AL RÍO.
Demasiado tiempo.

Luz se deslizó y bajó por el interior del palacio tan rápido como pudo, pero la distancia seguía siendo la misma y el gran demonio se negaba a quedarse quieto y a ponerle las cosas fáciles. Se cayó dos veces y se hizo daño en las rodillas y en el hombro. Se abrió la palma de la mano con un clavo saliente y contuvo la lengua para no hablarle con desdén al demonio territorial.

En cuanto estuvo fuera corrió, pero no sabía cuál era el camino más rápido a través de la ciudad hasta los muelles. Siempre había serpenteado por los caminos, pasando como una exhalación sobre los muros y los tejados. Luz intentó seguir un rumbo fijo en dirección oeste, pero la ciudad no estaba compuesta por calles rectas, así que siguió desviándose hacia el norte una y otra vez hasta el punto de tener que darse la vuelta o tomar los giros más bruscos hacia la izquierda. El olor a pescado y a madera húmeda se hacía más intenso, y ella lo siguió a través de la zona de tabernas y al cruzar el mercado con pescado, moluscos y bienes perecederos frescos de río arriba y abajo. Escuchó el piar de los pájaros del río y el grito ronco de los marineros, y emergió de un callejón a un muelle estrecho que casi parecía hundirse en el agua.

Luz presionó la espalda contra la pared. Le dolían los pies por los caminos de grava y los tenía cubiertos de barro. Estaba hecha un desastre, como una muñeca ajada. Bajo ella se mecían varias barcazas, amarradas a muelles privados; al sur, donde el río volvía a tomar profundidad, estaban los barcos en medio del océano con sus velas rojas atadas como si fuesen crisálidas. Echó una ojeada por encima del muelle. La marea estaba baja y el agua en esa zona era salobre, una mezcla de agua fresca del río y de la marisma salada. No sabía si el Selegan tendría la suficiente fuerza como para oírla.

Pero debía intentarlo.

Bajó del borde, apoyó los pies en el pilar de madera áspero y húmedo que sostenía la plataforma. Bajó despacio hasta que vio el lecho fangoso del río a varios metros debajo del agua marrón.

Se soltó y se golpeó contra la superficie del río.

Se dio la vuelta y nadó hacia el norte pateando con fuerza. Se detuvo en medio del río moviendo los pies para mantenerse a flote y probó el agua. No estaba muy salada. Fangosa. Agitada. Desagradable. No como el agua río arriba, cristalina y plateada, sobre la que había volado con el dragón el mes anterior.

—Selegan —dijo. Se zambulló y volvió a llamarlo. Emitió un sonido amortiguado y burbujeante. «Selegan».

Siguió nadando con tanta fuerza como pudo. Al norte, hacia el agua más clara.

Salió a la superficie en busca de aire, con cuidado de fijarse por dónde flotaban los botes para no chocarse con ellos. Pero no le importaba si la veían e ignoró los gritos de sorpresa. Dejó que pensaran que era un espíritu o un demonio.

Tenía los dedos entumecidos por el frío, pero seguía rasgando el agua. Oía los fuertes latidos de su corazón en los oídos, por todo su cuerpo, como si pudiera palpitar a través del río.

«¡Selegan!», gritó.

Cuando emergió en busca de aire, también se desgañitó:

—¡Río Selegan, por favor! Te necesito.

Nadaba a través de una fina corriente plateada, donde unos peces oscuros la observaban por debajo de la superficie, en una zona en la que no había barcazas ni botes pesqueros. Luz respiró hondo unas cuantas veces. Luego extrajo la vida del río.

La absorbió como una bocanada de poder y tembló. Perdió el ritmo un instante. Se zambulló y se quedó allí, suspendida entre la vida y la muerte de las profundidades. Abrió los ojos, aunque le escocían, y movió las piernas con suavidad con los brazos extendidos para mantenerse en las profundidades.

«Selegan, te necesito», lo llamó. «Puedo salvar a tu amiga. Puedo salvarla. ¡Deja que la salve!».

Cerró los ojos y sintió como si el río entero fuese sus lágrimas.

Si el dragón no respondía, podía morir allí con los pulmones llenos del agua del río. Morir y dejar que su corazón de demonio volase sobre el agua directo a la Quinta Montaña.

Le dolía el cuerpo y le ardía el pecho. Necesitaba aire. Separó los labios y dejó que el agua entrase. Pataleó y tosió, tragó agua, y su instinto humano la arrastró a la superficie.

Unas escamas le rozaron los pies al empujarla hacia arriba y Luz salió despedida del agua.

Respiró, se atragantó y las lágrimas rodaron por sus mejillas junto con los mocos y un poco de bilis del estómago agitado.

Se derrumbó sobre la piel enroscada y dura del dragón.

—¡Luz del Ocaso! —Siseó conmocionado el espíritu del río Selegan.

Luz le envolvió el cuello con los brazos. Se le marcaban los huesos de los hombros y el pecho. Le dolía el cuerpo entero, pero aguantó. Enterró los dedos en la barba de plumas.

—Selegan..., llévame... llévame a casa. La salvaré. Tan... tan rápido como puedas.

—Aguanta, Luz del Ocaso —le respondió el dragón, y con un estremecimiento de poder, desplegó las alas y alzó el vuelo.

CUARENTA Y SEIS

E L DRAGÓN VOLÓ CON TANTA FUERZA Y TAN RÁPIDO COMO el viento. Luz se aferró a él en cuerpo y alma, apretó los dientes y se imaginó que estaba hecha de humo y fuego. Atravesaron el cielo a la vez que dejaban jirones de ellos mismos a sus espaldas, como mariposas de humo, hojas caídas y plumas de fuego.

El corazón le latía con fuerza y se concentró en él porque no podía ver nada a través del viento cortante y tampoco oía al dragón. Solo quedaban la sangre, el aire y la desesperación.

Luz no se permitió pensar en que la hechicera ya podría estar muerta, que había fallado, que no había resistido con el poder que le había otorgado Luz para proteger la montaña contra el ejército.

Siguieron volando y el aire se tornó más frío, más húmedo, hasta convertirse en unas nubes lacerantes.

Las lágrimas se le congelaron en las pestañas y, luego, se desprendieron, ribeteando sus ojos de rojo.

El dragón redujo la marcha y Luz se agarró a él. Sintió pánico porque era demasiado pronto, no podían haber llegado ya.

Se incorporó y miró: frente a ellos se recortaba la silueta oscura de la Quinta Montaña a kilómetros de distancia;

debajo, las copas de los árboles del bosque pluvial eran de un verde tan vivo que parecía negro bajo aquella luz tardía; brillaban con el viento como si fuese un océano formado por hojas de esmeralda, jade y obsidiana. El Selegan se deslizó entre ellos como si de una veta de ópalo se tratase.

—Puedo olerlos —le dijo el dragón y la voz resonó por sus escamas.

Descendieron a la vez que se impulsaban hacia el norte en una corriente de aire.

El bosque pluvial se abrió para dejar al descubierto el campo de lava y el vasto prado. Estaba cubierto de soldados.

Había grupos de hombres y mujeres en alineación vestidos con armaduras lacadas en rojo y marrón y dientes relucientes pintados; los cascos estaban blasonados por plumas y cuernos. Los caballos y los perros de guerra pisaban con fuerza, piafaban y aullaban, y levantaron la cabeza alargada con los dientes al descubierto cuando el dragón los sobrevoló. Luz miró los cientos de soldados que se congregaban a sus pies. Eran demasiados… ¡Demasiados! Estaban montando las catapultas y las plataformas para los arqueros cerca del frente, donde empezaba la montaña. Más adelante, los exploradores ya subían por la ladera buscando puertas o pasadizos.

Un hechicero atrajo la mirada de Luz justo antes de que tirase una vara al suelo y lanzase una bola de fuego en dirección a ellos.

Luz golpeó el cuello del dragón y este viró y ganó altura, batiendo las alas para llevarla a la cima, al lago espejado.

—Oigo cómo me llama —dijo el dragón. Se inclinó con tal brusquedad que Luz gritó y se aferró a las plumas.

Serpenteaba como una serpiente, arriba y abajo, mientras se mantenía cerca de los picos; luego, descendió hacia un peñasco que sobresalía de la montaña. El balcón de los aposentos de la hechicera.

Luz se cayó cuando el dragón se transformó bajo su cuerpo, de forma que ambos aterrizaron en su forma humana.

—¡Hechicera! —gritó Luz.

La boca de la cueva se hizo más grande y Luz vio un resplandor proveniente del interior: la hechicera se encontraba agazapada mientras tallaba un diagrama en el suelo de piedra con la varita. Unas plumas negras brotaron a lo largo de su espalda arqueada casi como si fuesen alas y su cabello era una mezcla de pelo, plumas y zarpas enredadas. La forma en que se doblaban sus rodillas no era natural, con demasiadas articulaciones y garras que se aferraban al suelo. Tenía muchos dientes y, cuando se volvió súbitamente hacia ellos, el ojo marfil refulgía como una estrella.

Era perfecta.

Luz se detuvo al borde del diagrama.

—¿En qué podemos ayudarte, hechicera?

—Estoy resistiendo —le respondió con brusquedad haciendo un esfuerzo con la lengua y los labios a causa de los dientes afilados, desdibujando las palabras—. Me falta poder.

—¿Bastará con mi corazón? —preguntó Luz. Se arrodilló y miró fijamente a la hechicera. Quería hundir las manos en ella.

La hechicera hizo una pausa. El borde de las plumas que cubrían sus mejillas se encendió.

—Juntas, quizá.

—Soy la Quinta Montaña. Puedo despertarla. Podemos despertarla.

—Quizá —repitió la hechicera.

—¿Te casarás conmigo? —le preguntó Luz del Ocaso—. ¿Eso…? ¿Lo harás?

La hechicera cruzó el diagrama con un salto poderoso y aterrizó frente a Luz. La tiró al suelo incluso habiéndola sostenido con los brazos.

—Déjame entrar —susurró.

Luz la besó.

Los dientes le cortaron los labios y le supo a sangre. Sangre salada, cálida y dulce, y, tras ella, un estallido de poder. Luz entrelazó los brazos tras el cuello de la hechicera y las piernas en torno a su cintura.

—Llévame al corazón de la montaña —dijo contra los labios de la hechicera.

Cayeron en la piedra, se deslizaron por la roca fría y líquida, por el granito resplandeciente, y se abrazaron a los dedos de cristal.

Luz se sujetó con fuerza, y cuando aterrizaron en el suelo de la cámara enorme repleta de escaleras y con el cristal roto, se quedó sin aliento por el latigazo de dolor repentino.

La hechicera se apartó de encima de ella y Luz se levantó.

A su alrededor, la montaña estaba compuesta por capas de roca y ceniza y por el anhelo del cristal pulsante. Luz se tumbó boca abajo y extendió los brazos sobre el suelo de piedra, como si así pudiese abrazar a la montaña entera.

—He vuelto a casa —susurró.

—Date la vuelta —dijo la hechicera a la vez que se arrodillaba a su lado.

Luz se tumbó de espaldas. Miró a los ojos disparejos de la hechicera, uno lleno de vida y esmeraldas, como las hojas de los árboles; el otro era como la luna, una estrella, como la luz del ocaso. Los labios ensangrentados, los dientes de tiburón, sus mejillas cobrizas redondeadas con plumas florecientes.

—Eres hermosa —le dijo Luz.

—¿Confías en mí? —le preguntó la hechicera mientras deslizaba una pierna sobre la cadera de Luz para arrodillarse sobre ella.

Esta se humedeció los labios.

—Luz del Ocaso Sobre la Montaña —dijo.

Su verdadero nombre, completo. Nuevo y reluciente. Sin usar. Un secreto compartido.

La hechicera jadeó y luego se echó a reír. Su risa era alegre, y su sonrisa, peligrosa. Perfecta. Apoyó la punta de la varita sobre el pecho de Luz. Estaba fría y afilada.

—Luz del Ocaso Sobre la Montaña, tu corazón es nuestro, y el mío es nuestro. ¿Cómo me llamo?

—Sombras Entre Corazones —dijo Luz de inmediato.

—Sombras —susurró la hechicera, saboreándolo por primera vez. Era nuevo, pero siempre había estado ahí. Esperando.

—Luz —musitó ella a modo de respuesta.

En ese momento, la hechicera le clavó la varita de cristal a Luz, que lanzó un grito. Le atravesó el pecho y el corazón, abriéndose paso entre huesos, carne, piel, tela y la piedra bajo ella.

Luz del Ocaso refulgió de vida. Su sangre era espesa, y el magma viscoso fluía en su interior, al igual que lo había hecho en la cámara del corazón de la Quinta Montaña.

La cámara era antigua y estaba enterrada en las profundidades; la habían dejado sola, durmiendo, casi durante doscientos años. Desde que la había asesinado, consumido y convertido en el demonio de la Quinta Montaña.

La transformó en fuego.

Luz curvó los dedos y los estiró, gritando mientras clavaba las manos en la roca derretida, mientras hacía ascender el magma por la garganta de la montaña, gritando mientras expulsaba vapor de los conductos de ventilación descuidados, gritando, gritando, gritando, como si la Quinta Montaña rugiera desde la cima a través de sus cimientos y hacia fuera, fuera, fuera, a las colinas escarpadas.

La montaña se sacudió y un charco de sangre asomó bajo su cuerpo. El río Selegan se marchó a toda prisa, asándose de calor, y se zambulló en su orilla con un salpicón, una advertencia húmeda y centelleante para el ejército. Fuera. «FUERA».

Humo, vapor y ceniza salieron disparados cuando la montaña erupcionó el veneno, oscureciendo el cielo.

Luz sintió cada hendidura del valle y cada cima, cada veta de cristal y los ríos de magma que ascendían cada vez más buscando una salida. Sintió que el lago espejado hervía y que los guijarros caían por la pendiente hasta el bosque de alisos. Sentía el pánico del ejército muy por debajo de donde se encontraba, el resonar de sus pasos, las ruedas y los cascos de los caballos mientras huían.

Gritó a los hechiceros, mostrándoles qué clase de estrellas había ahora en sus entrañas.

A medida que arrastraba a la montaña a aquel arrebato de fiereza, sentía la frescura de la sombra de su esposa, que utilizaba el poder anclado para arremeter con más fuerza contra los hechiceros. Una barrera de luz y cuchillas de hielo se elevó y salió disparada entre risas mientras los perseguía.

Juntas, la montaña y su esposa eran fuego y sombras, igual que las estrellas y la oscuridad del cielo nocturno.

CUARENTA Y SIETE

AHORA TU CASA ES LA MONTAÑA
   sus huesos son tus huesos. tu corazón es su corazón.
todo ese poder y la vida son parte de ti
   úsalo
   el calor de la tierra el fuego del corazón la sangre derretida
   úsalo
   haz que tu cuerpecito suave vuelva a endurecerse, a sanarse, y
esté completo de nuevo.
   la casa de la montaña también es tu cuerpo
   y ambas
   sois mías

CUARENTA Y OCHO

L A HECHICERA LE ESTABA SUSURRANDO ALGO. LUZ TRAGÓ con un sabor raro y agrio, y abrió los ojos de golpe para ver las radiantes vetas rojas y anaranjadas del atardecer que se abrían paso entre las espesas nubes negras que seguían saliendo del volcán.

Se estiró, rodeada de hierba y piedrecillas relucientes en la depresión de la montaña, sintiendo con facilidad el lugar exacto en que se encontraba. El lago espejado estaba a tan solo unos pasos de distancia y unas alegres haditas del alba la miraban con nerviosismo desde la orilla. El espíritu del río Selegan estaba enroscado lejos, a los pies de la montaña, feliz y aliviado. La montaña gruñía y expulsaba humo, pero la ira que había despertado volvía a dormir. Parecía el ronquido de un gigante, lo cual le recordó al ejército su potencial.

La hechicera se estiró a su lado, con un brazo sobre su cintura y el otro doblado bajo la cabeza mientras le susurraba a Luz al oído. Sus palabras danzaban por la mandíbula de Luz y le hicieron cosquillas en las mejillas y en los labios. Esbozó una sonrisa.

«… la casa de la montaña también es tu cuerpo».

Estaba completa. Fuerte. Tenía los huesos de cristal y el magma fluía despacio por sus arterias. Sus músculos estaban formados por largos tendones de cuarzo, la piel era ceniza caliente y tierra fértil de la que crecían unos pelitos de hierba diminutos. La montaña tenía la carne rosada, de piel pálida como la arena, llena de pecas, y se reía.

No, espera, Luz era de carne, hueso y piel, sonrisas, dientes y plumas. La montaña era de piedra y cristal moteado. No...

No importaba. La una era la otra. Se sentía muy bien.

Y extremadamente agotada.

—Luz —dijo la hechicera, y la chica ladeó la cabeza para toparse con sus ojos. Verde como las hojas de los árboles perennes y blanco marfil, perfectamente divididos en dos por estrechas pupilas rojas de dragón—. Luz —repitió. Le acarició el estómago, el pecho y el cuello hasta acunarle la mandíbula. Le rozó la piel suave con las uñas afiladas y pintadas—. Te quiero.

—Soy demasiado joven para casarme, Sombras —musitó Luz.

La hechicera dejó entrever los dientes y se dio la vuelta para levantarse con elegancia y facilidad; caminó hacia el bosquecillo de álamos. Pero miró a su espalda y sonrió.

Luz se rio feliz y se levantó para perseguirla.

LUZ Y SOMBRAS

AL PIE DE LA QUINTA MONTAÑA, DONDE EL ARROYO QUE dio a luz al gran Selegan se ensanchaba lo suficiente como para considerarse un río, un joven besado por el demonio se arrodillaba para hundir las manos en las aguas azules y cristalinas.

Era un soldado y había viajado durante un mes para llegar a este lugar; desde la lejana capital en el sur, había recorrido el bosque de los Árboles Reales y ascendido por el bosque pluvial solo y decidido, salvo por los pequeños espíritus del bosque que ocasionalmente seguían sus pasos. Cuando llegó al ondulado campo de lava esmeralda, se detuvo y recordó a su vieja amiga y a la maravillosa sonrisa que le había ocupado el rostro entero de alegría y asombro la primera vez que había puesto un pie allí.

Una brisa alborotó las balsaminas rosas y púrpuras al otro lado del río; allí, la orilla era de arena negra y el soldado suspiró con suavidad. Casi había muerto en ese lugar en una ocasión.

—Hola, río Selegan —dijo. Separó los dedos para dejar que el agua jugueptease con ellos—. ¿Te acuerdas de mí? El año pasado llegué rebosante de desesperación y venganza, pero este verano vengo con el corazón lleno de respeto.

La superficie del río emitía unos destellos plateados y blanquecinos bajo el sol y un pequeño movimiento como de la cola de un pez salpicó al soldado.

Sonrió y movió la mano en el agua.

Entonces, el espíritu del río Selegan salió de un brinco y desplegó las alas de golpe. Sonrió cuando el agua caía entre sus dientes curvos y sacudió las colas a modo de saludo. El soldado besado por el demonio alargó la mano de nuevo y el dragón la lamió, riendo de alegría, y volvió a sumergirse en el agua con una gran salpicadura.

El joven se rio, aunque estaba empapado.

Tras él, escuchó un rugido grave, como un desprendimiento en la lejanía. Se irguió y se dio la vuelta, justo a tiempo para ver una colina de lava cubierta de hierba temblar, hincharse y luego abrirse como una boca de piedra cubierta de musgo.

Una mujer joven salió de ella y, tras ella, la tierra volvió a recomponerse.

Ella lo miró impasible durante un momento, no parecía más que un duende o una especie de espíritu del prado ataviada con los jirones de un andrajoso vestido de seda gris que podría haber estado hecho de telarañas o de nubes. Tenía el pelo más largo, pero todavía lo llevaba a capas irregulares, y las puntas levantadas como si le hubiera caído un rayo encima. Tenía la piel bronceada y las mejillas demasiado sonrosadas y llenas de pecas, y la boca pequeña y rosada. Ahora sus ojos eran redondos y oscuros como una cueva de obsidiana.

No llevaba zapatos.

El soldado besado por el demonio sonrió.

—Luz.

Ella le devolvió la sonrisa, amplia y embravecida, a modo de respuesta.

—¡Hola, Firmamento!

Luz trotó hacia él aplastando a su paso la hierba gruesa, que volvía a erguirse de inmediato.

El joven le tendió una mano, pero ella la ignoró y saltó a sus brazos.

Firmamento trastabilló. Pesaba como si sus huesos fuesen de cuarzo. Gruñó y cambió de postura para mantenerse erguido mientras la abrazaba con fuerza, porque ahora sabía que no se rompería.

—Cuánto me alegro de verte —le dijo ella al oído.

Pero Firmamento miró a su espalda: el aire ligero y claro del verano se oscureció en tonos grisáceos y negros como si un cuervo hubiese tapado la luz del sol. Las sombras se fusionaron despacio, con elegancia, formándose a partir de la misma luz, hasta que una hermosa dama se encontró de pie junto a ellos enfundada en un elaborado vestido negro y rosa ribeteado de verde menta y bordado con peonías escarlatas. Ella también sonrió y dejó al descubierto unos dientes afilados; uno de sus ojos era verde como el verano, como el fértil campo de lava, mientras que el otro era tan blanco como el marfil.

Luz lo soltó y se bajó de un salto.

—¿Cómo estás? —le preguntó.

Firmamento asintió en dirección a la hechicera.

—Me lo ha pedido —le dijo a Luz con suavidad.

La joven soltó una exclamación ahogada y contuvo el aliento. Firmamento podía ver fragmentos diminutos de luz en sus grandes ojos oscuros; surgían despacio, como las estrellas.

—¿Primero? —musitó ella.

—Sí.

—¿Y qué le dijiste?

—Que le respondería cuando volviese con él.

Luz miró a la hechicera, que estaba a su espalda. Esta enarcó una ceja y caminó con gracia hacia el río Selegan. Luego, Luz le puso una mano a Firmamento sobre el pecho.

—¿Qué puedo hacer por ti? ¿Quieres que te invite a quedarte? Eres bienvenido aquí, con Sombras y conmigo, si lo prefieres. Aquí puedes ser cualquier cosa.

—Si le digo que sí, no podré volver. No podré visitarte de nuevo. —Firmamento le apartó la mano del pecho y la sostuvo entre ellos—. Y desde el ritual de investidura, está confinado a permanecer en palacio para siempre.

—Ese es el destino que quería —dijo ella con brusquedad. Pero sus pestañas se agitaron y volvió a mirar a la hechicera—. Todavía no lo he perdonado.

Sopló una brisa cálida que meció las flores y la hierba clara. Olía a algo dulce, y un poco chamuscado, como si un fuego ardiese al otro lado de la colina. La hechicera estaba arrodillada junto al río con las faldas extendidas en un arco perfecto sobre la arena negra reluciente.

Luz se humedeció los labios. Se llevó una mano al corazón.

—¿Harías un trato conmigo, Luz del Ocaso de la Quinta Montaña? —dijo Firmamento.

Ella arrugó la nariz.

—Tal vez.

—Intenta perdonarlo. Por mí, y también por ti. Y por todo el imperio.

—¿Qué me darías a cambio de que hiciera el esfuerzo?

—¿Qué quieres?

De repente, la hechicera estaba detrás de él. Estaba atrapado entre Sombras y Luz y el ambiente se tornó frío como el hielo a pesar de estar bajo el sol de la tarde.

—Nos gustan los corazones —dijo la hechicera con suavidad.

Pero Luz se echó a reír, como si hubiese sido una broma ingeniosa. Se rio y sacudió la cabeza.

—Tenemos de sobra con nuestros corazones, Firmamento; te está tomando el pelo —dijo en tono alegre.

El soldado se estremeció y dio un paso a un lado para no estar entre ellas.

—Dile que sí —dijo Luz de repente—. Conviértete en su Primer Consorte. Eso es lo que quiero.

—Vale —dijo, aliviado—. Y tú lo intentarás y, como al final acabas por conseguir todo lo que intentas, algún día podrás perdonarlo y venir a visitarnos.

Luz lo miró con un ligero desdén por la trampa halagüeña y se cruzó de brazos. Unas pequeñas chispas de sombras emanaron de su cuerpo, como si desprendiera magia cuando cambiaba de humor. Se enroscaron como hilillos de niebla. Asintió.

—Puede que me lleve hasta que tengáis hijos y crezcan hasta ser tan altos como él.

—Está bien —dijo Firmamento, porque pensó, mientras la miraba, que el trato ya estaba hecho. Lo estaba desde el preciso instante en que le había preguntado. Firmamento no pudo evitar que su boca se curvase en una lenta sonrisa.

Ella se percató y entrecerró los ojos.

—Te quedarás unos días en mi montaña y me lo contarás todo.

—Luego el Selegan te llevará a casa —le dijo la hechicera—. Tan rápido o tan despacio como quieras.

Firmamento asintió. Estaba deseando ir al lago espejado y a la extraña montaña, que Luz del Ocaso y la Hechicera de las Sombras lo entretuvieran. Quería oír en qué se habían convertido las dos juntas, qué habían descubierto. Quería quedarse dormido con la cabeza de Luz sobre su hombro.

Pero ella dio un paso hacia él. Alzó el mentón para mirarlo fijamente a los ojos.

—Y cuando vuelvas con Kirin Sonrisa Sombría, le darás este mensaje de mi parte.

—Está bien —dijo Firmamento, esperando.

Luz le tomó el rostro entre las manos y se puso de puntillas. Lo besó.

Sorprendido, Firmamento se aferró a su cintura y le devolvió el beso con delicadeza.

—Le dirás —susurró ella tras separarse apenas unos milímetros— que el beso es del gran demonio de la Quinta Montaña y que es una promesa para el imperio. Bésalo de mi parte, en frente de quien tú quieras o de nadie. Es tu elección. Ese es mi mensaje.

Firmamento apoyó la frente sobre la de ella y sonrió ante la decisión. Luego volvió a besarla. Fue un beso suave y cálido, porque, en vez de uno, sería mejor darle dos besos a Kirin.

AGRADECIMIENTOS

Aunque llevaba pensando en Luz y en su historia desde 2012, no decidí que era «el momento» de escribirla hasta finales de septiembre de 2018. En apenas dos años, desde la propuesta hasta el primer borrador, pasando por la edición y la tapa dura, el viaje con *Luz del Ocaso* ha sido el más corto y sencillo (hasta ahora) de todos mis libros. Tal vez porque parte del borrador lo redacté en un estado desesperado de fuga, pero seguramente por el equipo tan maravilloso que nos ha apoyado, al libro y a mí, tanto en mi vida personal como profesional.

Me gustaría dar las gracias a todo el equipo de McElderry Books por este diseño tan bonito, por la edición tan cuidada, por las correcciones y el trabajo artístico y de marketing, que han permitido que este libro llegase a manos de los lectores. En especial, gracias a mis editoras Karen Wojtyla, Nicole Fiorica y Rita Rimas. No solo me dejáis escribir todas las cosas raras que quiero, sino que me animáis a que lo haga, y luego me presionáis para que lo haga mejor.

Gracias a mi agente, Laura Rennert. Ya ha pasado oficialmente una década desde que las dos empezamos a trabajar con innumerables relatos, nueve novelas publicadas... y las que están por venir. Por un par de décadas más juntas.

Como siempre, mi familia y su humor negro son mi bendita salvación, incluso cuando no les cuento en qué estoy trabajando y, por tanto, cuando se revela la portada me llega una serie de mensajes de sorpresa porque nadie sabía que publicaría otro libro tan pronto. Culpa mía. Prometo que este es mucho más corto que el anterior y no mueren los padres de nadie.

Quiero dar las gracias a mis lectores: a los que se han quedado conmigo y a los que acaban de descubrirme. En primer lugar, tengo un catálogo editorial impresionante —echadle un vistazo— y, en segundo término, cuando algo que escribo os muestra el mundo, así es como sé que yo también pertenezco a él. Gracias por leerme, por decirme que me leéis y, sobre todo, por contarme cuando lo que leéis os importa.

Gracias, Natalie, por dejarme ser tu villano interés amoroso (o todos los que desees).

¿TE GUSTÓ
ESTE LIBRO?

Escríbenos a

puck@edicionesurano.com

y cuéntanos tu opinión.

ESPAÑA ⯈ /MundoPuck /Puck_Ed /Puck.Ed

LATINOAMÉRICA ⯈ /PuckLatam

/PuckEditorial

¡Gracias por vivir otra
#EXPERIENCIAPUCK!